KB118383

구석의 노인
사건집

이 경 아

한국외국어대학교 러시아어과와 같은 대학 통역번역대학원 한노과를 졸업했다. 현재 한국외국어대학교 통역번역대학원에서 강의하면서 전문 번역가로 활동중이다. 옮긴 책으로 『오시리스의 눈』, 『영국식 살인』, 『붉은 머리 가문의 비극』, '탐정 글래디 골드' 시리즈, 『제인 오스틴의 비망록』, 『클린트 이스트우드』 외 다수가 있다.

THE OLD MAN IN THE CORNER
by Emma Orczy

이 도서의 국립중앙도서관 출판시도서목록(CIP)은 e-CIP 홈페이지(http://www.nl.go.kr/ecip)와 국가자료공동목록시스템(http://www.nl.go.kr/kolisnet)에서 이용하실 수 있습니다.
CIP제어번호 : CIP2013018709

The Old Man
in the Corner

구석의 노인
사건집

에마 오르치

이경아 옮김

수상한 노인이 나타났다

엘릭시르

The Old Man
in the Corner

일러두기

1. 주석은 모두 옮긴이 주이다.

2. 단편 뒤에 실린 해설은 모두 옮긴이의 해설이다.

3. 이 책은 총 37편으로 이루어진 '구석의 노인' 시리즈 중 열세 작품을 뽑아 한 권으로 묶은 것이다. 번역에 이
   용한 판본은 아래와 같다.

   The Case of Miss Elliott, House of Stratus, 2008

   The Old Man in the Corner, Dover Publications, Inc., 1980

   Unravelled Knots, Oxford City Press., 2010

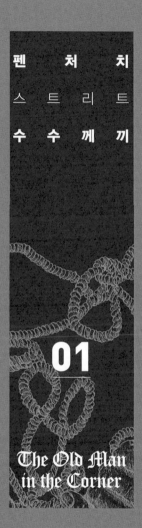

펜 처 치
스 트 리 트
수 수 께 끼

01

The Old Man
in the Corner

The Old Man in the Corner   Emma Orczy

001

☆☆☆

구석에 있던 노인은 자신의 잔을 옆으로 치우고는 테이블에 몸을 기댔다.

"수수께끼라고! 수사에 지적 능력을 제대로 사용한다면 수수께끼라고 부를 만한 사건은 어디에도 없다네."

그가 소리쳤다.

나는 화들짝 놀라서 신문 너머로 그를 보았다. 그리고 따져 묻는 듯한 엄하고 쌀쌀맞은 태도로 갈색 눈동자를 그에게 고정시켰다.

나는 노인이 찻집을 가로질러 와서 굳이 내 맞은편에 앉은 순간부터 마음에 들지 않았다. 테이블의 대리석 상판에는 이미 내가 주문한 큰 잔의 커피(삼 펜스)와 버터 롤(이 펜스), 소 혓바닥 요리 한 접시(육 펜스)가 놓여 있었다.

에어레이티드 브레드 컴퍼니의 플리트 스트리트 지점인 이 ABC 찻집의 특별한 구석 자리와 이 테이블에 앉으면 보이는 웅장한 대리석 홀의 특별한 풍경은 바로 나, 폴리 버턴의 구석이요, 테이블이요, 풍경이란 말이다. 나는 결코 잊지 못할 영광의 날에 《이브닝 옵서버》의 직원으로 뽑혀 세계적으로 명성이 자자한 영국 언론의 일원이 된 후로 항상 이 자리에서 십일 페니짜리 점심을 먹고 일 페니짜리 정보를 수집하고 있단 말이다.

나는 유명인이다. 《이브닝 옵서버》의 버턴이니까. 내 명함에는 이렇게 적혀 있다.

메리 J. 버턴
이브닝 옵서버

나는 유명 연극배우인 앨런 테리와 마다가스카르 주교, 유명 배우이자 극작가인 시모어 힉스, 경찰청장 등을 인터뷰했다. 나는 지난번 말보로 하우스에서 열린 가든파티에도 참석했다. 엄밀히 말하자면 휴대품 보관소에 있었지만, 그곳에서 레이디 아무개의 모자와 미스 거시기의 양산, 유행을 선도하는 유명인들을 똑똑히 지켜보고 그 내용을 《이브닝 옵서버》에 '왕족과 패션'이라는 제목의 기사로 쓰기도 했다.

(그 기사에는 M.J.B.로 서명을 했고 제일 잘 나가는 싸구려 잡지에서도 찾아볼 수 있다.)

다른 이유도 있기는 하지만 대체로 이런 이유로 구석에 앉아 있는 노인에게 화가 치밀어 올랐다. 그래서 갈색 눈에 내 마음을 고스란히 실어 힘을 잔뜩 주고 노려보았다.

마침 나는 《데일리 텔레그래프》를 읽고 있었다.

"그 기사, 심장이 콩닥거릴 정도로 흥미진진하지 않나?"

나도 모르게 소리 내어 읽기라도 한 것일까? 맞은편에 앉은 노인은 내 생각에 직접 대답을 한 것이 분명하다.

나는 노인을 보며 인상을 썼다가 이내 살며시 미소를 지었다. 《이브닝 옵서버》의 버턴은 뛰어난 유머 감각의 소유자로, 이 유머 감각은 영국 언론계에서 활약했던 지난 이 년 동안에도 전혀 녹슬지 않았다. 게다가 그 노인을 보면 아무리 무딘 사람이라고 해도 상상의 날개를 펴지 않을 수 없었다. 나는 이토록 창백하고 야윈 사람을 일찍이 보지 못했다. 게다가 엷은 빛깔의 머리카락을 훤히 드러난 정수리 위로 가지런히 빗어 넘긴 우스운 모양새였다. 쉴 새 없이 노끈을 만지작거리는 모습 때문에 노인은 소심하고 신경질적으로 보였다. 그는 길고 가느다란 떨리는 손가락으로 경이롭고 복잡한 매듭을 맺고 풀기를 반복했다.

묘하게 생긴 노인의 얼굴을 요모조모 꼼꼼하게 뜯어보자 처음보다 훨씬 정감이 갔다.

"하지만 신문에 실린 이 기사를 보면, 작년 한 해만 해도 경찰이 두 손 두 발 다 든 범죄가 여섯 건이 넘어요. 그래서 그 사건들의 범인들은 지금도 거리를 활보중이죠."

"실례하네만 내 말은 경찰이 못 풀 사건이 전혀 없다는 뜻이 아니라네. 지적 능력을 범죄 수사에 활용한다면 미궁에 빠질 사건이 없을 거라고 말했을 뿐이야."

노인이 상냥한 어조로 말했다.

"그렇다면 펜처치 스트리트 사건에도 수수께끼 같은 건 없다고 하시겠군요."

나는 비꼬듯 되받아쳤다.

"사람들이 수수께끼라는 펜처치 스트리트 사건에는 더더욱 수수께끼가 없다네."

노인이 차분한 음성으로 대답했다.

펜처치 스트리트 사건이라는 이름으로 유명한 괴사건으로 말하자면 지난 열두 달 동안 생각이라는 것을 하는 사람들치고 골머리를 앓지 않은 사람이 없었다. 그런 사정이 있기에 구석에 앉아 있는 소심해 보이는 노인의 태도가 유난히 내 부아를 돋웠다. 나는 자기만족에 푹 빠져 있는 그의 코를 납작하게 해 줄 요량으로 한껏 비꼬아 쏘아붙였다.

"그렇다면 이렇게 안타까운 일이 또 있을까요? 나름대로 열심히 하는데도 헤매고 있는 경찰들에게 귀한 도움을 주지 못하니 말이에요."

"그게 그렇게 안타까운 일인가?"

구석의 노인은 유쾌하게 되물었다.

"글쎄, 이 사실을 알아 두게. 우선, 경찰이 내 도움을 기꺼이 받아들이리라 생각하지 않네. 둘째로, 혹시라도 내가 일선 형사가 되기라도 했다면 내 취향과 의무감은 언제나 정면충돌을 했을 걸세. 나는 공권력을 쥐락펴락할 정도로 똑똑하고 영리한 범죄자들을 보면 오히려 공감이 가거든."

그러더니 차분하게 이야기를 시작했다.

"자네가 이 사건에 대해 얼마나 기억하고 있는지 모르겠군. 처음에는 나도 어리둥절했다네. 지난 12월 12일, 옷차림은 허름하지만 한때는 꽤 부유했을 것 같은 분위기의 여자가 스코틀랜드 야드(런던 경찰청)를 찾아왔네. 여자는 남편인 윌리엄 커쇼의 실종 신고를 했지. 남편은 무직이고 주거도 일정하지 않아. 부인은 남편의 친구와 함께 경찰을 찾았어. 얼굴에 기름이 흐르는 뚱뚱한 독일인이었지. 그 둘은 번갈아 가며 경찰에 사연을 털어놓았고, 경찰은 신고를 접수하자마자 바로 수색에 들어갔어.

12월 10일 오후 3시경, 윌리엄 커쇼의 독일인 친구인 칼 뮐러가 그를 찾아갔어. 커쇼에게 빌려 준 십 파운드가량을 받기 위해서였지. 피츠로이 스퀘어 근처의 샬럿 스트리트에 있는 누추한 셋집에 도착해 보니 윌리엄 커쇼는 잔뜩 흥분해 있고 그의 아내는 눈물을 흘리고 있었어. 뮐러는 자신이 찾아간 이유를 설명하려고 했어. 하지만 커쇼는 거친 몸짓으로 말도 못 꺼내게 했지. 뮐러의 증언에 따르면 커쇼가 뻔뻔하게 이 파운드를 더 꿔 달라고 해서 황당했다고 하네. 커쇼는 그 돈이면 자신과 자신이 필요할 때 도움을 준 친구 모두 곧 횡재를 할 거라고까지 했다는 거야.

커쇼는 십오 분가량 떠벌리기만 할 뿐 귀띔을 해 주지 않았어. 하지만 조심성 많은 독일인 친구가 도무지 넘어오지 않자 비로소 비밀 계획을 털어놓았지. 커쇼는 그 계획으로 두 사람이 몇천 파운드를 손에 쥘 수 있을 거라고 장담했어."

나는 본능적으로 들고 있던 신문을 내려놓았다. 예민하고 소심해 보이는 태도와 촉촉한 두 눈을 지닌 온화한 노인은 이야기를 풀어 나가는 자신만의 방식이 있었는데, 웬일인지 나는 그런 그의 이야기에 매료되었다.

구석의 노인이 다시 말문을 열었다.

"기억하는지 모르겠지만 경찰에 자초지종을 설명한 사람은 독일인이었어. 세부적인 내용은 아내라고 할지 남편과 사별한 부인이라고 할지, 아무튼 여자가 채웠지. 간단하게 정리하자면 이런 내용이었어. 약 삼십 년 전 런던의 어느 병원에서 공부하는 이십 대 의대생이었던 커쇼에게는 바커라는 이름의 친구가 있었어. 커쇼는 바커와 다른 누군가와 방을 같이 썼지.

세 번째 사람이 어느 날 밤 큰돈을 가지고 왔어. 경마에서 한몫 챙긴 거야. 그런데 이튿날 아침 남자가 침대에서 살해된 채로 발견되었어. 다행스럽게도 커쇼는 확실한 알리바이가 있었지. 그날 밤 병원에서 당직을 섰거든. 한편 바커는 그대로 자취를 감추었어. 적어도 경찰은 그렇게 생각했지만 친구인 커쇼의 예리한 감시망을 벗어나지는 못했지. 적어도 커쇼에 따르면 그랬어. 바커는 매우 영리하게 이 나라에서 빠져나갔어. 그 후 갖은 고초와 우여곡절 끝에 동시베리아의 블라디보스토크에 정착을 했지. 그곳에서 스메서스트라는 가명으로 모피 무역을 해 막대한 부를 쌓았어.

기억해 보게. 스메서스트가 시베리아의 백만장자라는 사실을 모르는 사람이 없지. 그가 바커였고 삼십 년 전 살인을 저질렀다는 커쇼의 주장은 결코 증명된 사실이 아니야, 안 그런가? 나는 커쇼가 문제의 12월 10일 오후에 아내와 독일인 친구에게 들려준 이야기를 다시 옮길 뿐이야.

커쇼에 따르면 스메서스트는 영리하게 경력을 쌓던 중 엄청난 실수를 하고 말았어. 옛 친구인 윌리엄 커쇼에게 편지를 쓴 거지. 그것도 네 통이나. 그 가운데 두 통은 이 사건과 관계가 없다네. 커쇼의 말에 따르면 이십오 년 전의 편지인데다 그나마도 그가 오래전에 잃어버렸거든. 제일 처음 보낸 편지는 스메서스트가, 그러니까 바커가 범죄로 손에 넣은 돈을 다 써 버리고 뉴욕에서 곤궁하게 살고 있다는 내용이었어.

당시에 상당히 부유했던 커쇼는 옛정을 생각해서 십 파운드 지폐를 보내 주었어. 두 번째 편지가 왔을 즈음에는 처지가 뒤바뀌었지. 커쇼의 가세가 기울기 시작했거든. 그 편지에서는 자신을 스메서스트라고 밝힌 옛 친구가 오십 파운드를 보내 주었어. 뮐러가 이해한 바로 그 후 커쇼는 스메서스트에게 점점 더 큰 액수를 뻔뻔하게 요구했고 그때마다 온갖 협박을 덧붙이기도 잊지 않았지. 하지만 그 백만장자가 멀고 먼 나라에 살았다는 사실을 고려해 볼 때 그런 협박은 아무 소용이 없었어.

그러다가 상황이 절정에 다다랐어. 커쇼는 한참을 망설인 끝에 마침내 스메서스트가 썼다는 마지막 편지 두 통을 독일인 친구에게 보여 주었네. 그 편지들은 이 놀라운 사건의 바탕이 된 묘한 이야기에서 몹시 중요한 역할을 했는데, 기억할지 모르겠군. 여기 문제의 편지 두 통의 사본이 있네."

구석의 노인은 이렇게 말하며 낡은 지갑에서 종이 한 장을 꺼내 살며시 펼친 후 읽기 시작했다.

친구에게

돈을 달라는 자네의 요구는 터무니없기 짝이 없네. 나는 이미 자네에게 줄 만큼 도움을 줬네. 하지만 옛정도 있고 내가 어려웠을 때 자네가 도와준 일도 있으니 다시 한번 선한 천성을 발휘하려고 하네. 나는 얼마 전 이곳 친구인 러시아 상인에게 내 사업을 모두 넘겼네. 그런데 그 친구가 며칠 후 자신의 요트로 유럽과 아시아의 여러 항구를 도는 장기 여행을 떠날 계획이네. 영국까지 함께 가자며 초대를 하더군. 나는 외국 생활이라면 이제 신물이 나고 삼십 년 전에 떠난 고국을 다시 보고 싶은 마음에 초대를 받아들였네. 유럽에 언제 도착할지는 잘 모르겠어. 하지만 적당한 항구에 도착하자마자 곧장 자네에게 편지를 써서 런던에서 만날 약속을 잡겠네. 이것만은 명심하게. 또다시 뻔뻔한 요구를 한다면 들어주지 않겠네. 끈질기고 터무니없는 협박에 절대 굴복하지 않을 사람이 이 세상에 있다면 바로 날세.

자네의 진정한 친구

프랜시스 스메서스트

"두 번째 편지는 사우샘프턴에서 보냈어."

노인은 차분한 음성으로 말했다.

"흥미롭게도 커쇼가 스메서스트에게서 받았다고 한 편지들 가운데 유일하게 봉투를 보관해 놓은 편지였는데, 보낸 날짜가 적혀 있지. 편지는 꽤 간략한 편이야."

그는 이렇게 덧붙인 후 종이에 적힌 내용을 마저 읽었다.

친구에게

몇 주 전 편지에 썼듯이 차르스코예 셀로 호가 다음 주 화요일, 그러니까 10일에 틸버리 항에 도착할 예정이네. 나는 그곳에서 하선해 가장 빨리 출발하는 기차를 타고 곧장 런던으로 갈 거야. 괜찮다면 펜처치 스트리트 역에서 만나세. 늦은 오후에 일등석 대기실에서 기다리고 있게. 삼십 년이라는 세월이 흘렀으니 내 얼굴을 알아보지 못할지도 모르겠군. 두꺼운 아스트라한 모피로 된 코트를 입고 모자를 쓴 사람을 찾으면 되네. 그렇게 입고 나갈 테니. 자네가 내게 먼저 아는 척을 해 주게. 그러면 자네가 하는 말을 들어 보겠네.

자네의 친구
프랜시스 스메서스트

"윌리엄 커쇼가 잔뜩 흥분하고 그의 아내가 눈물범벅이 된 이유가 바로 이 마지막 편지였다네. 그 독일인의 말에 따르면 커쇼는 야생 동물처럼 방 안을 이리저리 서성거리면서 거친 몸짓을 하고 소리를 마구 질러 댔어. 커쇼 부인의 걱정은 이루 말할 수 없이 컸어. 그녀는 외국에서 온다는 그 사람이 미덥지 않았지. 남편의 이야기에 따르면 과거에 범죄를 저지른 사람이잖아. 자신에게 위험한 인물을 없애기 위해 같은 짓을 한 번 더 저지르지 않는다는 법이 없지 않느냐 말이지. 그녀는 남편의 계획도 떳떳하지 못하다고 여겼어. 법이 협박범들에게 가혹하다는 사실을 알고 있었거든.

커쇼 부인은 그 약속이 교활한 덫일지도 모른다고 생각했어. 그게 아니더라도 이상하기는 했어. 그녀는 왜 스메서스트가 이튿날 자신이 묵을 호텔에서 만나자고 하지 않느냐고 따져 물었지. 그녀는 온갖 이유와 원인을 떠올리며 불안에 떨었어. 하지만 뮐러는 커쇼가 눈앞에 감질나게 들고 있는 막대한 황금의 환상에 눈이 멀어 버렸어. 그래서 선뜻 이 파운드를 더 빌려 주었다네. 커쇼는 백만장자 친구를 만나기 위해 그 돈으로 몸단장을 할 생각이었지. 삼십 분후 커쇼는 셋집을 나섰어. 그것이 불행한 아내가 남편을, 뮐러가 친구를 마지막으로 본 모습이었어.

아내는 노심초사하며 밤을 지새웠지만 결국 남편은 돌아오지 않았어. 다음 날 그녀는 펜처치 스트리트 일대에서 남편을 찾아 헤맸지만 아무런 소득도 없었다네. 그래서 12일에 스코틀랜드 야드를 찾아가 자신이 알고 있는 일들을 알리고 스메서스트가 썼다는 편지 두 통을 제출했어."

002
☆☆☆

구석의 노인은 우유 한 잔을 다 마셨다. 잔뜩 흥분해 귀를 쫑긋 세우고 이야기를 듣는 나를 보는 촉촉한 푸른 눈동자에는 흡족한 기색이 역력했다.

"31일에 부패가 심해서 신원을 확인할 수 없는 시체가 발견되었어. 거룻배 사공 두 명이 버려진 바지선 바닥에서 찾아냈지. 그 배는 런던의 이스트 엔드에 높이 선 창고들 사이에서 강으로 내려가는 어두컴컴한 계단의 발치 한 곳에 정박되어 있었어. 그곳 사진을 내가 가지고 있다네."

노인은 주머니에서 사진을 한 장 꺼내 내 앞에 놓았다.

"보다시피 내가 이 사진을 찍었을 때 문제의 바지선은 철거된 후였어. 하지만 누군가 들킬 염려 없이 안전하게 다른 사람의 목을 벨 만한 곳으로 이곳이 얼마나 안성맞춤인지 잘 알 수 있을 걸세. 방금 말했듯이 시신은 부패가 심해서 얼굴을 알아볼 수 없었어. 아마도 그곳에서 십일 일쯤 있었던 것 같아. 하지만 은반지와 넥타이핀 같은 물건들은 알아볼 수 있었고 커쇼 부인은 유류품들이 남편의 것이라고 확인을 했지.

당연히 그녀는 스메서스트가 범인이라고 소동을 부렸어. 경찰도 그에게 강력한 혐의를 두었지. 바지선에서 시신이 발견된 지 이틀 만에 세실 호텔의 호화로운 스위트룸에서 어떤 사람이 체포된 것을 보면 알 수 있지 않나. 그 사람은 눈치 빠른 기자들이 시베리아 백만장자라고 부르던 사람이었어.

솔직히 이 시점에서 나는 적지 않게 당황스러웠다네. 커쇼 부인의 이야기와 스메서스트의 편지들이 모두 신문에 실렸고 그것들을 바탕으로 경찰은 스메서스트가 저질렀다고 발표한 범죄의 동기를 파헤치던 중이었어. 나는 아마추어로서 재미로 사건을 파헤치기를 좋아한다네. 아무튼 스메서스트가 위험한 협박범을 확실하게 제거하려고 커쇼를 죽였다는 것이 일반적인 여론이었지. 하지만 이건 말도 안 돼! 말도 안 되는 동기라는 생각이 안 들었나?”

나는 그렇게 생각해 본 적이 한 번도 없었다는 사실을 인정하지 않을 수 없었다.

“맨몸으로 막대한 부를 쌓은 남자가 커쇼가 자신을 위협할 수 있으리라 믿을 정도로 바보겠나. 그는 분명 커쇼에게 자신을 위협할 만한 결정적인 증거가 없다는 사실을 알았을 거야. 뭔가 있다고 해도 교수형을 받을 정도는 아니었겠지. 혹시 스메서스트를 본 적이 있나?”

노인은 지갑을 뒤적거리기 시작했다.

나는 당시 신문에서 그의 사진을 보았다고 대답했다. 그러자 노인은 작은 사진을 내 앞에 놓았다.

“이 얼굴을 보면 무슨 생각이 드나?”

“표정이 이상해요. 놀란 것 같고요. 눈썹이 아예 없고 머리 모양도 외국 스타일이라 우스꽝스럽고요.”

“마치 모든 털을 밀어 버린 것 같지. 나도 그날 아침 사람들을 밀치고 법정에 들어가 피고석에 앉아 있는 백만장자를 처음 보았을 때 그런 생각부터 들더군. 그 사람은 키가 크고 몸이 꼿꼿해서 군인처럼 보였어. 얼굴은 구릿빛으로 탔더군. 콧수염이며 턱수염을 전혀 기르지 않고 머리카락은 프랑스 사람처럼 바싹 깎았지. 하지만 무엇보다 충격적인 건 눈썹은 물론 속눈썹마저 밀어 버린 거였어. 덕분에 괴상한 얼굴이 되고 말았지. 자네 말마따나 몹시 놀란 사람처럼 보였어.

하지만 놀랄 정도로 침착하더군. 그는 피고석 의자에 앉았어. 백만장자라 그런지 여유가 있더군. 그리고 검사가 증인들을 소환하는 사이사이에 변호사인 아서 잉글우드와 유쾌한 듯 이야기를 나누기까지 했어. 반면 증인들이 증언을 하는 동안은 손으로 머리를 가린 채 꽤 진지한 태도로 이야기를 들었어.

뮐러와 커쇼 부인은 경찰에 털어놓은 이야기를 다시 들려줬네. 자네는 법정에 방청을 하러 갈 정도로 호기심이 일지는 않는다고 말했었지. 그러니 자네는 커쇼 부인을 본 적이 없을 거야. 그렇지? 아하, 그렇군! 여기 그날 내가 법정에서 찍은 사진이 있네. 이 여자가 바로 커쇼 부인이야. 잔뜩 차려입고 증인석에 선 모습이라네. 화려한 망토에 한때 분홍색 장미들이 달려 있었던 보닛을 쓰고 있었지. 보닛에는 아직도 장미 꽃잎이 몇 장 남아서 검은 바탕에서 덜렁거리며 눈길을 끌었어.

그녀는 피고에게 눈길 한번 주지 않았어. 고집스럽게 치안 판사 쪽만 바라보았지. 부랑자 같은 남편을 정말 좋아했구나 싶더군. 커다란 결혼반지를 끼고 있었는데, 그 반지도 검은 천으로 감쌌지. 그녀는 커쇼의 살인범이 피고석에 앉아 있다고 확신하는 눈치였어. 그래서 말 그대로 남편을 잃은 슬픔을 범인이라고 믿는 남자 앞에서 과시했던 거라네. 말로 다 못 할 정도로 불쌍한 여자였지.

뮐러는 기름이 흐르고 잘난 척하는 뚱뚱한 남자였어. 자신이 증인으로 얼마나 중요한지 잘 아는 눈치였지. 청동 반지를 주렁주렁 낀 퉁퉁한 손가락으로 유죄를 입증하는 듯한 편지 두 통을 쥐고 있었어. 그가 나중에 편지를 확인해 줬지. 그 편지들은 그를 악명 높은 중요한 인물로 만들어 줄 보증 수표였어. 그런데 이내 아서 잉글우드 때문에 실망을 한 눈치였다네. 변호사가 질문할 게 아무것도 없다고 했거든. 뮐러는 대답을 하고 싶어 안달이 나 있었어. 절친한 친구 커쇼를 유인해 이스트 엔드의 으슥한 구석 어딘가에서 살해한 거만한 백만장자를 거꾸러뜨리기 위해 철저한 고발과 한 치 빈틈도 없는 비난을 퍼부을 만반의 채비를 갖추고 나왔으니 왜 아니겠나.

그 직후 법정에 긴장감이 고조되기 시작했어. 뮐러는 증인석에서 내려간 후 아예 법정을 떠났네. 심신이 피폐해진 커쇼 부인을 데리고 나가 버렸지.

그동안 경관 D 21호가 스메서스트 체포 당시의 상황에 대해서 증언을 했어. 그는 체포 당시 피고가 완전히 허를 찔린 것 같다고 증언했어. 자신이 혐의를 받고 있는 이유나 정황에 대해 전혀 이해를 못 하는 눈치였지. 하지만 어떤 상황인지 알게 된 후 저항을 해 봐야 아무 소용이 없다는 사실을 깨달았고 경관을 따라 침착하게 마차에 올라탔다는 거야. 사람들이 북적거리는 으리으리한 세실 호텔에서 뭔가 이상한 일이 벌어지고 있다는 사실을 눈치챈 사람이 아무도 없을 정도였어.

바로 그때 그 자리에 모인 방청객들이 너 나 할 것 없이 기대에 찬 한숨을 내쉬었어. 이제 재미있어지기 시작한 거야. 펜처치 스트리트 역에서 짐꾼으로 일하는 제임스 버클랜드가 진실만을 말하겠다며 선서를 한 참이었지. 선서는 거창했지만 그의 증언에는 별게 없었어. 그는 이렇게 증언했다네. 12월 10일 저녁 6시에 틸버리에서 출발한 기차가 한 시간가량 늦게 안개를 뚫고 역으로 들어왔어. 그가 기억하는 한 그렇게 안개가 자욱했던 날은 없었지. 그는 도착 플랫폼에 있었는데 일등칸 객차에서 어떤 승객이 그를 소리쳐 불렀어. 그는 승객이 거대한 검은색 모피 코트를 입고 모피로 된 여행용 모자를 쓴 것 말고는 못 봤어.

그 승객은 짐이 상당히 많았는데, 모두 F.S.라는 머리글자가 박혀 있었어. 그는 제임스 버클랜드에게 짐을 사륜마차에 실으라고 했어. 작은 손가방은 예외였는데, 그 가방은 직접 들고 갔다더군. 짐이 안전하게 실린 것을 확인하자 모피 코트의 남자는 돈을 지불했어. 그러더니 마부에게 어딜 다녀오겠다며 잠시 기다리라고 했어. 그 직후 남자는 작은 손가방을 든 채 대기실 방향으로 향했네.

'저는 마부와 안개에 대해서 잠시 이야기를 했습니다. 그러고 있으니 사우스 엔드발 완행열차가 들어오는 소리가 들려서 일을 하러 갔습니다.'

제임스 버클랜드는 이렇게 증언했어.

검사는 모피 코트의 이방인이 짐을 싣는 모습을 지켜본 후 대기실로 향한 그 시점에 대해 집중적으로 신문을 했어. 짐꾼은 단호하게 말했지.

'6시 15분에서 일 분 이상은 절대 넘지 않았습니다.'

그는 이렇게 주장했어.

아서 잉글우드는 이번에도 반대 신문을 하지 않았어. 그래서 이번에는 마부가 소환되었지.

모피 코트의 신사가 자신을 고용한 후 마차 안팎으로 짐을 실은 후 대기하라고 한 시각에 대해서 마부도 제임스 버클랜드와 같은 증언을 했지. 마부는 지시대로 기다렸다네. 자욱한 안개 속에서 말일세. 기다리다 지쳐서 짐을 분실물 보관소에 내려놓고 다른 손님을 찾아봐야 하나 심각하게 고민을 했지. 마침내 8시 45분이 되었어. 누군가 마차로 다급하게 걸어오는 모습이 보였어. 바로 그 남자였어. 그는 재빨리 마차에 올라타더니 세실 호텔로 곧장 가 달라고 했어. 이때가 바로 8시 45분쯤이었다고 마부가 주장했어. 이번에도 아서 잉글우드는 아무 질문도 하지 않았지. 프랜시스 스메서스트는 방청객이 빼곡히 들어찬 법정에서 아예 졸기 시작했어.

다음 증인은 토머스 테일러 경관이었지. 그는 12월 10일, 허름한 옷차림에 머리와 수염이 덥수룩한 남자가 역과 대기실 주변을 서성거리는 모습을 목격했어. 경관은 그 남자가 사우스 엔드에서 출발해 틸버리를 거쳐 오는 기차가 도착하는 플랫폼을 유심히 지켜보는 것 같았다고 증언을 했지.

경찰은 서로 일면식이 없는 증인을 두 명이나 용케 찾아냈어.

그들은 허름한 옷차림의 남자가 12월 10일 화요일 저녁 6시 15분 무렵에 일등석 대기실을 어슬렁거리다가 육중한 모피 코트와 모자를 쓴 신사가 대기실로 들어오자 곧장 다가가는 모습을 봤다고 증언했어. 두 사람은 그 자리에서 잠시 이야기를 나누었어. 무슨 이야기를 하는지는 못 들었지만 어쨌든 같이 그곳에서 걸어 나갔다는군. 어느 쪽으로 갔는지 보지는 못했던 모양이야.

그 무렵 무관심하게 졸고 있던 프랜시스 스메서스트가 깨어났어. 그는 변호사에게 귓속말을 했고 변호사는 격려의 뜻을 담은 미소를 지으며 고개를 끄덕였지. 다음으로 세실 호텔의 직원들이 스메서스트가 12월 10일 화요일 밤 9시 30분에 도착했다고 증언을 했어. 짐을 잔뜩 실은 마차를 타고 왔다고 했지. 이것으로 검사의 신문은 끝이 났네.

법정에 있었던 사람들은 스메서스트가 교수대에 올라선 모습이 보이는 듯했어. 우아한 방청객들이 아서 잉글우드의 변론을 끝까지 기다린 건 사건과 무관한 호기심 덕분이었어. 잉글우드는 요즘 법조계에서 가장 각광받는 인물이니까 오죽했겠나. 느긋한 태도하며 변론할 때의 느릿느릿한 말투가 요즘 대유행이지. 상류층의 젊은이들은 그 모습을 따라 하기도 한다더군.

말 그대로든 비유적이든 시베리아에서 온 백만장자의 목이 아슬아슬하게 매달려 있는 순간에도 아서가 긴 팔다리를 나른하게 쭉 펴며 일어서자 방청객들은 설레어하며 킥킥거렸지. 아서는 자신이 일으킨 소란이 잦아들기를 기다렸어. 이 사람은 타고난 배우야. 그가 여느 때처럼 질질 끌듯이 차분하게 변론을 시작했고 그가 반드시 해내리라는 사실에는 의심의 여지가 없었어.

'판사님, 지난 12월 10일 화요일 저녁 6시 15분에서 8시 45분 사이에 제 의뢰인이 윌리엄 커쇼를 살해했다는 혐의에 대해 지금부터 증인 두 사람을 소환할 예정입니다. 그 두 사람은 윌리엄 커쇼가 12월 16일 월요일 즉, 살해되었다고 추정되는 날로부터 엿새 후에도 살아 있었다고 증언을 할 것입니다.'

법정 안은 마치 폭탄이 터진 것 같았네. 판사조차 경악을 금치 못했지. 내 옆에 있는 어떤 숙녀는 어찌나 놀랐는지 정신을 차렸을 즈음에는 디너파티를 취소해야 할지 고민을 할 정도였어.

나는 어땠는가 하면…….”

구석의 노인은 전에 없이 초조해하면서 동시에 자신에게 도취된 듯한 기묘한 상태에서 말을 이어 나갔다.

“그러니까 이 몸은 오래전부터 그 괴이한 사건에서 어느 부분에 문제의 소지가 있는지 꿰뚫고 있었거든. 그래서 남들만큼 놀라지 않았어.

사건이 어떻게 전개되었는지 기억할 걸세. 결국 경찰들은 완전히 헤매게 되었지. 그렇지 않았던 사람은 나밖에 없었을 거야. 커머셜 로드에 있는 호텔 주인인 토리아니와 웨이터는 12월 10일 오후 3시 30분경에 허름한 옷차림의 남자가 호텔의 커피숍으로 들어와서 차를 주문했다고 증언을 했어. 그 남자는 기분이 좋았는지 말이 많았어. 웨이터에게는 자신은 윌리엄 커쇼인데, 조만간 런던에서 자신을 모르는 사람이 없을 거라고 했다는 거야. 생각지도 못한 복이 굴러 들어와서 엄청난 부자가 될 거라는 둥 말도 안 되는 헛소리를 끝도 없이 지껄였다더군.

그는 차를 다 마시고 어슬렁어슬렁 그곳을 떠났어. 그런데 그 사람이 길모퉁이를 돌아가자마자 웨이터가 낡은 우산 하나를 발견했어. 그 허름한 차림의 수다스러운 남자가 깜빡 잊고 두고 간 것이었지. 시뇨르 토리아니는 자신의 수준 있는 커피숍에서 늘 그러듯이 그 우산을 사무실에 잘 모셔 뒀어. 혹시라도 손님이 우산을 잃어버린 걸 알아차리고 찾으러 올 때를 대비해서 말이지. 그랬는데 일주일 후, 그러니까 16일 월요일 오후 1시경 그 남자가 그날과 똑같은 허름한 차림새로 나타나서 우산을 돌려 달라고 했어. 그는 그곳에서 점심을 먹고 또 웨이터와 잡담을 나눴지. 시뇨르 토리아니와 웨이터는 윌리엄 커쇼라는 남자의 인상착의를 증언했는데, 커쇼 부인이 말한 내용과 정확하게 일치했어.

희한하게도 커쇼는 얼빠진 사람 같았어. 이번에는 그가 나가자마자 웨이터가 커피숍에서 테이블 아래 떨어진 지갑을 발견했거든. 지갑에는 윌리엄 커쇼 앞으로 된 잡다한 편지와 영수증이 들어 있었어. 이 지갑이 증거로 제출되었는데, 그때 법정에 돌아와 있던 칼 뮐러가 절친했던 불쌍한 친구 '빌리암'의 것이라고 금세 확인해 줬다네.

이것이 피고에 대한 혐의를 깰 수 있는 첫 번째 충격이었어. 자네도 인정하겠지만 충격파가 상당했어. 이미 스메서스트에 대한 혐의는 사상누각처럼 무너지고 있었어. 게다가 그 만남, 스메서스트와 커쇼의 만남은 도저히 부인할 수 없었어. 안개 낀 저녁에 두 시간 반 동안 두 사람이 만났다는 사실은 명백히 입증할 수 있지."

구석의 노인은 그 후로 한참 동안 말문을 열지 않았다. 나는 다음 이야기가 궁금해서 견딜 수가 없었다. 그는 기다란 노끈을 가지고 꼼지락거리더니 어느새 온통 복잡하고 정교한 매듭을 잔뜩 묶어 비어 있는 부분은 고작 2센티미터 정도밖에 남지 않았다.

잠시 후 그가 말문을 열었다.

"장담하는데, 바로 그 순간 내게는 사건의 진상이 환하게 보였다네. 판사라는 사람이 피고의 과거를 파헤치는 질문으로 자신의 시간과 내 시간을 낭비하는지 놀라울 따름이었어. 프랜시스 스메서스트는 그때까지의 졸린 모습에서 벗어나서 코맹맹이 소리에 외국 억양이 짙어 알아듣기 힘든 말투로 대답을 했어. 그는 커쇼가 말했던 자신의 과거를 차분하게 부인했다네. 자신은 결코 바커가 아니라고 주장했어. 그러므로 삼십 년 전에 벌어진 살인 사건에 연루되지도 않았다고 말이지.

'하지만 커쇼라는 남자를 알지 않았습니까. 그러니 그에게 편지를 쓴 것 아닌가요?'

판사는 끈질기게 물고 늘어졌어.

그러자 피고는 차분하게 대답했지.

'죄송합니다만, 판사님. 저는 커쇼라는 사람을 모릅니다. 게다가 그 편지를 쓴 적이 없다고 맹세할 수 있습니다.'

그러자 판사가 경고하듯 반박을 했다네.

'편지를 쓰지 않았다고요? 그것참 해괴망측한 주장이군요. 왜냐하면 바로 지금 당신이 그에게 쓴 편지 두 통을 내가 가지고 있으니 말이오.'

'그 편지를 쓴 사람은 절대 제가 아닙니다, 판사님. 제 필적과도 맞지 않습니다.'

이렇게 피고는 차분하게 계속 부인을 했어.

바로 그때 아서 잉글우드가 느릿한 말투로 불쑥 끼어들었지.

'그 점은 쉽게 증명할 수 있습니다.'

그러더니 판사에게 꾸러미 하나를 넘겨주었다네.

'이것들은 제 의뢰인이 이 나라에 도착한 후에 쓴 편지들입니다. 그중 몇 통은 제가 직접 보는 앞에서 썼습니다.'

아서 잉글우드의 말대로 그 사실은 쉽게 증명할 수 있었어. 판사의 요청에 따라 피고는 몇 줄을 직접 쓰고 서명도 했지. 종이 한 면에 몇 번이나. 깜짝 놀라는 치안 판사의 얼굴에서 결과를 쉽게 짐작할 수 있었어. 두 필적에 닮은 점이라고는 조금도 없었던 거야.

수수께끼만 더 늘어난 셈이었지. 윌리엄 커쇼와 펜처치 스트리트 기차역에서 만나기로 약속한 사람은 대관절 누구였을까? 피고는 영국에 도착한 후 어떻게 시간을 보냈는지 만족할 만한 답변을 했다네.

'저는 차르스코예 셀로 호를 타고 도착했습니다. 제 친구의 요트죠. 템스 강 하구에 도착했는데 안개가 너무 짙게 끼었더군요. 그래서 배에서 안전하게 하선하기 위해 꼬박 하루를 더 기다려야 했습니다. 러시아인인 제 친구는 배에서 내리려고 하지 않았습니다. 짙은 안개를 보고 깜짝 놀랐거든요. 그 친구는 곧장 마데이라로 떠났습니다.

마침내 제가 하선한 날은 화요일인 10일이었습니다. 저는 곧장 런던행 기차에 탔습니다. 짐꾼과 마부가 판사님에게 증언한 대로 마차를 불러 짐을 실었습니다. 그리고 식당으로 갔습니다. 와인을 한잔하고 싶었거든요. 대기실로 들어갔는데, 그곳에서 남루한 옷차림의 남자를 만났습니다. 그 남자는 제게 애처로운 이야기를 들려주더군요. 누구였는지는 저도 모릅니다. 그는 자신이 국가에 충성스럽게 봉사했던 노병이라고 말했습니다. 하지만 지금은 배를 곯는 신세가 되었다고 했죠. 그는 제게 자신의 셋집으로 함께 가 달라고 애원을 했습니다. 그곳에 가면 아내와 굶주린 아이들을 만날 수 있으니 자신의 이야기가 다 사실이며 자신이 얼마나 불쌍한 신세인지 알 수 있을 거라고 했습니다.'

피고의 태도는 고결할 정도로 솔직하더군.

'판사님, 그날은 제가 고국에 돌아온 첫날이었습니다. 삼십 년 만이었습니다. 그것도 부자가 되어서 말입니다. 도착하자마자 그렇게 딱한 사연을 듣게 된 거죠. 하지만 저는 사업가입니다. 호락호락 속아 넘어가고 싶지는 않았습니다. 저는 그 남자를 따라 안개를 뚫고 거리로 나갔습니다. 그는 한동안 제 옆에서 소리 없이 걸었습니다. 걷다 보니 어딘지 모르는 곳이었습니다.

문득 저는 그를 돌아보며 몇 가지 질문을 했습니다. 그 순간 속았구나 싶더군요. 그자는 제가 굶주리고 있는 아내와 아이들을 눈으로 직접 보지 않으면 절대 돈을 내놓지 않으리라는 사실을 알아차렸는지 저를 내버려 둔 채 더 호락호락한 미끼를 찾아 가 버렸습니다.

저는 어느새 음침하고 외진 곳에 와 있었습니다. 지나가는 마차가 한 대도 보이지 않았습니다. 저는 온 길을 되짚어가며 역으로 돌아가 보려고 했습니다. 하지만 상황은 더 나빠져서 점점 더 으슥한 동네로 가게 되었죠. 자욱한 안개 속에서 완전히 길을 잃은 것입니다. 그러니 컴컴하고 외진 골목을 헤매고 다니는 동안 두 시간 반이나 흘렀다고 해도 전혀 놀랍지 않습니다. 오히려 그 밤에 역을 찾은 것, 아니 그보다는 가까이에 길을 가르쳐 줄 경찰이 있었다는 사실이 더 놀라울 따름입니다.'

'그렇다면 커쇼가 당신의 일거수일투족을 알고 있었던 것은 어떻게 설명하겠습니까? 당신이 영국에 도착하는 날짜를 정확하게

알았던 사실은요? 이 편지 두 통에 대해서는 어떻게 설명하겠습니까?'

판사가 끝까지 물고 늘어졌어.

'그 부분에 대해서는 저도 모르겠습니다.'

피고는 차분하게 대답했어.

'그 편지는 제가 쓴 것이 아니고 그러므로 그 남자는, 어, 커쇼라고 했나요? 제가 죽인 것이 아니라는 점을 이미 증명하지 않았습니까, 아닌가요?'

'당신의 도착 날짜를 영국이나 러시아에 있는 누군가가 알고 있었겠지요?'

'제 밑에서 일했던 블라디보스토크의 직원들이라면 제가 떠난다는 사실을 당연히 알고 있었죠. 하지만 그들 중 누구도 이 편지를 쓸 수 없었을 겁니다. 영어는 까막눈이니까요.'

'그렇다면 당신은 이 수상한 편지에 대해서 아무런 실마리도 제공할 수 없다는 겁니까? 이 기이한 사건을 해결할 수 있도록 경찰을 도울 방법이 전혀 없다는 말인가요?'

'이 사건은 판사님과 더불어 이 나라의 경찰과 제게도 수수께끼입니다.'

프랜시스 스메서스트는 당연히 풀려났어. 그를 재판에 회부할 만한 증거가 없었으니까. 검찰의 기소를 완전히 무력하게 만든 강력한 변론의 쟁점은 첫째, 스메서스트가 커쇼와 만날 약속을 잡는 편지를 절대 쓰지 않았다는 사실 증명, 둘째, 10일에 살해되었다고 알려진 남자가 16일에도 멀쩡히 살아 있었다는 사실이었어. 그렇다면 백만장자인 스메서스트의 동향에 대해 커쇼에게 알려 준 수수께끼의 인물은 과연 누구였을까?"

003
☆☆☆

구석의 노인은 머리카락이 엉클어져 우스꽝스러운 머리를 한쪽으로 갸우뚱한 채 나를 바라보았다. 그러더니 사랑하는 노끈을 들고는 이번에는 기껏 묶은 매듭을 조심스럽게 풀기 시작했다. 매듭을 다 풀자 노인은 마침내 노끈을 테이블 위에 내려놓았다.

"자네가 듣고 싶다면 나의 추론을 과정까지 조목조목 짚어 주겠네. 그걸 들으면 자네도 나처럼 이 수수께끼를 풀 수 있는 유일한 길에 다다르게 될 거야.

일단 이것부터 따져 보자고."

그는 또다시 노끈을 집어 들고 안절부절못하는 태도로 말을 이었다. 그리고 핵심적인 사항을 이야기할 때마다 항해장航海長이 울고 갈 만큼 멋들어진 매듭을 줄줄이 만들었다.

"커쇼와 스메서스트가 서로 몰랐다는 사실은 도무지 말이 안 돼. 커쇼는 편지 두 통을 통해 스메서스트가 영국에 온다는 사실을 잘 알고 있었으니까 말일세. 이 사실로 미루어 보아 스메서스트를 제외하면 그 편지를 쓸 수 있었던 사람은 아무도 없다는 사실이 명백해 보여. 자네는 편지들을 피고가 쓰지 않았다는 사실이 증명되었다고 반박하겠지. 일단은 그래. 하지만 기억해 보게. 커쇼는 조심성이 없는 남자였어. 그는 편지 봉투 두 개를 모두 잃어버렸지. 그에게 봉투 따위는 중요하지 않았던 거야. 그러므로 그 편지를 쓴 사람이 스메서스트가 아니라는 사실이 증명되었다고 단정할 수는 없어."

"하지만……."

나는 말문을 열었다.

"잠깐."

노인이 내 말을 막았다. 그동안 새로운 매듭 두 개가 나타났다.

"살인 사건이 일어나고 엿새 후에 윌리엄 커쇼가 살아 있었다는 사실도 입증이 되었지. 그는 얼굴이 알려져 있었고 편리하게도 지갑을 놓고 나오는 바람에 신원을 확실하게 확인해 줄 수 있는 토리아니 호텔에 갔었다는 사실도 증명이 되었지. 하지만 바로 그날 오후에 백만장자인 프랜시스 스메서스트가 어디에서 무엇을 했는지 물어본 사람은 아무도 없었어."

"맞아요. 설마 그 말씀은……?"

나는 말문이 턱 막혔다.

"제발 잠시만 기다리게. 토리아니 호텔의 주인은 도대체 어떻게 법정까지 나오게 되었을까? 윌리엄 커쇼가 두 번이나 커피숍을 찾아 사람들의 기억에 남을 행동을 했고 그 호텔 주인이 백만장자의 살인 혐의를 벗겨 줄 결정적인 증거를 제시할 수 있으리라는 사실을 아서 잉글우드 혹은 그의 의뢰인이 어떻게 알고 있었을까?"

그는 의기양양해서 말했다.

"분명 평소대로 경찰이……."

내가 반박을 하려고 했다.

"경찰은 세실 호텔에서 스메서스트를 체포할 때까지 모든 사실을 철저히 비밀에 부쳤어. 그들은 평소와 달리 '누구누구의 행방을 알고 계신 분은 어쩌고저쩌고……' 같은 광고도 신문에 싣지 않았지. 호텔 주인이 평소와 같은 방식으로 커쇼가 행방불명된 사실을 전해 들었다면 당연히 경찰서부터 찾아갔을 거야. 그런데 그를 법정에 세운 사람은 아서 잉글우드였어. 아서 잉글우드는 도대체 어떻게 커쇼의 행적을 추적했을까?"

"혹시 지금 하시려는 말씀은……?"

"네 번째 사항."

노인은 냉정하게 이야기를 계속했다.

"커쇼 부인은 남편의 필적 견본을 제출해 달라는 요청을 한 번도 받지 않았어. 왜였을까? 왜냐하면 자네가 영리하다고 말하는 그 경찰이 엉뚱한 곳에서부터 수사를 시작했기 때문이야. 그들은 윌리엄 커쇼가 살해되었다고 믿었어. 그래서 윌리엄 커쇼의 행적을 추적했지.

모든 사람들이 12월 31일에 뱃사공 두 명이 발견한 시신을 윌리엄 커쇼라고 추정했어. 자네에게 그곳의 사진을 보여 줬지. 아무리 봐도 음침하고 외진 곳이 아니던가? 약자를 괴롭히는 자나 겁쟁이가 순진한 이방인을 죽이고 나서 몸에 지닌 귀중품이며 서류며 신분증까지 모두 훔친 후 썩어 가도록 내버려 두기에 딱 좋은 장소가 아니던가. 시신은 버려진 바지선에서 발견되었어. 그 바지선은 한동안 계단 발치의 벽에 정박되어 있었어. 시신은 부패가 막바지에 다다른 상태라 당연히 신원을 확인할 수 없었지. 그런데도 경찰은 윌리엄 커쇼라고 판단을 한 거야.

그들에게는 변사체가 프랜시스 스메서스트의 시신이고 윌리엄 커쇼가 그를 살해한 진범이라는 생각은 결코 떠오르지 않았지.

아! 정말로 영리하고 정교한 계획이었어! 커쇼는 천재야. 모든 걸 잘 생각해 보게! 그가 한 변장은 또 어떻고! 커쇼는 턱수염도 콧수염도 머리도 죄다 덥수룩했어. 그랬던 그가 눈썹까지 다 밀어 버린 거야! 그러니 법정에서 맞은편에 있었던 아내도 그를 알아보지 못했지. 커쇼가 피고석에 앉아 있는 동안 그녀는 단 한 번도 그쪽을 응시하지 않았어. 원래 커쇼는 수염과 머리가 덥수룩하고 몸이 구부정한 인물이었어. 백만장자인 스메서스트는 한때 프러시아 군대에서 복무를 했을 거야.

우리의 범죄자께서는 토리아니 호텔의 커피숍을 다시 찾을 계획을 세워 두었어. 그 며칠 동안 가짜 턱수염과 콧수염, 가발을 살 시간이 필요했어. 면도를 하기 전 자신의 모습과 똑같이 보이기 위해서 말이지. 자신처럼 보이도록 변장을 하다니! 정말 대단해! 지갑을 남겨 두고 오다니! 히히히! 커쇼는 살해되지 않았어. 그럴 리가 없지. 그는 살인을 저지르고 엿새 후 토리아니 호텔에 다시 갔어. 그 엿새 동안 백만장자 스메서스트라는 자는 공원에서 공작부인과 희희낙락 즐거운 시간을 보냈지! 그런 놈은 목을 매달아야 해! 젠장할!"

그는 주섬주섬 모자를 찾았다. 그는 잔뜩 긴장한 것 같은 떨리는 손으로 모자를 잡으며 내게 정중하게 인사를 한 후 자리에서 일어났다. 나는 노인이 계산대로 다가가 자신이 마신 우유와 빵 값으로 이 펜스를 지불하는 모습을 지켜보았다. 그는 곧 찻집을 나가 모습을 감추었지만 나는 망연자실한 채 스냅 사진 두 장을 앞에 놓고 앉아만 있었다. 그러고는 방금까지 구석 자리에 앉아 있던 노인만큼 혼란스럽고 눈에 거슬리고 영문을 알 수 없는, 처음부터 끝까지 온통 매듭으로 가득 찬 기다란 노끈 하나를 멍하니 바라볼 뿐이었다.

ABC 찻집

누군가의 이름을 대놓고 부르기 애매하거나 잘 모를 때 '아무개'라거나 '모某씨'
라는 표현을 씁니다. 요즘은 영어 머리글자를 쓰거나 초성만 따와 감질나게도 하
죠. ABC 찻집을 원서에서 처음 봤을 때 저는 당연히 작가가 대충 붙인 이름이겠
거니 했습니다. 찻집 이름을 그럴듯하게 썼다가 정말 그런 찻집이 있으면 곤란하
다고 생각했겠지, 이렇게 생각한 겁니다. 그런데 별 뜻 없이 ABC 찻집을 검색하
다가 놀라운 사실을 알게 되었습니다. ABC 찻집은 정말 있었던 겁니다! 1862년
영국에서 효모를 사용하지 않고 빵을 만드는 회사가 문을 열었습니다. 그 회사는
'탄산가스로 부풀리는 빵 만드는 회사(Aerated Bread Company)'인 ABC였습니다.
이 년 후인 1864년 ABC는 자사의 빵과 간단한 요리를 제공하는 ABC 찻집을 열
기에 이르렀습니다.

우리의 주인공 폴리는 늘 ABC 찻집을 찾는데, 이 점을 눈여겨보아야 합니다. 왜
냐하면 ABC 찻집은 빅토리아 시대에 여자가 남자 없이도 혼자서, 혹은 여자들끼
리 식사를 할 수 있는 최초의 장소였기 때문입니다. 이 찻집은 앨런 브래들리의
'플라비아 들루스' 시리즈에도 슬쩍 등장하니 꼭 한번 찾아보세요!

시 거 렛

독 살

미 수

사 건

02

The Old Man
in the Corner

001

☆☆☆

어느 날 아침 발길 닿는 대로 걷다 보니 나는 어느새 ABC 찻집의 대리석 테이블 앞에 앉아 있었다. 왜 여기로 왔는지 곰곰이 생각하다가 이곳에 발길을 들인 자신에게 버럭 화를 냈다. 나는 차를 한 모금 마시고 롤빵을 베어 물고는 접어 들고 있던 《데일리 텔레그래프》에 다시 얼굴을 파묻었다.

"우유 한 잔과 치즈 케이크 한 조각 주시오."

어디선가 익숙한 목소리가 들렸다.

그 순간 내 시선은 구석에 앉아 커다란 뿔테 안경 너머에 가려진 상냥하면서 촉촉한 푸른 눈동자를 하고 뼈만 남은 앙상하고 긴 손가락 열 개로 노끈 한 가닥을 약 올리듯 만지작거리는 인물에게

얼스터코트 Ulster Coat

빅토리아 시대의 남성들의 외투로, 망토와
소매가 모두 달려 있는 것이 특징이다.
트위드, 헤링본 등의 질긴 직물로 만든다.
에드워드 시대가 되면 망토가
생략된 형태로 자리잡는다.

꽂혔다.

날씨가 쌀쌀했기 때문인지 노인은 무늬가 거창한 큼지막한 모직 얼스터코트를 입고 있었다. 사과라도 하는 듯 희미한 미소를 지은 채 꼼지락거리며 앞에 앉아 있는 노인의 모습은 내가 그날 아침 ABC 찻집에 갈 수밖에 없었던 이유 그 자체인 것처럼 보였다.

"안녕하세요?"

나는 최대한 품위를 갖춰서 인사를 했다.

"자네는 시거렛 사건에 관심이 많은가 보군."

노인은 《데일리 텔레그래프》의 특별 칼럼을 가리키며 말했다.

"이제 다시 기운을 차렸다더군요."

내가 대꾸했다.

"그래. 하지만 자네는 누가 시거렛에게 독을 먹여 사선을 넘나들게 만들었는지 모르겠지. 포크라는 남자가 이 사건에 관련이 있는지, 그가 누군가에게 뇌물을 받았는지, 거짓말을 한 사람이 키슨 부인인지 코크럼이라는 마부인지도 모르고. 아니면 왜⋯⋯?"

"네, 몰라요. 저는 아무것도 모르겠어요."

나는 내키지 않아 하며 고백했다.

노인은 생명력을 얻어 살아난 허수아비처럼 꼼지락거리며 구석에서 안절부절못하더니 갑자기 멍한 미소를 지으며 얼굴을 환하게 밝혔다. 그는 가늘고 긴 손가락으로 노끈의 한쪽 끝을 잡고 나머지 끝도 잡았다. 늘 보아 온 모습처럼 뭔가 걱정이 있는 듯한 분위기로 꼼지락거리면서 노끈의 매듭을 묶었다 풀었다 하며 새파란 눈을 들어 커다란 안경 너머로 나를 뚫어지게 바라보았다.

"이 사건에 대해서 어떤 가설을 세워 놓고 계신지 듣고 싶어요."

내 입에서 마침내 이 말이 튀어나왔다. 그도 그럴 것이 나는 이 사건에 관심이 매우 많았다. 노인과 시거렛 사건에 대해 토론을 하고 싶다는 마음에 나도 모르게 ABC 찻집까지 발을 옮겼을 정도니 말이다.

그러자 노인은 온화한 태도로 말했다.

"오, 내 가설들은 이러쿵저러쿵할 가치도 없다네. 경찰은 내용이 뭐든 내 가설에 단 오 실링도 주지 않을 테니까. 그 사람들은 경찰이 아닌 외부인이 찾은 해결책이라면 설령 그것이 논리적으로 도달한 결론이라고 해도 차라리 사건을 미결로 남기는 편을 택하지. 하지만 자네는 운이 좋은 것 같군. 시거렛의 주인이 사건을 해결하는 사람에게 상금으로 백 파운드를 걸었다니 말일세. 그 고귀한 백작은 가진 것을 몽땅 그 암말에게 걸었을 거야. 남 얘기하기 좋아하는 사람들은 백작이 폐인이 다 되었다고 한다더군. 아름다운 레이디 애그니스가 유명 조련사의 아들인 해럴드 키슨의 아내가 되어 천만다행이라 여길 거라고도 하고 말이야."

구석의 노인은 자신이 묶은 가장 복잡한 매듭을 푸는 것에 열중하는 바람에 잠시 이야기를 멈추는가 싶더니 다시 말을 이었다.

"뉴마켓에 가서 아무나 붙잡고 물어봐도 키슨가가 사는 집을 가르쳐 줄 거야. 그곳은 매너 하우스라고 하는데, 사방이 아름다운 정원에 둘러싸여 있다네. 조지 키슨은 오십 세 정도 되었어. 그 남자는 상당히 유서 깊은 가문 출신이야. 키슨가는 중부에서 지난 팔백 년간 영지를 보유했었지. 그는 이 사실을 매우 자랑스러워하는 것 같아. 하지만 그의 아버지라는 사람은 돈을 물 쓰듯 쓰는 걸로 유명했어. 재산을 탕진해서 죽을 때는 빈털터리였지. 하나밖에 없는 아들에게 물려준 거라곤 가난과 악마가 울고 갈 정도로 센 자존심뿐이었다네.

그런데 운명은 조지 키슨의 편이었어. 그가 말과 경마에 관해 속속들이 알고 있던 것이 큰 도움이 되었고 모자라는 점은 끈기를 가지고 열심히 일해서 채웠다네. 쉰 살이 된 지금은 엄청난 부를 쌓아 올렸어. 실제로 일에서도 따라올 사람이 없고 귀족은 아니지만 상당한 보수를 받는 수준으로까지 지위가 올라갔지.

매너 하우스는 그의 소유야. 그곳에서 젊은 아내와 외동아들이자 상속자인 해럴드와 함께 살았지.

오크햄턴 백작을 위해 시거렛을 조련한 사람이 바로 조지였어. 마주와 조련사는 물론, 이 말의 재능에 대해 일찌감치 낌새를 맡은 소수의 사람들은 시거렛을 한밑천 벌어다 줄 재목으로 키우기 위해 책임지고 조련을 하고 있었다네. 왜냐하면 시거렛은 다크호스로 숨겨져 있었거든. 요즘 같은 시절에 쉬운 일이 아니지. 경마장 주변은 뒤가 구린 방법으로 입에 풀칠하는 악당들로 우글거리지 않나.

그 방법 중에서도 초기 정보를 입수하는 건 그나마 가장 떳떳한 짓이야.

조지에게는 다행스럽게도 코크럼이라는 믿을 만하고 유능한 마부가 있었어. 이 청년은 조지 밑에서 십 년도 넘게 일을 했지. 코크럼이 시거렛을 보살피는 모습을 보면 그 말에게 특별한 자부심을 품고 있었다는 말로는 부족할 거야. 그는 시거렛을 진심으로 사랑했어. 그러므로 그가 말의 안전을 걱정하는 마음은 오크햄턴 백작이나 조지에 못지않을 거라는 데 아무도 딴죽을 걸지 못할 걸세.

그런 연유로 조지는 코크럼에게 시거렛을 보살피도록 믿고 맡겼어. 시거렛은 매너 하우스에 붙어 있는 개인 마구간에서 지냈다네. 코러네이션 경주*를 앞두고 며칠 동안 코크럼은 밤낮으로 시거렛의 곁을 지켰어. 마부는 마구간에서 잠을 자고 세끼 식사도 같이 했다네. 조지나 오크햄턴 백작이 아니면 아무도 그 살아 있는 보물에게 가까이 다가가게 하지 않았지.

그런데 이렇게 온갖 예방 조치를 취하고 사람이 생각할 수 있는 모든 주의를 기울였건만 경주가 열리는 날 아침 시거렛이 독에 당한 증상을 보였던 거야. 자네 말대로 지금은 건강을 회복했지만 그때는 상태가 위급해서 경주에 나가지도 못했지. 소문에 따르면 그 때문에 오크햄턴 백작은 완전히 몰락했다더군."

구석의 노인은 뿔테 안경 뒤의 눈으로 나를 빤히 쳐다보았다. 나를 바라보는 푸른 눈동자에는 상냥한 기색이 어려 있었다.

이윽고 그가 말을 이었다.

"자네도 상상이 되겠지. 그 일이 암갈색 암말의 안녕에 운명을 걸고 있는 사람들에게 얼마나 청천벽력 같은 재앙이었을지. 조지는 순간적으로 이성을 잃었다고 하더군. 그는 아침 6시에 허겁지겁 시거렛의 마구간으로 달려갔어. 그곳에는 시거렛이 눈을 멍하니 뜨고는 뻣뻣하게 굳은 채 짚단에 누워 있었지. 그는 코크럼의 머리를 향해서 둔중한 승마용 채찍을 들어 올렸어. 정말로 채찍으로 후려쳤다고 말하는 사람들도 있지. 어쨌든 마부는 넋이 나가서 욕을 먹든 얻어맞든 아무것도 못 했다더군. 한참을 망설인 후에야 마지못해서 시거렛을 책임지고 돌본 이후로 처음으로 푹 잘 잤다고 털어놓았다는 거야.

그는 목이 멘 목소리로 이렇게 말했지.

'주인님도 아시다시피, 저는 잠이 얕지 않습니까. 평소에는 시거렛이 조금만 소리를 내도 놓치는 법이 없었습니다. 그런데 지난밤에는 대관절 무슨 영문인지 저녁을 먹고 난 후로 졸리기 시작하더니 금세 곯아떨어진 것이 분명합니다. 한밤중에 딱 한 번 눈을 떴는데, 그때 시거렛은 멀쩡했습니다.'

● **코러네이션 경주** _ 영국에서 매년 유월에 개최되는 경마 대회로 세 살 이내의 순종 암말에게만 참가 자격이 주어진다.

마부는 말을 멈추고 뭔가 열심히 생각하는 것 같았네. 간밤에 꾼 꿈 같은 걸 떠올리려는 것 같았지. 마침 급히 마구간으로 불려 와 있던 수의사가 코크럼이 저녁에 반주로 마셨던 맥주가 담긴 잔을 집어 들었어. 킁킁 냄새를 맡고 살짝 맛을 보더니 차분하게 이렇게 말했다네.

'깊이 잠들었을 법도 하네요, 키슨 씨. 누가 이 맥주에 약을 탔어요. 아편이 들어 있군요.'

'아편이라고요!'

코크럼이 소리쳤어. 수의사의 말 덕분에 어느 모로 보나 책임을 벗을 수 있게 되었는데도 무슨 연유인지 그 전보다 더 낙담하고 자책하는 것 같았지.

코크럼의 저녁 식사는 매일 저녁 하인이 매너 하우스에서 마구간으로 가져온다네. 그날 밤에는 키슨 부인의 하녀 중에서 앨리스 이미지라는 젊은 하녀가 맥주 한 잔과 빵과 치즈를 쟁반에 받쳐서 11시 무렵에 가져왔어.

조지가 엄하게 캐묻자 하녀는 맥주에 약이 있었는지 전혀 몰랐다고 했네. 그녀는 종종 마부에게 저녁을 가져다줬는데, 둘이 연인 사이라고 털어놓았지. 저녁 식사가 놓인 쟁반은 그녀가 가져갈 수 있도록 대개 홀에 놓아둔다더군. 안주인이 잠자리에 들 준비를 도와준 후 식사 쟁반을 가지고 가는 거지. 그녀는 맥주에 손도 대지 않았다고 장담을 했어. 쟁반도 늘 올려놓는 홀 테이블에 평소와 다름없이 놓여 있었다더군.

'마치 제가 나의 코크럼에게 약을 탄 것 같잖아요!'

젊은 하녀는 눈물을 펑펑 쏟으면서 이렇게 말했어.

이런 빈약한 정보들이 그날 저녁 신문에 실리기 시작했지. 매우 대담하고 교활한 인물이 몹쓸 짓을 저질렀다는 사실을 한순간이라도 의심하는 사람은 아무도 없었지. 엄청난 돈이 경마에 걸려 있었기 때문에 많은 사람들이 이 사건으로 거의 망해 버렸어. 지금껏 경마에는 관심이 없던 사람들도 사건에 관심을 기울이기 시작했지. 신문마다 사건이 미궁에 빠진 것 같다고 하면서도 한 가지 사실에 주목했다네. 바로 어딘가 석연치 않은 코크럼의 행동이었지. 신문에서는 하나같이 이 사실이 사건 해결에 중요한 실마리가 될 거라고 추측했어.

처음에 그는 넋이 나간 것처럼 보였어. 약 기운이 남아 있었던 탓이었겠지. 게다가 실의에 빠져서 노발대발하는 조지에게 한마디 대꾸도 못 했어. 맥주에 약이 들어 있었다는 사실이 밝혀졌으니 그는 벌어진 상황에 아무런 책임이 없다는 사실이 증명된 셈이 아닌가. 그런데도 기사에 따르면 그는 영문 모를 말을 계속했어. 함께 있었던 조지와 수의사는 코크럼이 자꾸 '이제 어떻게 하지? 이제 어떻게 해?'라니까 넌더리를 내며 그 자리를 떠났다더군.

이틀 후 여러 스포츠 신문에 처음으로 이 자세한 내용의 기사가 실렸어. 신문은 잔뜩 신이 나서는 스코틀랜드 야드의 지칠 줄 모르는 노력 덕분에 오크햄턴 백작의 암말 시거렛을 상대로 일어난 악랄한 범죄를 둘러싼 의혹이 백일하에 드러날 것이라고 떠들었어. 이 사건과 관련해 누군가를 이미 체포했다는 기사도 함께 실렸지.

주거가 일정치 않은 찰스 포크라는 남자가 조금이라도 사건과 관련이 있을 것이라는 의심을 계속 받아 왔던 것 같아. 이 남자는 마권 암표상으로 알려져 있어서 경찰이 오래전부터 예의 주시를 했었지. 지난주 내내 포크가 매너 하우스 주변을 어슬렁거리는 모습도 목격이 되었어. 마부들이 그를 집 근처에서 쫓아낸 적도 몇 번 있었다네.

알고 보니 포크라는 남자는 사건이 일어나던 날 매너 하우스 근처를 오후 내내 어슬렁거렸어. 마구간 소년들과 어떻게든 말을 섞어 보려고 말이야. 심지어 그 집 하인들에게도 말을 걸려고 했지. 하지만 아무도 그를 상대해 주지 않았어. 조지는 그런 문제에 무척 엄격했거든. 암표상과 함께 있는 모습이 눈에 띄기만 하면 그 자리에서 해고해 버리겠다고 종종 고용인들에게 으름장을 놓았어.

그런데 이 사건을 수사하고 있는 트위스 형사가 어떤 정보를 입수했어. 앨리스 이미지가 포크와 이야기를 나누는 장면이 몇 번이나 목격이 된데다가 코러네이션 경주가 열리기 바로 전날 두 사람이 함께 있는 모습까지 목격되었던 거야. 형사에게 엄하게 추궁을 받은 앨리스는 처음에는 아니라고 부인하다가 결국 암표상과 한두 번 이야기를 했다고 실토를 했어.

그녀는 가끔 재미 삼아 말에 돈을 조금 걸었어. 그녀 말에 따르면 코크럼은 절대 정보를 알려 주지 않았지. 그는 젊은 여자들이 경마 내기를 하는 걸 좋아하지 않았거든. 포크는 늘 점잖고 말도 상냥하게 했다더군. 게다가 버킹엄셔 출신이었는데, 앨리스와 동향이었던 거야. 어쨌든 그녀는 십 실링 이상은 절대 그 사람에게 맡기지 않았어.

앨리스는 그런 처지에 놓인 아가씨답게 눈물을 펑펑 흘리면서 실토를 했지만 경찰은 그녀의 해명이 만족스럽지 않았어. 그래서 이튿날 그녀와 찰스 포크 모두 오크햄턴 백작의 암말 시거렛에게 심각한 위해를 가하려고 독을 먹인 혐의로 체포되었네."

003
☆☆☆

"이런 종류의 사건은……."

구석의 노인은 이렇게 말문을 떼더니 다시 입을 다물었다. 그동안에도 신경질적인 손가락으로 끝도 없이 이어진 듯한 끈을 쉴 새 없이 만지작거렸다.

"이런 종류의 사건은 대중의 지대한 관심을 끌기 마련이지. 이 나라 사람들은 대부분 스포츠를 좋아하는 편이지 않은가. 그러니 앨리스 이미지와 찰스 포크가 현지 치안 판사 앞에 끌려 나간 자리에 사람들이 구름 떼처럼 몰린 건 조금도 놀랄 일이 아니야. 기자들은 물론이고 일반인들까지 인산인해를 이루었지.

나는 처음부터 이 사건이 몹시 흥미롭더구만. 그래서 뉴마켓까지 다녀왔다네. 사람들이 구름처럼 모였지만 방청석에 좋은 자리를 차지할 수 있었지. 덕분에 이 스릴 넘치는 드라마에 등장하는 주요 인물들을 똑똑히 볼 수 있었다네.

먼저 그 자리에는 오크햄턴 백작이 참석했어. 잘생겼지만 깊이 상심에 빠진 운동선수의 분위기였지. 조지는 호리호리한 체격에 말끔하게 면도를 했어. 체격이 좋고 당당한 느낌이더군. 전체적으로 오래된 가문 출신에 고리타분한 인물 같은 느낌이 풀풀 풍기고 말이지. 키슨 부인은 창백하고 신경질적인 모습이었는데, 그렇게 긴박감 넘치는 장면에서 가장 어울리지 않는 인물이었달까. 마지막으로 앨리스 이미지는 하염없이 눈물만 흘리고 있었고 찰스 포크는 옷차림이 화려하고 도전적인 분위기에 얼굴은 말상이고 전체적으로 인정머리가 없어 보이는 인물이었다네.

마부인 코크럼도 참석했지. 내가 근시이기는 해도 법정에 들어가는 순간 그를 딱 알아봤다네. 그 젊은이만큼 의기소침하고 불행하고 어쩔 줄 몰라 하는 표정을 짓는 사람은 본 적이 없어.

앨리스 이미지와 찰스 포크는 혐의를 일체 부인했어. 앨리스는 또다시 눈물범벅이 되어서 코크럼과 결혼을 앞두고 있으니 그 사람에게든 그가 돌보는 아름다운 동물에게든 절대 해를 가할 이유가 없다고 항변을 했어. 왜 아니겠나? 포크로 말하자면, 자신이 악명을 얻고 있다는 사실을 분명히 인식하고 있는 것 같더군. 그래서인지 어깨를 으쓱하고 혐의를 부인하는 몸짓을 할 뿐이었어. 간간히 자신은 절대 아니라는 말을 곁들였고.

피고들은 사건이 벌어지기 전날 함께 있었다는 사실을 부인하지 않았어. 입증할 목격자를 따로 소환할 필요는 없었다네. 하지만 이튿날 벌어질 경주에 앨리스가 돈을 조금 걸고 싶다는 이야기밖에 하지 않았다고 주장했어.

그날 중요한 역할을 한 증인은 마부인 코크럼뿐이었어. 이번에도 그의 태도에 사람들은 놀랐어. 유난히 멈칫거리고 신경질적인 모습을 자꾸 보이자 사람들의 놀라움은 서서히 의심으로 바뀌었어.

치안 판사에게 질문을 받자 그는 앨리스의 죄를 벗기기 위해 최선을 다했어. 하지만 따로 의심하는 사람이 있느냐는 질문에 어느 때보다 혼란스러운 모습을 보였지. 처음에는 단호하게 '아니요'라고 하더니 갑자기 '예'라고 대답하면서 주위를 두리번거리는 거야. 그 모습이 영락없이 궁지에 몰린 가련한 짐승이었다네. 누가 보더라도 그는 뭔가를 숨기고 있었어. 심지어 어느 대목에서는 거짓말까지 하는 것 같았지. 그는 끔찍한 일이 벌어진 그날 밤 아무런 의심도 없이 맥주를 마셨다고 증언을 했어. 그리고 그대로 곯아떨어졌고 아침 6시까지 한 번도 깨지 않고 내처 잤어. 잠에서 깨어 말을 보고 뭔가 안 좋은 일이 일어났다는 걸 알아차린 거야.

하지만 치안 판사의 눈에는 코크럼의 위증 여부가, 다시 말해서 달리 의심이 가는 사람이 있든 단지 연인을 보호하기 위해서든 앨리스 이미지가 시거렛을 독살하는 데 가담했다는 증거로 충분했던 거야. 그도 그럴 것이 약이 든 맥주를 그에게 가져간 사람이 그녀였으니까. 하지만 그녀가 포크의 하수인이었는지 두 사람이 제삼자의 꼭두각시였는지를 판단할 증거는 충분하지 않았지.

치안 판사는 래버턴 소령이라는 사람인데, 오크햄턴 백작의 친구로 똑똑하고 예리한 사람이지. 아무튼 이 판사는 앨리스가 자백을 하도록 갖은 수를 다 썼어. 엄한 태도로 가련한 아가씨를 가차 없이 심문했지. 그 결과 앨리스에게 그나마 있던 자제력마저 바닥을 드러냈다네. 법정에 모인 사람들은 입을 모아 치안 판사를 비난했다네. 점점 그 아가씨를 히스테리 상태로 몰아가고 있으니 왜 아니었겠나.

나로 말하자면 내심 영리한 치안 판사를 칭찬했다네. 그의 의도를 간파했거든. 그래서 이 사건이 오래 기억되게끔 한 극적인 사건이 터졌을 때도 조금도 놀라지 않았지.

앨리스 이미지는 치안 판사의 호된 신문에 자제력을 잃고 만신창이가 된 나머지 코크럼이 앉아 있는 쪽을 향해 돌아섰어. 그러고는 그를 향해 양팔을 벌리고 흥분해서 울부짖기 시작한 거야.

'조! 나의 조! 당신은 내가 결백하다는 사실을 잘 알잖아요! 나를 위해 아무것도 하지 않을 건가요?'

눈물 없이는 도저히 볼 수 없는 장면이었어. 법정에 모인 사람들은 그 모습에 깊은 감동을 받았지. 바로 그때 코크럼의 태도가 돌변했어. 나는 사람들의 표정을 잘 읽는다네. 어린 약혼녀의 간청을 듣자마자 딱딱한 표정에 단호한 의지 같은 것이 돌연 나타났다는 사실을 금세 알아차렸어.

'알았어, 뭐든 할게, 앨리스!'

그가 벌떡 일어서며 이렇게 소리쳤어.

'저는 제 의무를 다하려고 노력했습니다. 여기 배심원단의 신사들이 이야기를 들어 주신다면 아는 것을 모두 털어놓겠습니다.'

말할 필요도 없이 그 신사들은 이야기를 들으려고 귀를 쫑긋 세우고 있었지. 뭔가를 단단히 결심한 후 단호하게 행동에 옮기려는 사람들처럼 마부 코크럼도 그렇게 진술을 시작했네.

'저는 판사님에게 그날 밤 맥주를 마신 후 곧장 깊은 잠에 빠져들었다고 증언을 했습니다. 얼마나 오랫동안 잠이 들었는지는 모르겠습니다. 그런데 잠에서 깨었다기보다 꿈이 흩어져 버린 것 같은 순간이 있었습니다. 저는 눈을 떴지요. 처음에는 아무것도 보이지 않았습니다. 마구간의 가스등을 아주 약하게 켜 놓았기 때문입니다. 손을 뻗으니 시거렛의 구절•이 만져졌습니다. 그렇다는 것은 아무 문제가 없고 내가 말을 잘 돌보고 있다는 뜻이었지요. 그 말에게 신의 가호가 있기를! 그런데 판사님, 바로 그 순간 문이 열려 있는 것이 보였습니다. 확실히 잘 보이지는 않았습니다. 누군가가 마구간을 빠져나가는 중이었어요. 거기 누구요? 제가 소리쳤습니다. 여전히 잠에 취해 있었고 몽롱했지만 대답하는 목소리를 듣고 저는 너무나 놀랐습니다. 왜냐하면…….'

마부는 여기서 입을 다물었다네. 잠시나마 단호하고 정직해 보이던 얼굴은 예의 당황하고 불행에 찬 표정으로 되돌아가고 말았지.

'왜냐하면……?'

치안 판사가 증언을 재촉했네. 법정에 모인 사람들처럼 치안 판사도 잔뜩 긴장해 있었지.

'말해요, 조. 네?'

앨리스 이미지가 너무나 가련하게 간청을 했다네.

'왜냐하면 주인마님이셨기 때문입니다. 키슨 부인 말입니다, 판사님.'

마부의 목소리는 잘 들리지도 않았지.

'마님 말입니다.'

그는 잔뜩 멘 목소리로 눈물을 글썽이며 이렇게 덧붙였네.

'절대 말하지 않으려고 했습니다. 하지만 앨리스는 제 약혼녀입니다, 마님. 앨리스가 이런 치욕을 당하는 모습을 더 이상 두고 볼 수 없습니다.'

그 순간 인산인해를 이룬 법정은 쥐 죽은 듯 고요해졌지. 모두의 눈이 키슨 부인의 핏기 없는 얼굴로 향했지. 그녀는 곧 얼굴을 붉게 물들이며 당혹스러운 표정만 지었어. 처음에 조지는 마부가 중상모략을 한다며 아연실색을 하더니 이내 불같이 화를 냈지. 시시각각 변하는 감정이 잘생긴 얼굴에 여실히 드러났다네.

'그게 무슨 헛소리야?'

그는 차고 있던 둔중한 승마용 채찍을 꼭 쥐며 소리를 쳤어.

'조용히 하시오!'

치안 판사가 위엄을 갖춘 목소리로 꾸짖었네.

'자, 코크럼. 계속 증언을 하시오. 키슨 부인이 대답을 했다고 했죠. 부인이 뭐라고 했소?'

'부인은 기분이 언짢으신 것 같았습니다, 판사님.'

코크럼이 계속했네. 그러면서도 안주인에게 미안해하는 표정을 감추지 않았지.

'왜냐하면 뭔가가 발부리에 채이셨기 때문입니다.

"아, 아무것도 아니야, 코크럼. 잠시 이야기를 하고 싶었을 뿐이야. 내 아들…… 어…… 해럴드와……. 나는……."'

'해럴드라고?'

조지가 또 폭발하고 말았다네.

'정숙하라고 했습니다. 계속하시오, 코크럼.'

치안 판사가 상황을 정리했어.

그러자 코크럼이 증언을 계속했네.

"'해럴드 도련님요, 마님? 이렇게 야심한 시각에 도련님과 마구간에서 뭘 하시려고요?"

제가 이렇게 여쭈었습니다.

"오, 아무것도 아니야. 그 애가 여기로 들어오는 모습을 본 것 같아서. 내가 착각을 했나 봐. 신경 쓰지 마, 코크럼. 아무것도 아니니까. 잘 자."

마님은 이렇게 말씀하셨습니다.

저도 안녕히 주무시라고 인사를 드렸습니다. 도련님이 밤중에 왜 마구간을 돌아다니실까 하는 의문이 문득 들었습니다. 바로 그때 세인트 세이비어 교회의 종이 새벽 4시를 알렸습니다. 좀 더 자고 싶었기 때문에 새벽 6시까지 잠을 잤습니다. 그리고 일어나 보니 시거릿이 그렇게 되어 있었습니다. 제 이야기는 모두 사실입니다. 무슨 일이 있어도 이 이야기만은 하지 않으려고 했습니다. 주인님과 주인마님은 제게 너무나 잘해 주셨기 때문입니다. 그분들의 명예를 위해서라면 저는 무슨 짓이든 할 겁니다. 하지만 앨리스는 곧 제 아내가 될 여자입니다. 그녀가 이렇게 치욕을 당하는 모습을 도저히 보고만 있을 수 없습니다.'

코크럼이 증언을 끝내자 주위는 쥐 죽은 듯 조용해 졌다네. 바늘이 떨어지는 소리도 들릴 것 같았지. 바로 그때 래버턴 판사가 키슨 부인을 증인석으로 소환했어. 그녀의 얼굴은 백지장처럼 하얗고 금세라도 쓰러질 것만 같았지. 이윽고 냉정을 잘 유지한 채 성서에 입을 맞췄어. 이윽고 확고한 어조로 판사의 물음에 답했네.

'저는 방금 전 마부가 들려준 기이한 이야기에 대해 맥주에 든

약에 취해 생시 같은 꿈을 꿨다는 말밖에 드릴 말씀이 없습니다. 마부가 증언한 시각에 저는 침대에서 곤히 잠들어 있었습니다. 그 사실은 제 남편이 증언해 줄 것입니다. 코크럼의 이야기는 처음부터 끝까지 날조한 것입니다. 하지만 저는 기꺼이 그를 용서할 것입니다. 왜냐하면 코크럼은 아편에 취해 있었던 것이니까요. 지금은 곤경에 처한 앨리스 때문에 제정신이 아닐 테지요. 제 아들인 해럴드에 대해서라면, 그날 밤 그 아이는 집에 없었습니다. 그는 당시 독신 친구들과 뉴마켓의 스태그 맨틀 호텔에 있었습니다.'

'뭐라고요! 그러면 해럴드 키슨은 지금 어디에 있습니까? 그날 밤 행적에 대해 믿을 만한 증언을 할 수 있으리라 믿어 의심치 않습니다만.'

치안 판사가 이렇게 되물었어.

'제 아들은 지금 외국에 나가 있습니다, 판사님.'

키슨 부인은 이렇게 대답했어. 그때 그녀의 얼굴은 전보다 살짝 더 붉어졌지.

'외국에요? 정말입니까? 그렇다면 그 점은 해럴드 키슨에게 불리하게 작용합니다. 그는 언제 외국으로 나갔습니까?'

판사가 잔뜩 흥분해서 물었다네.

'지난 목요일입니다, 판사님.'

키슨 부인이 대답했어.

그러자 주위는 또다시 찬물을 끼얹은 듯 조용해졌네. 그도 그럴 것이 지난 목요일이라면 코러네이션 경주가 시작된 날이었거든. 미지의 인물에 의해 시거렛이 독을 먹은 문제의 밤 다음 날 말일세."

004
☆☆☆

"범죄 기록을 통틀어서 시거렛에게 일어난 의심스러운 사건에 그 기묘한 실마리가 등장한 순간보다 더 극적인 순간이 또 있을까? 치안 판사는 키슨 부인을 증인석에서 내려 보낸 후 차마 조지와 눈도 제대로 맞추지 못했다네. 치안 판사와 개인적으로 친구 사이인 조지는 외동아들이 끔찍한 혐의를 받게 된 순간 엄청난 충격을 받았거든. 그 순간 키슨 부인이 위증을 했고 그녀와 아들이 그날 밤 마구간에 있었다는 사실을 믿지 않는 사람은 법정에서 그 두 사람뿐이지 않을까 하는 생각이 들 정도였어. 그날 무슨 이유로 키슨 부인과 외동아들이 그곳에 갔는지는 양심만이 말해 줄 수 있겠지.

앨리스 이미지와 찰스 포크는 무죄 석방되었어. 코크럼은 약혼녀가 무사히 풀려나 기쁨에 휩싸인 순간에도 여전히 울적하고 상심한 모습이었으니 그의 태도는 칭찬받을 만했지. 조지에 대해 말하자면, 그는 하나밖에 없는 아들이 지저분한 의심을 받게 된 사실에 엄청난 충격을 받았어. 이 세상에서 무엇보다 소중하게 여긴 가족의 명예가 땅바닥에 떨어졌다는 사실에 마음의 상처를 받았지. 가문의 명예에 이런 오점이 생긴 마당에 돈과 유서 깊은 영지가 무슨 소용이겠나?

한편 대중은 키슨 부인을 동정하면서도 어리석은 행동에 비웃음을 감추지 않았어. 코크럼이 누구냐고 물었을 때 입을 다물고 있었다면 아들이 의심을 받는 일도 없지 않았겠나. 그녀가 자신의 실수를 어떻게든 무마해 보려고 허위 증언을 했다는 사실에 대해서도 사람들은 가차 없이 비난을 퍼부었어. 해럴드 키슨은 문제의 목요일에 독신 친구 두 명과 함께 외국으로 여행을 떠났다네. 그들은 삼주 일정으로 노르웨이에 낚시 여행을 떠났어. 이곳저곳 계속 옮겨 다닐 거라 행선지의 주소도 남기지 않았어. 그러니 편지도 전보도 아무 소용이 없는 거지.

해럴드가 외국에 나가 있었던 삼 주 사이에 그의 상황에 결코 도움이 되지 않는 것이 드러났다네. 그는 오래전부터 오크햄턴 백작의 영애인 레이디 애그니스 스투어클리프와 사랑하는 사이였어. 어떤 사람들은 젊은 연인이 비밀 약혼까지 한 사이라고 주장하기도 했지. 그런데 백작은 딸이 조련사의 아들과 맺어지는 걸 계속 반대했던 모양이야. 가당치도 않은 메잘리앙스(신분이 낮은 사람과의 결혼)를 허락할 정도로 자신이 몰락하지 않았다는 말을 몇 번이나 했다지. 가문에 대한 자부심이 백작에 못지않은 조지도 이런 백작이 마음에 들 리 없었지. 백작이 공공연하게 결혼을 반대한 후로는 아들이 마음을 돌리도록 계속 설득했다네.

하지만 해럴드 키슨의 사랑은 매우 깊었고 레이디 애그니스도 여자 특유의 일편단심으로 그에게 애정을 보냈어. 안타깝게도 뉴마켓에서 끔찍한 사건이 벌어지기 며칠 전 둘을 둘러싼 상황이 절정에 다다랐어. 해럴드 키슨의 구애에 오크햄턴 백작이 느닷없이 확고부동한 입장을 밝힌 거야. 두 사람 사이에 험한 말들이 오갔고 결국에는 관계가 공공연하게 끊어지고 말았어. 백작은 그 젊은이의 집 출입을 금지해 버렸지.

사정이 이렇게 되자 해럴드는 몹시 상심했어. 자존심 때문에 차마 아가씨의 사랑을 이용할 수도 없었지. 결국 부모의 충고를 받아들여서 레이디 애그니스와의 일을 잊는다는 핑계로 노르웨이 여행을 떠난 거라네. 이 연애 사건이 당사자인 청년과 시거렛의 주인 사이에 격렬한 말다툼이 공공연히 벌어진 후 끝이 났다는 사실은 청년의 상황에 전혀 도움이 되지 않았어. 오크햄턴 백작이 그를 고발하려고 당국에 요청한 덕분에 해럴드 키슨은 하리치 항에 도착하자마자 곧장 체포되었네."

구석의 노인은 이야기를 계속했다.

"음, 그 이후에 벌어진 일들은 자네에게도 아직 기억이 생생할 걸세. 해럴드 키슨이 부두에 모습을 드러냈어. 개인적인 원한 때문에 말 못 하는 짐승에게 해코지를 할 정도로 비열한 인간이라는 혐의를 받은 채 말이야. 그런데 여론은 그를 동정하기 시작했어. 그가 상당한 미남인데다 너무나 솔직하고 정직한 젊은이로 보였거든. 이런 사람이 어떤 식으로든 그런 끔찍한 일에 가담했을 리 없다고 사람들은 확신하게 된 거야.

부유한 조지는 당장 아서 잉글우드를 변호사로 선임했네. 잉글우드는 짧은 시간 동안 의뢰인을 대신해 가장 중요한 증거를 착착 모았어.

해럴드 키슨과 함께 노르웨이로 여행을 떠났던 두 친구들이 증언을 했는데, 해럴드 키슨은 사건이 벌어진 날 밤에 스태그 맨틀 호텔에서 세 사람이 모두 알고 있는 친구의 총각 파티에 내내 함께 있었다고 했어. 두 친구는 파티에서 한밤중까지 브리지 게임을 했다고 증언을 했지. 방이 더워서 삼세판 승부를 두 번 벌이는 사이사이에 모두 거리로 나가 시가도 피웠다는 거야. 그들이 호텔에 다시 들어왔을 때 두 곳의 교회 종이 새벽 4시를 알렸어. 그중 하나가 세인트 세이비어 교회였지.

새벽 4시라면 코크럼이 키슨 부인과 이야기를 나눴다고 증언했던 바로 그 시각이지. 해럴드는 그 전날 밤 10시 이후로는 스태그 맨틀 호텔을 떠나지 않았어. 그 시각은 앨리스 이미지가 약이 든 맥주를 마부에게 가져다주기 한 시간 전이야. 그를 고발한 혐의 자체가 카드로 지은 집처럼 와르르 무너지고 만 거야. 결국 해럴드 키슨은 조금도 의혹의 눈초리를 받지 않고 무죄로 풀려났어.

그로부터 반 년 후에 그는 레이디 애그니스 스투어클리프와 결혼식을 올렸어. 그 무렵 백작은 완전히 몰락해서는 결혼을 더 이상 반대하지 않았어. 어차피 그 청년과 결혼한다면 딸이 안락하고 호사스러운 생활을 할 수 있을 테니 상관없었겠지. 조지는 시거렛 사건으로 막심한 손해를 입었어. 그래도 그는 여전히 부유했으므로 아들 부부에게 아름다운 집을 선물하는 데는 아무 문제가 없었다네."

구석의 노인은 웨이트리스를 불러 자신이 먹고 마신 우유 한 잔과 치즈 케이크의 값을 치렀다. 한편 나는 《데일리 텔레그래프》를 뚫어지게 바라보며 생각에 빠져들었다. 신문의 '런던 일상 통신' 코너에는 바로 오늘 아침에 해럴드와 레이디 애그니스 키슨 부부가 뉴마켓의 신혼집에서 런던으로 돌아왔다는 소식이 실려 있었다.

005
***

"그렇다면 누가 시거렛에게 독을 먹인 거죠? 대체 왜요?"
이윽고 내가 질문을 했다.
"누가 했을까요?"
노인은 짜증이 솟을 정도로 상냥하게 되물었다.
"분명히 생각해 두신 가설이 있으시겠죠."
내가 캐물었다.
"아하, 내 가설들은 왈가왈부할 만한 것이 못 된다네. 경찰은 신경도 쓰지 않을 것들이야."

"키슨 부인은 그날 밤 왜 마구간에 갔을까요? 정말 가기는 했을까요?"

내가 물었다.

"코크럼은 맹세코 그녀가 마구간에 왔다고 하지 않았나."

"그녀는 맹세코 가지 않았다고 했죠. 만약 갔다고 한다면 왜 아들을 찾았을까요? 설마 자신의 명예를 지키기 위해 아들에게 죄를 뒤집어씌운 걸까요?"

"설마. 대개 여자들은 자신이 살겠다고 자식을 팔지는 않아. 여자들은 말에게 독을 먹이는 짓도 하지 않지. 이건 결코 여자가 할 만한 범죄가 아니야, 안 그런가?"

노인은 약을 살살 올리며 점점 빈정거리는 말투가 되었다. 나는 그가 결국 입을 꾹 다물어 버리지나 않을까 겁이 났다. 그는 낙담한 표정으로 주위를 자꾸 두리번거렸다. 마침 내 옆에는 꾸러미가 몇 개 있었다. 나는 꾸러미 하나에서 재빨리 노끈을 풀어 아무렇지도 않은 척 그것을 노인에게 건넸다.

"코크럼이 거짓말을 한 게 아닐까요?"

내가 짐짓 무심한 태도로 물었다.

노인은 벌써 노끈을 잡고 긴장한 채 기다란 손가락으로 복잡하기 짝이 없는 매듭을 짓고 있었다.

"처음부터 다시 이 사건을 살펴보도록 하세."

마침내 노인이 말문을 열었다.

"이 수수께끼의 시작에는 마부인 코크럼과 안주인인 키슨 부인의 모순되는 증언이 버티고 있어. 일단 마부부터 살펴보지. 상황은 간단해. 그가 키슨 부인을 보았을 수도 있고 아닐 수도 있어. 그가 보지 않았다면 위증을 한 것일 테지. 의도치 않은 것일 수도 있고 고의로 모함을 하는 것일 수도 있어. 의도치 않은 것이었다면 그가 착각을 했다는 말이야. 하지만 이 추측은 별로 신빙성이 없어. 왜냐하면 키슨 부인이 그에게 말을 했고 심지어 아들인 해럴드 키슨을 언급하기까지 했다고 주장하고 있기 때문이야. 따라서 그날 밤 마부가 키슨 부인을 보지 않았다면 모종의 목적을 위해 고의적으로 위증을 했다고밖에 볼 수가 없어. 내 말 알아듣겠나?"

"네. 저도 이미 그런 생각을 해 보았어요."

"아주 좋아. 그렇다면 왜 코크럼이 그렇게 교묘한 거짓말을 할 수밖에 없었는지 조금이라도 설득력이 있는 동기를 말해 볼 수 있겠나?"

"약혼녀인 앨리스 이미지를 구하기 위해서였겠죠."

내가 말했다.

"앨리스가 처음부터 혐의를 받은 게 아니라는 사실을 잊었나 보군. 코크럼은 처음부터 그날 밤 있었던 일에 대해 물어보기만 하면 기이하고 극도로 모순되는 태도를 보였다는 사실도 간과했고 말이지."

"처음부터 앨리스 이미지가 유죄라는 사실을 알고 있었나 보죠."

내가 반박을 해 보았다.

"그렇다면 그날 밤에 아무것도 못 보고 못 들었다고 주장했을 거야. 그날 밤 일에 대해 위증을 하려고 했다면 차라리 암표상인 포크를 걸고넘어졌겠지. 자신에게 항상 잘해 주던 안주인이 아니라 포크가 마구간에 몰래 들어왔다고 했을 걸세."

"비밀스러운 이유로 키슨 부인에게 앙갚음을 하려던 게 아닐까요?"

"어떻게 말인가? 조지의 증언으로 쉽게 뒤집어질 수 있는 허위 증언을 해서? 실제로 조지는 아내가 그날 밤 침실을 나간 적이 없다고 주장할 수도 있었어. 아니면 알리바이를 증명할 수 있는 해럴드 키슨에게 죄를 뒤집어씌워서? 복수치고는 별로 좋은 방법이 아니라는 걸 자네도 인정하겠지. 아니야, 아니야. 이런 가능성들을 진지하게 생각할수록 코크럼이 우연이든 고의든 거짓말을 하지 않았다는 확신만 깊어질 뿐이야. 그는 그 시각에 마구간 입구에 있었던 키슨 부인을 보았고, 그녀가 그에게 대답을 했고, 공개 법정에서 위증을 한 사람은 오히려 그녀였다는 확신만 더 강해질 뿐이지."

나는 점점 당혹감에 휩싸인 채 반박을 했다.

"하지만 이유가 뭐죠? 왜 키슨 부인이 마구간에 가서 아들을 찾아야 했을까요? 그 시각에 아들이 그곳에 없을 뿐만 아니라 아들을 찾으면 그가 극도로 불리한 처지가 되리라는 사실을 모를 리 없었을 텐데요."

"왜냐고?"

노인은 장난감 상자에서 튀어나오는 인형처럼 잔뜩 흥분해서 소리쳤다.

"아, 자네도 생각하는 법만 잘 배우면 언젠가는 상당히 유능한 기자가 될 수 있을 텐데. 그 순간 키슨 부인은 왜 아들에게 죄를 뒤집어씌웠을까? 왜냐하면 그렇게 해도 그 순간으로 끝날 것이니까. 생각을 해 보게, 생각을! 여자는 자신을 구하려고 자식에게 죄를 떠넘기는 짓 따위는 하지 않아. 그렇다면 다른 누군가를 구하기 위해 그런 행동을 한 것은 아닐까. 자식보다도 더 가까운 사람 말일세."

"말도 안 돼요!"

내가 소리쳤다.

"말도 안 되다니, 뭐가?"

노인이 되물었다.

"이 사건에 등장하는 주요 인물들의 성격을 떠올려 보라고. 특히 조련사인 조지를 생각해 보게. 그는 성급한 성미에 가문에 대한 자부심이 비정상적일 정도로 높은 인물일세. 몰락해 가는 백작이 메잘리앙스 운운하면서 조련사의 아들과 딸의 결혼을 금지했지만 정작 아들은 그런 치욕을 당하고도 제대로 화도 못 내는 형편이니 아버지의 심정이 어땠을까? 고귀한 백작 나리에게 복수를 할 변변한 방법도 떠올리지 못한 채 분해서 이만 가는 형편이라면? 자부심으로 똘똘 뭉친 그 남자가 오크햄턴 백작이 아들에게 집에 얼씬도 하지 말라고 했다는 이야기를 듣고 얼마나 분통을 터뜨렸을지 상상이 되지 않나? 그가 이렇게 중얼거리는 소리가 들리지 않나?

'뭐라고! 좋아. 그 조련사의 아들이 반드시 백작의 딸과 결혼을 하게 만들어 주겠어!'

계획은 단순하고 효과적이기 그지없었지. 오만한 귀족이 완전히 몰락하면 딸을 부유하게 해 주고 자신에게도 도움을 줄 만한 사람과 기꺼이 딸을 결혼시키려고 할 테니까 말이야."

나는 이번에도 반박을 했다.

"하지만 조지가 왜 마부에게 약을 먹이고 한밤중에 마구간에 몰래 숨어들었을까요? 그러면 시거릿에게 언제라도 접근할 수 있잖아요?"

"왜냐고? 왜냐고? 왜냐하면 조지는 영리한 범죄자이기 때문일세. 그는 경찰과 대중 모두 실마리를 놓치게 만들 만큼 머리가 비상했거든. 기억해 보게. 코크럼은 밤이고 낮이고 암말을 지키고 보살폈어. 그러니 그가 정신을 바짝 차리고 있는 동안 말에 접근할 수 있었던 사람은 주인 내외를 제외하고 아무도 없다고 맹세라도 할 수 있지 않았겠나. 그런 상황에서는 반드시 조지가 의심을 사게 되지. 그래서 그는 기발한 범죄를 고안해 낸 거야. 겉으로는 그가 마부에게 약을 먹일 동기가 전혀 없지. 그는 자신의 독창적인 범죄에 예술적인 터치를 가미한 후 경찰의 눈에 모래 한 양동이를 뿌린 거라네.”

생명을 얻은 허수아비 같은 노인이 이번에도 소리쳤다.

“설령 그렇다고 해도 코크럼이 잠에서 깨서 현장에서 조지를 목
격할 수 있잖아요.”

“바로 그거야. 키슨 부인이 걱정한 것도 바로 그거였을 거야. 그
녀는 용감한 여자였어. 그거 하나는 확실해. 남편의 불같은 성미와
무엇도 꺾을 수 없는 자부심을 그녀가 모를 리 있겠나? 남편이 오
크햄턴 백작에게 앙갚음을 할 방법을 떠올릴 것이라는 사실을 모를
수가 있었겠나? 남편을 유심히 관찰하며 이런저런 추측을 했을 거
야. 그러다가 남편이 한밤중에 일어나 집을 살그머니 빠져나가는
모습을 보고 그가 무슨 짓을 할 셈인지 마침내 알아차렸겠지. 자네
눈에는 보이지 않는가? 그녀가 몰래 남편의 뒤를 따라가는 모습이
말일세. 남편이 두려워서 감히 뜯어말릴 생각도 못 했겠지. 무엇보
다 남편의 범죄 행위로 어떤 일이 벌어질지 생각하고 완전히 겁에
질렸을 거야. 혹시라도 코크럼이 깨어나 남편의 짓거리가 발각되고
명예가 땅에 떨어질 위험에 얼마나 두려웠겠나?

자, 이제 마지막 장면일세. 조지는 목적을 완수하고 집으로 돌
아갔어. 그녀는 남편이 준비해 둔 독약을 없애 버리면 말을 구할 수
있으리라는 한 가닥 희망을 품고 마구간으로 들어갔지. 하지만 바
로 이때 마부가 설핏 잠이 깼어. 그는 인기척에 누구냐고 물었지.
그 소리에 그녀는 본능적으로 아들이 마구간으로 들어가는 모습을

봤다고 둘러대는 것이 좋겠다는 생각을 하게 된 거야. 본능적인 반응이었어. 정말로 마음씨가 고운 여자라면 사랑하는 사람이 위험에 처한 순간 이런 본능이 어김없이 발동을 하니까.

그녀는 마부에게 아들에 대해 이야기를 했어. 아들은 쉽게 알리바이를 입증할 수 있기 때문에 결과적으로 아무런 해도 입지 않으리라는 사실을 누구보다 잘 알았기 때문이지. 그녀는 그런 행동으로 가장 예리한 수사관의 눈조차 가려 버릴 연막을 피우면서 시거렛의 독살 미수 사건을 도저히 풀 수 없는 수수께끼로 만들어 아무에게도 확실한 의심이 가지 않도록 만들어 버린 거라네.

지금까지의 이야기를 잘 생각해 보게."

노인은 모자와 우산을 주섬주섬 챙기며 떠날 준비를 하면서 말했다.

"그날 밤 침실을 절대 떠나지 않았다는 아내의 증언을 뒤집을 수 있었던 사람은 조지뿐이었지만 그러지 않았다는 사실을 곰곰이 생각해 보게. 조지는 아내가 무엇을 했고 왜 그런 행동을 했는지 알아차렸을 것이라는 사실도 유념해 봐. 그러면 내가 자네 앞에 제시했던 증거의 사슬에서 빠진 고리는 단 하나도 없다는 사실을 인정하지 않을 수 없을 테니까."

내가 뭐라고 대답을 하기도 전에 그는 그곳을 떠났다. 허수아비 같은 기이한 모습은 이내 유리문을 지나 사라지고 말았다. 나는 시거렛 독살 미수 사건을 충분히 생각해 보았다. 이번에도 구석의 노인이 문제의 수수께끼를 풀 수 있는 유일한 해결책을 찾아냈다는 사실을 받아들이지 않을 수 없었다.

경마

영국 하면 무엇이 떠오르시나요? 시원한 맥주와 함께 이 책을 읽고 있다면 영국의 맥주가 떠오르겠죠. 한편 영국 하면 단연 축구의 종주국입니다. 경마를 떠올리는 분은 얼마나 될까요. 그렇습니다. 영국은 경마의 종주국이기도 합니다. 경마장은 상류 사회의 사교의 장이기도 해서 경마가 열릴 때면 정장을 차려입은 왕실 가족과 귀족, 유명인 들이 찾아온다고 합니다. 복장 규정이 엄격해 옷을 제대로 입지 않으면 들어갈 수도 없을 정도라는군요. 영국이 배경인 소설에 자주 나오는 애스콧 경마장은 왕실 소유입니다.

영국 추리 소설에는 경마가 자주 등장합니다. 잘나가는 기수였다가 은퇴 후 경마에 관한 추리 소설을 써 명성을 얻은 작가도 있습니다. 바로 딕 프랜시스입니다. 그는 경마 추리 소설을 몇십 편이나 썼고 영국추리작가협회가 주는 골드 대거 상을 비롯해 각종 상을 수상한 작가입니다. 공을 인정받아 왕실로부터 훈작사 작위도 수여받았죠. 딕 프랜시스의 작품은 예전에는 국내에 많이 번역되었지만 지금은 거의 나오지 않습니다. 발품을 팔며 헌책방을 돌기 귀찮으시다면 『언더 오더스』(안재권 옮김, RHK, 2011)를 읽어 보세요. 후회하지 않으실 겁니다.

리   슨

그   로   브

수   수   께   끼

03

The Old Man
in the Corner

001
☆☆☆

구석의 노인이 우유 한 잔을 더 주문하고는 소심하게 치즈 케이크도 한 조각 더 시켰다.

"나는 이제부터 말리번 즉결 심판소에 가서 치안 판사 앞에 잡혀 온 사람들을 볼 거라네."

"무슨 사람들요?"

내가 되물었다.

"무슨 사람들이냐고?"

그가 잔뜩 흥분해서 소리쳤다.

"설마 아직도 리슨 그로브 사건을 살펴보지 않았다는 말은 아니겠지?"

노인의 호통에 나는 극히 표면적인 사실만 아는 정도라고 털어놓지 않을 수 없었다.

"요 몇 년 동안 일어난 사건 가운데 가장 흥미로운 축에 든다네."

나를 꾸짖는 듯이 바라보는 노인의 표정은 뭐라 설명하기도 어려웠다.

"그럴지도 모르죠. 저는 영감님에게 자세하게 듣는 편이 더 좋아서 따로 신문을 읽지 않았어요."

내가 대답했다.

"오, 그렇단 말이지."

노인은 비 내린 후 구석에 내려앉은 커다란 새처럼 이야기를 시작할 자세를 잡았다.

"그렇다면 자네는 여느 기자들보다 분별력이 있군. 신문보다 훨씬 더 명료하게 사건을 알려 줄 수 있고말고. 허! 내 평생 이번 사건만큼 경찰이 허둥대는 모습은 본 적이 없네."

"이번 사건은 유난히 까다롭잖아요."

나는 늘 고생하는 경찰들의 옹호자이므로 슬쩍 그들의 편을 들었다.

"에헴!"

그는 목청을 가다듬었다.

"아무튼 이 이야기는 서막과 삼 막으로 구성된 한 편의 비극이라네. 이따 오후에 마지막 막이 끝나는 모습을 보러 갈 건데, 내가 착각을 하지 않았다면 비극이 아니라 익살극이라는 사실이 밝혀질 거야. 일단 시작은 무척 극적이었다네. 지난 11월 21일 토요일이었어. 어린아이 둘이 웸블리 파크 역 바로 옆에 있는 작은 숲에서 놀고 있었지. 놀다 보니 모조 에나멜가죽으로 꽁꽁 싸 놓은 커다란 꾸러미 세 개가 보였어.

어린아이 특유의 호기심에 꾸러미들을 풀어 보았지. 내용물을 보고 놀란 꼬맹이들은 소리를 지르면서 숲과 폴로 구장을 가로질러 쏜살같이 곧장 웸블리 파크 역으로 달려 들어갔네. 놀라움과 흥분으로 반쯤 미친 아이들은 근무중인 짐꾼 한 명에게 자신들이 본 것을 말해 줬어. 짐꾼은 곧장 아이들과 함께 숲으로 가 보았어. 꾸러미 세 개에는 토막 난 시체가 들어 있었다네. 짐꾼은 아이 한 명을 보내 경찰을 불러왔어. 시체는 절차대로 시체 보관소로 옮겨졌고 신원 확인 절차에 들어갔지.

사흘 후 그러니까 11월 24일 화요일에 리슨 그로브 크레즌트에 사는 어밀리아 다이크가 에든버러에서 집으로 돌아왔어. 그녀는 사나흘 정도 친구 집에서 지내고 세인트 팬크라스에서 마차를 타고 왔어. 어밀리아는 작은 상자를 아파트 문 앞까지 들고 와 내려놓은 후 문을 세게 몇 번 두드렸지. 어찌나 요란하고 집요하게 두드렸던지 이웃 주민들이 무슨 소리인지 궁금해서 밖으로 나와 볼 정도였어.

어밀리아 다이크는 점점 불안해졌어. 아버지가 위독하신 게 아니라면 왜 문을 열어 주지 않겠느냐고 말했다더군. 아버지에 대한 걱정으로 머리가 터져 나가려고 할 즈음 피트 내외가 놀라운 이야기를 했어. 이 부부는 다이크 가족의 바로 아래층에 사는데, 요 며칠 동안 윗집에서 아무 기척이 없어서 노인에게 무슨 일이 생긴 게 아닌지 궁금했다는 거야.

어밀리아는 그 이야기를 듣고 사색이 되었어. 그녀는 이웃에게 아무나 가서 경찰이나 자물쇠 수리공 아니면 둘 다 불러오라고 애원을 했어. 그러자 피트가 곧장 달려갔지. 이윽고 경찰과 자물쇠 수리공이 도착해서 문을 억지로 열었어. 터너 경관은 말로 설명할 수 없는 불길한 뭔가가 일어났을 것만 같은 예감에 잔뜩 긴장한 채 다이크 양을 따라 집으로 들어갔어. 걱정이 된 어밀리아는 금방이라도 기절을 할 것처럼 몸을 벌벌 떨었어.

집 안은 어딜 보나 깨끗했고 정리도 잘되어 있었지. 불을 피울 준비가 되어 있고 잠자리도 깔끔했고 바닥은 깨끗하게 잘 닦여 있었어. 청동 물건은 윤이 반들반들 날 정도였다네. 그런데 집 안 어딜 보나 엷은, 아주 엷은 먼지가 덮여 있었어. 두께로 보건대 며칠 동안 쌓인 것이 분명했어. 아파트는 방이 네 개에 욕실이 하나라더군. 그런데 어디에도 다이크의 흔적은 보이지 않았어."

구석의 노인은 계속 말을 이었다.

"이웃 사람들이 이 사실에 소스라치게 놀란 까닭을 제대로 이해하려면 이것부터 알아야 해. 다이크는 심한 불구였어. 그는 젊었을 때 광산 기사였는데 마흔이 된 해 어느 날 끔찍한 폭발 사고로 두

다리를 잃고 말았다네. 양쪽 무릎 바로 위를 절단해야 했다더군. 당시 아내를 잃고 어린 외동딸을 키우던 다이크는 평생 목발을 짚고 살아야 하는 신세가 된 거야. 쥐꼬리만 한 연금을 받는 그는 딸인 어밀리아가 성인이 된 후로는 리슨 그로브 크레즌트의 작은 아파트에서 비교적 안락하게 살 수 있었어.

다이크는 폭발 사고로 다리를 잃은 후 남들의 시선에 민감했지. 목발을 짚고 외출을 할 때마다 자신에게 쏟아지는 동정의 시선을 못 견뎌 했어. 진심으로 가여워하는 마음에도 그는 괴로워했네. 그러다 보니 시간이 흐를수록 점점 집에 틀어박혀 있는 시간이 많아졌고 어느새 아예 나가지 않게 되었어. 그가 예순다섯 살이 되고 어밀리아가 스물일곱 살의 아름다운 아가씨가 되었을 무렵엔 집 밖에 나가지 않은 지 최소 오 년이 되었지.

그런데 문제의 11월 24일 터너 경관이 자물쇠 수리공의 도움으로 아파트로 들어가 보니 다이크의 흔적은 어디에도 보이지 않았다 이 말일세.

어밀리아는 결국 비탄에 잠겼어. 처음에는 당황해서 어찌할 바를 모르고 히스테리를 부리는 바람에 경관에게 일관되고 명확한 대답을 하지 못했어. 경관은 울고불고 소리치는 그녀를 다독여 간신히 들은 이야기를 종합해 다음과 같은 사실을 알아냈어.

어밀리아는 에든버러에 오래전부터 보고 싶은 친구들이 살았어. 하지만 아버지가 다리를 못 쓰니 도저히 그럴 형편이 안 되었지. 그런데 이 주 전에 다급하게 꼭 와 달라는 연락을 받은 거야. 어 밀리아는 이번만큼은 초대를 받아들이기로 했어. 대신 자신이 집을 비우는 동안 아버지가 불편하지 않도록 매일 와서 집을 치우고 아 버지의 식사를 준비하고 잠자리를 봐 줄 믿을 만한 여자를 구한다 는 광고를 지역 신문에 냈어.

광고를 보고 몇 명이 연락을 해 왔는데 그 가운데에서 가장 믿 음직하게 보인 아주머니로 선택을 했지. 그 여자는 일주일에 칠 실 링을 받고 매일 아침 7시부터 저녁 6시까지 다이크가 생활하는 데 불편하지 않도록 집안일을 봐주기로 했어.

어밀리아는 얌전하고 어머니처럼 푸근하게 생긴 그녀에게 좋은 인상을 받았고 그래서 안심하고 11월 19일 목요일 새벽 5시 15분 에 출발하는 기차를 타고 에든버러로 출발했어. 그때만 해도 아버 지가 보살핌을 잘 받으며 지내실 것이라는 사실을 추호도 의심하지 않았지. 그녀는 친구에게 가 있는 동안 아버지로부터 아무런 연락 도 받지 못했지만 무슨 일이 일어난 것이 아니라면 기별이 오리라 생각하지 않았기에 큰 걱정을 하지 않았어.

어밀리아는 아버지의 신변에 끔찍한 일이 일어났을 것이라고 믿어 의심치 않았어. 그도 그럴 것이 노인은 혼자서는 계단을 내려 가는 것은 물론 집 밖으로 나갈 수도 없었기 때문이야. 그의 목발도 보이지 않았고. 이 사실로 노인의 행방이 묘연해진 상황에 의혹만 커졌지.

이런 사실들을 알아낸 경관은 이 단계에서 모든 상황을 상관에게 알리는 것이 최선이라고 판단을 내렸어. 그는 어밀리아에게 파출부의 이름과 주소를 확인한 후 곧장 경찰서로 돌아갔네.

그런데 경찰서로 돌아가 보니 최신 소식이 그를 기다리고 있었어. 관할 경찰의가 웸블리 파크 역에서 지난 토요일에 발견된 토막 시신에 대한 부검 보고서를 각 지서마다 회람으로 돌린 거야. 보고서에 따르면 발견된 시신은 육십에서 칠십 세 사이의 남자였는데, 둔기로 후두부를 세게 맞아 두개골이 산산조각 난 것이 직접적인 사인이었어. 고인은 젊었을 때 수술로 두 다리의 무릎 바로 위를 절단했다는 사실도 밝혀졌어.

여기까지가 대중에 알려진 리슨 그로브 비극의 서막이라네."

구석의 노인은 극적인 효과를 주려고 잠시 쉰 후 이야기를 이어 나갔다.

"커튼이 올라가 일 막이 시작되자 상황이 극적으로 변했지.

토막 시신은 다이크 영감으로 확인이 되었어. 이 노인을 고의로 살해한 혐의로 일정한 직업이 없이 리슨 그로브의 워록 로드에 살고 있는 앨프리드 와이엇이 기소되었어. 어밀리아 다이크는 공범 혐의로 기소되었고. 나는 오늘 오후 즉결 재판에 불려 나올 바로 이 두 사람을 보러 갈 거라네."

002
☆☆☆

"검시 배심이 열린 첫날 매우 중요한 증거 두 가지가 밝혀졌어. 그래서 경찰은 이 두 사람을 곧장 체포한 거야.

우선 다이크 집안의 상황에 대해 이것저것 알고 있는 이웃 한둘의 증언에 따르면 어밀리아는 앨프리드 와이엇이라는 청년과 얼마 전부터 사귀고 있었어. 그는 근처에 사는 전기 기술자이고 나이는 어밀리아보다 몇 살 연하지. 건실하지 않다는 이야기가 있어서 노인은 딸의 약혼을 절대 찬성하지 않았다고 해.

다이크 가족의 집 바로 아래층에 사는 피트 부인은 한술 더 떠서 18일 수요일 정오 무렵에 위층에서 성난 음성으로 요란하게 다투는 소리를 들었다고 증언을 했어. 특히 어밀리아의 새된 목소리가 또렷하게 들렸다고 했지. 잠시 후 피트 부인은 와이엇이 나가는 모습을 목격했어. 하지만 남은 부녀는 언쟁을 계속했어. 어밀리아가 날카로운 음성으로 흥분해서 열변을 토하는 소리를 이웃이 다 들을 정도로 말이야.

피트 부인은 이렇게 증언을 했다네.

'한 시간 후에 계단에서 어밀리아와 마주쳤어요. 얼굴이 붉게 상기된 걸 보니 펑펑 운 것 같았죠. 내가 그 사실을 알아차린 걸 어밀리아도 안 것 같았어요. 그러니까 멈춰 서서 제게 이렇게 말을 했겠죠.

"소란을 피워서 죄송해요, 피트 부인. 앨프리드가 오늘 오후에 함께 드라이브를 가자고 하는 바람에. 어쨌든 저는 갈 거예요."

오후 늦게, 한 4시 반 정도 되었을 거예요. 밖이 어두워지고 있었으니까요. 와이엇 청년이 자동차를 몰고 왔죠. 잠시 후 계단에서 어밀리아가 유쾌하게 말하는 소리가 들렸어요.

"알았어요, 아빠. 금방 올게요."

그러자 다이크 노인이 무슨 말을 한 것 같은데, 저는 못 들었어요. 어밀리아는 이렇게 대답했죠.

"괜찮아요. 옷을 든든히 껴입었거든요. 그리고 덮을 것도 잔뜩 있어요."'

피트 부인은 그 소리를 듣고 창가로 가 봤지. 마침 와이엇과 어밀리아 다이크가 자동차를 타고 출발하는 모습이 보였어. 그녀는 다이크 노인의 마음이 누그러졌나 보다 했어. 왜냐하면 어밀리아와 와이엇이 창문을 향해 다정하게 손을 흔들었거든. 두 사람은 6시 무렵 돌아왔어. 와이엇은 어밀리아를 현관까지 데려다 준 후 그대로 떠났어. 이튿날 어밀리아는 스코틀랜드로 갔고."

구석의 노인은 계속 이야기를 했다.

"이렇게 해서 앨프리드 와이엇은 이번 사건에서 중요한 인물로 떠올랐어. 우선 그는 어밀리아의 연인이었어. 그런데 이상하게도 그녀는 지금까지 그의 이름을 한 번도 입에 올리지 않았거든. 그러니 그녀가 추가로 더 증언을 하기 위해 소환되었을 때 앨프리드 와이엇이라는 인물에 대해 집중적으로 추궁을 받은 것도 당연하지 않겠나.

그녀는 검시관 앞에서도 최초의 진술을 끝까지 고수했다네.

'와이엇의 이름을 거론하지 않은 것은 이 사건과 관계가 없다고 생각했기 때문입니다. 그이가 제 아버지에게 일어난 일에 대해 뭔가 알고 있었다면 당장 불구인 불쌍한 아버지를 공격해 돌아가시게 한 비겁한 살인자를 잡도록 힘을 보태었을 겁니다. 그이는 아버지에게 잘해 드렸습니다. 그러므로 아버지가 약혼에 반대하셨다는 말은 터무니없는 소리입니다. 오히려 전적으로 찬성해 주셨어요. 저희 두 사람은 새해가 되면 곧장 식을 올리고 아파트에서 아버지와 함께 지낼 계획이었습니다.'

그러자 검시관이 질문을 했어. 그는 절대로 심한 말을 하지 않았어.

'그렇다면 증인이 와이엇과 함께 드라이브를 나가는 문제를 놓고 심하게 말다툼을 하는 소리를 들었다는 방금 전 증언은 어떻게 된 겁니까?'

'아, 그건 아무것도 아니었어요.'

어밀리아는 차분하게 답변을 했지.

'아버지는 4시가 드라이브를 가기엔 너무 늦은 시각이라 제가 추울 거라며 반대하신 거였어요. 저희가 덮을 것을 잔뜩 챙긴 것을 보시고는 잘 다녀오라고 하셨습니다.'

'와이엇이 아버님과 관계가 원만했다면 당신이 집을 비운 동안 한 번도 찾아보지 않았다는 점이 놀랍군요. 안 그렇습니까?'

이번에도 어밀리아는 태연하게 대답했지.

'전혀 그렇지 않아요. 그는 목요일 밤에 에든버러로 오고 있었어요. 그날 런던에서 처리할 일이 있었기 때문에 새벽에 저와 함께 출발하지 못했죠. 대신 밤새 에든버러로 와서 금요일 아침에 제가 묵고 있는 친구들의 집에 도착했지요.'

그러자 검시관이 무덤덤하게 말했어.

'아하. 그렇다면 당신이 런던을 떠난 이후로 와이엇도 고인을 만나지 못했다는 거군요.'

'아뇨. 그이는 낮에 잠깐 들러 아버지를 뵈었어요. 그때만 해도 아버지는 건강하셨고 기분도 좋으셨다고 했어요.'

어밀리아 다이크는 그런 말을 하면서도 자신의 증언으로 연인이 살인 혐의를 받게 될 줄은 꿈에도 몰랐을 거야. 그녀는 아름다워. 어딘가 음탕한 분위기도 풍기지. 그녀는 인정하고 싶지 않겠지만 거의 서른이 다 된 나이야. 말해 두지만 나도 그 검시 배심을 봤어. 처음부터 내 관심을 끌 만한 의혹이 너무 많은 사건이었으니까. 그래서 어밀리아를 요모조모 꼼꼼하게 뜯어보았다네. 그녀의 목소리는 풍부하고 듣기 좋았어. 목소리에서도 음탕한 기색이 느껴지더군. 피트 부인이 말한 날카롭고 새된 목소리는 절대 아니었어.

방청객들이 운집한 법정의 사방에서 그녀에게 경멸, 심지어 의심에 찬 시선이 날아들었지. 하지만 증언을 끝내고 자신의 자리로 돌아가는 모습에서 당황하거나 불안한 기색은 전혀 느껴지지 않았어.

베드퍼드 로에 있는 변호사 사무실인 스노 패터슨 사의 서기인 파릿이 차례가 되어 증언을 하러 앞으로 나왔을 때도 그녀는 조금도 당황한 기색을 보이지 않았어. 그런데 그 자그마한 남자가 증언을 하는 동안 그녀는 도톰한 붉은 입술을 일그러뜨리며 경멸에 찬 표정을 짓더군.

파릿의 증언은 실로 놀라웠어. 그의 증언이 느닷없이 사건의 동기를 제공해서 다이크 노인이 살해된 상황을 에워싸고 있던 수수께끼의 베일을 갈가리 찢어 놓았다고 해도 과언이 아니었지. 동기도 강력했어. 제 이익을 챙기려는 끝없는 탐욕이었거든.

그러니까 지난 유월이었지. 스노 패터슨 사가 멜버른의 변호사 사무실로부터 이런 내용을 통보받았어. 그곳에서 최근에 다이크라는 남자가 사망했는데, 유일한 형제인 제임스 아서 다이크에게 사천 파운드의 유산을 남겼다는 거야. 상속자인 다이크는 1890년에 리슨 그로브 크레즌트에 살고 있었던 광산 기술자라고 했어. 멜버른의 사무 변호사들은 스노 패터슨 사에게 보내는 서한에서 이 상속자를 찾도록 도와 달라고 요청을 했어.

상속자는 상당히 찾기 쉬웠어. 그도 그럴 것이 다이크는 리슨 그로브 크레즌트에서 계속 살고 있었거든. 스노 패터슨 사의 변호사들은 멜버른의 변호사들로부터 받은 지시 사항을 충분히 숙지한 후 다이크에게 연락을 했어. 예비 단계에서 서신을 몇 차례 교환한 후 오스트레일리아 은행에서 발행한 지폐로 사천 파운드와 각종 증권들이 파릿을 통해 노인에게 전달되었어.

파릿은 다이크가 돈과 증권을 당연히 런던 사우스 웨스턴 은행의 포틀랜드 로드 지점에 예치했을 것이라고 짐작했어. 노인이 유언장 없이 사망하면 사천 파운드는 외동딸에게 넘어가지.

미리 말해 두지만 심리가 진행되는 내내 대중은 이 추악하고 의혹투성이인 사건의 밑바닥 어딘가에는 돈이 숨어 있을 것이라는 생각을 본능적으로 했다네. 돈이 아니라면 불구인 노인을 살해할 목적이 또 뭐가 있겠나. 마침 파릿의 증언이 끔찍한 살인 사건에 딱 맞는 추악한 동기를 제공한 거야.

앨프리드 와이엇이 사천 파운드가 탐이 나 노인을 해치운 게 아니라면 뭐겠나? 어밀리아 다이크가 겁에 질려 그를 배신하지 않고 비겁한 범죄를 알고도 묵인했을지도 모르지.

그리고 니컬슨이 있지. 파출부 말일세. 그녀의 증언은 가뜩이나 기괴하고 기묘한 이 범죄에서 다른 어떤 사실보다 더 사람들을 어리둥절하게 만들었다네.

증언에 따르면 그녀는 《말리번 스타》에 실린 광고를 보고 11월 13일 금요일에 리슨 그로브로 어밀리아를 찾아갔어. 그녀는 바로 채용되어 19일 목요일부터 일주일 동안 오전 7시에서 저녁 6시까지 집안일을 봐주기로 했어. 청소와 세끼 식사는 물론 집주인에게 도움이 되는 일이라면 뭐든 하기로 했어. 그녀는 노인이 장애인일 거라고 짐작했다더군.

니컬슨은 목요일 새벽에 나왔어. 아파트로 들어가니 어밀리아가 열쇠를 줘서 그때부터 일을 시작했지. 다이크는 침대에서 전혀 나오지 않았어. 그래서 식사를 모두 가져다주었지. 그녀는 자신이 일하는 모습을 보고 다이크가 마음에 들어 할 줄 알았어. 그랬기에 저녁 6시에 노인이 마신 차를 치우는데 다시 올 필요가 없다고 해서 깜짝 놀랐다더군. 다이크는 그녀에게 아무런 이유도 말해 주지 않았어. 열쇠를 달라고 해서 받은 다이크는 일주일 치 수고비를 다 주었어. 칠 실링을 말이야. 그래서 니컬슨은 보닛을 쓰고 그 집을 나왔지."

구석의 노인은 흥분해서 상체를 테이블로 바싹 붙이고 한 문장을 말할 때마다 손에 쥔 노끈으로 복잡하기 이를 데 없는 매듭을 묶으며 이야기를 계속했다.

"그러고 나서 한 시간 후에 마시 부인이라는 다른 이웃이 외출하는 길에 층계참에서 앨프리드 와이엇을 만났지 뭔가. 이 부인은 다이크 가족과 같은 층에 산다네. 와이엇은 모자를 벗으며 그녀에게 인사를 했어. 그러고는 다이크의 아파트 문을 두드렸지.

그녀는 8시에 집에 돌아오는 길에도 와이엇과 계단에서 마주쳤어. 그는 그때 다이크의 집에서 나가는 중이었지. 그녀는 지나가는 와이엇을 불러 세워서 다이크의 안부를 물었네. 그러자 와이엇은 이렇게 대답했어.

'오, 아주 잘 지내십니다. 어밀리아를 보고 싶어 하시는 것만 빼면요.'

바짝 추궁을 하자 마시 부인은 와이엇이 겨드랑이에 커다란 꾸러미를 끼고 있는 모습을 본 것 같다고 진술을 했어. 하지만 그와 마주친 곳이 계단이 꺾이는 곳이라 너무 어두워서 꾸러미가 어떻게 생겼는지는 못 봤다고 했지. 와이엇이 계단을 몹시 빠르게 내려가더라는 말을 잊지 않았다네.

이런 증언들이 나오자 경찰은 앨프리드 와이엇을 제임스 아서 다이크의 살인 혐의로 체포하는 것이 당연하다고 여기게 되었어. 어밀리아 다이크에게는 범죄에 가담한 혐의가 있었지. 그래서 바로 오늘 아침 이 두 사람을 판사 앞으로 끌고 간 거야. 이번에는 검찰 덕분에 두 사람에게 매우 불리한 정황 증거들이 산더미처럼 쌓여 있을 거야. 이번 사건에서는 경찰이 일 처리가 빨랐어. 섬시 배심 첫날 저녁에 두 사람의 체포 영장이 나왔으니까."

그는 조끼 주머니에 항상 넣고 다니는 커다란 은시계를 꺼내 보았다.

"변론 시간을 놓치고 싶지 않군. 변론이 대단한 충격을 몰고 올 테니까. 경찰과 경찰의의 증언은 또 듣고 싶지 않아. 내가 잠시 다녀와도 괜찮겠나? 5시 차 마시는 시각에 맞춰 돌아오겠네. 재판에 대해 모두 들으면 분명 흡족할 걸세."

　내가 차를 마시려고 ABC 찻집으로 돌아온 시각은 5시 5분이었다. 구석의 노인은 늘 앉는 구석 자리에 앉아 자신의 차와 내 것으로 보이는 차 한 잔을 맞은편에 두고 앙상한 손가락으로 기다란 노끈을 쥐고 있었다.

　"차와 함께 뭘 들겠나?"

　내가 자리에 앉자 그가 정중하게 물었다.

　"버터 롤과 이야기의 결말요."

　내가 대뜸 대답했다.

　"오, 그 이야기는 결말이 없다네. 적어도 대중은 그렇게 알고 있지. 하지만 나는 아니야. 평생 이보다 더 단순한 수수께끼는 여태껏 본 적이 없어. 어쩌면 그래서 경찰이 그렇게 갈팡질팡하는 건지도 모르겠군."

　그가 껄껄거리며 말했다.

　"도대체 무슨 일이 있었던 거죠?"

　내가 초조한 기색을 드러내며 물었다.

　"뭐 평소에도 늘 일어나는 일이지."

　그는 또다시 신경질적으로 노끈을 만지작거리며 대답했다.

　"피의자는 자신의 무죄를 호소했고 검찰은 증거를 모두 제시했어. 파릿은 사천 파운드나 되는 유산 이야기를 다시 진술했지. 이웃들도 앨프리드 와이엇에 대해 이런저런 증언을 했는데, 이야기에 따르면 그 청년은 결코 달갑지 않은 사람이었더군.

나는 마시 부인의 증언을 마지막 부분만 들었네. 법정에 도착하니 이미 경찰에 진술한 내용을 되풀이하고 있더군.

그 아파트에 사는 누군가도 목요일 밤 8시에 와이엇이 허둥지둥 달려가는 소리를 들었어. 이 증언은 사소하기는 하지만 피의자에게 유리한 내용이지. 시체를 들고 있는 사람이 계단을 뛰어 내려갈 수는 없을 테니 말일세. 어쨌든 검찰은 이런 가설을 내세웠지. 와이엇은 다이크 노인을 목요일 밤에 살해해 자신의 차 어딘가에 숨겼어. 그리고 사체를 절단해 웸블리로 전속력으로 달려 그곳의 작은 숲에 시신을 유기했어. 시신은 얼마 후 그곳에서 발견되었지. 그는 이 일을 마친 후 시내로 돌아와 차를 세워 놓고 에든버러행 급행열차가 출발하는 11시 반에 맞춰 킹스 크로스 역으로 갔지. 잘 생각해 봐. 그는 일을 처리할 시간이 충분했어. 세 시간 반이라는 여유가 있었으니까.

이것 외에도 검찰은 새로운 증인 한 명을 더 찾아냈다네. 그 사람의 증언은 피의자에게 불리하기 짝이 없는 증거들에 하나를 더 추가했지.

유스턴 로드에서 자전거와 자동차를 정비하는 큰 정비소의 매니저인 윌프레드 포드가 다음과 같이 증언을 했다네. 11월 19일 목요일 오후 6시 반경에 앨프리드 와이엇이 찾아왔어. 그와는 전부터 일 관계로 알던 사이였는데, 그날은 작은 승용차 한 대를 대여했다는 거야. 포드는 밤 11시가 넘으면 차를 반납해야 한다는 점을 미리 알렸어. 이렇게 합의한 후에 포드는 와이엇이 차를 가지고 올 11시까지 정비소 문을 열어 놓았어. 와이엇은 차를 반납하고 대여료를 지불하고는 정비소에서 그레이트 노턴 종착역 쪽으로 걸어갔지.

이런 증언이면 와이엇에게 상당히 불리하지, 안 그런가? 잘 생각해 보게. 와이엇은 저녁 8시에 리슨 그로브 크레즌트를 빠져나갈 때 마시 부인과 마주친 순간부터 유스턴 로드의 정비소에 자동차를 반납한 밤 11시 사이의 알리바이에 대해 만족할 만한 설명을 하지 못했어.

'여기저기 차를 몰고 쏘다녔습니다.'

말은 이렇게 했지만 11월의 춥고 눅눅한 밤에 몇 시간 동안 자동차를 타고 목적지도 없이 돌아다닐 사람이 어디에 있겠나.

어밀리아로 말하자면 그녀의 혐의는 단지 범죄에 공모했다는 것뿐이야.

이것으로 검사는 논고를 끝냈네."

우스꽝스러운 노인은 누구도 흉내 내지 못할 소리로 껄껄거리며 말했다.

"다만 작은 의혹 하나는 그대로 남았지. 살해당한 노인이 뚜렷한 이유 없이 니컬슨이라는 파출부를 해고한 이유 말일세.

검찰 측 주장은 상당히 강력했어. 그 결과 두 사람이 피고인석에 서게 된 거고. 두 사람은 한 점 거짓 없이 무죄이거나 여간 강심장을 가진 범죄자가 아니면 볼 수 없는 태연함을 보여 줬어. 과연 보는 이의 감탄을 자아낼 만하더군.

검사는 논고를 마친 후 앨프리드 와이엇을 증인석으로 불러 자기 변론을 하게 했어. 그는 별것 아닌 의견을 말하는 것처럼 차분하게 변론을 하더군.

'저는 다이크 씨를 살해하지 않았습니다. 그 증거로 지난 11월 19일 목요일 즉, 제가 그런 범죄를 저질렀다고 추측하고 있는 그날 그분이 밤 10시 반에도 여전히 살아 계셨다고 엄숙하게 주장하는 바입니다.'

그는 자신의 주장에 사람들이 어떻게 나오는지 말없이 잠시 지켜보더군. 타고난 연기자 같았다네. 사람들의 반응은 대단했어.

'저는 이 자리에 서로 일면식 없는 증인 세 사람을 요청했습니다.'

와이엇은 변함없이 침착한 태도를 유지하며 말을 이어 나갔어.

'증인들은 다이크 씨가 그날 밤 10시 반까지 살아 계신 모습을 보고 소리도 들었습니다. 제가 알기로 그분의 시신은 절단된 채 웸블리 파크 근처에서 발견되었습니다. 그렇다면 제가 어떻게 10시 반에서 11시 사이에 다이크 씨를 살해해 시신을 절단하고 아파트를 말끔하게 청소하고 정리한 후 시신을 차에 싣고 웸블리까지 가서 숲에 유기한 후 유스턴 로드의 정비소에 차를 반납할 수 있었다는 거죠? 어떻게 단 삼십 분 만에 이 일을 모두 처리할 수 있었느냐는 말입니다. 저는 이 사건과 무관합니다. 이렇게 제 결백을 쉽게 증명할 수 있어 얼마나 다행스러운지 모르겠습니다.'

앨프리드 와이엇의 주장은 빈말이 아니었어. 마시 부인은 저녁 8시에 그가 허둥지둥 계단을 내려가는 모습을 봤지. 그로부터 한 시간 후 바로 아래층에 사는 피트 부부는 노인이 집 안을 돌아다니는 소리를 들었어.

피트 부인은 이렇게 증언했다네.

'평소와 똑같았어요. 그분은 항상 9시 무렵에 잠자리에 드셨죠. 그래서 우리는 그 소리를 정확하게 구별할 수 있어요.'

남편인 존 피트도 증언을 확인해 줬지. 목발 때문에 노인이 움직이는 소리를 착각할 리가 없다고 말이야.

한편 맞은편 아파트에 사는 헨리 오그던은 그날 저녁 다이크의 집에 불이 켜져 있고 커튼을 친 창문으로 노인의 실루엣이 언뜻언뜻 보였다고 증언을 했어. 그 집의 불이 꺼진 시각이 바로 10시 반이었어. 오그던 부인도 똑같이 증언을 했지. 부인도 창에 비친 노인의 실루엣과 10시 반에 불이 꺼지는 것을 봤다고 했다네.

그런데 이게 다가 아니야. 오그던 부부 모두 8시 반에서 9시 사이에 다이크가 늘 앉는 안락의자에 앉아 있는 모습을 창으로 봤다는 거야. 게다가 노인은 몸짓을 해 가며 방 안의 누군가와 이야기를 나누고 있었다는 거야. 대화 상대는 보지 못했지만 말이지.

앨프리드 와이엇이 자신의 결백을 쉽게 입증할 수 있다고 한 말은 빈말이 아니었던 거야. 그가 살해했다고 알려진 남자는 여러 증언에 따르면 6시에 살아 있었어. 오그던 부부의 증언에 따르면 피해자는 밤 9시까지 살아서 창가 안락의자에 앉아 있었지. 피트 부부는 피해자가 10시까지 집 안을 돌아다니는 소리를 들었어. 10시 반에 불이 꺼졌다는 증언도 나왔고. 게다가 시신은 그곳에서 십구 킬로미터 남짓 떨어진 곳에서 발견되었어. 8시에 크레즌트를 떠났고 11시에는 유스턴 로드에 나타났던 와이엇이 어떻게 살인을 저지르고 뒷마무리까지 할 수 있었겠나.

이런 이유로 그는 무죄로 풀려났네. 치안 판사는 경솔하게 수집한 증거라는 주제에 대해 엄하게 지적하기까지 했다네. 어밀리아는 대관식 직후의 여왕이라도 된 듯 당당하게 법정을 걸어 나가더군. 와이엇이 무죄이므로 그녀에게 제기된 혐의도 없어졌거든. 나도 즐겁게 법정을 걸어 나왔다네. 우리 영국 민족의 지능이 유럽 대륙의 친구들이 생각하는 수준까지 떨어진 것은 아니라는 생각에 우쭐해져서 말일세."

004
☆☆☆

"그렇다면 노인은 누가 죽였죠?"

내가 물었다. 사건이 짜증 날 정도로 혼란스럽다는 사실을 인정하지 않을 수 없었다.

"아하! 누구의 소행이냐고?"

노인은 빈정거리듯 물었다. 그러는 중에도 예술적 경지에 오른 매듭이 결코 끝이 없는 것 같은 노끈을 따라 하나씩 나타났다.

"어떻게 생각하시는지 들어 보고 싶어요."

나는 이렇게 말하는 순간 노인에게 유난히 짜증이 났다.

"내가 어떻게 생각하냐고? 그저 존경스럽다는 생각뿐이라네."

그는 앙상한 어깨를 으쓱하며 대답했다.

"존경스럽다고요? 도대체 뭐가요?"

"놀랍도록 영리한 한 쌍의 범죄자 말일세."

"와이엇이 다이크 노인을 살해했다고 생각하세요?"

"그렇게 생각하지 않아. 그렇게 확신하지."

"그렇다면 도대체 언제 범행을 저질렀다는 거예요?"

"아, 좀 더 핵심에 가까운 질문을 했군. 결론부터 말하자면 두 사람은 11월 18일 수요일 오전에 범행을 저질렀네."

"그날 두 사람은 자동차로 드라이브를 나갔잖아요."

내가 깜짝 놀라며 되물었다.

"노인의 시신을 담요로 꽁꽁 싸서 가지고 갔지."

그가 덧붙였다.

"그 노인은 그 후로도 한참을 살아 있었잖아요! 니컬슨이라는 파출부는…….”

내가 반박해 보았다.

“니컬슨이라는 여자가 보고 대화한 남자는 침대에 누워 있었어. 그래서 다이크 노인일 거라고 지레짐작을 했지. 잘난 형사들은 그녀에게 온갖 질문을 퍼부으면서도 정작 아무도 그녀가 본 노인의 생김새를 묘사해 보라고 하지 않았어. 설령 그녀가 자신이 본 노인의 생김새를 설명했다고 해도 와이엇은 범죄에 있어서 뛰어난 예술가라 어떻게든 비슷하게 분장을 했을 거고 다이크를 한 번도 본 적이 없는 니컬슨의 진술이니 다들 다이크 노인이겠거니 하고 더 생각하지 않았을 거야.”

“말도 안 돼요!”

노인의 논리가 너무 간단하니 나도 모르게 이런 말이 튀어나왔다.

“말도 안 된다고 했나, 지금? 그래서 내가 이 사건을 처음부터 끝까지 거장의 손으로 빚은 명작이라고 하는 거야. 곳곳에서 천재성과 독창성이 번득이고 있지 않은가. 천만다행으로 일반적인 범죄자들은 이런 능력이 없지. 안 그랬다면 사회가 어떻게 되겠나. 이 범죄는 모든 것이 가장 아름답게 연출되었고 완벽하게 계획되어서 진행되었네. 자네를 위해 전체 과정을 재구성해 볼까?”

노인은 흥분해서 소리쳤다.

“어서 해 주세요!”

나는 맞은편에 앉은 그에게 아름다운 새 노끈 하나를 내밀었다.

그러자 기다란 발톱 같은 가느다란 손가락이 먹잇감을 휙 낚아챘다.

"아주 좋아. 그렇다면 장면별로 말해 주지. 먼저 앨프리드 와이엇과 어밀리아 다이크라는 사람이 있다네. 노인이 죽어야만 손에 쥘 수 있는 사천 파운드를 어서 차지하고 싶어 안달이 난 악당 한 쌍이지. 그래서 두 사람은 노인을 죽이기로 해. 장면 1, 어밀리아는 사전 준비 작업에 들어갔어. 그녀는 파출부를 구한다는 광고를 내고 적당한 사람을 고용했지. 계획에 따라 파출부는 매우 유용한 증인이 될 예정이었네."

그는 중요한 부분을 언급할 때마다 체계적인 매듭으로 표시를 하며 말했다.

"장면 2에서는 불구인 노인을 끔찍하고 잔인하게 죽이고 시신을 절단했어. 그동안 피해자의 딸이 곁에서 지키고 있었지.

장면 3에서는 자동차로 드라이브를 해. 기억하나, 날이 어두워진 후였고 덮을 것을 잔뜩 챙겼지. 실은 그 속에 끔찍한 것이 숨겨져 있었던 거야. 그 장면에서는 어밀리아가 있지도 않은 아버지와 이야기를 나누고 길에서 다정하게 손까지 흔들어 주는 희극이 삽입되었어. 배짱이 보통이 아니야!

장면 4에서 두 사람은 웸블리에 도착해서 시신을 유기해.

장면 5에서 어밀리아는 5시 15분에 출발하는 새벽 기차를 타고 에든버러로 출발해. 그렇게 자신의 알리바이를 확보했지. 그 후에는 진짜 희극이 시작되었어. 와이엇이 문제의 목요일 내내 죽은 사람의 대역을 한 거야. 생각해 보면 알겠지만 별로 까다로운 일도 아니었다네. 그걸 계획할 머리와 끝까지 해낼 두둑한 배짱만 있으면 되니까. 파출부는 다이크 노인을 한 번도 본 적이 없었어. 단지 그가 장애인이라는 사실만 알고 있었지. 그러니 하루 종일 침대에 누워 있고 그녀에게 말도 몇 마디 하지 않는 사람을 고용주이겠거니 생각하는 게 당연한 일 아니겠나. 머리와 턱수염만 살짝 손보고 꾸미면 충분히 노인 행세를 할 수 있었을 거야.

6시에 파출부가 집을 나갔어. 와이엇은 몰래 집을 빠져나와 주위에 자동차를 보여 준 후 적당한 거리에 세워 두었어. 그리고 7시에 마시 부인이 돌아올 때를 맞춰서 돌아왔지.

나머지는 간단하기 짝이 없어. 창가에 비친 노인의 형체는 쉽게 만들어 낼 수 있어. 목발을 짚고 다니는 소리도 우산 두 개로 만들었을 거야. 진짜 목발은 범행 후 곧장 태워 버렸겠지. 마지막으로 10시 반에 집 안의 불을 끈 것은 기막힌 한 수였네.

아주 사소한 문제로 더할 나위 없이 완벽한 계획이 한순간에 무너질 수도 있었어. 이 계획에는 한 가지 문제가 있었거든. 만약 목요일에 보여 주기로 준비한 장면이 모두 끝나기도 전에 시신이 발견되면 모든 것이 끝장날지도 몰랐어. 하지만 웸블리 근처의 작은 숲은 시신을 숨기는 장소로 최고의 선택이었지. 11월 한겨울 낮에 숲에 들어가 나무들 사이를 어슬렁거릴 사람들이 얼마나 되겠나. 덕분에 시신이 토요일까지 발견되지 않았던 거야.

아, 정말 교묘하게 연출된 각본이었어. 한 치의 오차도 없었지. 나도 이렇게 잘하지는 못했을걸. 차 한 잔 더 들겠나? 그렇게 속상해하지 말게나. 앨프리드 와이엇과 어밀리아 다이크만큼 교활한 범죄자들은 이 세상에 그리 많지 않으니까."

홍차

제게는 백작 친구가 둘 있습니다. 배가 고프거나 차 한 잔이 생각날 때 언제나 제 곁을 지켜주는 든든한 친구들이죠. 바로 샌드위치 백작과 그레이 백작입니다. 샌드위치는 카드를 칠 때 밥 먹는 시간이 아까웠던 영국의 샌드위치 백작이 만든 일종의 고육지책이었습니다. 지금 같으면 새로 개발한 요리로 프랜차이즈 요리점을 내 세계 각국에서 돈을 벌어들였을지도 모르겠지만 백작은 이름을 남기는 것으로 만족했나 봅니다. 또 한 명의 백작은 홍차의 대명사 얼(백작 Earl)그레이입니다. 홍차의 한 종류를 영국의 총리였던 그레이 백작의 이름을 따 얼그레이로 부르는 데는 사연이 있습니다. 얼 그레이는 중국 두메산골에서 어떤 할아버지를 만났는데 그때 차 블렌딩에 대해 배웠다는군요. 얼 그레이는 그 비법을 어느 차 회사에 알려 주었고 그렇게 나온 차가 바로 얼그레이입니다. 영국은 요리가 맛없는 것으로 유명하지만 다행히 샌드위치와 홍차만으로 한 끼 식사는 충분할 것 같군요. 이쯤에서 홍차가 등장하는 추리 소설을 살펴봐야겠죠. 차 전문점인 인디고 찻집의 주인장 시어도시아가 차례차례 살인 사건을 해결하는 '찻집 미스터리' 시리즈가 우리나라에도 출간되어 있습니다. 나른한 오후, 얼그레이 한 잔을 마시며 시어도시아의 활약상에 빠져보면 어떨까요?

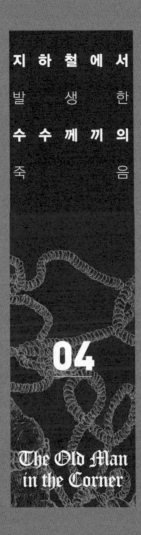

지하철에서
발 생 한
수수께끼의
죽 음

04

The Old Man
in the Corner

001
☆☆☆

"자네가 방금 커피와 스콘을 먹는 동안 바로 옆에 앉아 있던 남자의 인상착의를 내게 설명해 줄 수 있겠나?"

그날 구석의 노인은 내게 이렇게 물었다.

노인은 내가 ABC 찻집에 갈 때마다 앉아 있었던 자리에 앉아 있었다. 하지만 내가 간소한 점심을 다 먹을 때까지도 입을 꾹 다물고 있었다. 난데없이 말을 걸어 고개를 들게 만들어 놓고 "안녕하신가" 같은 인사조차 건네지 않다니 너무 무례하지 않은가 싶었다.

"그 남자가 키가 큰지 작은지, 검은 머리인지 금발인지 알겠나? 어떻게 생긴 사람이었는지 내게 설명해 줄 수 있겠나?"

그는 그의 독특한 인상을 내가 무례할 정도로 뜯어보는 데도 전혀 당황해하는 기색도 없이 재차 물었다.

"물론 할 수 있고말고요. 하지만 제가 이 가게 손님 한 명의 생김새를 설명하는 게 무슨 의미가 있는지 모르겠군요."

내가 발끈해서 대답했다.

노인은 한참을 아무 말도 하지 않고 어딘가 있을 노끈 한 가닥을 찾아 큼직한 주머니들을 부산스럽게 뒤졌다. '생각을 하는 데 꼭 필요한 부재료'를 마침내 찾아내자 그는 반쯤 감긴 눈으로 다시 나를 바라보며 심술궂게 이렇게 말했다.

"그렇다면 오늘 삼십 분 동안 자네 옆에 앉아 있었던 사람의 생김새를 정확하게 진술하는 것이 어마어마하게 중요한 일이라고 가정한다면 어떻게 시작하겠나?"

"그렇다면 그 남자는 중키에……."

"170센티미터였나? 아니면 175? 180?"

그가 차분하게 내 말을 끊으며 이렇게 물었다.

"어떻게 센티미터 단위까지 정확하게 말할 수 있겠어요?"

나는 대뜸 대답했다.

"머리카락은 중간색이었어요."

"그게 무슨 뜻인가?"

노인이 심드렁하게 물었다.

"금발도 아니고 어두운색도 아니었어요. 코는……."

"그래, 코는 어떻게 생겼지? 스케치를 할 수 있을까?"

"저는 화가가 아니라서요. 코는 꽤 곧은 편이었어요. 눈은……."

"어두운색도 밝은색도 아니었어. 머리카락도 눈처럼 이쪽도 저쪽도 아니었지. 키가 작지도 크지도 않았어. 코는 매부리코도 들창코도 아니었고."

노인이 빈정거리듯 간단하게 정리를 했다.

"맞아요. 그 남자는 평범하기 짝이 없는 외모였어요."

내가 대답했다.

"그 남자를 다시 보면 알아볼 수 있을까? 가령 내일이라도 키가 크지도 작지도 않고, 머리카락 색이 어둡지도 밝지도 않고, 코도 매부리코나 들창코도 아닌 수많은 남자들과 함께 있으면?"

"모르겠어요. 기억에 남을 만큼 눈에 띄는 외모가 아니었으니까요."

"바로 그거야. 정곡을 찔렀군. 자네는 글 쓰는 사람 아닌가. 적어도 스스로는 그렇게 부르게. 그렇다면 사람들을 알아보고 외모를 묘사하는 것도 자네 일이야. 나는 선명한 푸른 눈과 고귀한 이마와 고전적인 얼굴로 어느 모로 보나 색슨족이 분명한 저명인사들만 말하는 게 아니야. 오히려 평범한 사람들, 그러니까 같은 부류 백 명 가운데 구십 명에 해당하는 사람들을 말하는 거라네. 이를 테면 중산층에 키는 너무 크지도 작지도 않고 금발도 아니고 어두운색 머리도 아니고 입을 가리는 콧수염을 기르고 머리와 눈썹 모양을 가리는 모자를 쓰고 자기와 같은 부류 사람들 수백 명과 똑같이 입고 똑같이 행동하고 말하고 별다른 특징이라고는 없는 평균적인 영국인 말일세."

그는 신이 난 듯 테이블로 몸을 바싹 붙이며 말했다. 그 모습은 마치 장난감 상자에서 용수철 인형이 튕겨 나온 것만 같았다.

"지금부터 일주일 후 그의 모습을 묘사하고 그와 똑 닮은 사람들 여든아홉 명 가운데에서 그를 알아보려고 해 보게. 거기서 더 나아가 그가 어떤 범죄에 연루되었는데, 자네가 그를 알아본다면 그의 목에 올가미를 걸어 이 세상을 하직하게 만들 수 있는 상황이라고 생각해 보게.

언뜻 본 사람의 생김새를 도저히 기억해 낼 수 없다면 왜 희대의 악당들이 교수형을 당하지 않고 거리를 활보하고 있으며 지하철 사건의 수수께끼는 왜 아직도 풀리지 않고 있는지 잘 이해가 될 거야.

그 사건은 말이지, 내가 평생 처음으로 경찰에게 내 의견을 알려 주고 싶은 마음에 거의 굴복할 뻔했던 유일한 사건이었다네. 자네도 알다시피 나는 영리한 범죄자를 흠모하기는 해. 그렇다고 그 자들이 처벌을 받지 않는 상황이 누군가에게 도움이 될 수 있다고 생각하지도 않는다네.

런던 중앙 철도가 개통된 지 겨우 며칠밖에 되지 않았을 때였어. 새로 생긴 노선이 인기를 얻은 탓에 구舊지하철은 한동안 외면을 받았지. 문제의 지하철이 지난 6월 18일 오후 4시경에 올드게이트 역에 들어왔을 때 일등칸 객차는 텅 빈 것이나 다름이 없었어.

역무원은 혹시나 누가 남기고 간 싸구려 석간신문이 없나 해서 플랫폼을 돌아다니며 객차마다 살펴보고 있었어. 그러다가 일등칸 객차의 문을 열었는데 구석에 어떤 숙녀가 앉아 있는 것이 아닌가. 고개가 창문 쪽으로 넘어간 모습을 보니 노선의 종점이 올드게이트 라는 사실도 모르는 것이 분명했어.

'이보세요, 어디까지 가십니까?'

역무원이 물었다네.

여자는 꼼짝도 하지 않았어. 역무원은 잠이 들었다고 생각하고 객차 안으로 들어갔어. 팔을 살짝 건드리고 얼굴을 살펴봤지. 그의 말에 따르면 아연실색을 했다고 하네. 독특한 표현이지 않나. 아무 튼 눈이 멍하고 안색은 창백하고 목이 뻣뻣한 것을 보니 죽은 것이 분명했더란 말이지.

역무원은 서둘러 객차의 문을 잠그고 짐꾼 두 사람을 불렀어. 한 명은 경찰서에 보내고 나머지 한 명은 역장을 찾으러 보냈지.

다행스럽게도 그날 그 시각에 플랫폼은 그리 붐비지 않았어. 오후에는 사람들이 주로 서쪽으로 가는 노선을 이용하니까. 경위 한 명과 경관 두 명이 사복형사와 의사를 데리고 현장에 나타나 일등 칸 객차를 에워쌌지. 그제야 근처를 어슬렁거리던 사람들은 무슨 일이 벌어진 것을 알아차리고는 호기심을 주체하지 못해 주위로 몰 려들기 시작했어.

그래서 늦게 나오는 석간신문에는 이 놀라운 사건이 '수수께끼의 지하철 자살'이라는 원색적인 헤드라인을 달고 실릴 수 있었던 거야. 의사는 역무원이 잘못 안 것이 아니라 그녀가 이미 사망한 상태였다고 결론을 내렸지.

여자는 젊었고 생전에 미모가 뛰어났을 것 같았어. 공포로 얼굴이 흉측하게 일그러지기 전에는 말이야. 옷차림은 품위가 있었지. 그래서 좀 더 경박한 신문들은 여성 독자들에게 피살자의 원피스와 구두, 모자, 장갑의 생김새까지 상세하게 전달했다네.

그런데 오른손을 보니 장갑이 일부 찢겨 나가 엄지손가락과 손목이 그대로 드러나 있었지. 오른손은 핸드백을 쥐고 있었어. 고인의 신원을 확인하는 데 도움이 될까 해서 경찰이 가방을 열어 보니 작은 은장신구 한 개와 비강 자극제 약간하고 자그마한 빈 병밖에 없었어. 경찰은 분석을 위해 그 병을 의사에게 넘겼어.

유류품에 병이 있었다는 이유만으로 지하철에서 발생한 수수께끼의 죽음이 자살이라는 보도가 마구잡이로 나왔어. 하기야 고인의 옷차림이나 객차의 상황으로 보아 몸싸움이나 저항을 한 흔적조차 보이지 않았으니까 그럴 만도 하지. 오로지 가련한 여인의 눈빛만이 갑작스럽게 찾아온 공포가, 생각지도 못한 폭력적인 죽음이 순식간에 찾아왔다는 사실을 말해 주고 있었어. 죽음의 공포는 눈 깜짝할 새에 지나가 버렸겠지만 지울 수 없는 흔적을 남기고 말았어. 그 공포가 아니었다면 차분하고 평화로웠을 얼굴이었는데."

"고인의 시신은 시체 보관소로 옮겨졌어. 물론 그때까지 그녀의 신원을 알아내거나 죽음을 둘러싼 수수께끼를 해결할 수 있는 사소한 실마리라도 찾아낸 사람은 아무도 없었어.

한편 관심이 있든 없든 잔뜩 몰려든 구경꾼들은 행방불명되었거나 길을 잃은 가족 혹은 친구가 있다고 핑계를 대고 신원 확인을 위해 시신을 구경했어. 저녁 8시 반경에 번듯하게 차려입은 어떤 젊은 남자가 이륜마차를 타고 역에 도착했지. 그는 감독관에게 자신의 명함을 전했어. 명함에 따르면 그 젊은 남자는 해운업에 종사하는 헤이즐딘이라는 사람으로 근무처는 E.C. 크라운 레인 11번지였고 집 주소는 켄싱턴 애디슨 로 19번지였네.

남자는 정신적 고통이 극심한 것 같았어. 보기 딱할 정도였지. 게다가 비극적인 소식이 실린 《세인트 제임스 가제트》를 신경질적으로 구겨 쥐고 있었어. 그는 감독관에게 말도 제대로 잇지 못했어. 다만 자신과 매우 가까운 사람이 그때까지 집에 오지 않았다고 간신히 전하는 정도였다네.

그는 삼십 분 전만 해도 별로 걱정을 하지 않았어. 그런데 우연히 신문을 읽을 생각이 든 거야. 기사에 실린 죽은 여자의 외모와 옷차림에 대한 모호한 설명을 읽는 순간 가슴이 철렁했지. 그는 곧장 이륜마차에 올라타서 역으로 향했어. 그리고 최악의 두려움을 배제할 수 있도록 시신을 확인하게 해 달라고 간청을 했다네.

물론 그 뒤에 어떤 일들이 벌어졌는지 자네도 잘 알겠지."

구석의 노인이 계속 말을 했다.

"비탄에 잠긴 남자의 모습은 차마 보고 있기 힘들었지. 공립 시체 보관소에 누워 있는 여자를 본 헤이즐딘은 자신의 아내가 틀림이 없다고 했어."

구석의 노인은 온화하고 상냥한 미소를 지은 채 나를 바라보며 말했다. 하지만 그의 손가락은 아까부터 계속 만지작거리고 있는 한 가닥의 노끈에 새로운 매듭을 지으려고 부산스럽게 움직이고 있었다.

"너무 신파 조가 되었군. 차라리 삼류 연애 소설이나 읽겠다는 생각이 들지 않을까 걱정이야. 하지만 자네도 인정하지 않을 수 없을 거야. 분명히 기억하고 있겠지. 너무나 애절하고 가슴이 아픈 순간이었어.

아내를 잃은 가련한 남편은 그날 밤 신문을 받을 걱정을 할 필요가 없었지. 어차피 일관된 진술을 할 상태도 아니었어. 수수께끼에 실마리를 던져 줄 사실 몇 가지가 알려진 것은 이튿날 열린 검시 배심에서였어. 덕분에 헤이즐딘 부인의 죽음을 둘러싼 수수께끼가 말끔히 해결될 것 같았어. 하지만 그 사실들로 인해 오히려 더 복잡한 미궁 속으로 빠져들 뿐이었지.

검시 배심에 나온 첫 번째 증인은 헤이즐딘이었어. 그가 검시관

앞에 서서 어떻게든 사건을 해결할 단서를 주기 위해 애쓰는 모습은 방청객의 동정을 자아내겠구나 싶더군. 전날처럼 옷은 잘 차려입었지만 수척하고 수심에 차 보였어. 수염을 밀지 않은 탓에 아무것에도 관심이 없고 흥미를 잃은 듯한 분위기가 났어.

드러난 사실에 따르면 헤이즐딘은 고인과 약 육 년 전에 결혼을 한 후 지금까지 내내 행복하게 지냈어. 둘 사이에 아이는 없었다네. 헤이즐딘 부인은 특별히 아픈 곳 없이 건강했는데, 최근에 유행성 감기에 살짝 걸려서 아서 존스라는 의사에게 치료를 받았다더군. 그 자리에는 그 의사도 참석했어. 그는 검시관과 배심원들에게 헤이즐딘 부인이 심장 마비를 일으킬 가능성이 조금이라도 있어서 급작스러운 최후를 맞이한 것은 아닌지 진술을 할 예정이었지.

당연히 검시관은 상심에 잠긴 남편의 처지를 동정했어. 검시관은 말하려는 바를 에둘러서 표현하려고 애를 썼다네. 그는 헤이즐딘 부인의 최근 심리 상태를 묻고 싶은 것 같더군. 헤이즐딘은 그 이야기를 꺼리는 눈치였어. 죽은 아내의 핸드백에서 빈 병이 발견되었다는 사실을 알고 있는 것이 분명했어.

그는 망설이다가 결국에는 이야기를 했어.

'아내가 전과 다르다는 생각이 가끔 든 것도 사실입니다. 그녀는 원래 쾌활하고 밝은 사람이었습니다. 그런데 요즘 들어 저녁이면 고민이 있는지 멍하니 앉아 있는 모습을 종종 봤습니다. 그럴 때마다 통 이야기를 하지 않으려고 했고요.'

그 대답에도 검시관은 만족하지 않고 핸드백에서 발견된 병에 대해서 언급했어.

헤이즐딘은 깊은 한숨을 내쉬며 대답을 했어.

'네, 저도 알고 있습니다. 자살을 염두에 두신 것 같은데, 저는 도무지 이해가 안 됩니다. 너무 급작스럽고 끔찍해요. 제 아내가 최근에 안절부절못하고 고민이 있어 보인 것은 사실입니다. 하지만 어쩌다가 몇 번 그런 겁니다. 어제 아침에 제가 출근을 할 때만 해도 아내는 평소 모습으로 되돌아온 것 같았습니다. 그래서 저녁에 오페라를 보러 가자고 했습니다. 아내는 그 말에 즐거워하는 것 같았죠. 오후에 쇼핑을 하고 몇 군데 들를 곳도 있다고 했습니다.'

'부인이 지하철로 어디를 가던 중이었는지 아십니까?'

'글쎄요. 잘 모르겠습니다. 아내가 제게 한 말은 오후에 베이커 스트리트로 외출을 한다는 뜻이었을 수도 있고 본드 스트리트에서 쇼핑을 하겠다는 뜻이었을 수도 있으니까요. 아내는 세인트 폴스 처치야드에서도 종종 쇼핑을 했습니다. 그랬다면 올더스게이트 스트리트행을 탔을 수도 있었겠죠. 하지만 저도 더 자세한 것은 모릅니다.'

'자, 헤이즐딘 씨.'

검시관이 마지막으로 매우 상냥하게 다시 물었어.

'당신이 알고 있는 아내가 최근에 보인 모습에 영향을 미친 원인을 혹시 알면 말씀해 주시겠소? 헤이즐딘 부인이 재정적인 문제로 괴로워하지는 않았습니까? 부인에게, 어, 그러니까 부인과 교제하는 것이 마음에 들지 않던 친구가 있었습니까?'

여기까지 말한 검시관은 가장 곤란한 부분을 해치워서 한숨을 돌리는 눈치를 풍기면서 이렇게 덧붙였어.

'혹시라도 부인이 심적으로 불안하거나 혼란스러운 순간 목숨을 버리자고 마음먹었을 만한 징후가 있었다면 뭐든 말씀해 주시오.'

법정 안은 한동안 쥐 죽은 듯이 조용했어. 그 자리에 모인 사람들 눈에는 헤이즐딘이 극심한 도덕적 의무감에 짓눌려 고통 받고 있는 듯이 보였어. 그는 안색이 몹시 창백하고 지쳐 보였지. 두 번이나 입만 벙긋하다가 결국에는 모기만 한 목소리로 이렇게 대답하더군.

'재정적인 문제는 전혀 없었습니다. 제 아내는 따로 재산이 있었습니다. 사치를 하지도 않았고요.'

'언제였든 교제를 반대했던 친구는 없었습니까?'

검시관이 계속 그 부분을 물고 늘어졌어.

'제가, 어, 언제든 반대한 친구는 없었습니다.'

불행한 남편은 말까지 더듬었어. 힘들게 말을 하는 모습이 역력했지."

구석의 노인은 우유를 한 잔 마시고 한 잔 더 주문한 후 말을 이었다.

"나도 검시 배심에 있었기 때문에 장담할 수 있어. 아무리 둔한 사람이더라도 남편이 증언하는 모습을 봤다면 거짓말을 하고 있다는 사실을 단박에 알아차릴 수 있었을 걸세. 아무리 멍청한 작자라도 죽은 여자가 별것 아닌 일에 병적인 실의에 빠진 게 아니라는 것쯤은 알 수 있었지. 그래서 부인의 갑작스럽고 기이한 죽음의 진상을 파헤쳐 줄 실마리는 슬픔에 잠긴 젊은 남편이 아니라 어딘가에 있을 제삼자가 던져 줄 것이라는 사실을 금방 알아차릴 수 있었어.

그녀의 죽음이 처음보다 훨씬 더 수상쩍어졌다는 사실이 어느새 확연해졌어. 자네도 그 무렵 사건에 대한 기사를 읽었을 걸세. 그러니 두 의사가 제시한 증거 때문에 여론이 얼마나 들끓었는지도 기억하겠지. 평소 부인이 진료를 받았던 의사인 아서 존스는 이렇게 증언했어. 부인이 사망하기 전에 보인 미미한 증상을 직접 치료하지는 않았지만 꽤 최근까지 전문적으로 그녀를 지켜보았을 때 갑작스러운 죽음을 일으킬 만한 신체적인 문제는 없었다고 말이야. 게다가 그는 지역 경찰의인 앤드루 소턴과 함께 사후 검시를 했는데, 두 사람 모두 그녀의 죽음에 청산이 관련있다는 사실에 동의를 했다네. 청산가리로 인해 갑작스럽게 심장 마비가 왔다는 거지. 하지만 어떻게 청산이 고인에게 투여되었는지에 대해서는 두 사람 모두 대답할 수가 없었어.

'그렇다면 존스 씨는 고인이 청산가리에 목숨을 잃었다고 본다고 생각해도 될까요?'

'제 소견은 그렇습니다.'

그가 대답했어.

'고인의 핸드백에 들어 있던 병에 청산이 들어 있었습니까?'

'과거 어느 시점에 그 병에 청산이 들어 있었던 것은 분명합니다.'

'그렇다면 고인이 그 약을 먹고 자살을 했다고 생각하십니까?'

'죄송합니다만 저는 한 번도 그렇게 말한 적이 없습니다. 고인은 청산가리로 목숨을 잃었습니다. 하지만 그 약이 어떻게 체내에 들어가게 되었는지는 알 수 없습니다. 지금으로서는 주사에 의한 것으로 보입니다. 청산을 삼키지 않은 것은 확실합니다. 위에 청산의 흔적이 조금도 없었으니까요.'

그 의사는 검시관의 다른 질문에 이렇게 덧붙였어.

'그렇습니다. 이 경우에는 주사를 맞자마자 즉사했을 겁니다. 길어 봤자 이삼 분 안에 사망했겠죠. 갑작스러운 발작이 순식간에 오며 사망했을 가능성이 꽤 높습니다만 그렇지 않을 수도 있습니다. 이런 경우에는 죽음이 갑작스럽게 찾아와 되돌릴 수가 없죠.'

그 시점에서 검시 배심에 자리한 사람들 가운데 의사의 증언이 얼마나 중요한지 알아차린 이는 아무도 없었을 거야. 검시를 진행했던 지역 경찰의가 존스의 증언은 세세한 부분까지 모두 일치한다고 확인을 했지. 헤이즐딘 부인은 청산가리 주사를 맞고 급사를 했는데, 언제 어떤 방법인지는 알 수가 없다. 그녀는 승객이 붐비는 시간대에 지하철 일등석 객차에 타고 있었다. 젊고 우아했던 여인은 분명히 주위에 두세 명 정도의 사람들이 있는 상황에서 치사량의 독을 자신에게 주사할 정도로 강인한 정신력과 침착함을 잃지 않았음이 분명하다. 경찰 측의 주장은 이런 내용이었어.

방금 의사의 증언이 얼마나 중요한지 알아차린 사람은 아무도 없었다고 했지만, 그건 사실이 아니네. 그 자리에는 사건이 얼마나 심각하며 앞으로 얼마나 놀랍게 전개될지 단번에 알아차린 사람이 세 사람 있었네.

물론 셋 중 한 명은 나지."

나의 묘한 대화 상대는 누구도 따라갈 수 없는 자만심을 숨기지 않으며 말했다.

"나는 그때 그 자리에서 이미 경찰이 어디서부터 잘못 짚었는지 알아챘고 앞으로 한참 더 헛발질을 해서 지하철 변사 사건이 경찰의 오판 때문에 망각 속으로 사라진 다른 사건들과 같은 운명을 맞으리라 짐작하고 있었다네.

그 자리에서 두 의사의 증언이 얼마나 심각한지 이해한 사람이 두 사람 더 있었다고 했지. 한 사람은 지하철의 객차를 처음으로 수색했던 형사였어. 활기가 넘치고 머릿속은 엉뚱한 생각으로 가득 찬 젊은이였지. 나머지 한 사람은 헤이즐딘이었고.

바로 이 시점에서 전체 줄거리에 흥미를 불어넣는 요소가 처음으로 등장했어. 바로 헤이즐딘 부인의 하녀인 에마 퍼널의 입을 통해서였지. 당시 알려진 바로는 부인이 살아 있을 때 마지막으로 보고 이야기를 한 사람이 바로 그녀였다네.

에마는 수줍음을 타면서 작은 목소리로 증언을 했어.

'마님은 집에서 점심을 드셨습니다. 그때만 해도 건강하고 유쾌해 보이셨어요. 그리고 2시 반 무렵에 외출을 하시면서 세인트 폴스 처치야드에 있는 스펜스 상점에 새로 맞춘 원피스를 입어 보러 가신다고 하셨어요. 마님은 원래 오전에 가시려고 했는데 에링턴 씨가 찾아오시는 바람에 못 가셨거든요.'

'에링턴 씨라고요? 에링턴 씨가 누구요?'

검시관이 아무렇지도 않게 물었지.

그런데 이 질문에 그만 에마가 말문이 막힌 거야.

'에링턴 씨는…… 에링턴 씨죠. 에링턴 씨는 주인댁의 친구세요. 그분은 앨버트 맨션에서 사시고요. 최근에 애디슨 로에 자주 오셔서 늦게까지 계셨어요.'

계속 심문을 하자 에마는 최근에 헤이즐딘 부인이 에링턴과 연극을 몇 번 보러 갔다고 털어놓았다네. 그럴 때면 주인어른이 무척 우울하고 화가 나 보였다는 말도 했지.

다시 불려 나온 고인의 남편은 도무지 입을 열려 하지 않았어. 질문에 마지못해 대답을 하는 티가 역력했지. 검시관은 십오 분 동안 상냥하지만 고집스럽게 질문을 던진 끝에 증인으로부터 원하는 정보를 이끌어 내고는 결과에 만족한 모습을 보였지.

에링턴은 헤이즐딘 부인의 친구였다네. 그는 부유한 신사였어.

그래서인지 하고 싶은 일을 하면서 시간을 보내는 것 같았지. 헤이즐딘은 이 남자가 별로 마음에 들지 않았어. 하지만 그 점에 대해 아내에게 아무 말도 하지 않았다더군.

'그러니까 도대체 에링턴 씨가 누구입니까?'

검시관이 재차 질문을 했지.

'뭘 하는 사람입니까? 사업을 합니까? 아니면 전문 직종에 종사하고 있나요?'

'그 남자는 사업을 하지도 않고 전문 직종에 종사하지도 않습니다.'

'그렇다면 도대체 뭘로 먹고삽니까?'

'그 남자는 구체적인 직업이 없습니다. 대신 재산이 상당한 것으로 알고 있습니다. 요즘은 대단한 취미에 흠뻑 빠져 살죠.'

'그게 뭡니까?'

'그는 대부분 화학 연구를 하며 시간을 보냅니다. 제가 알기로는 아마추어이기는 하지만 매우 뛰어난 독물학자입니다.'"

003
☆☆☆

"혹시 지하철에서 일어난 기묘한 죽음과 밀접한 관련이 있는 신사 인 에링턴을 본 적이 있나?"

구석의 노인은 내 앞에 작은 스냅 사진을 몇 장 내려놓으며 물었다.

"이 남자가 바로 그 사람이야. 상당히 잘생기고 호감 가는 얼굴이야. 그렇지만 극도로 평범한 얼굴이지.

에링턴의 목에 교수대의 밧줄이 씌워질 뻔했지만 결국 그렇게 되지 않은 것은 이렇게 평범한 외모 덕분이었다네. 이런, 내가 이야기를 너무 건너뛰었군. 자네가 이야기를 제대로 따라오지 못하겠어.

앨버트 맨션에 살며 그로브너와 멋쟁이 신사들의 사교 모임에 드나드는 부유한 독신자인 에링턴이 애디슨 로 19번지에 살던 메리 비어트리스 헤이즐딘의 죽음에 관련되었다는 혐의로 어느 화창한 날 보 스트리트의 중앙 경찰 재판소에서 치안 판사 앞에 서게 된 정황은 전혀 외부에 알려지지 않았어.

장담하건대 언론과 대중은 말 그대로 입이 떡 벌어지게 놀랐을 거야. 알다시피 에링턴은 런던 사교계의 영리한 부류 사이에서 유명하고 인기 있는 신사였어. 그는 늘 오페라와 경마장을 드나들었지. 대정원과 칼턴 클럽도 노상 드나들었고 친구들이 많았어. 그래서 아침부터 열린 즉결 심판소에는 방청객이 잔뜩 몰려들었지.

잠시 후 이런 사실들이 밝혀졌어.

검시 배심에서 단편적인 증거들이 밝혀지자 어떤 신사 두 명이 국가와 시민을 위해 꼭 이행할 의무가 있다는 걸 깨달았어. 지하철에서 벌어진 괴사건을 밝히는 데 도움이 될 실마리를 제공하기 위해 두 사람은 사람들 앞에 나서기로 했지.

경찰은 이들의 정보가 늦기는 했지만 엄청난 의미를 지니고 있다고 직감했지. 게다가 두 신사는 의심할 데 없는 훌륭한 지위에 있는 사람들이었어. 경찰은 이 제보가 들어온 것에 감사하며 당장 조치를 취했어. 그 결과 에링턴이 살인 혐의로 치안 판사 앞에 서게 된 거라네.

그날 법정에서 처음 본 피고는 얼굴이 창백하고 근심에 가득 찬 것 같았다네. 그가 처한 끔찍한 상황을 생각해 보면 당연한 일이었지.

그는 마르세유에서 체포되었는데, 그곳에서 콜롬보로 떠나려던 참이었다더군.

에링턴은 처음에는 자신이 얼마나 끔찍한 처지에 처했는지 실감을 못 하는 것 같았어. 하지만 심리가 진행되면서 자신의 체포와 관련된 증거와 에링턴이 그날 아침 애디슨 로 19번지에 찾아왔으며 헤이즐딘 부인이 오후 3시 반에 세인트 폴스 처치야드로 떠났다는 에마 퍼널의 진술을 다 듣자 비로소 상황을 제대로 파악한 것 같았어.

헤이즐딘은 검시 배심에서 한 진술에 덧붙일 말이 없다고 했어. 아내가 살아 있는 모습을 마지막으로 본 시각은 비극이 벌어진 날 아침이었어. 그녀는 건강하고 쾌활해 보였지. 재판에 온 사람들은 남편이 죽은 아내의 이름과 피고의 이름이 함께 언급될 만한 상황은 어떻게든 피하려고 애쓰고 있다는 사실을 모두 알아차렸을 거야.

게다가 하녀의 증언으로 다른 사실도 새어 나왔어. 젊고 아름다운데다 자신을 숭배하는 남자들에게 약했던 헤이즐딘 부인이 아무 뜻 없이 노골적으로 에링턴과 추파를 주고받았고 이런 상황에 남편이 몇 번 짜증을 냈다는 거야.

모든 사람들이 아내를 잃은 남편의 온화하고 품위 있는 태도에 좋은 인상을 받았어. 이 사진들 사이에 남편의 사진이 있으니 한번 보게나. 법정에 출석했을 때의 모습이지. 검은색 상복 차림이지만 슬픔이 노골적으로 드러나지 않아. 사건 후 한동안 면도를 하지 않아 턱수염이 자라게 두었다가 그날은 다시 짧게 깎은 상태였어. 그가 증언을 마친 후 아주 인상적인 사건이 벌어졌지. 키가 크고 머리가 새까만 남자가 증인으로 등장한 거야. '나는 금융계 종사자요'라는 분위기를 온몸으로 풍기는 듯했어. 그는 성서에 입을 맞추고 오로지 진실만을 말하겠다고 맹세를 했어.

그 남자의 이름은 앤드루 캠벨로 스로그모턴 스트리트에서 주식 거래업을 하는 캠벨 사의 사장이었어.

캠벨은 6월 18일에 지하철로 어딜 가던 중이었는데, 마침 객차에서 아주 어여쁜 여자를 보았지. 그 여자는 올더스게이트로 가려고 하는데 맞게 탔느냐고 물었지. 캠벨은 그렇다고 한 후 석간신문에 얼굴을 파묻고 주식 시황을 살폈어. 그런데 가워 스트리트에서 트위드 정장과 중산모를 쓴 남자가 타서 여자의 맞은편에 앉았지.

여자는 맞은편에 앉은 남자를 보고 깜짝 놀란 눈치였어. 하지만 캠벨은 그녀가 그 순간에 무슨 말을 했는지 제대로 기억하지 못했어.

두 사람은 한참 동안 이야기를 나누었다더군. 분명히 그 숙녀는 생기 넘치고 쾌활해 보였지. 증인은 두 사람에게 별 신경을 쓰지 않았어. 그는 뭔가를 계산하는 데 정신이 팔려 있다가 패링던 스트리트에 도착해 지하철에서 내렸지. 내릴 때 보니 트위드 정장의 남자는 숙녀와 악수를 나눈 후 그의 바로 뒤에 서 있었다더군. 남자는 여자에게 유쾌하게 이렇게 말했다네.

'이따 봐요. 오늘 밤 늦지 말아요.'

캠벨은 숙녀의 대답은 듣지 못했어. 그리고 문제의 남자도 금세 인파 속으로 모습을 감추었다지.

모든 사람들이 두근거리는 가슴을 안고 다음 증언을 듣고 싶어 안절부절못했지. 그도 그럴 것이 고인이 기이하고 설명할 길 없는 죽음을 맞이하기 오 분 전까지 이야기를 나누었던 남자의 인상착의를 증인이 진술하고 확인해 줄 수 있을 거라고 잔뜩 기대를 했으니까. 솔직히 나는 그 스코틀랜드 출신의 주식 중개인이 증언을 하기 전에 이미 대답을 알고 있었다네. 나는 베일에 싸인 살인범의 인상착의에 대한 생생하고 실감나는 묘사를 받아 적을 수도 있었어. 그랬다면 아마도 자네가 방금 이 테이블에서 점심을 들 때 옆에 앉아 있었던 남자의 인상착의와 똑같았을 거야. 그의 증언은 자네가 아는 젊은 영국 남자 열 명 가운데 다섯 명의 인상착의에 해당되는 내용이었다네.

그가 말한 남자는 중키에 밝지도 어둡지도 않은 색의 콧수염을 기르고 있었지. 머리카락도 똑같이 밝지도 어둡지도 않았어. 그는 중산모를 쓰고 트위드 정장을 입고 있었어. 그게 다였지. 캠벨은 그를 다시 보면 알아볼 수 있을지도 몰라. 하지만 못 알아볼 수도 있지. 어쨌든 주의 깊게 지켜보지는 않았으니까. 캠벨은 객차에서 내내 그와 같은 쪽에 앉아 있었어. 게다가 내내 모자를 쓰고 있었지. 그는 신문을 읽느라 정신이 없었어. 그래, 다시 보면 알아볼 수 있을지 모르지만 단정할 수는 없었지.

증언이 이런 내용이라면 무슨 소용이냐고 하겠지. 정말 그랬어. 그 자체로는 그다지 중요하지 않았지. 컬러 인쇄기 회사인 로드니 사의 관리자 제임스 버너의 추가 진술이 없었다면 캠벨의 증언으로는 아무도 체포할 수 없었을 거야.

버너는 앤드루 캠벨과 친구 사이더군. 버너는 패링던 스트리트에서 지하철을 기다리다가 일등칸에서 내리는 캠벨을 봤어. 버너는 그와 잠시 이야기를 나눈 후 지하철이 막 출발하려고 할 때 주식 중개인 친구와 트위드 정장의 신사가 내린 바로 그 칸으로 올라탔지. 그는 맞은편 구석에 앉아 고개를 돌리고 잠이 든 것 같은 숙녀에 대해 거의 기억하지 못했어. 별로 신경을 쓰지 않았지. 그는 대중교통을 탄 여느 직장인처럼 신문을 읽느라 정신이 없었어. 특별히 신경 쓰고 있던 주식 시세가 있었지. 그는 그 숫자를 적어 놓으려고 조끼 주머니에서 연필 한 자루를 꺼냈어. 바닥에 떨어져 있는 깨끗한 종이를 보고는 집어서 숫자를 재빨리 적었지. 그리고 누군가의 명함인 것 같은 종이를 지갑에 집어넣었어.

버너는 숨소리조차 나지 않는 조용한 법정에서 계속 증언을 했어.

'그로부터 이틀이나 사흘이 지났을 때였습니다. 저는 우연히 지하철에서 적어 두었던 메모를 보게 되었습니다. 당시 모든 신문이 지하철에서 발생한 기묘한 죽음에 대해 떠들고 있었습니다. 덕분에 저도 그 사건에 관련된 사람들의 이름을 잘 알고 있었죠. 그랬기 때문에 지하철에서 주은 종이 쪼가리를 다시 보았을 때 프랭크 에링턴이라고 적힌 것을 보고 얼마나 놀랐는지 모릅니다.'

이 발언이 법정에 일으킨 파장은 전례가 없을 정도였어. 펜처치 스트리트 사건의 스메서스트 재판 이후로 그렇게 사람들이 흥분하는 모습은 처음 보았다네. 미리 말해 두지만 나는 절대 흥분하지 않았어. 그 무렵 그 범죄를 내가 저지른 것처럼 속속들이 꿰고 있었거든. 오랜 세월 범죄를 공부했지만 나도 그보다 잘할 수는 없었을 거야. 그 자리에 모인 수많은 사람들 중에 에링턴의 친구들은 이제 그가 끝장이 났다고 생각했어. 에링턴조차 그렇게 생각하는 것 같더군. 마침 그의 얼굴을 봤는데, 핏기라고는 없이 창백했거든. 입술이 바짝바짝 타들어 가는지 이따금 혀로 입술을 축이곤 했어.

그는 끔찍한 딜레마에 빠져 있었어. 그런 상황에서는 당연한 일이겠지. 자신의 알리바이를 입증할 수 없었던 거야. 이 사건은 재판이 열리기 삼 주 전에 일어났어. 프랭크 에링턴 같은 런던 사교계의 신사라면 특정한 날 오후에 클럽이나 대정원에서 몇 시간을 보낸 것이 기억이 날 수도 있겠지. 하지만 그곳에서 그를 봤다고 증언을 해 줄 사람을 찾을 수 있을까? 열에 아홉은 어렵다고 봐야 할 거야. 그랬어! 바로 그런 상황이었지! 에링턴은 사면초가에 몰려 있었고 그 사실을 그도 잘 알았어. 그때까지 나온 증언들이 아니더라도 그의 입장에 도움이 되지 않는 정황 몇 가지가 밝혀지지 않았나. 무엇보다 취미가 독물학이었지. 경찰은 그의 집에서 청산을 포함해 온갖 종류의 독극물을 찾아내기까지 했다네.

콜롬보로 떠나려고 마르세유로 갔던 사실도 이 사건과 관련이 없다고 할지라도 몹시 재수가 없는 상황임이 틀림이 없었어. 에링턴은 정처 없이 항해 여행을 떠날 셈이었지만 대중의 눈에는 자신이 지은 죄에 겁을 먹고 도망을 치려는 것처럼 보였으니까. 하지만 이번에도 아서 잉글우드는 의뢰인을 위해서 경이로운 실력을 선보였다네. 어떻게 된 일인가 하니 그가 능수능란한 변론으로 검찰 측 증인들을 모두 의뢰인에게 유리하게 돌린 거야.

유능한 변호사는 먼저 피고를 트위드 정장의 남자라고 확신 할 수 없다는 유리한 증언을 앤드루 캠벨에게서 이끌어 냈어. 이십 분 동안 반대 신문을 받고 나자 이 주식 중개인은 냉정함을 완전히 잃은 나머지 자신의 사무실 사환도 못 알아보게 된 것 같았지.

그런데 앤드루 캠벨은 분통을 터뜨리고 짜증을 내는 순간에도 한 가지 증언은 절대 거두지 않았어. 숙녀는 계속 생기발랄했고 트위드 정장의 남자와 악수를 하고 남자가 유쾌하게 '이따 봐요! 오늘 밤에 늦지 말아요'라고 작별 인사를 건네는 순간까지 즐겁게 이야기를 나누었다고 말이야. 그는 비명도 저항하는 소리도 듣지 못했다더군. 그래서 그는 트위드 정장의 사내가 그녀에게 독약을 주입했다면 분명히 그녀도 그 사실을 알고 그렇게 하도록 내버려 두었던 것이라고 생각한다고 주장했어. 숙녀의 행동이나 말하는 모습을 봐서는 급작스럽고 폭력적인 죽음을 앞둔 사람으로는 도저히 보이지 않았다고 말이야.

한편 제임스 버너는 캠벨이 객차에서 내리고 자신이 탈 때까지 내내 객차의 문이 한눈에 들어오는 곳에 있었다고 장담을 했어. 패링던 스트리트에서 올드게이트에 도착할 때까지 숙녀는 미동도 하지 않았다고 했지."

004
☆☆☆

"그랬어. 프랭크 에링턴은 중죄 혐의로 재판에 회부되지 않았어." 구석의 노인은 냉소적인 미소를 지으며 말했다.

"그것도 변호사인 아서 잉글우드가 영리한 덕분이었지. 에링턴은 절대 트위드 정장의 남자와 자신이 동일인이 아니라고 주장했어. 게다가 비극이 발생한 날 오전 11시 이후로는 헤이즐딘 부인을 본 적이 없다고 맹세까지 했지. 그 이후로 두 사람이 만났다는 증거도 없었어. 캠벨의 증언이 맞다면 문제의 남자는 절대 살인자일 리가 없어. 상식적으로 생각해 봐. 치사량의 독약을 주사로 놓으려는데 어떤 여자가 그걸 모른 채 즐겁게 대화를 나누겠나.

에링턴은 현재 외국에서 살고 있어. 곧 결혼도 할 거라더군. 그의 친구라면 어느 누구도 그가 극악무도한 범죄를 저질렀다고 진심으로 믿지 않았을 거야. 한편 경찰은 자신들이 더 잘 안다고 생각해. 이 사건이 절대 자살 사건일 리 없고, 비극이 벌어진 그날 오후에 헤이즐딘 부인과 함께 지하철을 타고 있었던 남자가 양심에 거리낄 죄를 저지르지 않았다면 사람들 앞에 나서서 수수께끼를 풀열쇠를 알려 주었을 거라고 생각하는 거지.

경찰은 의문의 남자의 정체에 대해서 우왕좌왕하는 중에도 에링턴의 유죄를 확고부동하게 믿고 한 치의 의심도 하지 않았어. 그런 확신을 바탕으로 지난 몇 달은 그의 유죄를 입증할 증거를 찾으려고 쉬지 않고 혼신의 노력을 기울였어. 하지만 그런 증거는 찾을수가 없었어. 왜냐하면 그런 건 없으니까. 진짜 살인범에 대한 증거도 찾을 수 없었어. 왜냐하면 범인은 모든 것을 미리 생각해 두고, 모든 결과를 예측하고, 인간의 본성에 통달해 있고, 무엇이 자신에게 불리한 증거가 될지 정확하게 예측해 그에 대응할 수 있는 간교

한 악당 가운데 한 명이었거든.

이 불한당은 처음부터 프랭크 에링턴이라는 인물과 성격에 대해 에링턴 자신보다 더 정확하게 꿰뚫고 있었어. 프랭크 에링턴은 악당이 경찰의 눈에 던진 먼지에 지나지 않았어. 자네도 인정하겠지만, 경찰은 그 먼지로 장님이나 다름없이 되어 버렸어. 어느 정도였느냐면 앤드루 캠벨이 우연히 들은 짧은 말조차 까맣게 잊을 정도였지. 그 문장이야말로 모든 수수께끼를 풀 수 있는 실마리였어. 교활한 악당이 유일하게 저지른 실수이기도 했지.

'이따 봐요! 오늘 밤 늦지 말아요.'

헤이즐딘 부인은 그날 밤 남편과 함께 오페라를 보러 갈 예정이었어."

구석의 노인은 어깨를 으쓱하며 물었다.

"많이 놀랐나? 나는 내내 눈앞에 놓인 비극을 보고 있었지만 자네는 아직도 못 봤군. 경박한 젊은 아내라고? 외간 남자에게 추파를 던진다고? 다 사실을 은폐하기 위한 눈가림이고 구실이었어. 원래는 경찰이 했어야 할 일이지만, 나는 일부러 헤이즐딘 가족의 경제 상황을 조사해서 뭔가를 알아냈다네. 범죄의 동기는 열에 아홉이 돈이거든. 나는 남편이 메리 비어트리스 헤이즐딘의 유언장을 검인했다는 사실을 알아냈어. 그는 만 오천 파운드로 평가된 유산의 유일한 집행인이었던 거야. 에드워드 숄투 헤이즐딘은 켄싱턴의 부유한 건축업자의 딸과 결혼했을 때만 해도 선박 회사의 가난한 사환에 지나지 않았어. 아내를 잃고 비탄에 빠진 남편이 아내가 죽은 직후 수염을 기르기 시작했다는 사실도 알아냈지.

그가 교활한 악당이라는 사실은 의심의 여지가 없다네."

이 기이한 노인은 열에 들떠 테이블로 몸을 바싹 끌어당긴 채 내 얼굴을 뚫어져라 바라보았다.

"자네는 가련한 여인의 체내에 독약이 어떻게 주입되었는지 알겠나? 간단하기 짝이 없는 방법이었다네. 남유럽의 악당이라면 모르는 자가 없을 정도지. 그건 바로 반지였어! 반지에는 속이 빈 바늘이 달려 있는데, 한 명이 아니라 두 명도 죽일 청산을 넣을 수 있지. 트위드 정장의 남자는 함께 열차를 타고 있었던 동행과 악수를 했어. 아마 그녀는 따끔한 것도 못 느꼈을 거야. 설령 느꼈다고 해도 비명을 지를 정도는 아니었겠지. 잘 생각해 보게, 그 악당은 에링턴과의 교제를 통해서 필요한 것들을 모두 확보해 두었어. 그의 명함은 물론이고 계획에 필요한 독극물까지 확보했어. 주변에서 아무도 알아차리지 못하도록 조금씩 외모를 바꾸어 프랭크 에링턴의 옷차림과 콧수염을 비롯해 전체적인 분위기와 비슷하게 되기까지 과연 몇 달이 걸렸는지는 알 수 없어. 그는 자신과 키와 체격이 비슷하고 머리색도 똑같은 남자를 모델로 고른 거라네."

"지하철의 다른 승객들이 그를 알아보면 모든 게 끝장이 날지도 모르잖아요."

내가 반박해 보았다.

"그렇지, 확실히 그랬어. 하지만 그는 위험을 감수하기로 결정했어. 결과적으로 영리한 선택이었지. 그는 어떤 경우라도 승객이, 특히 신문에 코를 파묻고 있던 직장인이 그를 다시 볼 즈음이면 며칠이 지났을 것이라는 사실에 주목했어. 범죄가 성공할 수 있는 중요한 비결은 인간의 본성을 연구하는 거야."

구석의 노인은 모자와 코트를 챙기며 이렇게 덧붙였다.

"에드워드 헤이즐딘은 인간의 본성에 정통했지."

"그렇다면 반지는요?"

내가 물었다.

"그는 신혼여행을 갔을 때 반지를 샀을 거야. 이 범죄 계획은 일주일 만에 만든 게 아니야. 아마 몇 년 동안 공을 들여 다듬었겠지. 하지만 자네도 이제 알다시피 그 끔찍한 악당이 활개를 치고 다니고 있네. 여기에 그 남자의 일 년 전과 현재의 사진을 두고 가겠네. 그는 턱수염을 다시 밀어 버렸어. 그뿐이 아니라 콧수염도 깎았지. 아마 앤드루 캠벨과 친구가 되어 있을 거야."

그가 침울한 웃음을 지으며 대답했다.

그는 의문에 잠긴 나를 두고 자리를 떠났다. 무엇을 믿어야 할지 모르겠다. 그가 들려준 이야기는 처음부터 끝까지 기이했고 궤변처럼 들렸다. 그는 정말로 내게 심사숙고 끝에 내린 결론을 들려준 것일까? 아니면 단지 여자 기자가 얼마나 잘 속아 넘어가는지 실험을 해 본 것일까?

런던의 지하철

찰스 피어슨을 아시나요? 이 사람은 19세기 말 런던에서 활동한 사무 변호사였습니다. 지하철과 변호사가 무슨 관계일까요? 세계에서 가장 오래된 지하철인 런던의 지하철 '튜브'는 바로 이 사람의 제안으로 건설되었습니다. 그는 교통 체증을 해결할 방법을 고민하던 중 믿거나 말거나 두더지를 보고 지하철을 떠올렸다고 합니다. 당시 사람들은 지하에 기차가 다닌다는 발상에 난색을 표했지만 그는 계속해서 사람들을 설득했습니다. 그런 노력이 결실을 맺어 마침내 1863년에 세계 최초의 지하철이 영국에서 개통된 것입니다. 초창기에는 전기가 아니라 석탄으로 달리는 증기 기관차가 열차를 끌었기 때문에 승객들은 온몸에 검댕을 뒤집어 쓸 각오를 하고 지하철을 탔다죠.

런던의 지하철 노선은 계속 확장되어 지금처럼 복잡한 모양새를 갖추게 되었습니다. 여러 노선이 도시를 사방으로 가로지르고 순환하다 보니 이들이 교차하는 환승역도 많죠. 그런데 베이컬루 선과 서클 선, 해머스미스 시티 선, 메트로폴리탄 선에는 공통점이 있습니다. 이 선들의 환승역이 '베이커 스트리트' 역이라는 사실입니다. 탐정 중의 탐정 셜록 홈스가 살았던 '221B 베이커 스트리트'의 바로 그 '베이커 스트리트' 말입니다.

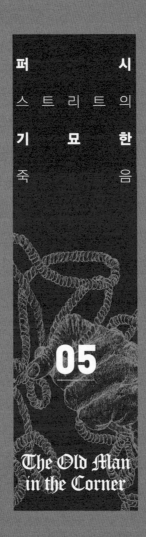

시
퍼
의
스트리트
한
기묘
죽음

05

The Old Man
in the Corner

001
☆☆☆

그날 나는 퍼시 스트리트에 살았던 오언의 기묘한 죽음에 대해 구석의 노인의 의견을 듣겠다고 마음을 단단히 먹고 ABC 찻집으로 발길을 옮겼다.

나는 줄곧 이 사건에 관심이 있었지만 도무지 진상을 알아차릴 수 없었다. 나는 이 사건의 진상으로 가장 가능성이 큰 세 가지 즉, 사고와 자살, 살인을 놓고 틈만 나면 가족과 친구들과 토론을 했다.

"당연히 사고도, 자살도 아니네."

그가 심드렁하게 말했다.

나도 모르게 혼잣말을 한 걸까? 내 생각을 읽다니 버릇도 참 괴상한 노인이라니까!

"그렇다면 오언이 살해되었다고 생각하시나요? 누구 짓인지 아세요?"

구석의 노인은 껄껄 웃더니 수수께끼를 풀때는 항상 만지작거리는 노끈 하나를 스윽 꺼냈다.

"자네는 누가 그 노인을 죽였는지 궁금한가?"

노인이 마침내 이렇게 물었다.

"이 사건에 어떤 의견을 갖고 계신지 궁금해요."

나는 솔직히 털어놓았다.

"의견 같은 건 없네. 그 여자를 누가 살해했는지 아무도 몰라. 목격자가 한 명도 없으니까. 베일에 싸인 인물이 단독으로 교묘하게 저지른 범행에 대해 조금이라도 설명할 수 있는 사람도 없지. 그러니까 경찰은 장님 놀이나 하고 있을 수밖에."

이번에도 그는 심드렁하게 대꾸했다.

"그래도 나름대로 세워 놓은 가설은 있으실 거 아니에요."

나는 계속 물고 늘어졌다.

우스꽝스러운 노인이 입을 꼭 다물고 고집을 피우자 슬슬 짜증이 났다. 그래서 그의 허영심을 자극하기로 했다.

"일전에 '수수께끼는 이 세상에 없다'고 하신 말씀은 보편적으로 적용할 수 없을 것 같아요. 이 세상에 수수께끼는 있어요. 그게 바로 퍼시 스트리트 살인 사건이죠. 경찰들처럼 이 수수께끼는 도저히 푸실 수 없을걸요."

그는 눈살을 찌푸린 채 나를 잠시 바라보았다.

"고백하건대, 그 살인 사건은 러시아 외교가 개입된 사건이 아니라 영리한 범죄 가운데 하나일세."

그는 긴장한 듯 웃음을 터뜨리며 말을 이었다.

"내가 판사인데 이 사건을 저지른 사람에게 사형을 선고하는 상황이 된다면 차마 입이 안 떨어질 걸세. 차라리 그 신사에게 우리 외무부에 들어오라고 정중하게 요청을 할 거야. 정부는 그런 사람들이 필요하니까. 그 사건의 전체적인 미장센은 정말로 예술적이었어. 사건의 배경인 토트넘 코트 로드, 퍼시 스트리트의 루벤스 스튜디오에 잘 어울렸지.

혹시 그 스튜디오를 본 적이 있나? 말이 스튜디오지, 모퉁이에 지어진 좁은 건물에 화실 몇 개가 다야. 화실마다 창문을 살짝 크게 만들었는데, 방세는 때가 잔뜩 낀 창문으로 들어오는 흐릿한 햇빛의 양에 따라 달라지지. 1층에는 색유리 세품 사무실이 있고 뒤쪽으로 작업장이 딸려 있다네. 2층 층계참에는 관리인이 사용하는 작은 방이 있어. 그 방에는 가스등이 달려 있지. 그 부인은 석탄과 일주일에 십오 실링이라는 후한 주급을 받고 그 집을 전반적으로 깔끔하게 관리하는 일을 했다네.

1898년 1월에 그곳 관리인이던 오언은 주위의 평판이 좋은 조용한 사람이었어. 그녀는 무일푼이나 다름없는 화가들에게 화실 안팎의 온갖 잡일을 해 주고 수고비를 받았어. 분명히 쥐꼬리만 했을 거야. 그 수고비를 얼마 안 되는 주급에 보태 근근이 입에 풀칠을 했지.

오언은 수입이 많지 않았지만 꼬박꼬박 고정적으로 들어오는 주급도 있었고 사치스러운 사람도 아니었어. 그녀는 주급만으로 앵무새와 단둘이 살았어. 여기저기서 들어오는 부수입은 한 푼도 쓰지 않고 차곡차곡 모았지. 그 돈은 뱀브리지 은행 계좌에 넣어 두고 매년 이자를 받으며 계속 불려 나갔다네. 계좌에는 상당한 액수가 모였어. 늘 아끼고 아끼는 그녀를 두고 루벤스 스튜디오의 젊은 화가들은 돈푼깨나 있는 여자라고 이야기를 했다더군. 그녀가 결혼을 했는지 안 했는지는 아무도 몰랐나 봐.

그 건물에서는 오언과 그녀가 키우는 앵무새 외에는 아무도 자지 않아. 규칙이 그렇다더군. 세입자들은 저녁이면 각자 화실에서 나와 화실 열쇠를 관리인의 방에 가져다 놓지. 오언은 새벽에 스튜디오와 1층 사무실을 청소한 후 불을 피우고 석탄을 가져다 놓았어.

아침에 가장 먼저 출근하는 사람은 유리 공장의 공장장이었어. 그는 현관 열쇠가 있어서 직접 문을 열고 들어왔어. 그가 다른 세입자들과 손님들이 들어올 수 있도록 현관문을 열어 놓는 것이 암묵적인 규칙이었다더군.

보통 그가 출근하는 시간은 아침 9시라네. 오언이 아침 일을 하느라 바쁜 시간대였어. 그 사람은 출근을 하면 오언과 날씨에 대해서 잡담을 하기도 했어. 그런데 문제의 2월 2일 아침에는 그녀의 모습도 보이지 않고 인기척도 없었지. 하지만 작업장은 정리가 되어 있고 불도 피워져 있으니까 오언이 평소보다 일찍 일을 마쳤다고만 생각하고 달리 더 생각하지 않았지. 스튜디오의 세입자들도 속속 왔지만 낮에 관리인이 보이지 않는다는 사실에 주의를 기울인 사람은 아무도 없었어.

전날 밤은 몹시 추웠는데 낮에는 더했어. 북동쪽에서 살을 에는 것 같은 강풍이 불었지. 전날 밤 폭설이 내려서 지면에 눈이 두껍게 쌓여 있었어. 겨울의 희미한 햇살이 마지막으로 자취를 감추었을 오후 5시 무렵이었지. 화가들은 팔레트와 이젤을 치우고 집으로 돌아갈 준비를 시작했어. 제일 먼저 화실을 나선 사람은 찰스 피트였어. 그는 화실의 문을 잠그고 평소처럼 열쇠를 관리인의 방에 갖다 놓으러 갔지.

문을 열자마자 차가운 겨울바람이 말 그대로 그의 얼굴을 곧장 후려쳤어. 창문 두 개가 활짝 열려 있었다더군. 밤새 내린 눈과 진눈깨비가 방 안에 수북이 쌓여서 바닥에 하얀 카펫이 깔린 것 같았지.

방 안은 제대로 알아볼 수도 없는 지경이었네. 피트도 처음에는 아무것도 못 봤지. 그런데 직감적으로 뭔가 이상한 것 같아서 성냥에 불을 붙였어. 그랬더니 코앞에 끔찍하고 기묘한 참극이 펼쳐져 있었던 거야. 그 후로 지금까지 경찰과 대중은 오리무중에 빠져 있어. 바람에 날려 들어온 눈으로 반쯤 덮인 바닥에는 잠옷 차림의 오

가스등 받침대 Gas Bracket

가스등은 석탄 가스를 도관에 흐르게 하여
불을 켜는 등이다. 1792년 영국의 머독에 의해 발명되었다.
에디슨이 전기로 켤 수 있는 램프를 발명하기 전까지,
가정에서는 가스등을 이용해 불을 밝혔다.

언이 엎드린 자세로 쓰러져 있었어. 맨발이었고 양손은 짙은 보랏빛이었지. 방 한구석에는 앵무새가 추위에 몸을 웅크린 채 뻣뻣하게 굳어 있었다네."

002
☆☆☆

"처음에는 영문을 알 수 없는 부주의 때문에 끔찍한 사고가 일어났다는 이야기만 떠돌았지. 어찌된 일인지는 검시 배심에서 나올 증거로 밝혀낼 수 있을 거라고들 했어.

의사가 너무 늦게 도착했어. 그 불쌍한 여자는 정말로 자기 방에서 얼어 죽었던 거야. 검시 결과 사망자가 죽기 전에 후두부에 강한 충격을 받았다는 사실이 밝혀졌어. 그 충격으로 기절을 해서 활짝 열린 창문 옆에 쓰러진 것이 분명했어. 그 이후의 일은 영하 오도의 날씨로 모두 설명이 되었지. 하월 경위는 창문 근처에서 연철로 된 가스등 받침대를 찾아냈어. 달려 있는 높이가 오언의 뒤통수에 멍이 든 위치와 완전히 일치했지.

그런데 이틀도 지나지 않아 대중의 호기심이 들끓기 시작했다네. 싸구려 신문에나 실릴 법한 놀라운 제목을 단 머리기사가 나왔기 때문이었지.

'퍼시 스트리트의 수수께끼 같은 죽음'이나 '자살인가 살인인

가?', '손에 땀을 쥐게 하는 기이한 사건', '충격적인 체포 소식' 등이
었어.

당시 일어난 일을 간단하게 정리해 보지.

검시 배심에서 오언의 삶과 관련해 흥미로운 사실 몇 가지가 드
러났어. 그 결과 불쌍한 관리인의 비극적인 죽음과 관련해서 어떤
좋은 집안의 젊은이가 체포되었어.

우선, 평소 그녀의 생활은 매우 단조롭고 규칙적이었어. 그런데
최근에는 평소보다 더 생기있고 들떠 있는 듯 보였다는 거야. 그녀
와 알고 지냈던 모든 사람들은 정직하고 믿을 만했던 관리인이 지
난 시월부터 눈에 띄게 변하기 시작했다고 진술을 했다네.

마침 오언의 사진이 한 장 있다네. 조용하고 팍팍하던 삶에 큰
변화가 찾아와 가련한 영혼이 재앙이나 다름없는 최후를 맞이하기
전에 찍은 거지."

노인은 그 사진을 내 앞에 놓으며 말을 이었다.

"사진이 잘 나왔어. 주위의 평판은 좋지만 따분하고 지루한 여
자의 전형적인 모습이지. 자네도 인정하겠지만 결코 젊은 남자에게
욕망을 불러일으키거나 범죄의 길로 이끌 만한 얼굴은 아니야.

그러던 어느 날 루벤스 스튜디오의 세입자들이 기절초풍 할 일
이 일어났어. 오언이, 그렇게 얌전하던 오언이 저녁 6시에 화려한
보닛과 가장자리에 가짜 모피가 달린 망토로 멋을 내고 외출을 하
더란 거야. 마침 망토 앞이 살짝 벌어져 황금 로켓이 달린 굵은 금

목걸이가 보였다더군.

경솔한 화가들은 얌전했던 관리인을 비웃으면서 이런저런 추측을 하고 뒤에서 숙덕대기 시작했어.

루벤스 스튜디오의 돈 많은 관리인의 태도가 완전히 바뀐 후로 사람들의 짐작은 점점 구체적인 모습을 갖추기 시작했어. 그녀는 놀란 세입자와 이웃 들 앞에 새로 장만한 화려한 원피스를 매일 입고 나타났어. 동시에 그녀는 손쓸 도리가 없을 정도로 일을 등한시했고 누군가 그녀를 찾을 때도 항상 외출중이었지.

오언의 방탕한 생활을 두고 루벤스 스튜디오의 사람들은 의견이 분분했어. 세입자들은 이런저런 사실들을 바탕으로 따져 보았지. 그랬더니 조신하던 관리인이 그린힐이라는 청년이 8호실에 입주한 바로 그 주부터 변하기 시작했다는 결론이 나왔지. 물론 날짜까지 거의 일치한다는 데 모두 동의를 했다네..

모두들 그린힐이 저녁에 다른 사람들보다 더 오래 머물렀다고 했어. 아무도 그가 작업 때문에 남들보다 늦게 돌아간다고 여기지 않았지. 이윽고 사람들의 의심은 확신으로 변했어. 유리 작업부 한 명이 오언과 아서 그린힐이 토트넘 코트 로드에 있는 감비아 레스토랑에서 함께 저녁을 들고 있는 모습을 목격한 거야.

그 작업부는 계산대 근처에서 차를 마시고 있었는데, 계산을 할 때 보니 음식값을 오언이 내더라는 거야. 음식도 푸짐하게 주문을 했어. 송아지 커틀릿이 나왔는데, 관절부터 자른 고기 토막에 디저

트며 커피에 리큐어까지 시켰지. 마침내 두 사람이 레스토랑에서 나오는데 분위기가 희희낙락했고 그린힐은 질 좋은 시가를 피우고 있었다고 하더군.

이런 식의 돌출 행동에 대한 소문은 결국 루벤스 스튜디오의 건물주인 올먼에게도 들어갔어. 한 달 후, 그는 오언에게 대뜸 일주일 기한을 줄 테니 집을 비우라고 했다네.

'오언은 그런 말을 듣고도 조금도 화가 난 것처럼 보이지 않았습니다. 오히려 그녀는 재산을 상당히 모았다면서 최근에는 놀지 않으려고 일을 했을 뿐이라고 말했습니다. 그녀는 자신을 돌봐 줄 친구들이 많다고도 했습니다. 자신의 비위를 맞출 줄 아는 사람에게 맡길 아담한 집이 있기 때문이라나요.'

올먼은 이렇게 증언을 했지.

이야기가 이렇게 좋게 끝났는데도 오언이 우는 모습을 본 목격자가 있었어. 그날 오후 6시 반에 열쇠를 반납하려고 관리인 방에 들른 6호실의 베드퍼드였지. 베드퍼드가 달래 보려고 했지만 오언은 듣지도 않고 고민을 털어놓으려고도 하지 않았어.

그로부터 스물네 시간 후에 그녀는 시체로 발견된 거야.

배심원단은 사인 불명이라는 판결을 내렸어. 존스 경위는 그린힐에 대해 조사를 하라는 명령을 받았지. 다들 입을 모아 그린힐과 고인이 친밀한 사이였다고 증언을 했으니까.

그 형사는 뱀브리지 은행도 조사를 했어. 그곳에서 오언이 올먼에게 해고 통지를 받은 후 지난 이십오 년 동안 악착같이 모은 돈을 몽땅 인출했다는 사실을 확인했다네. 액수는 팔백 파운드가량 되었지.

존스 경위의 노력의 즉각적인 결과로 석판화가인 아서 그린힐이 보 스트리트의 치안 판사 앞으로 끌려가게 되었다네. 퍼시 스트리트에 있는 루벤스 스튜디오의 관리인인 오언의 죽음에 관련되었다는 혐의였어.

치안 판사의 심문은 몇 안 되는 흥미로운 부분이었지만 안타깝게도 나는 못 들었다네."

구석의 노인은 긴장한 듯 어깨를 떨며 이렇게 말했다.

"하지만 피고가 태도 때문에 치안 판사와 경찰의 눈 밖에 난 나머지 새 증인이 소환될 때마다 입장이 점점 불리해졌다는 사실은 자네도 나만큼 잘 알 걸세.

그는 체격은 볼품이 없었지만 얼굴은 잘생긴 젊은이었어. 지독한 런던 토박이 억양을 썼는데, 듣고 있으면 충격적일 정도였지. 그는 고통스러울 정도로 긴장한 듯 보였고 입만 열면 말을 더듬었어. 게다가 연신 되는 대로 대답을 한다는 인상을 줬지.

변호사인 그의 아버지가 아들의 변론을 맡았는데, 거칠게 생긴 나이 든 신사야. 생김새로 보면 런던의 사무 변호사가 아니라 시골의 법정 변호사 같았어.

경찰은 그 젊은이에게 상당히 불리한 혐의를 두고 있었어. 검시 결과 새로 밝혀진 사실은 아무것도 없었지. 오언의 사인은 체온 저하였어. 후두부의 충격 때문에 일시적으로 의식을 잃었지만 심각하지는 않았던 거야. 경찰의가 즉사는 아니었다고 증언을 했어. 사망에 이르기까지 얼마나 시간이 흘렀는지, 한 시간인지 다섯 시간인지 열두 시간인지 알 수 없었어.

찰스 피트가 여자를 발견했을 당시 방의 모습과 상태에 대해서도 세세하게 재검토를 했어. 그녀가 낮에 입었던 옷가지는 의자 위에 단정하게 개켜 있었어. 선반 열쇠는 원피스 주머니에 들어 있었지. 문은 살짝 열려 있었어. 하지만 창문은 두 개 모두 활짝 열려 있었지. 그중 하나는 창틀이 부서져 있었는데, 끈으로 아주 정교하게 묶여 고정되어 있었다고 해.

오언은 분명히 잠자리에 들려고 잠옷으로 갈아입은 상태였어. 이를 바탕으로 치안 판사는 사고설이 얼마나 말이 안 되는지 설명했지. 제정신이라면 어떻게 기온이 영하로 내려간 날 창문을 활짝 열어 둔 채 옷을 갈아입겠나.

뱀브리지 은행의 창구 직원은 오언이 은행에 왔다고 증언을 했어.

'1시쯤이었습니다. 오언 씨가 오셔서 잔고에 있는 827파운드를 본인 명의의 수표로 지급해 달라고 하셨습니다. 그녀는 행복하고 즐거워 보였습니다. 외국으로 나가서 조카와 함께 살 것이기 때문에 현금이 많이 필요하다고 하셨습니다. 나중에 조카에게 집의 관리를 맡길 거라고 하셨죠. 저는 그렇게 큰 금액을 지닐 때는 조심, 또 조심해야 하고 돈을 쓸 때도 경솔해서는 안 된다고 주의를 드렸습니다. 그분과 같은 부류의 여자 고객들이 잘 그러기 때문입니다. 오언은 지금은 물론이고 앞으로도 조심할 거라고 웃으면서 말했습니다. 그날 바로 변호사 사무실에 가서 유언장을 만들 것이기 때문이라고 하셨죠.'

창구 직원의 증언이 엄청난 충격을 몰고 왔어. 왜냐하면 그녀의 방에서는 돈이라고는 한 푼도 나오지 않았거든. 한편 오언이 은행에서 예금을 인출한 날 받은 지폐 두 장을 그녀가 의문의 죽음을 당한 날 아침에 그린힐이 사용했다는 사실이 드러났어. 한 장은 웨스트 엔드의 옷 가게에서 양복을 한 벌 사면서 지불했고 다른 한 장은 옥스퍼드 스트리트에 있는 우체국에서 잔돈으로 바꿨지.

이런 이야기까지 나오자 모든 증거를 그린힐과 오언이 친밀한 사이였다는 관점에서 다시 검토하지 않을 수 없었어. 그는 고통스러울 정도로 잔뜩 긴장해서 증언을 들었어. 금방 기절할 것처럼 안색은 창백했고 몇 번이나 혀로 입술을 축였어. 입술이 바짝바짝 타들어 갔을 거야. 경관 E 18호가 2월 2일 새벽 2시에 퍼시 스트리트와 토트넘 코트 로드가 만나는 모퉁이에서 피고를 보았고 함께 이야기까지 했다는 증언을 하자 그린힐은 금세라도 기절할 것 같았지.

경찰은 관리인이 그날 밤 잠자리에 들기 전에 살해되었고 강도를 당했다고 주장했어. 범인으로는 그린힐을 지목했지. 그가 사망자와 친하다고 알려진 유일한 인물이었고 야심한 시각에 루벤스 스튜디오의 근처에 있었다는 유력한 증거가 있었기 때문이었어.

그린힐은 고인과의 관계와 그날 밤의 행적에 대해 증언을 했지만 썩 만족스럽지 않았지. 그는 오언이 돌아가신 어머니의 조카였다고 주장했어. 자신의 직업은 석판화가인데 여가 시간이 많다고 했어. 그럴 때마다 아주머니를 모시고 놀러 다녔다고 털어놓았지. 그는 몇 번이나 관리인 같은 험한 일은 관두고 자신과 함께 살자고 설득을 했어. 하지만 불행하게도 그녀는 오언이라는 다른 조카에게 이용당하고 있었어. 조카라는 남자는 마음씨 착한 부인을 철저하게 이용했고 그로 인해서 뱀브리지 은행에 모아 둔 돈을 몇 번이나 크게 헐기까지 했다는 거야.

오언의 조카라는 남자에 대해 검사는 철저하게 반대 신문을 했고 그 결과 그린힐은 그를 알지도 못할뿐더러 한 번도 본 적이 없다는 사실을 이실직고했어. 그는 오언이라는 이름밖에 몰랐지. 오언이라는 작자의 주된 일거리는 마음씨가 선한 노부인에게서 돈을 쥐어짜 내는 것이었어. 그는 늘 밤에만 그녀를 찾아왔어. 루벤스 스튜디오의 입주자들이 모두 집으로 돌아가고 그녀가 혼자 있다는 사실을 알고 있었거든.

이 진술과 뱀브리지 은행 창구 직원이 오언과 마지막으로 나눈 대화가 정면으로 충돌한다는 사실을 치안 판사와 변호인처럼 자네도 눈치챘는지 모르겠군.

'외국으로 가서 우리 조카와 함께 살 거예요. 그리고 조카에게 집의 관리를 맡길 거예요.'

그 불쌍한 여자는 이렇게 말했다고 하지 않았나.

그린힐은 잔뜩 긴장하고 가끔 앞뒤가 맞지 않는 대답을 하기는 했지만 자신의 주장을 확고하게 고수했어. 런던에 아주머니를 자주 보러 들르는 조카가 있다고 했지.

하지만 죽은 여자의 말을 합법적인 증언으로 채택할 수는 없지 않나. 그린힐의 아버지는 이의를 제기해서 조카가 하나 더 있을지 모른다는 주장을 펼쳤어. 결국 치안 판사와 변호인도 그 주장을 받아들이게 되었지.

오언이 사망한 바로 그날 밤의 행적에 대해서 그린힐은 이렇게 대답했어. 그날 저녁 두 사람은 연극을 보고 스튜디오로 돌아와 그녀의 방에서 함께 저녁을 들었어. 새벽 2시경에 집으로 돌아가려는데 그녀가 자진해서 그에게 십 파운드를 주었어.

'아서, 나는 네 친척 아주머니잖니. 네가 이 돈을 받지 않으면 빌이 가져갈 거야.'

그린힐은 오언이 이렇게 말했다고 했어.

저녁에 만났을 때만 해도 걱정이 있는 것처럼 보였지만 점점 기분이 좋아졌다더군.

'고인이 돈 문제나 조카에 대해서 아무 말도 하지 않았소?'

치안 판사가 이렇게 물었어.

그러자 그린힐은 우물쭈물하더니 이렇게 대답했지.

'네! 그분은 조카나 돈 문제에 대해서는 아무 말도 하지 않았습니다.'

나는 그 자리에 없었지만 내 기억이 옳다면 이때 휴정이 선언되었어. 판사는 보석을 허가하지 않았지. 그러자 그린힐은 시체처럼 보일 정도로 몰골이 처참해졌다더군. 하지만 그 자리에서 그의 아버지를 본 사람들은 그가 전혀 흔들림이 없고 아들의 운명에 대해서도 걱정하는 눈치가 아니었다고 전했어. 아들에게는 물론 검시의와 몇몇 증인들에게 질문을 할 때도 특히 오언이 살아 있었다고 알려진 마지막 시각에 대해서 증인들에게 교묘하게 질문을 해 쩔쩔매게 만들었다는 거야.

그는 세입자들이 아침에 스튜디오에 나왔을 때 오전에 그녀가 해야 할 일들이 모두 다 되어 있었다고 증언했다는 사실을 확실하게 부각시켰어. 그는 이렇게 주장했지. 그 일들을 밤새 했다고 볼 수 있지 않을까요? 왜냐하면 그녀는 저녁에 극장에 갈 때에는 더 깔끔한 옷을 입고 싶었을 테니 말입니다. 검찰 측에 대한 반격으로 훌륭했어. 하지만 검찰은 그 주장을 이렇게 반박했지. 그런 상황인 여자가 일을 끝내 놓고 아침 9시에 창문을 활짝 열어 눈이 안으로 들이치도록 놓아둔 채 옷을 갈아입는 상황은 상상이 되느냐고 말이야.

상황이 그렇게 되자 그린힐의 아버지는 아들에게 유리한 쪽으로 결정적인 알리바이를 입증하는 데 도움이 될 만한 증인을 끌어

모아야 했어. 문제의 새벽 2시까지 어느 시점이든 우연히 지나가던 사람이 고인의 살아 있는 모습을 보았다면 알리바이가 증명이 될 테니 말이야.

그는 유능한데다 최선을 다했어. 치안 판사도 아들을 구하기 위해 갖은 애를 쓰는 아버지를 동정했을 거야. 치안 판사는 일주일간 휴정을 선포했고, 그 정도면 그린힐 변호사도 충분히 만족하는 것 같았지.

그동안 신문은 미궁에 빠진 퍼시 스트리트 사건에 대해 지긋지긋할 정도로 떠들어 댔어. 자네도 분명히 그런 경험이 있으니 알 테지만, 사건의 진상이 어느 쪽인지를 놓고 사람들은 수도 없이 갑론을박을 했지.

'사고일까?'

'자살일까?'

'아니면 살인 사건일까?'

그린힐에 대한 재판이 재개되자 법정에는 방청객이 구름 떼처럼 몰려들었어. 피고가 전보다 훨씬 더 희망에 차 보이고 그의 아버지도 상당히 고무된 기색이라는 사실은 아무리 눈치가 없어도 알 수 있었다네.

또다시 소소한 증거들이 제시되었어. 증거 제시가 끝나자 변론이 시작되었어. 그린힐 변호사는 퍼시 스트리트의 루벤스 스튜디오 맞은편에서 사탕 가게를 하는 홀 부인을 증인으로 불렀어. 그녀는 2월 2일 오전 8시에 가게 진열대를 정리하다가 맞은편 스튜디오의 관리인이 평소처럼 머리와 어깨에 숄을 두르고 무릎을 꿇은 채 계단을 청소하는 모습을 보았다고 증언을 했어. 그녀의 남편도 오언을 보았는데, 홀 부인은 그때 남편에게 이렇게 말을 했다는 거야. 자신들의 가게는 타일을 깐 계단이 없어서 이렇게 추운 날 아침에 박박 문질러 닦을 필요가 없으니 다행이라고.

사탕 가게의 주인인 홀도 이 증언을 확인해 줬어. 그러자 그린 힐 변호사는 의기양양해서는 세 번째 증인인 마틴 부인을 증인석으로 불러냈지. 이 여자는 퍼시 스트리트에 있는 자신의 집 2층 창문에서 오전 7시 반에 관리인이 현관 밖에 깔아 놓은 깔개를 터는 모습을 보았다고 증언을 했어. 오언이 머리에 숄을 두른 모습에 대한 묘사는 홀 부부의 증언과 물론 일치했지.

마틴 부인의 증언이 끝나자 그린힐 변호사의 변론은 순조로워졌어. 왜냐하면 아들은 그날 아침 8시에 집에서 아침을 먹었는데, 그린힐 변호사뿐만 아니라 집안의 하인들도 그 사실을 증언할 수 있었거든.

그는 이렇게 주장했어. 그날은 몹시 추웠기 때문에 아서 그린힐은 하루 종일 불가에서 꿈쩍도 하지 않았다. 오언은 그날 아침 8시 이후에 살해된 것이 분명하다. 왜냐하면 그 시각에 그녀가 살아 있는 모습을 본 사람이 세 사람이나 있기 때문이다. 그러므로 내 아들은 그 여자를 죽였을 리 없다. 경찰은 어딘가를 활보하고 있을 진범을 어서 잡아야 한다. 아니면 애초에 여론이 제기했던 것처럼 그녀가 불의의 사고를 당했거나 매우 특이하고 비극적인 방식의 자살 방법을 찾은 거라는 가설을 받아들여야 한다.

아서 그린힐은 결국 무죄 석방되었어. 하지만 그 전에 증인 몇 명이 더 소환되어 조금 더 증언을 했지. 그 가운데 가장 중요한 증인은 바로 유리 공장의 공장장이었어. 그는 오전 9시에 루벤스 스튜디오에 출근을 해서 하루 종일 그곳에서 일을 해. 그는 그날 수상한 사람이 홀을 지나간 적이 없다고 확인해 주었다네. 다만 겸연쩍게 웃으며 이렇게 덧붙였어.

'하지만 제가 그곳을 지키고 앉아서 2층을 드나드는 사람들을 지켜보지는 않습니다. 너무 바빠서 그럴 틈도 없으니까요. 현관은 항상 열려 있습니다. 그러니 이 사실을 아는 사람이라면 누구든지 건물을 드나들 수가 있죠.'

오언의 변사는 분명히 풀리지 않은 수수께끼였어. 적어도 경찰은 그 사실을 굳게 확신했지. 지금까지도 경찰은 아서 그린힐이 그 수수께끼를 풀 수 있는 단서를 가졌는지 여부는 밝히지 못했어.

나는 아서 그린힐이 치안 판사의 신문에 그렇게 안절부절못한 이유를 경찰에게 알려 줄 수도 있다네. 하지만 경찰을 대신해서 그런 일까지 하고 싶지 않다네. 내가 왜 그래야 하지? 그린힐은 앞으로 절대 부당한 의심을 받지 않을 걸세. 그린힐이 얼마나 무시무시한 곤경에 처했던지 알고 있었던 사람은 당사자와 그 아버지를 제외하면 나쁠일 거야.

그 젊은이는 새벽 5시가 되도록 집에 가지 못했다네. 집으로 가는 마지막 기차는 이미 끊어진 후였어. 그러니 걸어서 갈 수밖에 없었는데 길을 잃는 바람에 햄프스티드 일대를 몇 시간이나 헤매고 다녔지. 퍼시 스트리트의 믿을 만한 사탕가게 주인 내외가 오언 부인이 숄을 두르고 무릎을 꿇은 채 현관 계단을 닦는 모습을 보지 못했다면 그가 어떤 입장에 처했을지 한번 생각해 보게.

피고의 아버지는 사무 변호사로, 베드퍼드 로의 존 스트리트에 작은 사무실을 가지고 있지. 오언은 목숨을 잃기 전날 오후에 그 사무실에 찾아가 유언장을 작성했네. 모든 예금을 석판화가인 젊은 아서 그린힐에게 남긴다는 내용으로. 만약 그 유언장을 아서 그린힐의 아버지가 아닌 다른 사람이 가지고 있었다면 이런 상황에서 당연히 유언장을 검인했을 거야. 그랬다면 아서 그린힐을 교수대 앞까지 끌고 갈 사슬에 고리 하나가 더해졌겠지. 물론 그 고리는 강력한 동기였겠고.

아서 그린힐이 안전한 쉼터인 집에 도착한 후에도 살해당한 오언이 살아 있었다는 사실을 확실하게 증명할 수 있기까지 그가 얼마나 피가 말랐을지 상상이 되나?"

"내가 '살해당한'이라고 할 때 자네가 슬며시 웃더군."

구석의 노인은 들뜬 기색을 감추지 못하며 말을 이었다. 이미 그의 이야기는 대단원의 막에 다다랐다.

"치안 판사가 아서 그린힐을 무죄 석방한 후 여론은 퍼시 스트리트 사건이 사고라는 해석을 그대로 받아들이더군."

"이 사건은 절대 자살일 리 없어요. 확실한 근거가 두 가지나 있어요."

내가 단호하게 말했다.

그는 약간 놀란 기색으로 나를 바라보았다. 내가 의견을 밝히자 놀란 것 같았다.

"그 근거가 뭔지 물어봐도 되겠나?"

구석의 노인은 비꼬는 듯이 물었다.

"우선 돈 문제가 있어요. 그 돈은 더 이상 추적을 안 했죠?"

내가 말했다.

"오 파운드 지폐는 한 장도 더 안 나왔지. 그 지폐는 만국 박람회가 열릴 때 파리에서 모두 소액권으로 환전되었다네. 호텔이나 영세한 환전소에서 돈을 바꾸는 일이 얼마나 간단한지 자네는 전혀 모르는군."

노인이 껄껄거리며 대답했다.

"조카라는 작자는 영리한 악당이었어요."

내가 말했다.

"그렇다면 자네는 조카가 정말로 존재한다고 믿나?"

"의심할 이유가 없잖아요? 대낮에도 다른 사람의 주의를 전혀 끌지 않고 그 집을 드나들 수 있다는 사실을 잘 아는 사람이 분명히 있었을 테니까요."

"대낮에도?"

노인은 이번에도 껄껄 웃었다.

"오전 8시 반 이후라면 언제라도요."

"그렇다면 자네는 숄을 몸에 감은 관리인이 그날 현관 계단을 청소했다고 철석같이 믿고 있나?"

그가 물었다.

"하지만……."

"지금껏 나와 이야기를 나누면서 그렇게 훈련을 했는데도, 루벤스 스튜디오에서 오전에 불을 피우고 석탄을 가져다 놓는 일을 꼼꼼하게 처리한 자가 단지 시간을 벌기 위해 그런 짓을 했다는 생각은 들지 않던가? 살을 에는 듯한 혹한이 확실하게 일을 마무리 짓도록 말이야. 그래서 그녀의 숨이 확실히 끊어질 때까지 아무도 그녀를 찾지 않도록 그렇게 했다는 생각이 들지 않더란 말인가?"

"하지만……."

내가 다시 입을 열었다.

"경찰이 실제로 범행이 저질러진 시각을 착각하게 만든 것이 이 범죄를 성공으로 이끈 가장 중요한 비결이라는 사실이 떠오르지 않던가? 자네가 기억하는지 모르겠지만 리젠트 파크 살인 사건의 핵심도 바로 범행 시각이었지.

이 사건에서 조카는 아서 그린힐만큼 확실한 알리바이를 입증할 수 있었을 거야. 정말 그런 사람이 있다고 한다면 말이야. 물론 그런 사람이 있을 리 만무하지만."

"저는 도무지 모르겠……."

"범행을 어떻게 저질렀는지 모르겠다고?"

그가 잔뜩 흥분해 내 말을 뚝 잘랐다.

"자네는 악당인 조카가 선한 노인을 이용한다는 사실을 철석같이 믿고 있는 것 같군. 그렇다면 사건을 이렇게 보았겠지. 조카라는 작자는 오언에게 겁을 주고 협박을 서슴지 않았어. 그녀는 뱀브리지 은행에 넣어 둔 돈도 더 이상 안전하지 않다고 생각하게 되었지. 그런 여자들은 종종 영국의 은행을 믿지 않는 경향이 있지. 어쨌든 그녀는 은행에서 돈을 모두 찾았어. 그녀가 가까운 시일 내에 그 돈으로 무엇을 하려고 했는지 누가 알겠나?

오언은 자신이 좋아하고 어떻게 해야 자신의 호감을 살 수 있는지 아는 젊은이에게 돈을 유산을 남기고 싶었겠지. 그날 오후 조카가 와서 돈을 더 달라고 매달렸어. 그래서 두 사람 사이에는 말다툼이 일었지. 가련한 관리인은 눈물을 쏟았어. 저녁에 극장을 간다는 사실에 잠시 위안을 얻었겠지.

새벽 2시에 아서 그린힐은 집으로 돌아갔어. 이 분 후 조카가 그녀의 방문을 두드렸어. 그는 마지막 기차를 놓쳤다고 그럴싸한 핑계를 늘어놓으면서 건물 아무 데서나 자고 갈 수 없겠느냐고 물었어. 착한 노인은 스튜디오의 방 한 곳에 있는 소파를 내어 주고는 차분하게 잠자리에 들 준비를 했지. 그 이후에 벌어진 일은 아주 간단하고 단순해. 조카는 관리인의 방으로 몰래 들어왔어. 그녀는 잠옷을 입고 서 있었지. 그녀는 조카를 보고 겁에 질려 뒷걸음질을 하다가 그만 가스등에 머리를 세게 부딪힌 후 그대로 앞으로 쓰러졌어. 그러자 조카는 주머니를 뒤져 열쇠를 찾고 현금을 몽땅 챙겼지. 자네도 알다시피 그 이후의 미장센은 가히 천재적이었어.

저항한 흔적도 없고 범죄 현장에서 흔히 보이는 끔찍한 상황도 벌어지지 않았어. 다만 활짝 열린 창문 두 개와 북동쪽에서 불어온 강풍, 폭설뿐이었어. 죽은 자만큼 말이 없는 공범들이었지.

그 후 살인자는 정신을 바짝 차리고 집 안을 바삐 돌아다니며 그녀의 일을 다 해 뒀어. 오전에 관리인을 찾는 사람이 없도록 먼지를 쓸고 닦고 정리를 했지. 심지어 그녀의 치마와 보디스를 입고 숄을 머리에 두르고는 잠에서 깬 이웃에게 대담하게 모습을 보였어. 오언이 살아 있다고 믿도록 말이야. 그 후에 그녀의 방으로 돌아가 변장을 벗고는 슬며시 그 집을 빠져나갔지."

"다른 사람 눈에 띌 수도 있잖아요."

"그를 본 사람이 두세 명 정도는 있겠지. 하지만 그 시각에 집을 나서는 사람을 보고 의심을 한 사람은 없었어. 그날은 몹시 추웠고 폭설이 쏟아졌지. 남자는 목도리로 얼굴을 칭칭 둘렀어. 그러니 그를 본 사람이 다시 봐도 알아볼 수 없을 거야."

"그 후로 그 조카를 보거나 소식을 들은 사람이 아무도 없었나요?"

내가 물었다.

"땅으로 꺼졌는지 하늘로 솟았는지 아무도 몰라. 경찰은 그를 찾고 있어. 언젠가는 찾아낼지도 모르지. 그렇다면 이 사회는 역사상 가장 천재적인 인물 중 한 명을 잃게 될 거야."

004
☆☆☆

그는 생각에 잠긴 듯 입을 꾹 다물었다. 나 또한 아무 말도 할 수 없었다. 뭔가가 기억이 날 듯 말 듯 자꾸 나를 괴롭혔다. 어떤 생각이 머릿속에서 떠돌며 정신을 온통 헤집어 놓았다. 말로 제대로 설명할 수는 없지만 내가 꼭 기억해 내야만 하는 뭔가가 이 흉악한 범죄에 관련이 있을 거라는 예감이 자꾸 들었다. 그게 뭔지 기억만 나면 이 비극적인 사건을 해결할 실마리를 잡을 수 있을 것이며 이 번만큼은 잘난 척하고 비꼬기 좋아하는 구석의 허수아비에게 한 방

먹일 수 있을 것만 같다는 예감이었다.

그는 커다란 뿔테 안경 너머로 나를 뚫어지게 바라보았다. 문득 탁자 위에서 끊임없이 뭔가를 만지작, 만지작, 만지작 하고 있는 그의 가느다란 손가락 마디들이 눈에 들어왔다. 바로 그때 혹시 이 세상에는 저 괴짜가 가느다란 손가락으로 노끈 하나에 잔뜩 묶어 놓은 매듭을 풀 수 있는 또 다른 손가락이 존재하지 않을까 하는 생각이 불현듯 들었다.

바로 그때 불쑥 어떤 기억이 떠오르면서 모든 정황이 내 눈앞에 펼쳐졌다. 마치 번개가 내리꽂히듯이 선명하고 짧았다. 오언은 활짝 열린 창가의 눈 쌓인 바닥에 쓰러져 있었다. 창문 하나는 창틀이 부서져 있었는데, 누군가 끈으로 정교하게 묶어 놓았다. 나는 즉석에서 수선을 한 창틀에 대한 이야기가 그때 기억이 났다.

아서 그린힐이 무죄로 풀려난 후 여론은 자살은 불가능하다는 쪽으로 기울었다.

당시 신문에 실린 사진에는 환상적인 매듭이 묶인 노끈이 나와 있었던 기억이 났다. 얼마나 잘 묶었던지 창틀의 무게로 매듭이 더 단단하게 조여져서 창문이 닫히지 않고 계속 열려 있을 수 있었다. 나는 그 즉석 고정 끈을 본 사람들이 온갖 추측을 했던 일이 떠올랐다. 그런 추측들 가운데 가장 주목을 받은 것은 살인자가 선원이라는 주장이었다. 그도 그럴 것이 훌륭하고 복잡하고 많은 매듭의 노끈이 창틀을 안전하게 지탱했기 때문이다.

하지만 나는 그들이 모르는 것을 알고 있었다. 내 마음의 눈에는 두려움 속에서도 희열을 느끼며 평소보다 두 배로 긴장한 채 처음에는 기계적으로 심지어는 아무 생각 없이 창문을 안전하게 지탱할 매듭을 만들다가 강력한 습관의 힘에 이끌려 손가락을 분주히 움직이는 사람의 모습이 보였다. 내 눈에는 보였다. 가느다랗고 천재적인 손가락들이 노끈 하나를 만지작거리며 매듭을 하나씩 묶어가는 모습이. 그리하여 내가 지금껏 보아 온 것보다 훨씬 더 복잡하고 훌륭한 매듭들이 나오는 모습이.

마침내 나는 말문을 열었다. 구석에 앉아 있는 노인의 눈을 마주 볼 엄두도 나지 않았다.

"제가 영감님이라면 노상 노끈을 매듭짓는 버릇을 버리겠어요."

그는 아무 말도 하지 않았다. 마침내 용기를 내어 고개를 들어 보니 구석 자리는 이미 비어 있었다. 계산대 뒤 유리문으로 트위드 코트에 특이한 모자를 쓴 쭈글쭈글하고 비쩍 마른 사람이 동전 몇 개로 계산을 마치고 서둘러 가게를 빠져나가 거리로 사라지는 모습이 보였다.

나는 그 후로 지금까지 구석의 노인을 만나지 못했다.

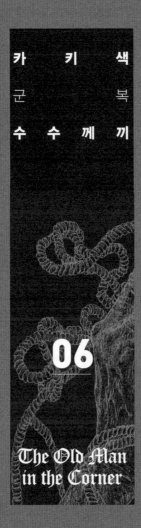

카키색
군복
수수께끼

06

*The Old Man
in the Corner*

001
☆☆☆

그 일이 모두 어떻게 일어났는지 아는 척조차 할 수 없다. 내가 말해 줄 수 있는 것이라고는 무엇이 일어났는지 정도뿐이다. 무시무시하게 안개가 자욱했던 그날 오후, 어딘가로 걷다가 하필 그 시각에 아무 상관도 없는 찻집을 들여다볼 생각을 한 이유에 대해 설득력 있는 설명을 찾아내는 일은 인간의 심리에 조예가 깊은 내 친구들의 몫으로 남겨 놓아야 할 것이다. 이 찻집에 발을 들이지 않은 지도 몇 년이 되었다. 그동안 구석의 노인에 대해 떠올린 적은 전혀 없었다. 허름한 바지를 입고 커다란 뿔테 안경을 낀 괴상하고 허깨비 같은 모습은 물론 새의 발톱처럼 앙상한 두 손으로 끊임없이 노끈을 만지작거리며 복잡한 매듭을 수도 없이 만들어 내는 모습까지도.

찻집에 들어가 그 노인이 난롯가 구석에 앉아 있는 모습을 본 순간 내가 놀랐다는 사실조차도 깨닫지 못할 정도로 놀랐다. 설마 그가 나를 알아보리라고 생각지도 않았다. 그래서 그의 옆 테이블에 자리를 잡고 앉은 후 노끈을 만지작거리느라 정신이 없는 노인을 몰래 힐끔거렸다. 이십 년이라는 세월이 흘렀지만 그의 모습은 조금도 달라지지 않았다. 예전과 똑같은 머리카락은 여전히 볼품없이 죽 뻗어 맨머리가 드러난 뾰족한 정수리 위를 가로질러 딱 붙어 있었다. 투명한 눈동자도 그대로였고 얼굴에 주름도 더 늘지 않았다. 그의 손가락도 이십 년 전에 마지막으로 보았을 때처럼 여전히 날쌔고 부산스럽게 꼼지락거리고 있었다.

느닷없이 그가 내게 말을 걸었다. 예전처럼 빈정대는 웃음기가 묻어나는 건조하고 갈라진 목소리였다.

"운 좋게도 내가 조사할 수 있었던 가장 흥미진진했던 사건 가운데 하나는 말이지."

이렇게 말이다.

그가 나를 보았을 줄은 꿈에도 몰랐기에 화들짝 놀라는 바람에 원피스 위에 차를 반 잔이나 쏟아 버렸다. 그는 앙상하고 긴 손가락으로 자신의 접시 옆에 놓여 있는 《익스프레스 포스트》 한 부를 가리켰다. 그러자 내 시선은 의지와는 달리 '카키색 군복 수수께끼'라는 요란한 제목에 꽂히고 말았다. 마침내 나는 시선을 들어 의아

한 표정으로 장난꾸러기 요정 같은 노인을 마주 보았다. 그의 촉촉한 푸른 눈동자가 뿔테 안경 속에서 나를 응시하고 있었다. 핏기가 없는 가느다란 입술에는 자비로운 은은한 미소가 걸려 있었다. 이십 년 만의 재회에 대해 간단하게나마 인사를 할 생각조차 들지 않았다. 그도 그럴 것이 노인을 바로 엊그제에도 만난 것 같았기 때문이다.

"아직도 범죄학에 관심이 많으세요?"

내가 물었다.

"그 어느 때보다 많지. 게다가 이번 사건을 파헤치며 내 개인적인 연구와 관련해서 지금껏 살펴본 어떤 사건들보다 더 즐거운 시간을 보냈다네. 나는 경찰이 차례차례 헛발질을 하는 모습을 내내 지켜봤어. 오늘은 완전히 얼간이들 같더군. 덩달아 대중은 아직도 발각되지 않은 다른 범죄와 여전히 거리를 활보중인 범죄자들에 대해 신문사에 투고를 하기 시작했지 뭔가. 요즘이 내 인생 최고의 시간이야."

그는 담백한 미소를 지으며 대답했다.

"물론 영감님은 다 알고 계시겠죠."

나는 노인의 기를 꺾으려는 심산으로 빈정거리며 되물었다.

"수수께끼를 풀어 줄 유일한 해결책에 다다랐다네."

그는 내 도발에도 눈 하나 깜짝하지 않고 이렇게 대답했다.

"내가 관련 사실을 논리 정연하게 설명해 주면 자네도 나와 같은 결론에 도달하게 될 걸세. 경찰은 계속 갈팡질팡하도록 내버려 두자고."

구석의 노인은 흡족한 듯 계속 말을 이었다.

"이 사건을 처음부터 끝까지 보고 있으니 한 편의 신 나는 드라마를 본 것 같더군. 이 사건의 등장인물들은 모두 눈에 확 들어오는 개성이 있더라는 말이지. 이 사건에 등장하는 메리 클라크는 포어미어 경으로부터 허데이커스라는 집과 땅을 임대한 얌전한 중년 여성이지. 그녀는 제1차 대전 휴전 직후에 그 땅을 빌려서 자그마한 양계장을 운영했어. 혼자 운영한 것이 아니라 이스트 그리브셔에서 장교로 복무하고 퇴역한 동생 아서의 도움도 가끔 받았어. 그 청년은 전시에는 혁혁한 무공을 세웠지만 그런 부류의 젊은이들이 으레 그렇듯이 평화로운 시절이 시작되자 아무 목적도 없이 빈둥거리며 살고 있었네.

자네도 그곳의 위치를 알겠지. 삼류 신문들이 허데이커스의 주변 지도와 집의 도면을 잔뜩 실었으니까 말일세. 그곳은 랭포드와 바체스터를 잇는 길가에 외로이 서 있는 집인데, 미어 마을에서 일 킬로미터가량 떨어져 있지. 미어 저택은 그곳에서 다시 팔백 미터 정도 가면 나오는데 우람한 나무들 사이에 들어서 있다네. 그 저택 위로 바체스터 대성당의 탑들이 보인다지.

이웃 사람들은 메리에 대해서 아는 게 거의 없었던 것 같아. 그녀의 평소 행동거지는 흠잡을 데 없었어. 상류층에 속하는 것은 아니었지만 마을 사람들보다 수준이 확연하게 높았던 것 같아. 그녀는 사람들을 집으로 초대하지 않았어. 심지어 목사를 초대하는 일도 없었다더군. 교회에는 거의 나가지 않았어. 파티는 물론이고 손님을 불러 차를 대접하는 일도 없었지. 쇼핑도 미어 마을에서 직접했다더군. 키운 닭은 그 지역 상인인 브룩에게 팔았는데, 주변의 잘사는 집은 모두 이 남자에게서 닭고기와 달걀을 사 먹었다고 해. 매일 아침 7시에 마을의 에밀리 베이커라는 소녀가 허데이커스에 집안일을 하러 왔고 늦은 점심 식사를 끝내면 퇴근을 했어. 메리는 일주일에 한 번 금요일에 항상 미어 저택을 방문했다네. 비가 오나 눈이 오나 한결같이 오후에 걸어 갔다지. 그녀가 달걀을 가득 넣은 커다란 바구니를 들고 미어 저택에 도착하면 잠시도 지체하지 않고 레이디 포어미어의 응접실로 안내되었어. 두 사람의 면담은 보통십 분 정도였고 더 길어질 때도 있었어. 면담이 끝나면 배웅을 받으며 곧장 그 집을 떠났다더군."

기묘한 노인은 자신의 말을 강조하려고 기다랗고 뾰족한 손가락을 들며 술술 이야기를 이어 나갔다.

"그러니까 말이지. 메리에게 뭐든 수상쩍은 점이 있다고 생각한 사람은 아무도 없었던 거야. 그녀가 남과 교제를 피해도 사람들은 전혀 이상하게 여기지 않았지. 시골에 사는 사람들 가운데서도 특히 여자들은 고독하게 지내곤 하지. 외지인이 이사를 오면 처음에 이웃들은 호기심을 가지지만 수군대는 소리도 더 이상 수군거릴 거리가 없으면 곧 가라앉기 마련이야. 그때부터는 마을 사람들과 거리를 두는 은둔자의 삶도 암묵적으로 받아들여지게 되지.

한편 메리의 동생인 아서는 과할 정도로 남과 어울리기를 좋아했어. 그는 뛰어난 테니스 선수이고 춤꾼이었지. 이 두 가지 덕분에 그 지역의 상류층과 어울릴 수 있었다네. 분명 전쟁 전처럼 친구를 사귈 때 좀 더 까다로웠다면 감히 그렇게 어울리지 못할 사람들과 말일세.

아서가 포어미어 경이 첫 번째 결혼에서 낳은 아름다운 에이프릴 세인트 주드와 깊이 사랑하는 사이라는 사실은 공공연한 비밀이었다네. 사람들은 하나같이 아무 재산이 없는 즉흥적인 성격의 신사와 런던에서 가장 똑똑하고 부유한 남자들의 구애를 한 몸에 받는 사교계의 꽃인 귀족 영애가 당연히 결혼할 것이라고 생각했지.

아서 클라크는 이웃들 사이에서 별로 신망을 얻지 못했던 것 같아. 그는 내기를 좋아하고 걸핏하면 바체스터의 술집을 전전하며 지냈지. 사람들은 평소 아서가 돈 한 푼 없는 것처럼 보인 점으로 미루어 볼 때 농장에서 제 누나를 보기보다 더 많이 도왔을 거라고 말했어. 게다가 누나가 먹여 주고 재워 줬을 거라고도 했지. 그는 매우 잘생겼고 마음만 먹으면 사람들의 비위도 잘 맞출 수 있었어. 그래서 여자들은 그가 못된 짓을 해도 어느 정도는 눈감아 주면서 좀 거칠기는 해도 알고 보면 그렇게 나쁘지 않은 남자라고 했지.

그러던 어느 날 비극이 일어났어.

지난 12월 28일이었지. 에밀리 베이커가 평소처럼 아침에 농장에 왔어. 그런데 집주인이 보이지도 않고 집에 있는 기척도 들리지 않아 적잖이 놀랐어. 에밀리가 도착할 즈음이면 메리는 항상 마당에 나와 있었거든. 닭들이 모이를 다 먹고 나면 모이통을 에밀리가 닦았지. 그런데 그날 아침은 아무것도 없었어. 그 아이의 말을 빌리자면 집이 오싹할 정도로 고독해 보였다나. 에밀리는 아서가 집을 비운 걸 알고 있었어. 전날 미어 저택의 하인들이 크리스마스 파티를 열었는데, 아서에게 트리 장식을 도와주고 아이들과 놀아 달라고 부탁을 했었지. 아서는 그날 밤에 디너리 호텔에 묵을 거라고 사람들에게 말했어. 파티에 불려 나가서 언제 집에 올 수 있을지 모를 때 그곳에서 자주 묵었다더군.

에밀리가 농장에 와 보니 앞문이 평소와 달리 잠겨 있지 않고 그냥 닫힌 상태였어. 당연히 에밀리는 그 모습을 보고 메리가 아래층에 내려와서 빗장을 뺐나 보다 생각을 했어. 그렇다면 메리는 도대체 어디에 있을까? 그녀는 당장 이런 의문이 들었지. 이렇게 추운 아침 닭 모이도 주기 전에 밖으로 나왔을 리가 없지 않은가!

이 시점에서 에밀리는 짐작은 그만하고 직접 찾아보기로 했어. 일단 메리의 침실로 올라갔지. 그곳은 텅 비어 있었고 침대에는 잠을 잔 흔적이 없었어. 이쯤 되자 덜컥 겁이 난 에밀리는 서둘러서 아래층으로 내려와 응접실에 가 보았지. 응접실 문은 평소처럼 밖에서 잠겨 있었어. 그런데 평소와 달리 열쇠가 자물쇠에 끼워져 있지 않았던 거야. 혹시나 바닥에 떨어졌나 싶어서 찾아보았지만 열쇠는 아무 데도 없었다네. 그러다가 잠긴 응접실 문 앞에 놓인 작은 깔개를 움직였더니 역한 가스 냄새가 훅 올라왔지.

이쯤 되자 에밀리의 용기도 바닥을 드러냈지. 그녀는 뒤도 돌아보지 않고 집에서 뛰쳐나와 마을을 향해 냅다 달리기 시작했어. 한 번도 쉬지 않고 달려서 동네 경찰서에 도착했어. 그곳에서 허데이커스에서 본 끔찍한 상황에 대해 조리 있게 신고를 했다네.

자네도 기억할 걸세. 경찰이 응접실 문을 부수고 들어갔을 때 제일 먼저 목격한 것이 바닥에 대자로 뻗어 있는 메리였어. 그 불쌍한 여자는 숨이 끊어진 후였지. 머리 위에 달린 구식 가스 샹들리에를 최대한으로 켜 놓아서 치명적인 가스가 새어 나와 질식해 죽었어. 하나뿐인 창문은 꼼꼼하게 걸쇠가 걸려 있었고 두꺼운 커튼이 빈틈없이 쳐져 있었어. 굴뚝의 구멍은 신문지와 종이로 틀어막혀 있어서 바람 한 줄기 들고 날 수 없었지. 열쇠 구멍까지 막혀 있었고. 공기가 통하지 않도록 문 앞 깔개가 문틈을 꼭 막도록 놓여 있었다더군. 계획적인 살인 사건이 분명했어.

그 소식은 인근 지역으로 들불처럼 빠르게 퍼져 나갔지. 지역민들은 너 나 할 것 없이 몇십 년 만에 처음으로 벌어진 충격적인 사태를 흥미진진하게 지켜보았어."

"런던의 석간신문들은 일제히 이 소식을 실었네."

구석의 노인은 잠시 입을 다물었다가 다시 말했다.

"그래서 나는 수수께끼와 난제를 향한 열정에 사로잡혀 즉시 스스로 사건을 조사하기로 결심을 했다네. 왜냐하면 주州경찰이 처음부터 끝까지 헤맬 수밖에 없는 종류의 사건이라는 사실을 직감했거든.

나는 검시 배심이 열리는 화요일에 딱 맞춰 바체스터에 도착했어. 그날 밝혀진 사실들 가운데 특별히 중요한 것은 없었지. 부검 결과 고인은 후두부를 묵직한 몽둥이 같은 둔기로 강타당했다는 사실이 드러났어. 그 공격으로 그녀는 기절을 했어. 하지만 실질적인 사인은 의식이 반쯤 있는 상태에서 다량으로 들이마신 독가스였다네. 경찰의는 아침 8시에 경찰이 도착했을 때 메리가 사망한 지 열두 시간이 넘었을 것이라고 증언을 했어. 이후에 이웃 두 명이 그녀가 전날 오후 5시 반에 앞문 앞에 서 있는 모습을 봤다고 증언을 했지. 기억하겠지만 그날 밤은 몹시 컴컴했다네. 습한 안개가 짙게 끼었었거든. 이웃들은 그 집을 지나가다가 메리가 손님 한 명을 집으로 들이는 모습을 똑똑히 목격했어. 작은 홀에 가스등이 켜져 있었지만 손님은 남자인지 여자인지 알 수 없는 사람의 형체로만 흐릿하게 보였지. 두 사람은 커다란 코트를 입고 그녀 바로 뒤에 서 있었던 사람이 남자인지 여자인지 정확하게 대답하지 못했어. 메리가 손님에게 뭐라고 하는 소리도 들었지만 무슨 말인지는 정확히 듣지 못했다더군. 날씨가 너무 안 좋아서 그날 밤 외출했던 사람들은 서둘러 집으로 돌아가느라 주위에서 무슨 일이 벌어지는지 그다지 신경을 쓰지 않았지.

그 이후로 다소 형식적인 증언이 이어졌고 검시 배심은 금요일까지 휴정이 선포되었다네. 검시 배심에 참석했던 사람들은 충격적인 전개가 기다리고 있을 것 같다는 예감을 품은 채 뿔뿔이 흩어졌어.

역시나 의외의 사실들이 속속 드러나기 시작했지. 우선 아서 클라크는 경찰에게 알리바이를 제대로 대지 못했어.

그는 이렇게 대답을 했다고 해.

'미어 저택의 파티 준비를 도와 달라는 부탁을 받았습니다. 오후 3시경에 바체스터로 걸어서 갔습니다. 옷 가방을 가지고요. 그날 밤은 디너리 호텔에서 묵을 생각이었거든요. 미어 저택에 도착하니 3시 반이 막 지났더군요. 그곳에는 7시 넘어서까지 머물렀습니다. 그리고 걸어서 호텔까지 가서 저녁을 먹고 일찍 잠자리에 들었습니다. 이튿날 아침 8시 직후에 경찰의 전화를 받을 때까지 누이에게 무슨 일이 일어난 줄은 전혀 몰랐습니다. 이게 다입니다.'

그런데 이게 다가 아니었던 거야. 왜냐하면 미어 저택의 하인들에게 아서 클라크가 언제 돌아갔느냐고 물었더니 5시 직후였다고 대답을 했거든. 그때는 손님들이 차를 마신 후에 춤을 추기 위해 축음기를 틀 때였어. 사람들은 그 이후로는 아서 클라크를 보지 못했다고 증언을 했어. 그런데 세인트 주드는 하인들이 착각을 하고 있다고 주장을 한 거야. 파티를 즐기느라 다들 정신이 없었기 때문에 증언에 신빙성이 떨어진다나. 그녀는 아서 클라크가 그의 말대로 7시경에 돌아갔다고 했어. 둘이 내내 춤을 추다가 7시에서 몇 분 후 홀에서 그와 작별 인사를 했다고 했어.

여기서부터 이야기가 살짝 꼬인 것 같지, 안 그런가? 기묘한 사건이 시작된 바로 그 시점에 대한 양쪽의 증언이 정면충돌을 했으니 말일세. 아마추어 탐정들이 어깨를 으쓱하고 눈썹을 추켜세우면서 이렇게 말할 것 같지 않나? 에이프릴 세인트 주드는 아서 클라크와 사랑하는 사이니 그가 숨기는 것이 있다는 사실을 알고 그를 보호하려 한다고.

당연히 경찰은 말을 아꼈어. 하지만 아무리 경찰이라도 사람들이 이러쿵저러쿵하는 것까지 막을 수야 없지. 장담하는데, 이야깃거리는 넘쳐 날 정도로 많았다네. 처음에는 사건에서 동기를 전혀 찾을 수가 없었어. 피해자는 세상에 딱히 적도 없었고 알고 지내는 사람도 많지 않았어. 응접실에 있는 책상 서랍에는 이십 파운드가량이 지폐와 잔돈으로 들어 있었어. 돈 옆의 작은 상자에는 불쌍한 메리 클라크의 소박한 장신구들이 보관되어 있었지. 하지만 꼬박 하루가 지나자 살인자의 목적에 대해 의문을 품은 사람은 아무도 없게 되었다네. 자네도 기억하다시피 검시 배심이 휴정된 다음 날 요크셔 어디 촌구석에서 피해자의 친언니가 도착했어. 점잖은 노처녀였는데, 아서가 직접 비보를 전한 모양이더군. 유피미어라는 이름의 그 여자는 장례식에 참석하기 위해 바체스터까지 온 거였어. 대단한 이야기를 털어놓지는 않았지만 지금까지 어둠 속에 가려져 있던 피해자의 과거에 대해 몇 가지 사실이 드러나게 되었다네.

그녀는 경찰에 이렇게 말했지.

'지난 사 년 동안 제 동생은 어떤 귀족으로부터 일주일에 사 파운드씩 돈을 받았습니다. 동생의 일에 대해서는 잘 모릅니다만 그 애가 몹시 소중하게 보관하는 편지 묶음이 있다는 사실은 알아요. 편지의 내용은 전혀 모릅니다. 물론 메리가 그 편지들을 어떻게 했는지도 아는 바가 없고요. 동생이 허데이커스에 완전히 정착하기 전에 런던에서 만난 적이 있어요. 그때 제게 그것들을 잘 맡아 달라고 부탁을 하더군요. 매우 귀중한 것이라고도 했어요. 메리와 아서가 그 편지 묶음을 두고 격하게 말다툼을 벌인 사실도 알고 있습니다. 아서는 계속해서 편지들을 넘겨 달라고 했고 메리는 절대 주지 않았어요. 메리는 이런 말도 했어요. 팔 생각만 있었다면 편지 묶음으로 오천 파운드도 받을 수 있었다고요. 왜 안 팔았냐고 물었더니 동생은 이렇게 대답하더군요.

"하, 그랬다간 아서가 돈을 다 빼앗아 갈 거야. 지금 이대로가 훨씬 나아."'

사람들이 이 증언을 두고 얼마나 쑥덕거렸을지 상상이 가지 않나. 로맨스에 협박과 사랑과 욕망의 드라마가 얽히고설키나 싶더니 금세 그 지역에 사는 귀부인의 이름이 사람들의 입에 오르내리기 시작했다네. 메리가 생전에 매주 찾아갔던 부인 말이야.

이윽고 사건은 절정에 이르렀어. 저녁 무렵 허데이커스의 아서 클라크의 방에서 서랍장 바닥에 쑤셔 넣어진 카키색 군복 상의를 발견했다는 사실이 밝혀졌다네. 발견된 상의는 장교복이었는데, 단추와 배지는 모두 떨어지고 없었지. 오른쪽 소매는 심하게 찢어져 완전히 떨어져 나가기 직전이었고 소매 끝은 흥분한 사람이 지저분한 손으로 움켜쥔 것처럼 완전히 구겨져 있었어. 그런데 그 소매에는 말끔하게 찢긴 작은 부분이 있었네. 살해당한 여자가 자그마한 카키색 천을 꽉 쥐고 있었는데, 소매가 찢어진 부분과 정확하게 들어맞았다는 사실이 얼마나 중요한지 굳이 내 입으로 말하지 않아도 알겠지.

그 사실이 밝혀지자 사람들은 고개를 절레절레 흔들며 아서 클라크는 교수대에 올라간 것이나 다름없다고 수군거렸어."

003
☆☆☆

구석의 노인은 큼직한 주머니에서 새 노끈 하나를 끄집어냈다.

그러더니 갈고리 같은 손가락을 연신 놀리며 매듭을 만들기 시작했다. 나는 빨려 들어가듯이 그 모습을 지켜보았다. 그의 손이 복잡하고 정교한 매듭을 만들어 낼 때 그의 예리한 지성도 허데이커스 수수께끼를 파헤치느라 손처럼 분주하게 돌아가고 있다는 사실을 누구보다 잘 알았기 때문이다.

이윽고 그가 말문을 열었다.

"검시 배심에 대해 시시콜콜하게 죄다 옮길 생각은 없네. 이 흥미진진한 드라마의 주인공들을 한 번이라도 보려고 법정 안팎으로 구름처럼 몰려든 구경꾼들에 대해서도 마찬가지고. 상황이 이 정도까지 진행이 되자 사건에서 명확한 동기를 찾을 수 없다던 사람들은 모두 입을 꾹 다물었다네. 탐정이든 탐정 놀이하는 일반인이든 살인범과 그 목적은 백일하에 완전히 드러났다고 확신했지. 그때까지 하나씩 드러난 조짐과 증거가 간접적이든 직접적이든 모두 아서 클라크를 살인범으로 지목했거든. 그리고 편지 묶음이 있었지. 그 편지들은 메리에게 입막음용으로 매주 적은 금액이나마 돈을 건넸다는 수수께끼의 어느 사람에게는 오천 파운드의 가치가 있다고 알려져 있었어. 이걸로 미루어 보아 사건의 동기에 사랑이 깊숙이 개입되어 있을 것이라고 사람들은 생각했어. 그 청년은 자신보다 지위가 훨씬 높은 아가씨와 사랑에 빠졌어. 당연히 사랑을 얻는 데 도움이 될 만한 돈 되는 사업을 시작하기 위해 큰돈을 손에 넣고 싶었겠지. 무엇보다 살해당한 여자가 쥐고 있던 카키색 천 조각이 결정적이었어. 잠긴 응접실의 열쇠는 아서의 침실 서랍장에서 발견된 카키색 군복 주머니에 들어 있었지. 이런 상황이니 그날 열릴 검시 배심에 얼마나 사람들의 이목이 집중되었겠나. 아무도 결과를 의심하지 않았기에 법정 안은 더욱 달아올랐어. 대부분의 사람들은 아서가 검시관의 영장으로 체포되어 다음 순회 재판의 공판에서 극형을 언도받을 것이라고 예상을 했지.

모두들 검시 배심이 흥미진진할 것이라고 예상은 했지만 그토록 놀랍게 전개될 거라고 짐작했던 사람은 아무도 없었네. 의외의 전개로 그날의 검시 배심은 범죄 수사 역사상 길이 남을 사건이 되고 말았지. 아서 클라크는 바체스터에서 잘나가는 변호사인 마컴의 변호를 받게 되었어. 변호사의 조언에 따라 아서는 사건 당일 오후의 자신의 행적에 대해 처음에 했던 진술을 보강해 더 자세하게 밝혔다네. 그는 진실을 맹세한 후 자세한 내용을 들려주었지. 솔직히 그를 믿는 사람은 아무도 없었어. 하지만 아서가 알리바이를 입증할 수 있다면 사건은 더욱 미궁으로 빠지겠지. 아서에게 쏠린 의혹이 말끔히 불식되지는 않더라도 이성적인 사람이라면 그를 덮어놓고 범인으로 생각할 수만은 없으리라는 사실을 받아들일 수밖에 없었다네. 그럼 아서 클라크의 진술을 정리해 보겠네.

'미어 저택의 하인들이 제가 5시 직후에 그곳을 떠났다고 증언한 것도 틀린 말이 아닙니다. 저는 좀 피곤했었습니다. 그래서 세인트 주드와 마지막 춤을 춘 후에 레이디 포어미어에게 인사를 드리려고 위층으로 올라갔습니다. 그런데 부인께서 이런저런 이야기를 꺼내시며 저를 한동안 놓아주시지 않았습니다. 한참 이야기를 하다가 시계를 보니 어느새 7시가 다 되었습니다. 저는 놀라서 서둘러 그곳을 나왔습니다. 홀에서 외투를 찾고 있었는데 포어미어 경이 흡연실에서 나와 제게 아래층 파티가 다 끝났느냐고 여쭤 보신 기억이 납니다.

"파티 같은 것은 워낙 지겨워서 말일세. 하인을 불러서 자네를 바래다주라고 하겠네."

경의 말씀에 저는 괜찮다고 말씀을 드렸습니다. 그래도 경은 종을 울리셨고 집사인 스핑크가 하인들의 구역에서 서둘러 왔습니다. 그때 경은 2층으로 올라가셨던 것 같습니다. 일이 분 후에 세인트 주드도 하인들의 구역에서 나왔습니다. 그녀는 자신이 알아서 하겠다며 집사를 되돌려 보냈습니다. 우리는 잠시 이야기를 나눴습니다. 그리고 저는 작별 인사를 한 후 곧장 호텔로 갔습니다.'

그의 증언은 이런 내용이었다네.

디너리 호텔의 짐꾼과 수석 웨이터의 증언으로 아서 클라크가 7시가 조금 넘어서 호텔에 도착했으며 7시 반에 호텔 레스토랑에서 저녁을 먹었다는 사실이 확인되었어. 식사를 마친 후에 한 시간가량 호텔 라운지에서 어슬렁거리다가 방으로 올라간 후에 다음 날 아침까지 한 번도 나오지 않았다는 사실도 두 사람의 증언으로 밝혀졌지. 그러므로 레이디 포어미어만 아서 클라크의 결백을 입증해 준다면 3시 반 이후부터 그는 매 시각의 알리바이를 입증할 수 있는 셈이었어. 한편 메리가 집에 손님을 들이는 모습을 지나가던 이웃 두 명이 본 시각은 5시 반이었지.

아서의 알리바이가 입증되면 저절로 손님의 정체가 의문으로 떠오르지. 골칫덩어리 카키색 군복은 그의 유죄를 못 박는 확실한 증거가 아니라 사건에 혼란만 더 가중시키는 증거물이 될 테고.

법정에 모인 사람들은 레이디 포어미어가 증인으로 소환될지 가슴을 졸이며 기다렸다네. 그 우아한 부인이 일어서서 호사스러운 흑담비 망토를 벗고 오로지 진실만을 말하겠다고 맹세를 하는 짧은 순간, 사방이 어찌나 조용한지 어디서 바늘이 떨어져도 들릴 정도였어.

그녀는 검시관의 질문에 사근사근하면서 또렷한 목소리로 대답을 했어. 자신의 주장에 조금도 흔들림이 없었지. 그녀는 수양딸이 내실로 들어와 아서 클라크를 잠시 만나 줄 수 있는지 물었다고 증언했어. 그가 중요한 용건이 있다고 했다더군.

그녀는 침착하게 계속 이야기를 했어.

'저는 놀랐습니다. 무슨 일인지 짐작조차 가지 않았으니까요. 저는 아서가 포어미어 경과 나눌 중요한 용건이 있는 것이 아닌가 싶었습니다. 하지만 제 의붓딸이 자기 부탁을 들어 달라며 계속 고집을 부렸어요. 저는 이 수상한 면담에 남편도 불러야겠다고 생각했습니다. 하지만 남편은 마침 흡연실에서 잠시 쉬는 중이었어요.

그래서 쉬는 남편을 방해하지 않기로 마음을 바꿨습니다. 잠시 후 아서가 저를 찾아왔습니다. 보자마자 과음을 했다는 사실을 금방 알 수 있었어요. 그는 세인트 주드와 반드시 결혼을 하고 싶다며 험악한 분위기의 말을 했습니다. 게다가 잔뜩 흥분해서는 자신이 낯부끄러운 내용의 편지 몇 통을 가지고 있는데 큰돈을 내놓지 않으면 남편에게 보이겠다고 협박까지 하더군요. 저는 당장 나가라고 했습니다. 하지만 한참을 나가지 않고 버티더군요. 시간이 갈수록 점점 더 흥분하며 횡설수설했습니다. 마침내 제가 남편을 불러오겠다고 엄포를 놓자 그제야 정신이 들었던지 방을 나갔어요. 그렇게 제 방에서 삼십 분간 있었던 것 같습니다.'

'삼십 분가량이었다고요?'

검시관이 이 엄청난 증언에 대해 재차 확인을 했다네.

'하지만 아서는 7시가 다 되어서 부인의 방에서 나왔다고 증언을 하지 않았습니까?'

'이름이 뭐랬죠, 아서가 잘못 안 겁니다. 마침내 그 사람에게서 벗어났을 때 시계가 5시 반을 쳤습니다.'

레이디 포어미어는 조금도 흔들림 없이 대답을 했다네.

이 증언으로 그곳의 분위기가 상당히 고조되었어. 뒤이어 포어미어 경이 한 증언으로 상황이 더 오리무중으로 빠져들자 긴장은 극에 달했지. 포어미어 경은 홀에서 7시에 아서 클라크와 이야기를 했다고 증언을 했지. 다시 말해 아서 클라크의 알리바이를 확인해 주었던 거야. 정말 믿을 수 없었어! 사람들은 너무 놀라 입을 떡 벌렸고 검시관은 말 그대로 펄쩍 뛰어올랐지.

'하지만 부인께서는 아서가 5시 반에 방에서 나갔다고 증언을 하셨습니다!'

검시관이 놀라 되물었다네.

그러자 포어미어 경이 뻣뻣하고 고지식한 말투로 대답했지.

'그랬다면 그 말이 맞을 거요. 내 아내가 그렇게 말했으니까. 내가 아는 건 내가 흡연실에서 불 앞에 앉아 졸고 있는데 홀에서 쿵 하는 소리가 요란하게 들렸다는 거요. 무슨 일인지 나가 봤더니 아서가 있더군요. 그는 홀과 바깥쪽 현관을 연결하는 유리문을 막 지나는 중이었소. 빗속에서 곧장 들어와 모자와 코트를 바깥 현관에 벗어 두더군요.'

'왜 밖에서 들어왔다고 생각하셨습니까?'

검시관이 꼬치꼬치 물었지.

'일단 그의 얼굴과 옷이 완전히 젖어 있었소. 내가 봤을 때는 마침 손수건으로 여기저기 닦는 중이었소. 부츠도 젖었고 바짓단도 완전히 젖어 있었소. 그리고 아까도 말했다시피 바깥쪽 현관에서 홀로 들어오는 중이었소. 내가 놀라서 잠에서 깬 소리는 현관문이 닫히는 소리였던 거요.'

'그때가 언제였습니까?'

'잠시 후 시계가 7시를 알렸소. 집사가 이 사실을 확인해 줄 거요.'

집사인 스핑크는 시각에 대한 주인의 진술을 확인해 줬어. 하지만 아서 클라크의 부츠가 젖어 있었는지 정확하게 대답하지 못했지. 아서가 코트와 모자를 벗을 때 도와준 것도 아니고 그에게 문을 열어 주지도 않았으니까. 세인트 주드는 스핑크를 바로 뒤따라 홀로 들어왔어. 오자마자 아서는 자기가 챙기겠다면서 집사를 보냈지. 그동안 포어미어 경은 위층으로 올라갔고 집사도 하인들의 구역으로 돌아갔어.

당연히 세인트 주드도 증인으로 나왔다네. 그 아가씨가 아서는 7시경에 파티를 떠났다고 진술했다는 사실을 기억하고 있겠지. 그 시각까지 그와 춤을 추다가 홀에서 마지막으로 인사를 나눴다고 말이야. 하지만 이 증언은 아서 자신의 주장으로 뒤집어졌지. 게다가 포어미어 부처의 증언과도 완전히 배치되고. 다행스럽게도 처음의 진술을 되풀이하지 말라는 조언을 받았나 보더군. 하지만 홀에서 아서와 작별 인사를 했을 때 그가 밖에서 들어왔다는 주장에 대해서는 딱 잘라서 부인을 했어. 그녀는 그가 모자를 쓰고 코트를 입는 모습을 봤다고 했어. 분명 그의 옷은 바짝 말라 있었다고 장담을 했지. 하지만 그녀의 증언을 중요하게 생각하는 사람은 아무도 없었지. 연인을 도우려고 갖은 애를 쓸 테니 당연하지 않은가.

마침내 이 기억에 남을 검시 배심에서 가장 흥미로운 순간이 다가왔다네. 레이디 포어미어가 다시 증인으로 소환되어 메리의 과거에 대해 아느냐는 질문을 받았지.

'잘 모릅니다. 저는 프랑스 병원에서 그녀를 알게 되었는데, 그때 제 밑에서 일을 했었죠. 한 번 제가 몹시 앓은 적이 있습니다. 그때 메리가 저를 헌신적으로 간호해 주었어요. 그 후로 힘닿는 데까지 재정적으로 도움을 주었습니다.'

'매주 고인에게 돈을 주셨죠?'

검시관이 이렇게 물었어.

'엄밀히 말해 그건 아니었어요. 저는 닭과 달걀을 다른 곳보다 비싼 가격으로 사 주었을 뿐입니다.'

'고인이 몹시 중요하게 여긴 편지에 대해서 아시는 것이 있습니까?'

그 질문에 그녀는 온화한 미소를 지으며 대답했다네.

'오, 그럼요! 메리는 프랑스에서 간호사로 일하는 동안 서명이 된 편지를 모았어요. 그 가운데 몇 장은 대단한 사람이 서명한 편지였는데 아주 유명한 사람들의 편지도 있었죠. 메리는 그 편지들이 무척 가치가 있을 것이라고 여겼어요.'

'혹시 그 편지들이 어떻게 되었는지 아십니까?'

'아뇨. 저는 모릅니다.'

부인은 딱 잘라 대답하더군.

검시관은 좀처럼 그냥 넘어가려고 하지 않았지.

'다른 편지도 있지 않았습니까? 부인과 관계가 있는 편지들이요. 아서가 그것들에 대해 이야기를 했다면서요.'

'그런 편지는 아서의 상상 속에만 존재하는 것 같았습니다. 그는 그날 흥분한 상태였습니다. 저는 그 사람이 제게 정확하게 무엇을 팔고 싶은지조차 알아들을 수 없었습니다.'

레이디 포어미어는 매우 차분하고 간단하게 대답을 했다네. 노랫가락 같은 부드러운 음성에 악의나 비꼬는 기색은 조금도 없었지. 사람들은 그녀가 단순한 사실을 들려주는 것처럼 느꼈어. 자신은 조금도 중요하게 여기지 않는 사실을 따분하게 들려준다는 투가 역력했지. 이윽고 유피미어 클라크가 편지 묶음에 대한 진술을 반복했고 두 남매가 편지를 놓고 어떻게 다퉜는지도 들려줬어. 복수의 여신 네메시스가 이 운 없는 청년을 콕 집어 지목하는 것처럼 꼼짝달싹할 수 없는 증거인 카키색 군복이 제시된 순간 상상이라는 걸 조금이라도 할 줄 아는 사람이라면 교수형 집행인의 밧줄이 그 청년의 목을 단단히 조르는 모습을 똑똑히 보았다네."

004
☆☆☆

"하지만 판결은 한 명 혹은 복수의 알 수 없는 인물이 저지른 계획적인 살인이라고 나왔잖아요."

나는 잠시 후 노인이 다시 이야기를 시작하기를 기다리며 이렇게 말했다.

"그랬지."

노인이 맞장구를 쳤다.

"아서 클라크는 모든 의혹을 벗었지. 그는 자유로운 몸으로 법정을 나갔어. 누구나 그에게 가장 불리한 증거라고 여겼던 물증, 그러니까 카키색 군복 덕분에 오히려 결백이 의심의 여지 없이 증명되었지 뭔가. 이 군복이 유능한 변호사처럼 완벽하게 아서 클라크의 무죄를 증명해 준거야. 어찌 된 일인고 하니 군복이 그에게 맞지 않았어. 아서 클라크는 어깨가 넓고 몸집이 좋은 남자야. 그런데 그 군복은 몸매가 호리호리한 열여덟 살 소년이나 맞을 정도였지. 아서는 그 군복이 자신의 것이라고 인정을 했어. 하지만 몸에 대본 적도, 입어 본 적도 없었지. 그 사실을 떠올린 사람은 바로 세인트 주드였어. 사랑에 빠진 여자의 감은 믿을 만하다니까.

그 아가씨는 재판이 끝나갈 무렵 증인으로 소환되었어. 전에 경찰에게 했던 진술을 재확인하기 위해서였지. 그런데 자신의 진술 내용과 아서의 진술이 완전히 배치된다는 사실을 깨닫고 잔뜩 흥분해서 히스테리를 부리기 직전까지 갔어. 그 와중에 검시관의 테이블 위에 놓여 있는 군복을 보게 된 거야. 다른 사람들처럼 그녀도 당연히 군복에 대해서 잘 알고 있었어. 하지만 군복을 직접 본 순간 그것이 연인에게 무엇을 의미하는지 비로소 실감을 했어. 그녀는 비명을 질러 댔지.

'믿을 수가 없어요. 믿을 수가 없다고요. 이럴 리가 없어요. 저

게 아서의 군복일 리가 없잖아요.'

그녀가 울부짖으며 소리쳤어. 그러더니 눈이 휘둥그레지고 목소리는 쉬어 버린 듯 갑자기 작아졌어. 그녀는 떨리는 손으로 군복을 가리키며 웅얼거리듯 말했지.

'어째서죠? 저건 너무 작아! 너무 작다고요! 아서! 아서는 어디에 있어요! 왜 저 군복을 입을 수 없다는 사실을 보여 주지 않는 거죠?'

비극과 희극은 종이 한 장 차이라고 하지. 어떤 사람들은 어깨를 으쓱하며 헉하고 숨을 들이쉬었지. 남자들은 말 그대로 앞으로 무슨 일이 벌어질지 숨을 죽인 채 지켜보았고 대부분의 여자들은 발작적으로 낄낄거리고 웃기 시작했다네. 물론 어떤 일이 일어났는지 잘 알겠지. 신문마다 당시 상황을 자세하게 보도했으니 말이야. 아서 클라크는 군복을 입으려고 했어. 하지만 양쪽 팔을 끼지도 못했지. 치수가 작았거든. 그제야 그는 꼼꼼하게 군복을 살펴보고 자신이 십 대 시절 학군단에서 입었던 제복이라는 사실을 알아보았어. 그가 말하기를 처음에 그 군복을 본 순간 너무 당황스러웠고 예전에 자신이 저지른 어리석은 짓거리들이 발각될 거라는 사실에 덜컥 겁을 먹는 바람에 군복이 제대로 눈에 들어오지도 않았다더군. 그는 군복을 보여 주자 순순히 자신의 것이라고 인정을 했어. 낡은 군복들을 항상 보관해 뒀기 때문이라지. 하지만 그 순간에는 군복이 팔년 전 학군단에서 입었던 것이라는 사실은 까맣게 잊고 있었지.

그렇게 카키색 군복은 아서 클라크를 유죄로 몰고 가는 대신 결백을 완벽하게 입증해 주었네. 그 결과 악랄하게 사람을 죽인 범인이 이런 사악한 행동으로 결백한 사람에게 교묘하게 죄를 뒤집어씌우려고 했다는 것을 모두 확신하게 되었어. 범인은 아서의 침실로 올라가서 옷장을 열고 그럴듯한 옷을 찾았어. 옷에서 천을 조금 잡아 뜯은 후에 그 천을 자신이 죽인 여자의 손에 쑤셔 넣는다는 무시무시한 행동을 실행에 옮겼을 거야. 마지막으로 응접실의 문을 잠그고 열쇠를 군복 주머니에 넣은 후 서랍 아래쪽에 쑤셔 넣었겠지.

교활하고 잔인한 트릭이었어. 하마터면 죄 없는 남자를 교수형에 처해 버릴 뻔했지. 결국 그 사건은 거의 아무도 꿰뚫어 볼 수 없는 미궁에 빠진 채 종결되고 말았어. 내가 '거의'라고 말한 이유는 다른 사람들은 엉뚱한 추측을 하고 있지만 나는 메리의 살해범이 누구인지 알기 때문이라네. 다들 레이디 포어미어가 메리를 죽였다고 하지. 하지만 그 경우 한 가지 의문이 남아.

'어떻게 살인을 했을까?'

그러면 연달아 다음 의문이 떠오르지.

'언제 했을까?'

아서 클라크는 부인과 7시까지 함께 있었다고 주장을 했어. 그 후에는 그녀의 시중을 든 하인들이 몇 명이나 있었어. 특히 하녀는 그 시각에 그녀가 옷을 갈아입도록 도와줬지. 그녀와 포어미어 경은 언제나처럼 8시 무렵에 저녁을 들었다더군.

한편 레이디 포어미어의 인생에는 밝혀지지 않은 부분이 몇 군데 있어. 그러니까 사 년 전, 포어미어 경과 결혼하기 전의 인생에서 말이야. 메리가 이 레이디와 연관이 있는 편지 때문에 살해되었다는 사실만큼은 미궁에 빠진 이 사건에서 부정할 수 없는 유일한 진실이었어. 아서 클라크가 누이를 살해하지 않았다는 사실은 명명백백하게 입증되었어. 상당수의 증거는 모든 사람들이 상상한 것과 모순이 되었지. 경찰이 내가 제안한 대로 움직이지 않으면 허데이커스 살인 사건은 영원히 미궁에 빠질 것이 분명해."

"도대체 어떤 제안을 하신 거예요?"

나는 조금도 비꼬는 기색 없이 물어보았다. 내 의지와 달리 나는 이 노인의 독특한 면모에 완전히 매료되어 호기심을 억누를 수 없었기 때문이었다.

"포어미어 경에게서 눈을 떼지 말라고 했네. 그리고 하인의 눈길을 피해서 흡연실 어딘가에 용케 숨겨 놓은 젖은 코트와 물이 뚝뚝 떨어지는 모자, 축축한 부츠를 언제 어떻게 처분하는지 잘 지켜보라고 했지."

그가 무미건조하게 껄껄 웃으며 대답했다.

"그렇다면?"

나는 헉하고 숨을 들이마시며 이렇게 물었다.

"그렇다네. 포어미어 경이 아내에게 큰 타격을 줄 내용을 담고 있음이 분명한 편지를 없애기 위해 메리를 살해한 걸세. 내가 고려해 본 모든 사항이 그를 살인범으로 지목했다네. 그가 처음부터 그 편지의 존재를 알고 있었는지 아니면 파티가 있던 날 아내와 아서의 대화를 듣고 알게 되었는지, 그건 알 수가 없어. 아마 두 사람의 대화를 엿듣고 더 이상 협박을 하지 못하도록 확실하게 손을 봐야겠다고 그 자리에서 마음을 먹었을 거야. 그날은 눈에 띄지 않고 집을 드나들기 쉬웠지. 처음에는 허데이커스에 가서 메리에게서 돈으로 편지를 사려고 했을 거야. 그런데 그녀가 고집을 부렸지. 그러자 죽은 자는 말이 없다는 생각이 떠올랐겠지. 무슨 일이 있었는지 우리는 절대 알 수가 없어. 평소라면 역겹게만 여겼을 잔인한 짓을 저지르고 나니 범죄를 저지르게 등을 떠민 것이나 다름없는 사람에게 억누를 수 없는 증오가 치밀어 올랐지. 내가 보기에는 카키색 군복으로 그런 증오를 분출한 거야. 흡연실에서 나갔을 때 아서 클라크가 막 들어왔다는 거짓말은 자신에게서 의심의 눈길을 돌리려고 했다기보다 아서에게 복수를 하고 싶은 욕망에서 비롯된 것 같아.

잘 생각해 보게."

구석의 노인은 사랑해 마지않는 노끈을 넉넉한 주머니에 다시 쑤셔 넣으며 이렇게 말했다.

"시간과 기회, 동기가 전부 내 가설과 딱딱 들어맞지 않는가. 그러니 내일 신문에 이 흥미진진한 사건의 대미를 장식할 충격적인 사실이 밝혀져 있다고 해도 그리 놀라지 말게나."

노인은 내가 무슨 대답을 하기도 전에 자리를 떠났다. 내가 본 모습이라고는 회전문으로 빠져나가는 허깨비 같은 형체뿐이었다. 내 앞자리에는 이제 아무도 없었다. 잠시 후 나도 계산을 마치고 찻집에서 나왔다.

005

☆☆☆

구석의 노인의 주장은 역시 옳았다. 이튿날 오전 11시 거리 곳곳은 '포어미어 경의 급사' 같은 선정적인 헤드라인을 단 신문 벽보로 가득 찼다. 신문 기사에 따르면 전날 저녁 포어미어 경은 새로 산 자동 권총을 시험하면서 하인에게 작동 원리에 대해 설명을 해주었다. 어느 순간 그는 이렇게 말했다.

"괜찮네, 장전이 되지 않았으니까."

하지만 약실에는 실탄 한 발이 남아 있었다. 포어미어 경은 총열을 똑바로 바라본 상태로 우연히 방아쇠를 건드린 모양이었다. 하인의 증언에 따르면 갑자기 폭발음이 들렸고 포어미어 경이 양미간에 총을 맞은 채 쓰러졌다.

검시 배심의 판결은 당연히 사고사였다. 검시관과 배심원단은 유족인 레이디 포어미어와 세인트 주드에게 심심한 조의를 표시했다. 얼마 후에야 몇 가지 사실이 드러났다. 진상을 모르는 사람들에게는 애매하고 사소한 일처럼 보였겠지만 구석의 노인과의 대화를 떠올려 보면 그 무엇보다 중요한 의미를 지니고 있었다.

사고가 일어나기 한두 시간 전에 경찰 총경이 경관 두 명을 대동하고 미어 저택을 찾아왔다. 그런 후 흡연실에서 포어미어 경과 한동안 밀담을 나누었다. 집사가 세 사람을 배웅할 때 보니 경관 한 명이 코트와 모자를 가지고 있었다. 집사가 보기에 그것들은 주인이 예전에 입었던 옷가지였다.

그제야 나는 노상 커다란 트위드 재킷과 허름한 바지 차림의 우스꽝스러운 노인이 허데이커스 살인 사건을 정말로 해결했다는 사실을 깨달았다.

에이프릴 세인트 주드와 아서 클라크의 아름다운 사랑 이야기의 결말도 궁금할 것이다. 글쎄, 세인트 주드는 작년에 뉴욕의 은행가인 에이머스 라튼버그와 결혼을 했다. 한편 클라크는 북부 지역 어딘가에 정비소를 열었는데, 성업중이라고 한다. 분명히 친절한 친구가 그에게 창업 자금을 빌려 주었을 것이다. 나는 그 친절한 친구가 누구인지 알 것 같다.

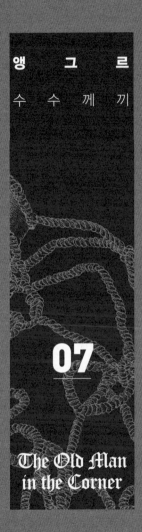

앵 그 르
수 수 께 끼

07

The Old Man
in the Corner

001
☆☆☆

늘 가던 찻집에서 구석의 노인과 마지막으로 만난 후로 벌써 몇 주가 흘렀다. 그 후로 나는 구석의 노인을 보지 못했다. 급한 일로 바쁘기도 했지만 그 허깨비 같은 노인이 논리적으로 추리한 대로 포어미어 경이 자살로 생을 마감하며 사건이 충격적으로 마무리되자 끔찍한 인상이 내 기억에 아로새겨진 탓이기도 했다. 말도 안 되는 줄은 알지만 어쩐지 구석의 노인이 그 비극과 관계가 있을지도 모른다는 느낌은 좀처럼 사라지지 않았다.

삼월, 세상은 앵그르*의 걸작을 둘러싼 사건이 일으킨 전율에 휩싸였다. 어딜 가나 그 특별한 사건을 두고 추측과 해석이 난무했고 그럴 때마다 내 생각은 너무나 자연스럽게 묘한 노인과 그의 노

●　**앵그르** _ 프랑스 신고전파 화가(1780–1867).

끈으로 이어지곤 했다. 도무지 풀리지 않는 이 수수께끼에 그 노인이 어떤 해석을 내놓을지 슬그머니 궁금해진 적이 한두 번이 아니었다.

이 사건과 관련된 여러 사실은 도무지 말이 되지 않았다. 《익스프레스 포스트》로부터 관련 사실을 독자에게 간단명료하게 전해 달라는 의뢰를 처음 받았을 때 나는 눈앞이 캄캄해지는 것 같았다. 이유는 간단했다. 무엇보다 내가 그 사건을 환하게 꿰뚫어 볼 수 없었기 때문이었다. 내겐 앵그르의 〈피앙세〉를 모사한 그림이 있는데, 종종 눈이 부실 것만 같은 그림 앞에 서서 아름답고 독특한 분위기의 걸작이 어떻게 한날한시에 두 곳에 있을 수 있었는지 미소 띤 입술을 열어 귀띔을 해 주면 좋겠다는 생각을 하곤 했다.

바로 이것이 수수께끼의 핵심이다. 괜찮다면 명화의 원 소유주를 폴 드 로슈에슈와 공작 부처라고 부르자. 물론 이 이름은 가명이다. 하지만 그 공작이 누구인지 모르는 사람이 없는 마당에 놀라운 모험을 기록하기 위해 그들을 뭐라고 부르는지는 그다지 중요하지 않으리라.

공작은 젊었을 때 스웨덴 출신의 대단한 재능과 눈부신 미모를 갖춘 숙녀와 결혼을 했다. 그녀는 뛰어난 수준의 화가로 파리의 살롱은 물론 영국의 왕립 미술학회에도 훌륭한 그림을 전시할 정도였다. 게다가 대단한 실력을 갖춘 음악가였으며 아름다운 시집을 몇 권 출판한 전력도 있었다.

공작 부처는 서로에게 헌신적이었다. 두 사람은 일 년 중 대부분을 샹티이에서 그리 멀지 않은 우아즈 강변에 서 있는 아름다운 성에서 지냈다. 두 사람은 이곳에서 외국의 딱딱한 분위기가 아니라 영국의 시골에서 볼 수 있는 가정적이고 따뜻한 분위기로 손님들을 대접했다. 이 성은 공작 부처가 수집한 희귀한 가구와 태피스트리, 뛰어난 예술 작품과 진품 들이 가득했는데, 그 가운데에는 19세기 프랑스 화파의 걸작도 몇 작품 있었다.

전쟁으로 프랑스 사람들 대부분이 재산을 잃고 궁핍한 처지가 되고 말았다. 로슈에슈와 공작 부처도 이 운명을 피해 가지 못했다. 얼마 후 런던과 파리, 뉴욕의 예술품 거래상들은 공작 부처가 소장하고 있던 그림들 가운데 가장 뛰어난 작품 몇 점을 팔기로 했다는 소식을 듣게 되었다. 매물로 내놓은 명화들 가운데에서도 최고 걸작이 그 유명한 앵그르의 〈피앙세〉였다.

소문이 나자마자 말 그대로 그림을 향해 길이 깔렸다. 유럽 각국의 대도시에서 미술품 거래상들이 그림을 직접 보기 위해 우아즈 강변의 성으로 앞서거니 뒤서거니 몰려왔다. 그림을 사고 싶다는 제안이 전보와 전화로 쇄도했다. 미술계는 전례 없는 거래가 이루어질 것이라는 기대감에 요동을 쳤다.

아! 궁핍해진 구세계는 소유했던 온갖 아름다운 예술품들을 가장 큰 액수를 제시하는 나라로 떠나 보내야 했다. 앵그르의 걸작도 그 운명을 피해 갈 수는 없었던 것이다! 에런 제이컵이라는 시카고의 거부가 그림을 오십만 달러에 사겠다는 제안을 전보로 보냈고 공작이 제안을 받아들였다는 소문이 났다. 제이컵은 뛰어난 교양을 갖춘 매력적인 인물로 대단한 미술품 감식가이자 미술 애호가라는 이야기가 돌았다. 그가 새로 손에 넣은 보물을 손수 가져가기 위해 유럽으로 오는 배에 올랐다는 소식이 곧 들려왔다.

제이컵이 로슈에슈와 공작 부처의 성에 손님으로 도착한 바로 이튿날이었다. 한 명인지 여러 명인지 모를 도둑이 백주에 세계적으로 유명한 그림을 훔쳐 가는 대사건이 발생했다. 범인은 경찰이 수사에 착수할 만한 작은 단서조차 남기지 않은 채 감쪽같이 그림을 훔쳐 갔다. 그림은 액자에서 깔끔하게 오려졌는데, 그 작업에 최소 이삼 분은 걸렸을 것이다. 그림은 원래 공작 부인의 화실에 있는 높은 벽난로 위에 걸려 있었지만 사건 당일 아침에 벽에서 내려 식당의 이젤 위에 올려놓았다. 그림을 구매할 제이컵이 잘 볼 수 있도록 말이다. 식당의 벽에는 커다란 창문이 줄지어 나 있었는데, 창문을 통해 성의 정원을 내다볼 수 있었다. 그림을 둔 이젤은 이런 창문 곁에 세워져 있었다.

이 대담한 범죄의 백미는 당시 정원에서 파티와 테니스 시합이 열리고 있었다는 사실이다. 수많은 손님들이 식당의 창문이 잘 보이는 테니스 코트와 그 근처에 있었다. 초동 수사 결과 하인이나 성안의 다른 사람들이 그림이 있던 식당의 홀에 없었거나 창문을 보지 않은 시간은 기껏해야 이십 분에서 이십오 분에 불과했다.

식당의 으리으리한 문을 열면 곧장 넓은 중앙 복도가 나왔다. 맞은편에도 식당처럼 으리으리한 문이 달린 방이 있었는데, 그곳은 서재였다. 대리석 복도는 본관의 중앙을 곧장 통과했다. 사방에 있는 응접실은 모두 문이 활짝 열려 있었다. 복도의 문은 여러 개의 주방과 집무실로 통하는 주요 입구의 하나였다.

운명의 오후 4시 반까지 하인들은 계단을 오르락내리락하며 테니스 코트로 차를 내가느라 바빴다. 그 무렵 테니스 시합이 거의 끝나고 있었고 공작 부인은 코트에서 손님들에게 차를 냈다. 4시 반이 되자 로슈에슈와 공작은 정원에서 곧장 저택으로 통하는 문으로 들어와 중앙 복도를 가로질러 서재로 들어갔다. 테니스 시합에 참가한 손님들에게 나눠 줄 상품을 가져오기 위해서였다. 그 상품들은 잠가 놓은 책상 서랍에 들어 있었다. 식당의 문은 활짝 열려 있었으므로 공작은 지나가다가 안을 힐끔 쳐다보았다. 그때만 해도 그림은 제자리에 잘 놓여 있었다. 공작은 지나가면서 그림을 힐끗 보고 아꼈던 보물과 이제 헤어져야만 한다는 생각에 아쉬움으로 가슴이 아팠다. 그는 상품을 정리하는 데 시간을 좀 들였다. 마침 오후분의 우편물이 도착해 책상 위에 편지 몇 통이 놓여 있었다. 공작은 우편물을 훑어보고 싶어졌다. 그리하여 상품 준비를 하고 우편물을 훑어본 것까지 해서 공작이 서재에 머무른 시간은 최소 십오 분가량이었다. 공작은 서재에 들어오면서 문을 닫았는데 나갈 때 보니 식당 문도 닫혀 있었다. 특별히 수상한 기미는 느껴지지 않았기에 꼼꼼하게 포장을 한 상품 꾸러미를 겨드랑이에 낀 채 들어왔을 때처럼 중앙 복도를 가로질러 다시 정원으로 나갔다.

5시, 집사장인 아메이데이가 특별한 은쟁반이 필요해서 식당으로 갔다. 그는 식당의 문이 닫힌 것을 보고 깜짝 놀랐다. 왜냐하면 십오 분 전에 지나갈 때만 해도 문이 활짝 열려 있었기 때문이었다. 그는 별생각 없이 식당으로 들어갔다가 다음 순간 이젤 위에 놓인 텅 빈 액자를 보고 기절초풍을 했다. 보자마자 그림을 도둑맞은 것을 알 수 있었다. 그림을 액자째로 가져가지 않고 칼로 잘라 가져간 상태였다. 아메이데이는 그 자리에서 당장 온 집 안을 들쑤셔 봤자 자신의 체면만 깎일 뿐이라는 사실을 잘 알았기에 냉정함을 유지하고 시합 후 사람들이 상을 나누어 받고 있는 정원으로 나갔다. 그곳에서 기회를 봐 공작과 눈이 마주치자 끔찍한 비보를 살짝 전했다.

그로부터 손님들이 다 돌아갈 때까지 이 상황은 철저하게 비밀에 부쳐져 있었다. 공작의 명령으로 식당으로 통하는 문은 모두 걸어 잠갔다. 호기심 많은 레이디들이 걸작에 대해 꼬치꼬치 캐물었지만 포장하는 중이라는 애매한 대답만 돌아올 뿐이었다.

손님들은 다 떠나고 이제 몇몇 사람들만 남았다. 그들 가운데에는 에런 제이컵도 있었다. 성에서 머무르던 신사와 숙녀 들도 있었다. 이들은 저녁 식사에 맞춰 옷을 갈아입으려고 방으로 올라가기 전에야 비로소 그림이 도난당했다는 소식을 전해 들었다. 경찰이 성으로 급파되었고 경정이 초동 수사를 지휘하기 시작했다. 경찰은 먼저 하인들의 방과 소지품을 수색했다. 손님들의 동의를 받고 그들의 방까지 수색 범위를 확대했다. 오십만 달러의 값어치가 나가는 그림을 그렇게 사라지도록 내버려 둘 수는 없었으며 사회의 규율을 위해서라도 범죄자가 그대로 빠져나가도록 둘 수 없었다. 프랑스에는 엄연히 법이 존재하므로 결백이 입증되지 않는 한 누구든 유죄일 수 있었기 때문이었다.

002
☆☆☆

앵그르의 그림이 도난당한 사건은 모든 문명국의 대중을 흥분의 도가니로 몰고 갔다. 특히 너 나 할 것 없이 범죄 수사에 열광하는 영국에서는 그 사건으로 대단한 파장이 일었다.

내가 기억하기로 사건이 발생했을 당시에는 모두들 그림이 정말로 쥐도 새도 모르게 사라졌다고 생각했다. 뛰어난 능력으로 명성이 자자하던 프랑스 경찰의 노력에도 범인의 정체가 여전히 오리무중이자 사람들이 이내 낭만적인 해결책 쪽으로 눈길을 돌린 기억도 생생하다. 로슈에슈와 공작과 아름다운 공작 부인은 사람들의 동정의 대상이 되었다. 귀중한 회화 컬렉션 가운데 보험을 들어 놓은 작품이 단 한 점도 없다는 사실이 알려졌기 때문이다. 앵그르의 걸작도 마찬가지였다. 영국의 사고방식으로는 그 사실을 도저히 믿을 수가 없었다. 영국에서는 온갖 종류의 보험이 일상의 일부이기 때문이다. 하지만 그 체계는 외국까지 광범위하게 적용되거나 확대되지 않았다. 그래서 다른 나라에는 사회 계층을 막론하고 화재 보험을 들 생각을 해 본 적이 없는 집이 허다했다.

이런 사정으로 〈피앙세〉는 절도에 대비한 보험도 없었으니 수수께끼의 악당이 훔쳐간 걸작을 경찰이 끝내 되찾지 못할 경우 공작 부처는 오십만 달러의 손해를 보고 더 궁핍해질 처지에 놓인 것이다. 논리적인 사고는 하지 않는 삼류 신문의 구독자들은 즉각 그림을 구매하려 했던 에런 제이컵에게 관심을 돌렸다. 시카고에서 온 억만장자라고 해도 자신이 흠모하는 작품을 부정한 방법으로 손에 넣으려는 욕망에서 자유롭지 못했던 것은 아닐까. 제이컵은 알려진 것만큼 부유하지 않을지도 모른다. 식인 거인이 사람의 육체를 탐하듯 유럽의 예술 작품을 탐욕스럽게 쓸어 담기 위해 살 능력도 없는 그림을 훔친 것이 분명하다. 그리고 십 년이나 십오 년이 지나 수수께끼의 도난 사건을 모두 잊어버릴 즈음 제이컵은 자신의 갤러리에 이 걸작을 전시할 것이다. 사람들은 이런 억측을 서슴지 않았다. 그림을 전시했다가 경찰이 수사에 나서면 어떻게 하느냐고 되물으면 아는 척하는 사람들은 슬그머니 입을 다물었다.

그로부터 이 년이라는 시간이 흘렀지만 사건의 진상은 여전히 오리무중이었다. 이후로 범죄 사건이든 아니든 수많은 사건이 일어나 사람들을 충격으로 몰아넣었으므로 앵그르의 걸작을 둘러싼 수수께끼는 점점 대중의 기억 속에서 자취를 감추었다. 그러던 어느 날 갑자기 이 사건이 새로 주목을 받게 되었다. 어떤 면에서는 그 누구도 상상하지 못한 짜릿한 흥분마저 선사했다. 유럽에서는 알려지지 않았지만 미국 영화업계에서 큰 회사를 운영했던 찰스 B. 터퍼라는 사람이 1919년 5월에 사망하면서 앵그르 사건이 수면 위로 다시 떠올랐다. 터퍼는 지난 몇 년 동안 이천 개가 넘는 극장을 운영하며 거부가 된 인물이었다. 전쟁중에 그는 은막의 스타였던 아니타 호지킨스와 결혼을 했다. 그녀는 런던의 어퍼 투팅 출신으로 외모는 아름다웠으나 무식한 여자였다. 찰스 B. 터퍼의 유언장을 공개한 결과 유산이 어마어마했다. 미국에 살면서도 말투는 물론 뼛속까지 런던 토박이였던 터퍼 부인은 남편의 장례 절차를 마무리 지은 후 고국에 정착하기 위해 영국으로 가는 배에 몸을 실었다. 그녀는 버킹엄셔에 있는 웅장한 저택인 홀트 매너를 구입해 미국에서 쓰던 호화로운 가구와 온갖 짐을 그곳으로 가져왔다. 이듬해 초 궁전 같은 저택이 새 단장을 마치고 당장 살 수 있게 되자 그녀는 폴체스터 경과 결혼을 했다. 젊은 폴체스터 경은 방탕한 멍청이로, 영화에서 그녀를 처음 본 순간 사랑에 빠졌다고 말했다고 한다.

결혼 전 성이 호지킨스였던 아니타 터퍼 부인은 레이디라는 호칭을 얻게 되자 왕년에 영화계에서 그랬듯이 저절로 사교계의 스타로 떠오르리라 기대했던 것 같다. 하지만 이런 순진한 야심은 일찌감치 접어야 했다. 구입한 대저택을 아무리 호화롭게 꾸며도, 삼류 신문과 주간지에서 갓 결혼한 레이디 폴체스터가 여왕처럼 사는 호화로운 대저택을 몇 단락에 걸쳐 자세하게 소개해도, 1920년 런던 사교계 시즌 동안 몇몇 공식적인 행사에 모습을 드러내도, 황녀도 부러워할 진주를 몸에 감고 궁정 무도회에 나가도 버킹엄셔의 상류층은 좀처럼 그녀를 찾아오지 않았다. 대신 그녀의 문가에 때때로 놓여 있는 편지들은 대부분 이웃의 의사나 목사, 은퇴한 런던 상인들, 저택에서 열리는 파티에 나갔다가 운이 좋으면 사윗감까지 얻고 싶은 미혼의 딸을 둔 엄마들이 남기고 간 것들이었다.

한동안 이런 상태가 계속되던 어느 날 레이디 폴체스터는 주 전체를 초대하려는 기세로 가든파티 초대장을 잔뜩 보내기에 이르렀다! 그녀는 최근에 알게 된 런던의 친구들에게도 초대장을 보냈는데, 그 친구들이 편하게 파티에 참석할 수 있도록 패딩턴에서 출발하는 특별 열차편까지 마련했다. 그런데 그녀가 초대한 친구들 가운데에는 에런 제이컵이 있었다. 그는 미국에서 찰스 B. 터퍼와 아는 사이였는데, 얼마 전 런던 주재 미국 대사관에서 주최한 공식 행사에서 레이디 폴체스터와 만났다. 그는 레이디 폴체스터가 전남편으로부터 물려받아 지금은 버킹엄셔의 대저택 곳곳에 장식해 놓은 대단한 예술품과 그림, 고가구 컬렉션에 대한 이야기를 듣고 흥미가 동했다. 그러던 차에 파티 초대를 받자 받아들인 것이다. 모르긴 몰라도 레이디와 친교를 다지는 것보다는 훌륭한 수집품들을 직접 보고 싶은 호기심을 억누르지 못했을 것이다.

홀트 매너로 불리는 대저택에서 열린 가든파티는 그다지 성공적이지 못했다. 오후 내내 비가 왔고, 이럴 때를 대비해 부른 군악대는 실내에서 즐기기에는 너무 시끄러웠다. 그러던 중 몇몇 손님들이 저택을 아름답게 장식하고 있는 화려하기 이를 데 없는 가구와 태피스트리, 회화, 예술 작품에 깊은 관심을 보였다. 레이디 폴체스터는 차를 마신 후 우아하게 손님들을 이끌고 저택 곳곳을 손님들에게 보여 주기 시작했다. 소장품 가운데에서도 유난히 뛰어난 걸작이 나올 때마다 그녀는 작품을 가리키며 죽은 전남편이 구입한 가격을 일러 주는 것도 잊지 않았다.

이윽고 충격적인 사건이 일어났다. 안주인을 뒤따르던 손님들이 홀에 걸린 반다이크의 진품 두 점을 보고 적당히 장단을 맞춰 감탄하자 레이디 폴체스터는 그들을 돌아보고는 반지가 주렁주렁 달린 양손을 벌리며 말했다.

"이제 서재로 가서서 전남편이 오십만 달러를 주고 산 작품을 보실 때가 되었군요. 상자에서 꺼내기 전에는 내게 그런 그림이 있는 줄도 몰랐답니다. 올해 뉴욕에서 다른 물건들과 함께 도착하기 전에는 본 적도 없었어요. 폴체스터 경이 포장을 풀고 서재에 걸었어요. 나는 그 그림이 별로더라고요. 게다가 정작 그림을 산 전남편은 즐길 시간도 없었지 뭐예요. 그림이 뉴욕에 도착하고 이틀 뒤에 세상을 떠났거든요. 아까도 말했다시피 그 사람은 상자를 뜯지도 않았어요. 전남편이 예전에 어떤 사업을 추진했을 때 쓰려고 이 그림을 샀어요. 하지만 남편이 죽고 사업이 유야무야된데다 나는 그런 낡은 그림에는 관심도 없었거든요."

그녀는 이런 말을 떠벌리며 사람들을 서재로 안내했다. 품위 있게 꾸며진 방에는 근사한 장정의 책들이 벽을 가득 메우고 있었다. 벽난로 선반은 아름다운 로버트 아담 양식이었고 그 위에 그림 한 점이 걸려 있었다.

물론 손님들 가운데에는 도난당한 앵그르의 걸작을 전혀 모르는 사람도 있었다. 하지만 그런 사람은 많지 않았다. 그러므로 서재에 들어서자마자 사람들은 말 그대로 너무 놀라 숨이 턱 막혀 버렸다. 그 그림은 다름 아닌 〈피앙세〉였기 때문이었다. 찬탄을 자아내는 동방풍의 휘장하며 아름답게 쭉 뻗은 팔다리와 수수께끼 같은 미소는 〈피앙세〉의 그녀가 분명했다. 그녀가 화폭에서 나와 사람들을 내려다보며 마치 왕년 은막의 스타의 대저택에 있는 것이 너무나 당연하다는 듯, 유럽의 미술계를 떠들썩하게 만들었던 사건 따위는 있지도 않았다는 듯 미소를 짓는 것만 같았다.

아마 그 순간 누구보다 놀란 사람은 에런 제이컵이 아니었을까. 하지만 그는 신사적이고 산전수전을 다 겪은 남자였기에 속내를 전혀 드러내지 않았다. 아마도 그를 비롯해 도난당한 걸작을 알아본 다른 사람들도 모든 정황이 확실해질 때까지 당분간 입을 다물기로 한 것 같았다. 영국인이라면 계층에 상관없이 누구나 어떤 종류의 야단법석에든지 엮이기를 피하는 경향이 있으니 말이다. 확실히 그 순간에는 자기만족에 빠져 있는 레이디 폴체스터의 심기를 상하게 할 만한 말이 전혀 나오지 않았다. 얼마 후 파티는 끝이 났고 손님들도 뿔뿔이 집으로 돌아갔다.

물론 사람들은 에런 제이컵이 경찰에 가기 전에 폴체스터 경에게 미리 알렸어야 했다고 생각했다. 하지만 폴체스터 경은 그 집에서 아무 실권도 없는데다 경박하기만 한 멍청이였다. 게다가 늘 술에 절어 있고 걸핏하면 분노를 폭발하기까지 했다. 그러므로 폴체스터 경의 됨됨이를 아는 사람이라면 에런 제이컵처럼 냉철한 사업가가 그에게 먼저 상황을 설명하기를 피한 이유를 쉽게 짐작했을 것이다.

제이컵은 그날 저녁에 곧장 경찰을 찾았다. 그리고 이튿날 레이디 폴체스터에게 퍼리라는 형사가 찾아왔다. 이 형사는 그 지역 형사 중 요령이 좋은 사람들 가운데에서도 가장 유능한 축에 들었다. 그런 그도 형사가 찾아온 이유를 듣고 불같이 화를 내는 은막의 스타 앞에서는 진땀을 흘리며 그녀를 진정시키기 위해 갖은 기지를 발휘해야 했다.

그녀의 분노는 하늘을 찔렀다.

"어디서 감히 내게 그런 뻔뻔스러운 질문을 하는 거야? 다시 보면 먼지 구덩이에 확 던져 버릴 형편없는 그림을 내가 훔쳤다는 거야? 아무 화랑에 들어가 눈 하나 깜짝하지 않고 거기 있는 그림을 다 사 버릴 내가……."

이런 말들이 속사포처럼 쏟아져 나왔다. 재수가 없었던 퍼리는 극도로 불쾌한 십오 분을 버텨야 했다. 하지만 마침내 격분한 레이디를 진정시키고는 차분하게 자신의 말을 듣게 할 수 있었다.

일단 그는 레이디나 고인이 된 찰스 B. 터퍼의 명예를 눈곱만큼도 의심하지 않는다는 점을 간신히 이해시켰다. 하지만 지금 홀트 매너의 서재에 걸려 있는 그림은 로슈에슈와 공작이 프랑스의 성에서 약 이 년 전, 정확하게는 1919년 7월 25일에 도난당한 것이라는 사실을 부인할 수 없다는 말도 했다.

그러자 레이디 폴체스터는 형사의 해명에 납득하거나 화를 가라앉히지도 않은 채 이렇게 반박했다.

"나는 그 주장이 새빨간 거짓말이라는 사실을 언제든지 증명할 수 있어요. 왜냐하면 돌아가신 찰스 B. 터퍼가 그보다 훨씬 더 전에 저 구닥다리를 샀기 때문이에요. 그 사람이 유럽에 있었던 때는 1919년 봄이었어요. 뉴욕으로 돌아온 날은 그해 5월 18일이었죠. 돌아와서 말하기로는 유럽에서 재미있는 것들을 많이 샀는데, 그 가운데에는 오십만 달러나 하는 그림도 있다고 했어요. 나는 그런 물건에 왜 큰돈을 쓰냐고 나무랐죠. 그랬더니 대단한 사업을 염두에 두고 있는데, 그때 그 그림을 사용할 생각이라고 해서 나도 더 이상 말하지 않았어요. 당신이 말한 그림을 그해 7월에 공작인가 뭔가 하는 사람이 도둑맞을 때 내 그림은 이미 한 달 전에 배에 실려 뉴욕으로 오고 있었어요."

이 말을 듣자마자 퍼리 형사는 그만 도저히 믿을 수 없다는 표정을 희미하게나마 지었던 것 같다. 왜냐하면 레이디 폴체스터가 그에게 다시 불같이 화를 냈기 때문이다.

"당신, 아직도 내가 저 지저분한 구닥다리 그림을 훔쳤다고 생각하는 거야?"

그녀는 도저히 글로 옮길 수 없는 표현을 사용해 가며 고래고래 고함을 질러 댔다.

"내가 우스워? 겁 좀 주면 냉큼 그림을 내놓을 줄 알았어? 어림도 없어! 내 말이 절대 거짓이 아니라는 걸 증명할 수도 있어. 나에 대해서 그런 중상모략을 하는 늙다리 공작 자식을 감방에 처넣을 수만 있다면 백만 달러가 더 든다고 해도 상관없어!"

퍼리 형사는 갖은 수완을 다 발휘해야 했다. 한참 후에야 그는 레이디의 분노를 가라앉힐 수 있었다. 그는 좀 더 냉정한 관점에서 상황을 바라보고 무엇보다 자신은 절대 적이 아니며 오히려 놀라운 수수께끼로 보이는 이 사건을 풀 수 있는 한 줄기 빛을 찾아내고 싶은 마음뿐이라는 사실을 이해시키기 위해 무한한 인내심을 발휘해 차근차근 설명을 했다.

"그렇다면 좋아요."

마침내 레이디 폴체스터가 이렇게 말문을 뗐다.

"내가 아는 걸 모두 말해 주겠어요. 유럽에서 저 그림을 배에 실은 날짜는 몰라요. 하지만 전남편 앞으로 '고가의 그림이므로 취급

주의'라고 적힌 상자가 뉴욕 집으로 배달된 날짜는 5월 18일이었어요. 내가 이 날짜를 착각할 리는 절대 없어요. 왜냐하면 그 상자가 도착했을 때 남편은 위독한 상태였고 이틀 후인 1919년 5월 20일에 세상을 떠났기 때문이에요. 그 사실은 쉽게 확인할 수 있겠죠, 안 그래요?"

레이디 폴체스터는 매섭게 쏘아붙였다. 퍼리가 아무런 대꾸도 하지 않자 좀 더 차분하게 계속 말을 이었다.

"좋아요. 그렇다면 이 이야기를 들어 봐요. 그림이 들어 있는 상자가 전남편이 죽기 이틀 전에 집에 온 후로 나는 상자를 뜯어 보지도 않았어요. 이곳으로 이사를 와서 두 달 전에 비로소 상자를 열었죠. 나는 그림을 뉴욕에서 배로 보냈어요. 다른 짐들과 따로 그림만요. 당시 나는 남편이 앓다가 세상을 뜨고 유언장을 집행하느라 그림까지 신경을 쓸 경황이 없었어요. 그래서 변호사에게 그 상자에는 터퍼가 오십만 달러를 주고 산 그림이 들어 있다고 이르고 그 가격으로 공증을 하게 했어요. 변호사가 책임지고 그림을 처리했죠. 변호사는 물론 미국에서 그림을 취급한 사람들 모두 맹세라도 할 수 있을 거예요. 절대 상자를 연 적이 없다고요. 선적 회사도 자신들이 책임을 지고 있는 동안에는 절대 건드린 적이 없다고 맹세할 테고요. 그 회사가 여기까지 그림 배달을 맡았어요. 그때 그림을 가져온 직원들이 상자를 열어서 그림을 거는 것까지 도와줬죠."

거기까지 말한 후 레이디 폴체스터는 말을 맺었다. 할 말을 다

해서가 아니라 숨이 차서 말이다.

"자, 이제 당신이 말해 봐요. 5월 18일에 뉴욕에 도착한 그림이 어떻게 7월 25일에 프랑스에서 도둑을 맞을 수 있다는 거죠? 설명할 수 없다면 당장 내 집에서 나가요. 내 집에 참견쟁이는 필요 없으니까."

불쌍한 퍼리는 어느 모로 보나 레이디와 함께 있는 시간이 고역이었을 것이다. 게다가 그녀와 만족할 만한 합의에도 도달하지 못했다. 법으로 강제하지 않는 한 레이디가 순순히 그림을 내놓을 리 없다는 사실은 두말하면 잔소리였다. 게다가 법적으로 나가면 그녀가 악에 받쳐 퍼부었듯이 여러 사람을 몹시 피곤하게 만들 것이 분명했다.

003
☆☆☆

이 괴상한 사건에서 다음으로 벌어진 중요한 사태는 이곳 영국에서 로슈에슈와 공작 부처가 자신들의 소유물을 불법적으로 점유하고 있다며 레이디 폴체스터를 상대로 건 소송이었다.

레이디가 그림의 합법적인 주인이라는 주장을 입증하기 위해 미국에서 증인들이 왔다는 사실도 곧 알려졌다. 사람들은 흥분을 금치 못하며 사태의 추이를 숨죽인 채 지켜보았다.

마침내 삼월에 심리가 시작되었으나 이틀 만에 끝나 버렸다. 심리에서는 문제의 그림이 법정에 걸렸다. 처음에는 로슈에슈와 공작 부처가 그림을 확인했고 다음으로는 전문가 두세 명이 앵그르의 진품인지 감정을 했다. 〈피앙세〉는 1850년에 로슈에슈와 공작의 조부가 앵그르에게 직접 구입한 이래 계속 로슈에슈와 가문에서 소장했다는 것을 전 세계의 미술계가 알고 있었다. 공작은 1919년 7월 25일 오후 4시 30분에 자신의 성에서 이 그림을 마지막으로 보았다고 주장했다.

이 그림에는 유명한 일화가 전해져 온다. 원래 앵그르는 훨씬 더 큰 캔버스에 그림을 그렸는데, 원 구매자의 요구로 캔버스를 잘라 내고 더 작은 틀에 다시 고정을 했다고 한다. 그렇게 고친 흔적이 캔버스에 확실하게 남아 있었다. 그림은 새 액자에 들어 있었는데, 레이디 폴체스터는 그 액자를 최근에 구입했다고 인정했다. 그녀가 그림을 소유하게 된 시점에서는 액자가 없었던 것이다.

한편 레이디의 편에는 어마어마한 증인들이 포진해 있었다. 그중에서도 가장 강력한 사람이 고 찰스 B. 터퍼의 비서이자 회사 임원이었던 앤서니 크리버거였다. 그는 〈피앙세〉를 터퍼가 구입했을 당시 그것을 둘러싸고 의견 충돌이 있었던 사람이었다.

그가 들려준 사정은 이러했다.

"돌아가신 사장님은 컬러 사진술을 새로 개발하셨는데, 세계적인 명화를 사진으로 찍어서 그 기술을 전 세계에 광고하고 싶어 하셨습니다. 그래서 1919년 봄에 사장님을 모시고 유럽으로 갔습니다. 사장님은 광고에 적당한 그림을 구입하시려는 목적을 염두에 두고 계셨습니다. 우리의 출장 목적은 물론이고 사장님이 마음에 드는 그림에 거금을 지불할 용의가 있다는 사실이 유럽 미술계에 금세 알려졌습니다. 빈과 런던, 심지어 로마에서까지 쇄도한 매매 제안 중에 몇 가지를 여기서 밝히면 입이 다물어지지 않을 겁니다.

파리에 머무르고 있을 때 사장님이 제게 오셔서 드디어 마음에 꼭 드는 그림을 찾으셨다고 하셨습니다. 사장님은 어떤 미술품 복원가로부터 편지를 받았는데, 그 사람이 소장하고 있는 앵그르의 진품을 팔고 싶다고 해서 화실에 다녀오시는 길이었습니다. 사장님은 그림을 직접 보고 마음에 들어서 오십만 달러에 구입하기로 했다고 말씀을 하셨습니다. 저는 가격을 듣는 순간 깜짝 놀랐습니다. 솔직히 말하면 사장님이 선뜻 이런 종류의 거래를 할 수 있으실 만큼 미술에 조예가 깊으신지 의심이 가더군요. 엄청난 사기를 당해 진품은 고사하고 그럴듯한 모조품을 구입하실까 봐 덜컥 걱정이 되었습니다. 하지만 사장님은 사업에 있어서만큼은 항상 기인이셨죠. 일단 마음을 먹으면 우리가 아무리 말려 봐야 소용이 없었습니다. 전문가에게 보여 보자고 에둘러 말씀드렸더니 딱 잘라 말씀하셨습니다.

'나는 그 그림이 좋아. 그래서 오십만 달러를 주고 사기로 했네. 그 사람이 그 아래로는 절대 안 팔겠다는 게 아닌가. 나는 그림이

진품이라고 믿네. 설령 아니라고 해도 상관없어. 내 목적에만 맞으면 그걸로 된 거야.'

그 후에 사장님은 그림을 포장해 발송하는 일을 알아보라고 지시를 하셨고 저는 지시에 따랐습니다. 이제야 말하지만 계약을 진행하는 내내 불안해서 견딜 수가 없었습니다. 그림을 봤더니 정말 대단하더군요. 하지만 나는 감정가가 아니지 않습니까. 틀이 너무 형편없어서 포장할 때 버렸습니다. 복원가의 화실은 몽마르트르 구역의 뒷길에 있었습니다. 그와 그의 아내가 포장 작업을 직접 지켜보았습니다. 다른 사람은 보이지 않았습니다. 나는 상자의 발송은 물론 보험 등의 세부적인 문제들도 처리를 했습니다. 마티외 비뉴아르라고 이름을 밝힌 판매자에게 사장님인 찰스 B. 터퍼의 이름과 계좌로 끊은 오십만 달러 환어음을 직접 건넸습니다. 그 우중충한 늙은이와 퉁퉁한 아내는 익명으로 남고 싶은 사람이 내세운 가공의 인물이라는 느낌을 지울 수가 없었죠. 그 후 한동안 미술계에서나 신문에서 걸작이 도난당했다는 이야기는 나오지 않았습니다. 비로소 제 불안도 말끔히 사라졌습니다. 그리고 두 달 후 사업을 확장하기 위해 중앙아메리카로 건너가 약 이 년 동안 머물렀습니다.

이 년 중 일 년은 코스타리카와 베네수엘라 등지에서 지냈는데, 그곳에서는 신문을 쉽게 구할 수 없었습니다. 로슈에슈와 공작의 저택에서 도난당한 그림을 둘러싸고 야단법석이 벌어졌을 때도 저는 아무것도 몰랐습니다. 하지만 법정에 걸린 저 그림은 사장님이

1919년 5월에 파리에서 구입하셨고 상자에 넣고 뚜껑에 못을 박는 모습을 제가 지켜본 후 뉴욕으로 발송해 사장님이 돌아가시기 이틀 전에 그곳에 도착한 그 그림이 틀림없습니다."

크리버거의 증언을 간추리면 이런 내용이었다. 그는 심리 첫날의 가장 중요한 증인이었다. 그 이후에 소환된 증인들도 이 이야기를 확인해 주었다. 증인 가운데에는 뉴욕의 유명 변호사로, 고객인 터퍼 씨가 사망한 후 문제의 그림을 맡은 조지 F. 토우펌도 있었다. 또한 레이디 폴체스터가 되찾아갈 때까지 그림을 보관했던 네브래스카 금고 대여 회사의 관리 이사도 있었다. 그림을 1919년 5월에 파리에서 뉴욕으로 옮긴 운송 회사와 이듬해 다시 뉴욕에서 홀트 매너로 운반한 운송 회사의 관계자들도 있었다. 그 외에도 그림을 상자에서 꺼내 저택의 서재에 거는 모습을 지켜본 운송업자들과 하인들도 증인으로 참석했다.

관계자들의 증언을 모두 듣기까지 이틀이 걸렸다. 어느 증언도 모순되거나 의심스러운 것은 없었다. 그렇지만 한 가지 모순점은 풀리지 않는 수수께끼로 남았다. 터퍼가 법정에 나온 앵그르의 걸작을 1919년 5월 중순에 파리에서 구입해 곧장 뉴욕으로 보냈다는 사실이다. 한편 이 그림은 로슈에슈와 공작의 조부가 약 칠십 년 전에 구입한 그날로부터 줄곧 이 가문이 소유했지만 에런 제이컵의 소유로 넘어가게 되는 당일 즉, 1919년 7월 25일에 도난을 당하고 말았다. 풀리지 않는 의문을 생각할 때마다 사람들은 머릿속이 아득해지는 것 같았다. 사람들은 두근대는 가슴으로 판사의 판결을 기대해 볼 수밖에 없었다.

그런데 심리 둘째 날, 휴정을 선언하기 바로 직전에 양측의 변호인단은 의뢰인들이 매우 흡족한 합의에 도달했다는 사실을 알렸다. 합의 내용은 이랬다. 공작은 고 찰스 B. 터퍼나 레이디 폴체스터의 명예에 대한 비난을 철회할 것이며 이 사실을 알리는 짧은 글을 런던과 파리, 뉴욕의 주요 신문에 모두 실을 것이다. 또한 레이디 폴체스터는 적법한 소유주인 로슈에슈와 공작에게 십이만 파운드를 지불한 후 앵그르가 남긴 걸작의 아무 문제 없는 소유자가 될 것이다.

이리하여 양측 모두 더할 나위 없이 만족스럽게 합의를 거둔 것 같았다. 어찌 보면 운 없는 공작이 돈도 잃고 그림도 잃은 것 같고 어찌 보면 레이디 폴체스터가 사기를 당한 것 같았다. 하지만 모두 만족했고 판사도 합의 내용에 만족한다고 했다. 결국 대중만 말끔하게 풀리지 않은 수수께끼와 함께 남겨지게 되었다.

이 사건은 생각할수록 점점 더 미궁으로 빠지게 되었다. 그럴수록 내 머릿속에는 어느 찻집의 묘한 인물이 떠올랐다. 그 사람이라면 아무도 풀지 못한 이 수수께끼의 진상을 파헤칠 수 있는 가설이 있을 것만 같았다.

하루 이틀쯤 지나 나는 노끈 하나로 환상적인 매듭을 만들고 있는 노인을 보았다. 그는 내가 앵그르의 걸작을 둘러싼 수수께끼에 대해 들으러 왔다는 사실을 잘 알면서도 한동안 나를 안절부절못하게 만들면서 때때로 날카롭게 비꼬는 말을 던져 인내심을 시험했다.

이윽고 노인은 내 부아를 치밀어 오르게 하려는 듯 껄껄거리며 말문을 열었다.

"앵그르의 걸작이 한날한시에 두 곳에 있을 수 있었다는 말이 믿어지나?"

"그럴 리가요. 그런 말도 안 되는 소리를 어떻게 믿어요?"

내가 대답했다.

"좋아. 그렇게 생각한다면 논리적으로 어떤 결론을 내릴 수 있나?"

그가 되물었다.

"그림이 두 점 있었던 거겠죠."

내가 쌀쌀맞게 대답했다.

"물론 그림은 두 점이었어. 위대한 앵그르가 자신의 걸작을 똑같이 한 장 더 그리지 않았을 테니 한 장은 진짜고 하나는 가짜겠지."

이번에는 내가 빈정거릴 차례였다. 나는 심드렁하게 대꾸했다.

"설마 그게 사실이라면 수수께끼는 풀리기는커녕 더 꼬이게요?"

"과연 그럴까?"

노인은 늙은 암탉처럼 킥킥거리며 되물었다.

"일단 진품과 모사화가 있었다는 가정을 인정하면 찰스 B. 터퍼가 구입한 것이 진품이었을 거야. 왜냐하면 법정에 제출된 그림이 터퍼가 산 그림이니까. 이렇게 생각하면 프랑스의 성에서 도난당한 그림이 복제품이었다는 결론에 도달하게 되지.”

“그건 그렇죠. 그런데 그게 사실이라면 현 로슈에슈와 공작의 조부가 그림을 앵그르로부터 직접 구입한 후에 단 한 번도 그 가문의 손을 떠난 적이 없다는 말은 어떻게 되죠?”

내가 반문했다.

“나라면 로슈에슈와 공작이나 공작과 같은 식으로 그 그림에 접근할 수 있었던 어떤 사람이 1919년 5월에 고 찰스 B. 터퍼에게 그림을 팔아 치울 때까지 한 번도 로슈에슈와 공작 가문의 손을 떠난 적이 없다고 하겠네.”

“설마 지금 말씀은…….”

기묘한 노인은 또다시 마른 웃음을 웃으며 내 말허리를 끊었다.

“자네가 생각하는 대로야. 공작 부인이 뛰어난 화가였다는 사실을 감안하면 이 사기 행각을 실행에 옮기기가 그다지 어렵지 않았으리란 것도 짐작할 수 있을 걸세. 이런 생각을 해 보게. 그 레이디는 우리 같은 사람들이나 마찬가지로 돈이 몹시 궁했어. 그러던 어느 날 미국에서 온 사업가인 찰스 B. 터퍼가 유럽에서 세계적인 명화를 구입하고 싶어서 수소문중이라는 소문을 들은 거야. 남편이 파리든 어디든 외유를 떠난 동안 그녀가 〈피앙세〉의 모사화를 감쪽같이 그리는 모습이 상상이 되지 않나? 그 그림은 식당으로 옮길 때까지 항상 그녀의 화실에 걸려 있었지 않나. 그런 상황에서 복제품을 그리기가 얼마나 쉬웠겠나. 유일한 문제점이라면 그림을 파리로 옮기는 일이었을 거야. 하지만 화가니까 화폭을 틀에서 떼서 돌돌 말았다가 다시 틀에 고정하는 방법을 잘 알고 있었겠지.

바로 다음 대목에서 나는 그녀에게 공범이 있다고 생각하네. 아마 예전에 그림을 그리던 시절에 알았고 지금은 몰락해 버린 친구겠지. 그 계획에 끌어들이고 나중에 입을 다물어 주는 대가로 수고비를 후하게 쥐어 줬을 거야. 그자가 누구였는지 결코 알 수 없겠지. 크리버거가 묘사한 마티외 비뉴아르라는 남자와 퉁퉁한 아내는 감쪽같이 모습을 감추었어. 그 두 사람의 흔적은 어디에도 남아 있지 않았지. 두 사람은 한 달 동안 몽마르트르의 화실을 빌린 후 관리인에게는 임차료를 선불로 지불했어. 임차 기간이 끝나자 그들은 방을 뺐고 그 뒤로 그들을 본 사람은 아무도 없어. 내가 크게 틀리지 않았다면 두 사람은 소소하게 사람들을 갈취하는 일로 짭짤한 수입을 올리고 있을 거야. 왜냐하면 그림을 파리로 옮겨 찰스 B. 터퍼에게 먼저 접근을 하고 마지막으로 판매까지 한 사람이 바로 비뉴아르라는 자였을 테니까."

노인의 주장이 논리적이라는 사실을 부정할 수는 없었다. 하지만 그가 잠시 말을 멈췄을 때 나는 반박을 시작했다.

"그게 사실이라면 터퍼에게는 복제품을 파는 편이 더 낫지 않아요? 물론 복제품이 완벽하다는 가정하에 말이에요. 어차피 터퍼는 그림에는 문외한이고 외부인이잖아요. 공작이 그림을 팔기 위해 협상을 진행하고 얼마 후에는 이름 있는 미술 중개상들이 모두 그 그림을 보기 위해 몰려들 텐데, 그때를 대비해서라도 진품이 성에 있어야 하지 않았을까요?"

그는 내 말에 아무런 대꾸도 하지 않고 사랑하는 노끈에 매듭을 더하는 일에 한참을 몰두했다.

마침내 그는 말문을 열었다. 잠시 겸손해졌나 싶었지만 금세 자기만족에 찬 대답이었다.

"공작이 〈피앙세〉를 팔 거라는 생각을 공작 부인이 확실히 알고 있었다면 자네의 말이 맞겠지. 하지만 터퍼에게 그림을 팔아 치울 때만 해도 그녀는 공작의 계획을 전혀 몰랐을 거야. 그림을 팔 공작의 계획을 알게 되자 그녀는 두려워서 제정신이 아니었겠지. 그런 두려움을 간신히 극복한 후 남편에게 자신의 잘못을 깨끗하게 털어놓았을 거야. 분명히 마지막 순간까지, 다시 말해서 그 그림을 화실에서 꺼내 자세히 살필 수 있도록 식당의 이젤 위에 올려놓는 바로 그날까지 미루고 미뤘을 거야. 하지만 가짜라는 사실이 발각될 순간을 도저히 피할 수 없게 되자 결국 털어놓았겠지.

공작은 용감한 신사였어. 그는 순간적인 기지를 발휘해 자신의 명예를 더럽히지 않으면서도 아내의 명예를 구할 수 있도록 손을 쓴 거지. 진품을 이미 팔아 버렸는데 그 걸작을 보려고 성으로 온 에런 제이컵을 비롯한 다른 전문가들, 미술 중개상들에게 진짜 같은 모사화를 보여 주고 파는 건 감히 생각도 할 수 없었어. 바로 그때 가짜를 사라지게 만들자는 계획이 떠올랐겠지. 이 계획을 완벽하게 진행하기 위해 필요했던 설정이 바로 그날 오후 내내 열린 가든파티였어. 그렇게 하면 성은 원래 식구 외에도 외부에서 온 손님, 하인 들로 가득 차고 감시는 느슨해지고 성의 주인이 왔다 갔다 하더라도 사람들의 눈에 잘 띄지 않겠지.

내 생각에는 공작이 저택에 혼자 있었던 십오 분 동안 그림을 틀에서 오려 낸 것 같아. 그런 후에 절대 못 찾아내도록 확실하게 숨겼겠지. 아마도 그림만 사라지면 문제가 끝날 거라고 생각했을 거야. 훗날 어떤 일이 벌어질지 깊이 생각하지 않았겠지. 그는 그런 일에 대비해 보험을 들어 놓지 않았다는 사실을 부각시켜야 했을 거야. 당시 중요한 사실은 공작이 그 걸작을 오십만 달러에 팔려고 했다는 사실뿐이었어. 전후 대부분 프랑스 인들에게 미국은 머나먼 외국에 불과했어. 공작 부처는 앵그르의 걸작은 물론 그 거래가 망각이라는 바다 깊숙이 수장되기만 바랐을 거야.

하지만 운명과 레이디 폴체스터는 도저히 대적할 수 없는 강력한 상대였지. 레이디 폴체스터는 운명이 정해 준 대로 〈피앙세〉를 유럽으로 되가져왔고 그림을 둘러싼 흥미진진한 수수께끼도 되살아났어. 하지만 결국에는 운명도 공작 부처에게 상냥한 모습을 보였어. 자네도 공작 부처의 대담하고 기지에 찬 모험이 오십만 달러의 값어치를 했다는 말에 고개를 끄덕이지 않을 수 없을 걸세. 물론 이는 레이디 폴체스터가 관대함이랄지 과시욕을 드러낸 덕분이지.

기억하겠지만, 그 후에 로슈에슈와 공작 부처는 우아즈 강변의 성과 함께 성에 있던 온갖 그림과 가구를 모두 팔아 버렸어.

두 사람은 지금 부인의 친구와 친지들이 많이 있는 스웨덴에 살고 있다더군. 내가 내린 논리적인 결론을 자네가 그 대단한 신문에 신는다고 해도 명예 훼손으로 걸릴 일은 없을 거야.

내가 들려준 이야기를 잘 생각하고 모든 각도에서 따져 보게. 그러면 내 주장에 맹점이 없다는 사실을 인정하게 될 거야. 나는 자네에게 앵그르 걸작의 수수께끼를 풀 유일한 해결책을 알려 준 거라네."

구석의 노인은 기나긴 이야기를 이렇게 끝맺었다.

"영감님 말씀이 맞는 것 같아요."

내가 웅얼거렸다.

"나도 알아."

그는 아무렇지도 않게 대꾸했다.

보험

커피 좋아하시나요? 커피는 17세기에 유럽에 전래되었는데, 커피를 처음 맛본 유럽인들은 금세 커피의 매력에 빠져들었습니다. 당연히 커피 전문점도 속속 문을 열었죠. 그 가운데에는 에드워드 로이드라는 사람이 템스 강변에 연 커피 전문점도 있었습니다. 이 커피 전문점은 선원들 사이에서 유명세를 얻게 됩니다. 로이드가 선원들 사이에 떠도는 이야기를 바탕으로 선박, 항해, 물가에 관한 로이드 리스트를 만들어 나누어 주었거든요. 덕분에 그의 커피 전문점에서는 늘 항해와 선박에 관해 열띤 토론이 오고 갔습니다. 이런 배경을 바탕으로 마침내 로이드 보험 회사가 설립됩니다. 세계 최초이자 오늘날 대표적인 해상 보험 회사죠. 이후에 영국에는 보험이 일상처럼 되었습니다. 그런 영국인들이니 집안의 가보에 보험을 들지 않았다는 사실이 황당무계하게 들리지 않았을까요.

보험금의 지급 여부를 결정하기 위해 조사를 벌이는 보험 조사원의 활약을 그린 추리물도 심심찮게 볼 수 있습니다. 그 중에서도 백미는 전직 영국 특수 부대원이자 현직 고고학 강사인 주인공이 활약하는 『마스터 키튼』(우라사와 나오키, 대원씨아이)일 것입니다. 키튼은 연구비를 충당하기 위해 부업으로 보험 조사원 일을 하죠. 키튼의 모험이 궁금하지 않으십니까?

진주
목걸이
사건

08

The Old Man
in the Corner

001
☆☆☆

　구석의 노인은 진주 목걸이 사건에 대해 흥미로운 가설을 세워 두고 있었다. 사건이 일어난 지도 벌써 몇 년이 되었지만 지금이라도 그의 추리를 기록으로 남겨 두고 싶다. 왜냐하면 내가 아는 한 영국이든 어디든 경찰은 물론 일반인들 중 그 누구도 진주 목걸이를 둘러싼 기이하고 신기한 사건의 진상을 만족스럽게 밝히지 못했기 때문이다.

　플리트 스트리트에서 내가 가장 즐겨 찾는 찻집이 된 그곳에서 어느 오후 그가 내게 말을 먼저 걸었을 때 나는 그 사건을 상당히 잘 기억하고 있었다. 애매한 부분이라면 목걸이를 선물받을 예정이었던 유명 인사의 정체였다. 물론 그 레이디가 유럽을 지배하는 유력 가문의 하나에 속한다는 사실 정도는 알고 있었다. 또한 자국에서 진행되는 공산주의 운동을 격렬하고 신랄하게 반대하는 활동적인 여성으로, 그 결과 자신은 물론 지체 높은 남편조차 몇 번이나 반대편의 암살 목표가 되기도 했다는 것도 알았다. 영국의 수많은 숙녀들이 그녀를 위한 축하 선물로 화려한 진주 목걸이를 구입하기 위해 만 오천 파운드를 모금했을 때는 그 레이디가 완벽하게 계획된 야만적인 암살 시도에서 기적적으로 목숨을 구한 직후였다.

어마어마한 선물을 준비한 사람들은 대륙의 어느 유명한 정치 조직이 법에 구애받지 않고 갖은 수단을 동원해 영국의 선의의 징표가 주인의 손에 들어가는 것을 방해할 것이라며 근거도 없이 겁을 먹었다. 그래서 성금 모금 위원회에서는 목걸이를 전해 줄 시기가 다가오자 몇 달 전부터 대륙 횡단 철도에서 보석 절도가 횡행했던 것을 떠올리며 귀한 목걸이를 믿고 맡길 사람을 고민하게 되었다. 설상가상으로 당시 보험 회사들은 유럽의 몇몇 국가에서 발생하는 절도와 좀도둑질에 대해서는 보험을 적용하지 않는 정책을 고수했다. 그런데 마침 만 오천 파운드의 진주 목걸이를 운반해야 할 사람이 그중 한 국가로 가야 했기 때문에 상황은 더욱 복잡해졌다.

선물을 위해 한 푼 두 푼 성금을 냈을 영국의 중산층 부인네 수천 명이 이 무렵 얼마나 노심초사했을지 상상이 가지 않는가! 성금 모금 위원회는 문을 꽁꽁 걸어 잠그고 선물을 운반할 각오가 되었다는 지원자들을 심사하기 시작했다. 이 부인네들은 여러 무정부

조직의 유명 지도자들이 목걸이를 호시탐탐 노리고 있으며 영영 끝나지 않을 것 같은 통관 절차와 서류 작성으로 악명 높은 그 나라의 국경을 통과할 때 목걸이를 훔칠 특별한 수단을 마련해 놓았다고 철석같이 믿고 있었다.

마침내 위원회는 최종적으로 아서 손더스 대위를 운반자로 결정했다. 손더스 대위는 위원회 회장인 몬터규 보든 경의 조카이기도 했으며 해외여행을 많이 했다고 알려져 있었다. 그의 아내가 스웨덴인이라는 사실도 결정에 영향을 주었다. 모르는 사람들은 부부 동반으로 외국에 나가 아내의 친척을 만나러 간다고 생각할 것이므로 진주 목걸이를 운반한다는 사실이 감춰지리라 여겼다.

회원들은 그 결정을 만장일치로 승인했다. 손더스 대위와 그의 아내는 3월 16일 오전 10시 기차를 타고 파리로 출발하는 것으로 정해졌다. 손더스 대위는 출발 전날 목걸이를 보관중인 채링 크로스의 어느 은행을 찾아가 성물이라도 되듯 목걸이를 넘겨받을 예정이었다. 손더스 부인은 파리에 도착하자마자 절친한 친구이자 위원회의 서기인 버너스 부인에게 전보로 도착 사실을 알리기로 했다. 다시 말해서 그녀는 여행의 중요한 목적을 위해 손더스 대위의 무사 여부를 위원회에 보고하는 역할을 맡은 셈이었다.

마침내 손더스 부부는 파리로 출발했다.

하지만 16일에 파리에서 연락이 오지 않았다. 처음에는 아무도 걱정을 하지 않았다. 칼레와 파리 간 열차가 연착을 한 탓에 손더스 부부가 아슬아슬하게 세관에서 짐을 통관시킨 후 쾰른을 경유하는 우등 열차에 올라탔을 테니 약속한 전보를 보낼 여유가 없었을 거라고 나름대로 짐작을 했기 때문이었다. 그런데 17일 정오 직후 몬터규 보든 경이 파리에 있는 손더스 부인에게 전보를 한 통 받았다.

지난밤 아서 실종. 매우 염려중. 즉시 오기 바람. 이곳에 호텔을 예약했음. 메리. 머제스틱 호텔.

몬터규 경은 그 순간 하늘이 무너지는 것 같았다. 그는 갸륵한 열의를 발휘해 당장 파리로 출발하겠다고 메리 손더스에게 전보를 쳤다. 하지만 오후에 출발하는 기차를 타기에는 너무 늦어서 하는 수 없이 야간 열차를 타고 밤새 달려 이튿날 새벽에 머제스틱 호텔에 도착했다. 그는 영국을 떠날 때까지 이 소식을 함구하는 편이 신중하리라 판단했다. 어차피 위원회가 사실을 알아야 할 때가 되면 신속하게 소식이 전해질 테니 입을 다문다고 해도 당분간일 뿐이라고 판단한 것이다. 몬터규 경은 파리에 도착하면 모든 소동이 한낱 끔찍한 악몽으로 끝나기를 바랐다.

그는 파리의 호텔에 도착한 후 씻고 간단하게 아침을 들었다. 그리고 곧장 자신에게 남겨진 전갈이 없는지 확인했다. 그는 프랑스 경찰의 손으로 이미 사건이 들어갔지만 손더스 대위가 감쪽같이 증발한 상황에 대해서는 실마리조차 잡지 못했다는 사실을 알게 되었다. 호텔의 지배인은 체면이 말이 아닌 상태였고 손더스 부인은 금방이라도 히스테리를 일으키기라도 할 듯 흥분해 있었다. 천만다행으로 몬터규 경은 손더스 부인의 오빠인 하스버그라는 사람을 호텔에서 만났다. 냉정함과 명료한 판단력을 갖춘 사업가인 그는 사건의 경위를 알려 주었다.

하스버그는 파리에 정착해 사업을 하고 있었다. 그는 동쪽으로 여행을 하는 손더스 부부를 16일 밤에 잠깐이라도 파리 북 역에서 만나고 싶었다. 그런데 16일 아침에 메리 손더스로부터 자신과 남편이 머제스틱 호텔에서 하룻밤을 지낼 수 있도록 침실과 거실이 딸린 방을 두 개 예약해 달라는 전보를 받았다. 하스버그는 부탁받은 대로 했다. 여동생과 더 오래 지낼 수 있다는 생각에 내심 기뻤다.

16일 오후에 하스버그는 늦게까지 일이 끝나지 않아 결국 역으로 손더스 부부를 마중 가지 못했다. 그는 두 사람을 보기 위해 9시 무렵에 걸어서 호텔을 찾아갔다. 두 사람의 방은 3층이라 그는 승강기를 타고 올라갔다. 3층에 도착해 301호 앞에 도착하자마자 방 안의 열띤 대화 소리가 들렸다. 방으로 들어가니 손더스 대위에게 손님이 와 있었다. 큰 키에 풍채가 좋고 덥수룩한 콧수염을 예스러운 모양으로 길렀으며 커다란 금테 안경을 쓴 남자였다. 남자는 하스버그를 보자 자신의 중산모를 푹 눌러쓰고 코트의 깃을 귀까지 세운 후 서둘러 떠날 준비를 했다.

"그러면 잘 있게, 친구. 내일까지 기다리겠네!"

그는 외국 억양이 강한 말투로 말한 후 재빨리 방을 나가 복도를 걸어갔다.

하스버그는 문가에 서서 멀어지는 남자의 뒷모습을 잠시 지켜보았다. 특별히 그 남자가 의심스러웠다거나 다른 뜻이 있어서는 아니었다. 마침내 그는 몸을 돌려 대위와 반갑게 인사를 나눴다.

그는 손더스 대위가 잔뜩 긴장하고 불편해하는 느낌을 받았다. 메리는 어디에 있냐고 묻자 대위는 아까 그 남자와 일 이야기를 하는 동안 그녀의 방에 있었다고 대답했다. 하스버그가 그 남자에 대해 이런저런 이야기를 하는데, 메리 손더스가 들어왔다. 그녀도 불안해하고 심하게 동요한 것처럼 보였다. 오빠와 인사를 나누자마자 그녀는 남편을 보며 애가 타는 듯한 표정으로 물었다.

"저, 갔어요?"

손더스는 하스버그 쪽을 의미심장한 표정으로 힐끔 바라본 후 무심한 척하려고 애쓰며 대답했다.

"그래, 그래. 갔어. 하지만 내일 다시 오겠다고 했어."

그 말에 메리는 안도의 한숨을 쉬는 것 같았다.

하스버그는 뭔가 불안한 분위기를 감지하고는 두 사람에게 그 손님에 대해 물었다. 하지만 그들은 만족할 만한 대답을 해 주지 않았다.

"파스키에 영감이 수상쩍다니 말도 안 돼요."

두 사람은 이런 말만 할 뿐이었다.

여기에 메리는 가벼운 말투로 이렇게 덧붙였다.

"그분은 아서의 오랜 친구예요. 그런데 말이 너무 많아 지겨워서 아서에게 나는 외출했다고 말해 달라고 했어요. 그러면 일찍 돌아갈 것 같아서요."

하스버그는 어쩐지 두 사람의 해명에 믿음이 가지 않았다. 그 손님이 어딘지 수상쩍다는 느낌을 도저히 지울 수가 없었다. 그는 손더스 부부의 여행 목적을 알고 있었기 때문에 유럽 호텔의 전반적인 문제에 대해 엄하게 경고를 하고 우등 열차로 파리를 떠나면 만 오천 파운드의 목걸이가 고귀한 레이디에게 무사히 전달될 때까지 절대 멈추지 말라고 했다. 그러자 아서와 메리는 그의 경고에 웃음을 터뜨렸다.

아서는 발끈하는 것 같았다.

"형님, 우리는 형님이 생각하시는 것만큼 멍청이가 아닙니다. 메리와 저도 유럽이라면 형님만큼 돌아다녀 봤습니다. 우리의 임무에 위험이 따른다는 사실도 잘 알고 있고요. 솔직히 말씀드리면 도착하자마자 호텔 지배인의 입회 아래 목걸이를 영국에서부터 가져온 자물쇠 달린 주석 상자에 넣었습니다. 직후에 지배인이 호텔 금고실에서 직접 상자의 자물쇠를 채웠습니다. 그러니 설령 파스키에 영감이 목걸이에 눈독을 들이고 있다고 해도 도저히 손에 넣을 방법이 없어요. 물론 절대 그럴 사람이 아니지만. 자자, 이제 좀 앉으세요. 자, 여기요. 이제 다른 이야기를 하죠."

하스버그는 반신반의하며 자리에 앉아 잠시 이야기를 나누었다. 그는 오래 머무르지 않았다. 메리는 확실히 지쳤는지 금세 작별 인사를 했다. 하지만 아서는 뤼 드 몽시니에 있는 하스버그의 집까지 배웅을 해 주겠다고 했다.

"자기 전에 좀 걷고 싶어서요."

그는 이렇게 말했다.

그렇게 두 사람은 함께 하스버그의 집까지 걸었다. 손더스 대위는 하스버그의 집 앞에서 작별 인사를 나누었다. 10시가 다 된 시각이었다. 손더스 부부가 탈 우등 열차가 이튿날 밤에 출발하기 때문에 그들은 그때까지 같이 지내기로 했다. 하스버그는 하루 휴가를 내겠다고 약속을 했다. 그는 잠자리에 들기 전에 급한 편지를 쓸 일이 있었다. 편지를 막 다 썼는데 전화가 울렸다. 동생의 목소리가 어느 때보다 불안하고 피곤하게 들려 그는 간이 철렁했다.

"아서를 너무 오래 붙잡아 두는 거 아니야, 오빠? 너무 피곤한데 그이가 오지 않으면 자러 갈 수가 없어."

"아서? 두 시간 전에 여기 왔다가 곧장 돌아갔어."

그가 대답했다.

"아직 안 왔어. 불안해서 견딜 수가 없어."

그녀가 말했다.

"불안하겠구나. 하지만 이제 곧 돌아갈 거야. 어디 카페라도 들어갔다가 시간을 깜박했을지도 모르잖니. 들어오는 대로 내게 전화해."

말은 그렇게 했지만 그도 자꾸 불안한 생각이 들어 도저히 가만히 있을 수가 없었다. 그래서 그는 급하게 호텔로 되돌아갔다. 메리는 걱정으로 넋이 나갈 지경이었다. 그 역시 왠지 모를 불안감에 동생을 어떻게 안심을 시켜야 할지 방법이 떠오르지 않았다.

얼마 후 하스버그는 손더스가 이른 저녁에 무엇을 했는지 호텔 사람들이 아는 게 있는지 확인하려고 홀로 내려갔다. 하지만 밤이라 야간에만 일하는 짐꾼과 수위 들밖에 없었다. 당연히 그들은 자신들이 근무하기 전의 상황에 대해서는 아무것도 몰랐다.

결국 최대한 냉정함을 유지하며 아침이 밝기를 기다리는 수밖에 없었다. 하지만 여간 힘든 일이 아니었다. 그도 그럴 것이 메리가 끔찍할 정도로 불안해하고 동요했기 때문이었다. 그녀는 남편에게 무언가 비극적인 일이 벌어졌다고 확신하고 있었다. 하스버그는 아까 첫눈에 의심스러웠던 수수께끼의 손님에 대해 이야기를 하도록 했지만 아무 소용이 없었다. 메리는 파스키에가 남편의 오래된 친구이며 의심을 할 이유가 전혀 없다는 말만 반복할 뿐이었다.

이튿날 아침 하스버그는 가장 가까운 경찰서로 갔다. 경찰들은 신속하게 수사에 착수해 한 시간도 안 돼서 호텔의 직원에게서 중요한 정보를 얻었다. 일단 지난밤 10시 10분, 즉 아서 손더스가 하스버그의 집 앞에서 그와 헤어지고 십오 분 남짓 지난 후 머제스틱 호텔에 도착해 금고실에 직접 보관한 주석 상자를 보고 싶다고 했다는 것이다. 그런데 그를 응대한 직원은 요구를 들어줄 형편이 아니었다. 그 시각에 금고실 열쇠를 맡고 있는 직원이 보이지 않았기 때문이었다. 하지만 대위가 워낙 고집을 부렸기 때문에 당장 직원을 찾아서 열쇠를 가지고 나타났다. 손더스는 필요한 서식을 작성한 후 상자를 받았고 장부에 서명했다. 하스버그는 또렷하게 적혀 있는 서명이 손더스의 것이라고 확인했다.

손더스는 승강기 대신 계단으로 올라갔다. 오 분 후 다시 내려와 짐꾼에게 고개를 까닥한 후 밖으로 나갔다. 그 후로 손더스를 본 사람은 아무도 없었다. 아침에 4층의 세탁 담당 직원이 남자용 휴대품 보관소에서 텅 빈 주석 상자를 발견한 것이 다였다. 경찰은 그 상자를 확보했다. 메리는 완전히 겁을 먹은 채 진주 목걸이를 보관했던 상자가 틀림없다고 확인을 했다.

이 사실에 메리와 하스버그는 엄청난 충격을 받았다. 두 사람은 목걸이에 무슨 일이 있으리라고는 꿈에도 생각하지 못했기 때문이었다. 목걸이는 호텔의 금고실에 안전하게 있으리라 철석같이 믿고 있었던 것이다.

하스버그는 이제 최악의 상황이 염려되기 시작했다. 그는 수상쩍은 손님의 정체에 대해 좀 더 확실하게 캐묻지 않은 자신이 너무나 원망스러웠다. 그때만 해도 손더스가 범인과 공모해 목걸이를 훔쳤다는 생각까지는 하지 않았다. 솔직히 말해서 어떻게 생각해야 할지 혼란스러웠다. 아무리 좋게 봐도 손더스의 행동은 처음부터 끝까지 이상했다. 파리를 곧장 통과하도록 일정이 짜여 있는데 왜 하루 묵어가기로 했을까? 아서와 메리가 파스키에 영감이라고 얼버무린 팔자 콧수염의 남자는 누구인가? 무엇보다 아서는 왜 그 시각에 호텔 금고실에 안전하게 보관되어 있던 목걸이를 찾아서 주머니에 넣고 파리의 밤거리로 나선 걸까?

하스버그는 분명 파스키에 영감이 이 일에 대해 뭔가를 알 것 같았다. 하지만 메리는 그는 나쁜 사람이 아니고 아서의 옛 친구이며 의심을 할 이유가 없다는 말만 되풀이했다. 꼬치꼬치 캐묻자 메리는 파스키에가 어디에 사는지 모른다고 하더니 그가 사업을 하고 있는 브뤼셀로 전날 밤에 떠났을 것이라고 털어놓았다.

경찰은 호텔 직원들을 대상으로 탐문 수사를 벌여 짐꾼으로부터 8시 반 직후에 손더스 대위를 찾아온 손님이 호텔에 도착해 대위가 저녁을 다 드셨는지 묻는 모습을 목격했다는 증언을 확보했다. 식사를 마치셨다는 대답을 받자 그는 승강기 대신 계단으로 올라갔다. 삼십 분 정도 지나서 라운지의 웨이터 한 명이 그 남자가 서둘러 홀을 가로지르는 모습을 목격했다. 마지막으로 그가 호텔을 나가는 모습을 문을 열어 주는 보이 두 명이 목격했다. 목격자들은 모두 그 남자는 키가 크고 어깨가 넓으며 굵은 콧수염을 기르고 금테 안경을 썼다고 설명했다. 또 중산모를 쓰고 코트의 깃을 귀까지 바짝 세웠다고도 했다. 유창한 영어를 하는 직원은 그 남자에게 영어로 질문을 받았지만 영국인은 아닌 듯한 인상을 받았다고 했다.

경감은 호텔로 다시 와 하스버그에게 수사 결과를 모두 알려 주었다. 또한 파리 전역과 외곽의 경찰서에 전부 전화를 해 밤 동안 거리에서 발생한 사고로 병원으로 이송된 사람들 가운데 손더스와 같은 인상착의의 사람이 있는지 확인했으며 목걸이의 특징도 이미 프랑스 전역의 전당포에 알려 두었다고 전했다. 경찰은 팔자수염의 남자를 뒤쫓고 있지만 이렇다 할 성과는 거두지 못했다. 그가 언제 어떤 경로로 파리에 도착했는지, 전날 밤 마지막 기차를 타고 브뤼셀로 떠났는지 여부조차 확인할 수 없었다. 중요한 기차가 도착하고 출발할 때면 파리 북 역은 항상 사람들로 북적이기 때문에 원한다면 누구라도 사람들의 눈에 띄지 않을 수 있었다. 한편 메리 손더스는 여전히 그 남자에 대해 아는 것이 없다고 주장했다.

"아서는 런던에서 파스키에 영감을 종종 만났어요."

그녀는 이렇게 말하며 그 남자의 국적이나 주소에 대해서는 자신도 모른다고 했다. 그가 언제 런던을 출발했는지 파리에서는 어디에 머무르는지도 몰랐다. 그녀가 아는 것이라고는 이름이 파스키에라는 것과 브뤼셀에서 사업을 한다는 사실뿐이었다. 그러므로 그는 벨기에인일 것이라고 생각되었다. 적어도 그녀는 그렇게 증언을 했다. 자신의 오빠에게도 그녀는 더 이상 입을 열지 않았다. 그는 그녀의 태도가 경찰과 자신에게 얼마나 이상하게 보이는지 이해를 시키며 그런 태도로 처신하면 아서가 위험에 처할지도 모른다고 계속 설득했다. 그녀는 오빠의 말을 알아듣기는 했지만 눈물을 펑펑 흘리며 파스키에의 행적에 대해서는 아무것도 모른다고 맹세를 했다. 또한 그가 결코 목걸이를 훔치거나 아서를 해칠 리가 없다고 했다.

사건은 더 이상 진전이 없었으므로 하스버그는 동생의 이름으로 몬터규 보든 경에게 전보를 쳤다. 자신보다 덜 바쁜 사람이 이 문제를 챙기고 정신적으로 극심한 고통을 받고 있는 동생을 보살펴 주어야 한다고 여겼기 때문이었다. 몬터규 경과 처음 만난 자리에서 하스버그는 아서 손더스와 그가 운반하던 목걸이의 행방을 추적하기 위해 모든 조치를 취했다고 장담을 했다. 그때까지의 상황에 대해 몬터규 경에게 설명을 하는 동안 하스버그는 경찰로부터 실종자를 발견한 것 같으니 번거롭더라도 경찰서로 와서 신원을 확인해 달라는 연락을 받았다.

당연히 하스버그는 몬터규 경과 함께 한달음에 경찰서로 달려갔다. 두 사람은 그곳에서 끔찍한 몰골의 손더스를 보고 경악을 금치 못했다. 경감이 간략하게 알려 준 사실에 따르면, 지난밤 10시 15분경 순찰을 돌던 경찰관 한 명이 뤼 드 몽시니에서 이어진 좁고 으슥한 골목길 모퉁이에 어떤 남자가 웅크리고 있는 모습을 보았다. 흔들어 깨우자 남자는 비틀거리며 간신히 일어났지만 정신이 없어서 경관의 질문에 제대로 대답할 형편이 아니었다. 그래서 가장 가까운 경찰서로 이송해 그곳에서 밤을 지내게 했다. 남자는 기억을 잃은 것 같았다. 자신이 누구인지도 말하지 못했고 명함은 물론 신분을 확인할 만한 서류도 지니고 있지 않았다. 그가 웅크리고 앉아 있던 길가에서 경관이 클로로포름에 흠뻑 젖어 있는 손수건을 한 장 주웠다. 손수건에는 A.S.라는 머리글자가 새겨져 있었다. 그 남자는 아서 손더스였다. 그가 무슨 변을 겪었는지 밝혀낼 수는 없었다. 특별히 다친 곳은 없는 것 같았다. 하지만 하스버그나 몬터규 경이 질문을 할 때면 가끔 뒤통수를 어루만졌고 가련할 정도로 혼란스러운 눈빛을 했다.

두 사람은 신원 확인을 위해 필요한 서류를 작성한 후 손더스 대위를 머제스틱 호텔로 데려가 노심초사하는 아내의 품에 안겨 주었다. 다급하게 달려온 영국인 의사는 머리에 뭐가 닿으면 아파하는 것 외에는 외상 흔적을 찾아내지 못했다. 의사는 손더스가 먼저 모래 자루 같은 것으로 가격당한 후 클로로포름을 적신 손수건으로 의식을 완전히 잃었을 것이라고 추측했다. 그 결과 흥분과 걱정, 머리에 받은 충격으로 일시적인 기억 상실증이 왔지만 안정을 취하고 보살핌을 잘 받으면 곧 회복이 될 것이라고 했다. 한편 만 오천 파운드의 목걸이는 흔적도 없이 사라지고 말았다.

안타깝게도 고가의 보석이 사라지는 사건은 대중에게 절대로 비밀로 할 수 없다. 사건은 프랑스 경찰이 맡았는데, 영국 경찰에게도 수사 진행 상황을 계속 통보해 주었다. 레이디에게 보낼 선물을 마련하기 위해 성금을 냈던 선량한 부인네들의 실망은 극에 달했다. 분노가 하늘을 찌른 것은 말할 것도 없었다. 그들은 서로가 서로를 탓했다. 특히 운반자로 손더스 대위를 선택하고 전권을 위임한 결정을 두고 거센 비난이 쏟아졌다. 사람들은 그의 이전 행적과 외국인 아내의 친척 관계 등에 대해 날카로운 의문을 제기했다. 그 결과 이 두 가지에 대해 알려진 바가 거의 없다는 사실이 금세 드러났다. 물론 그가 몬터규 보든 경의 조카라는 사실은 모르는 사람이 없었다. 삼촌의 영향력 덕분에 대형 보험 회사 중 한 곳에서 보수도 많고 비교적 중요한 직책을 맡고 있다는 사실도 익히 알려져 있었다. 하지만 그 이전의 경력은 아무도 몰랐다. 대위가 남아프리카에서 전투에 참가했다가 후에 러일 전쟁중에는 유명 일간지 한 곳의 통신원으로 활동했다는 이야기가 흘러나왔다. 어쨌든 그가 이 일 저 일을 전전한 것은 틀림이 없어 보였다.

그렇게 중요한 임무를 겁쟁이거나 도둑이거나 둘 다일지 모르는 남자에게 맡긴 것을 두고 위원회에 비난이 빗발치듯 쏟아진 것은 한참 시간이 흐른 후였다. 왜냐하면 처음에는 아무도 대위가 파리에 공범이 있어서 공범에게 목걸이를 넘겼을 것이라고 생각하지 않았기 때문이었다. 사람들은 누군가가 길을 가던 손더스 대위를 불러 세우고 클로로포름으로 정신을 잃게 한 후 목걸이를 훔쳐 갔고 그 결과 기억을 잃었다고 생각했다.

그런데 어떤 아마추어 탐정 덕분에 사람들은 이 기묘한 사건을 다른 관점에서 바라보게 되었다. 그리하여 꽤 많은 사람들이 새로운 해석이 훨씬 더 그럴듯하다고 믿기에 이르렀다. 이들은 몬터규 보든 경이 도난 사건에 손더스 부인의 친척이 연루되었다는 사실을 묵인했다고 주장했다. 팔자수염의 남자는 가공의 인물이거나 혹은 정말 손더스 대위의 옛 친구로 사건과 무관하며 대위가 호텔 금고실에서 목걸이를 빼내서 뤼 드 몽시니로 가져오도록 한 사람이 바로 하스버그였다는 것이다. 순진한 영국인을 유인해 클로로포름으로 기절시킨 후 귀중한 목걸이를 훔쳐 간 사람도 의심스러운 그 스웨덴인이 맞는다는 것이다.

한편 영국 경찰은 그동안 프랑스 경찰로부터 수사 진척 상황에 대해 연락을 받았다. 그런데 영국 경찰이 이 사건에 대해 직접 수사를 진행하거나 사건 관계자들 모두에게 사건에 대해 입단속을 시키기도 전에 《익스프레스 포스트》의 발 빠른 젊은 기자가 엘리자베스 스파이서라는 아가씨와 인터뷰를 하고 말았다. 이 아가씨는 다름 아닌 슬론 스트리트에 있는 손더스 부부의 아파트에서 식사 시중을 드는 하녀였다.

하녀는 부부의 아파트를 종종 찾아오는 파스키에라는 신사에 대해 할 말이 있는 것 같았다. 그녀는 파스키에를 커다란 금테 안경을 쓰고 콧수염을 군대식으로 기른 키가 크고 멋진 신사로 묘사했다. 엘리자베스가 그를 마지막으로 본 것은 주인 내외가 외국으로 떠나기 이틀 전이었다. 파스키에는 그날 저녁 늦게 찾아와 10시가 되어서야 돌아갔다. 그녀가 종소리를 듣고 손님을 현관까지 안내하기 위해 나가 보니 그는 홀에서 대위와 작별 인사를 나누고 있었는데, 우스꽝스러운 외국 억양으로 이렇게 말했다.

"좋아, 자네가 도착하는 대로 나도 파리에 가겠네. 다시 생각해 봐, 친구."

여기에 몬터규 경의 집사인 헨리 타이디의 증언이 더해졌다. 그에 따르면 손더스 대위는 라운즈 스트리트에 있는 몬터규 경의 집을 15일 오후에 방문했다. 두 사람은 서재로 들어가 문을 닫은 후 밀담을 나누었다. 한 시간가량 흐른 후 타이디는 손님을 배웅하라는 지시를 받았다. 몬터규 경은 조카와 현관까지 나왔는데, 대위가 작별 인사를 건네자 몬터규 경이 이렇게 말했다.

"애야, 나만 믿으면 되니 아무 걱정 하지 말거라. 게다가 이제 와서 일정이며 예약을 바꿀 여유가 없구나."

"메리 때문이에요. 아내가 그 문제로 건강까지 해쳤어요."

대위가 말했다.

"여행을 하면 좋아질 거야."

몬터규 경은 여전히 유쾌한 어조로 말을 이었다.

"내가 너라면 네 형님과 이야기를 한번 해 보겠구나. 그 사람이라면 파리를 잘 알지 않겠니. 내 말대로 하고 머제스틱 호텔에 묵도록 해. 그 호텔엔 항상 빈방이 있으니까."

타이디는 이런 대화를 상당히 또렷하게 들었다. 그래서 당시의 일을 기자와 경찰에 털어놓았다. 그 후 아마추어 탐정들은 의견이 양분되었다. 한쪽은 이렇게 주장했다. 파스키에와 손더스가 공모해 진주 목걸이를 훔쳤으며 손더스 부인도 가담했을 가능성이 있다. 손더스 대위는 길거리에서 속아 강도를 당한 후 기억마저 잃었다고 연기를 하는 것이다. 이들은 엘리자베스 스파이서의 증언과 메리 손더스가 끝까지 파스키에를 보호하려고 한 점을 바탕으로 이렇게 추리했다. 다른 한쪽은 헨리 타이디의 증언을 근거로 하스버그를 끌어들여 모든 계획을 짠 사람은 몬터규 보든 경이라고 주장했다. 왜냐하면 손더스에게 파리에서 하룻밤 머무르라고 한 사람이 그였기 때문이다. 그렇게 함으로써 공범에게 손더스를 공격해 목걸이를 훔칠 기회를 주었다는 것이다. 이렇게 주장하는 측은 파스키에 영감이야말로 아서의 오랜 친구로 사건과 관련이 없다고 했다. 파스키에가 그날 저녁에 호텔에 왔다는 것은 하스버그의 거짓말이고 혹시 정말 왔어도 사건과는 완전히 무관할 것이라고 말이다. 몬터규 경은 집사의 증언에 대해 해명을 하려고 했지만 소용이 없었다. 그는 아서가 그날 오후에 찾아와서 아내의 건강에 대해 걱정을 했다고 말했다. 아서는 쉬지 않고 이동해야 하는 일정을 아내가 버틸 수 있을지 걱정을 했다. 그래서 몬터규 경은 파리에서 하룻밤을 지내고 만약을 대비해 처남과 이야기를 해 보라고 조언을 했다는 것이다.

경의 설명으로 타이디가 엿들은 대화는 해명이 되었다. 하지만 수많은 아마추어 탐정들은 이 정도로 만족하지 않았다. 이들은 스스로 수수께끼의 해결책을 찾고 싶은 만큼 아무도 해치지 못할 노인보다 위원회의 회장을 범인으로 삼고 싶어 했다. 사람들이 이렇게 갑론을박을 하는 와중에도 목걸이와 팔자수염 남자의 행방은 묘연했다. 그 무렵 이미 콧수염을 말끔하게 밀어 버리고 턱수염을 기른 것이 틀림없었다. 어쨌든 그는 경찰의 수사망을 완전히 빠져나갔다. 브뤼셀로 갔는지 독일 국경을 넘었는지는 알 수 없었다. 하지만 그 남자가 종적을 감추었다는 사실로 인해 보든 경과 하스버그의 공모설보다 손더스의 방조하에 그 남자가 범죄를 저질렀다는 가설이 더 힘을 얻었다.

목걸이는 분명히 도난 직후 벌어진 소동이 잠잠해질 즈음 분해되어 유럽 각지의 비양심적인 거래자들에게 하나씩 팔려 나가고 있음이 틀림없었다.

손더스 대위는 기억 상실증과 뒤이은 신경 쇠약에서 서서히 회복되는 중이었다. 영국 사람이라면 누구나 그날 밤 늦게 호텔 금고실에서 목걸이를 찾아 파리의 밤거리로 들고 나간 행동에 대해 그가 어떻게 해명을 할지 궁금해했다. 모두가 간을 졸이고 기다린 지약 이 주가 되었을 때 마침내 메리가 친구인 버너스 부인에게 보낸 편지에 대위의 이상한 행동에 대한 이유가 담겨 있었다.

그녀는 편지에서 친구에게 이렇게 썼다. 그날 밤 아서는 뤼 드 몽시니에 있는 하스버그의 집 앞에서 그와 헤어졌다. 그런데 하스버그가 외국 호텔을 조심하라고 한 말이 떠올라 불안해지고 겁이 났다. 그때 문득 목걸이를 머제스틱 호텔 지배인에게 맡겨 두면 안전하지 않을 거란 생각이 떠올랐다. 떠날 때 그에게 목걸이가 담긴 상자를 가져오라고 말해야 할 텐데, 그러면 홀이 사람들로 북적이는 시각에 상자를 돌려받을 것이 아니겠는가. 그러면 그때부터 도둑들이 그의 일거수일투족을 감시할 것이 분명했다. 그런 생각에 아서는 호텔로 돌아가자마자 주석 상자를 달라고 했다. 상자는 크고 무거워서 호텔의 휴대품 보관소 한 곳에 버리고 목걸이는 벨벳 케이스에 넣어 코트 주머니에 넣었다. 그는 하스버그에게 대신 맡았다가 이튿날 밤에 자신이 탈 우등 열차가 출발할 때 다시 돌려줄 수 있는지 물어보려고 호텔을 나섰다. 하스버그의 집이 보이는 지점까지 갔을 때였다. 어디서 나타났는지 모르지만 누군가가 느닷없이 그의 뒤통수를 강타해 그는 의식을 잃고 말았다.

하지만 해명을 들은 사람들은 하나같이 새빨간 거짓말이라고 단정했다. 그런 점에서 그가 한동안 외국에 머물기로 한 결정은 잘한 일이었다. 특히 숙녀들, 성금 모금에 동참한 부인들이 누구보다 심하게 그에게 거센 비난을 퍼부었다. 그들은 대위가 설령 범인이 아니라 해도 멍청이일 뿐만 아니라 비열한 겁쟁이인 것을 몸소 증명했으며 어느 쪽이든 자신들의 신뢰를 저버렸다는 사실을 부인할 수 없다고 목청을 높였다. 한편 몬터규 보든 경은 무척 힘든 시간을 보내야 했다. 그는 거침없이 말하는 친구들 몇몇과 극도로 불쾌한 말다툼을 몇 차례 벌이기까지 했다. 실제로 고소 절차가 시작되면 엄청난 논란이 될 것이 분명한 명예 훼손 이야기까지 나도는 실정이었다. 그를 둘러싼 논쟁은 끝도 없이 이어졌다. 논쟁의 열기가 사건이 처음 알려졌을 때만큼 재빠르게 도시 전역으로 퍼져 나갔던 일이 아직도 기억에 생생하다. 그러던 어느 날 피커딜리의 대형 사교 클럽에서 심한 말다툼이 벌어졌다. 그 와중에 몬터규 보든 경이 위원회의 다른 회원으로부터 심한 모욕을 당했다. 그 사람은 경이 도둑이라며 목걸이를 팔아 얼마나 챙겼느냐고 따지며 술에 잔뜩 취해서 확인되지도 않은 말을 함부로 지껄인 것이었다. 몬터규 경의 입장은 점점 더 불리해졌다. 그도 그럴 것이 비난의 수위는 높아지고 치욕스러운 상황에 몰리면서 분쟁이 벌어져도 곁을 지켜 줄 친구가 아무도 남지 않았다는 사실이 분명해졌기 때문이었다. 어떤 회원들은 언쟁을 막으려고 애를 썼지만 어떤 이들은 무관심했다. 하지만 아무도 그의 편을 들거나 그를 대신해서 모욕을 모욕으로 갚아 주지 않았다.

이런 상황에서 클럽의 하인이 방으로 들어왔을 때, 그곳에서는 런던 사교 클럽의 역사상 유례가 없을 정도로 볼썽사나운 추태가 한창 벌어지고 있었다. 하인은 들어오자마자 몬터규 보든 경에게 전보를 전했다.

그 자리에 있었던 사람들 가운데 가장 회의적이고 머릿속이 온통 논쟁과 소란으로 뒤죽박죽이 된 사람들조차도 훗날 전보가 바로 그 순간에 도착한 것이야말로 신비로운 신의 섭리라고 떠들었다. 전보는 라운즈 스트리트에 있는 몬터규 경의 집으로 왔는데, 비서가 전보의 내용을 확인하고 클럽으로 보낸 것이었다. 몬터규 경은 전보의 내용이 완전히 이해가 되자 그곳에 모인 회원들에게 전보를 읽어 주었다. 경천동지할 내용이 전해지자 그곳에 모인 사람들이 보여 준 흥분과 환희는 평소 냉정한 영국인들이 모인 자리에서 두 번 다시는 볼 수 없는 모습이었다.

전보는 유럽의 반대쪽 끝에서 날아왔는데, 보낸 사람은 바로 귀중한 목걸이를 받아 든 기품 있는 레이디였다. 영국과 프랑스에서 엄청난 소동을 일으킨 목걸이를 마침내 안전하게 전해 받은 것이다. 전보는 이런 내용이었다.

손더스 대위님께서 꼼꼼하게 신경을 써 주신 덕분에 영국 레이디들의 귀중한 선물을 막 전해 받고 깊은 감동을 받았습니다! 친절한 마음 씀씀이는 아름다운 목걸이만큼 귀하지요. 기부해 주신 모든 분들에게 무한한 감사의 뜻을 전합니다.

몬터규 경은 전보를 소리 내어 읽은 후 자신의 명예를 모욕한 사람들에게 사과를 요구했다. 내가 아는 바로는 경은 흡족할 만한 사과를 받았다. 그 후 사람들은 말도 안 되는 생각들을 내놓기 시작했다. 이전보다 더 꼬여 버린 사건의 진상에 대해 터무니없는 억측들이 사방에서 난무했다. 저녁 무렵 신문마다 놀라운 소식을 보도했다. 사건에 관심이 있었던 사람들은 고개를 절레절레 저으며 그럴 줄 알았다며 거드름을 피웠다. 모두의 이목이 집중된 사람은 다름 아닌 손더스 대위였다. 한때 사기꾼이나 바보, 혹은 그 둘 다라는 욕을 먹던 대위는 위대한 영국을 만든 신중함과 통찰력, 강인함 같은 덕성을 모두 갖춘 영웅으로 떠오른 것이다. 하지만 사건의 진상을 알아차린 사람은 아무도 없었다. 레이디가 목걸이를 받았고 손더스 대위는 경력에 아무런 오점도 남기지 않고 돌아오고 있었는데, 어떻게 모두가 만족할 결과에 이르렀는지 평소 잘난 척하는 사람들조차 입도 벙긋하지 않았다.

며칠 후 손더스 부부가 귀국했다. 사람들은 진상이 밝혀지는가 싶어 귀를 쫑긋 세우고 기다렸다. 하지만 신문 기자들이 진을 치고 앉아 질문 포화를 터뜨리니 불쌍하게도 두 사람은 열차 밖으로 감히 나올 엄두도 내지 못했다. 이튿날 아침 《익스프레스 포스트》와 《데일리 선더러》는 손더스 대위와의 독점 인터뷰 기사를 실었다. 대위는 목걸이를 되찾은 신기한 모험에 대한 모든 사실을 공개했다. 기사에 따르면, 그와 그의 아내가 부활절에 생 마리 마들렌 성당에서 나오던 중이었다. 계단 꼭대기에서 어떤 남자가 두 사람을 떠밀고 지나갔다. 다급하고 거칠게 밀치는 바람에 얼굴을 제대로 보지 못했다. 아서 손더스는 혹시 지갑이 없어지지 않았는지 즉시 주머니를 확인했다. 바로 그때 깜짝 놀랄 일이 벌어졌다. 코트 주머니에 손을 넣었더니 길고 단단한 꾸러미가 손에 잡힌 것이다. 잃어버린 목걸이를 넣었던 벨벳 케이스였다. 그와 아내는 이 사실에 그저 어리둥절할 뿐 자신들의 손에 들어온 행운이 도저히 믿기지 않았다. 그들은 하스버그의 도움으로 부활절이라 어렵게 뤼 드 라 페의 유명한 보석상 한 명을 만났다. 그 보석상은 잃어버린 목걸이의 이력에 대해 잘 알고 있으므로 정말로 잃어버린 보물이 맞는지 확인해 줄 수 있었다. 그날 저녁 두 사람은 우등 열차로 파리를 떠났다. 다행히 좌석을 구할 수 있었다. 물론 목걸이는 손더스 대위의 상의 안주머니에 안전하게 들어 있었다.

결국 모두 행복하게 끝이 났다. 그러나 진주 목걸이가 감쪽같이 사라졌다가 홀연히 나타난 사정은 지금까지도 풀리지 않는 수수께끼다. 손더스와 하스버그는 처음에 털어놓은 당시의 상황 이외에는 입을 조개처럼 꾹 다물었고 팔자수염을 기르고 금테 안경을 쓴 남자의 소식도 더 이상 들을 수 없었다. 프랑스 경찰은 손더스 대위를 공격한 혐의로 지금도 그를 추적하고 있지만 여전히 단서조차 없는 실정이다.

어떤 이들은 팔자수염의 남자가 자취를 감춘 것이 그자가 유죄

인 결정적인 증거라고 한다. 그렇다면 기껏 훔친 목걸이를 왜 돌려
줬을까? 목걸이에 쓰인 진주들은 하나같이 아름다웠고 아름답게
세팅이 되어 있었으며 크기나 색깔이 모자란 것은 하나도 없었다.
전문 도둑이라면 진주를 유럽의 여러 중개상에게 팔아넘기는 일이
결코 어렵지 않았을 것이다. 똑같은 논리로 지금까지 하스버그를
의심하는 헛똑똑이들에게도 반박할 수 있을 것이다. 그가 정말 목
걸이를 훔친 범인이라면 돌려준 이유가 뭘까? 유럽 전역으로 자주
출장을 가는 사업가라면 진주 목걸이를 파는 일이 누구보다 쉽지
않았을까?

풀리지 않는 의문은 또 있다. 손더스는 애초에 왜 금고실에서
목걸이를 꺼냈을까? 공격을 당하고 목걸이를 강탈당했을 때 그는
어디로 가던 중이었을까? 팔자수염의 남자는 그날 밤 정말 머제스
틱 호텔에 왔을까? 그가 결백하다면 왜 모습을 감춘 걸까? 왜? 왜?
도대체 왜?

003
☆☆☆

당시 나는 그 사건에 관심이 많았다. 하지만 그런 관심도 결국
오래가지 않았다. 진주 목걸이가 사라졌다 다시 나타나는 일보다
훨씬 더 중요한 문제들이 펑펑 터지면서 이 사건도 대중의 관심에

서 멀어지고 말았다.

그러다가 작년에 구석의 노인과 다시 만나게 된 후로 진주 목걸이를 둘러싼 수수께끼를 떠올리게 되었다. 나는 허깨비 같은 노인이 이 사건에 어떤 가설을 세워 놓았는지 진심으로 궁금했다.

"진주 목걸이라고?"

그는 껄껄거리며 되물었다.

"아하, 그랬지. 그 이야기로 한참 떠들썩했지. 하지만 허무맹랑한 이야기들만 나도니 제대로 생각하는 사람들도 논리적인 결론에 도달할 기회가 없었을 거야."

"맞아요. 하지만 영감님은 다르시겠죠."

내가 기분 좋게 맞장구를 쳐 주었다.

"그렇고말고, 자네 뭘 좀 아는군. 나는 어디부터 꼬이기 시작했는지 잘 알고 있었지. 하지만 경찰이 올바르게 수사를 하도록 돕는 건 내 일이 아니지. 내가 그랬다면 결백하고 영리한 두 사람이 죄가 있는 자보다 더 심한 고역을 치를 빌미를 제공한 셈이 되었을 거야."

"그럼 이제 진상을 들려주실 건가요?"

나는 환하게 미소를 지으며 물었다.

"못 할 것도 없지. 사건은 아주 간단해. 팔자수염의 파스키에 영감이라는 자가 손더스 부부의 친구가 아니라 적이라는 사실만 깨달으면 모든 게 다 이해가 돼."

노인은 그렇게 말한 후 어김없이 가느다란 손가락을 분주히 움직이며 노끈에 매듭을 만들기 시작했다.

나는 인상을 찌푸리며 되물었다.

"적이라고요?"

"말하자면 옛 친구겠지? 새 친구들에게 결코 알리고 싶지 않은 남편이나 아내의 과거를 아는 옛 친구 말일세. 그 공갈범은 우정의 탈을 쓰고 걸핏하면 집을 드나들며 선의를 발휘해 입을 다무는 대가로 한몫 뜯어낼 기회를 호시탐탐 노렸던 거야. 이렇게 친교를 쌓으며 그는 손더스 부부의 신뢰를 얻었어. 그는 그 부부의 사생활까지 속속들이 알게 되었지. 그러다가 목걸이에 대해 듣고 마침내 손꼽아 기다렸던 기회가 찾아왔다고 생각한 거야. 잘 생각해 보게. 그러면 퍼즐 조각들이 착착 들어맞으며 완벽한 그림이 완성되는 게 보일 거야. 파스키에는 손더스 부부가 출발하기 하루나 이틀 전에 그들을 찾아가 자신의 제안을 불쑥 밝혔겠지. 한동안 아서는 요리조리 빠져나가며 그를 속였을 거야. 여행을 떠나기 전이니 목걸이도 그의 손에 없었으니까. 하지만 친구로 알았던 자의 본색을 확실히 깨달은 아서는 그자를 경계하기 시작했어. 그는 일단 몬터규 보든 경을 찾아가 그 일을 다른 사람에게 맡기라고 애원을 해 봤어. 집사의 증언을 보면 그는 협박을 받고 있다는 이야기까지 몬터규 경에게 털어놓았던 것 같아. 하지만 몬터규 경은 상황을 가볍게 보고 하스버그와 의논을 해 보라고 했지. 목걸이를 대신 전해 줄 수 있는지 물어보라고 말이야. 어쨌든 그때는 계획을 새로 짜기에는 시간이 너무 촉박했어. 손더스 부부는 내키지는 않았지만 요행을 바라며 출발했어. 하지만 공갈범도 주의를 늦추지 않고 두 사람을 미행해 파리의 머제스틱 호텔까지 쫓아간 거야. 이제 상황은 정말 심각해졌어. 공갈범이 본색을 드러내고 뻔뻔하게 목걸이를 요구하자 손더스도 더 이상 내놓지 않을 수 없게 된 거지.

그런데 손더스 부부는 무척 영리하고 똑똑한 사람들이었어. 마침 하스버그가 온 덕분에 잠시나마 악당을 쫓아낼 수 있었지. 그들은 머리를 맞대고 파스키에의 협박으로부터 영원히 벗어나고 동시에 위원회의 신뢰를 지킬 수 있는 계획을 짰어. 다음 날까지 결정을 내려야 했어. 하스버그가 우연히 들은 파스키에의 말을 생각해보게.

'그러면 잘 있게, 친구. 내일까지 기다리겠네!'

파스키에는 그날 밤 손더스를 완전히 손아귀에 넣었다고 자신하며 돌아갔을 거야. 협박에 완전히 무너졌기 때문에 이튿날 순순히 목걸이를 내놓을 거라고 철석같이 믿었겠지.

아서 손더스가 하스버그를 믿었는지 어땠는지는 나도 몰라. 내가 보기에는 믿지 않았던 것 같아. 이 계획은 처음부터 끝까지 손더스 부부의 작품이었을 거야. 아서는 하스버그의 집에서 호텔로 돌아온 후 금고실에서 목걸이를 찾아서 아내에게 주었어. 주석 상자는 사람들의 눈에 쉽게 띄는 곳에 버렸지. 그리고 그는 뤼 드 몽시니로 나가 으슥한 골목 한 귀퉁이에 의식을 잃은 척 웅크렸어. 물론 손수건에 클로로포름을 흥건하게 적셔 놓는 것도 잊지 않았고.

이렇게 해서 영리한 두 공모자는 악당의 추적을 뿌리칠 수 있었어. 그 악당은 이제 폭행 혐의로 경찰의 추적을 받게 되었지. 목걸이를 훔쳤다는 혐의는 벗을지라도 폭행 혐의는 쉽게 벗을 수 없을 거야. 일이 어떻게 풀리든 그는 사기꾼이 되겠지. 게다가 협박을 한 사실에 대해서도 발뺌을 할 도리가 없어. 왜냐하면 목걸이가 없어진 마당에 모든 걸 털어놓았다가는 대중은 그가 저지르지도 않은 범죄로 반감을 품은 나머지 손더스 대위에게 위해를 가하려고 했는지 어쨌는지 해명조차 들으려고 하지 않을 테니 말이야. 손더스 대위가 그렇게 오랫동안 코미디를 계속한 것도 범인으로 추정되는 자를 향해 대중이 계속 분노를 불태우도록 하기 위해서였어. 더할 나위 없이 영리한 계획이었지. 얼마간 시간이 흐른 후 대위는 목걸이를 다시 찾았다는 이야기를 흘리고 단숨에 영웅이 된 거지."

기묘한 노인은 마침내 노끈을 주머니에 집어넣고 자리에서 일어서며 다시 말문을 뗐다.

"잘 생각해 보게. 잘 생각해 봐. 그러면 자네도 모든 일이 내가 말한 대로이며 내가 말해 준 진상이 지금까지 알려진 사실과 들어맞는 유일한 것이라고 생각하게 될 테니. 손더스 부부가 위험천만한 공갈범을 확실하게 떼어 놓는 방법을 선택했다는 사실에 동의할 걸세. 경찰은 협박범을 오랫동안 추적했어. 그자가 손더스 대위가 공격을 당하고 목걸이를 도난당한 사건과 관계가 있다고 철석같이 믿고 있으니까. 하지만 1914년이 되었는데 아무도 팔자수염 남자의 행방을 몰라. 당시 그가 어느 나라 사람인지 전혀 알려지지 않았지만 어느 나라 사람이든 앞으로는 아서 손더스를 협박할 목적으로 영국에 들어오려고 해도 국적 때문에 비자를 받기는 힘들 거야.

어쨌든 흥미로운 사건이었어."

비숍스의
로드의
기묘한비극

09

The Old Man
in the Corner

001

☆☆☆

그날 오후 구석의 노인에게서는 철학자 같은 분위기가 풍겼다. 그는 갈고리 같은 가느다란 손가락으로 어김없이 노끈을 만지작거리면서 나에게 온갖 주제로 맥락도 없이 훈계조의 말을 던지고 있었다.

그러던 그가 느닷없이 이렇게 말했다.

"물론 온 세상이 춤에 열광하고 있다는 걸 알아. 하지만 그 유행 때문에 세라 레비선 부인의 죽음 같은 음침한 비극이 일어났다는 의견에는 회의적이야. 자네는 어떻게 생각하나?"

나는 슬그머니 몸을 사렸다. 무슨 말을 하든 노인은 내 순진한 생각을 비웃는 말들을 속사포처럼 퍼부을 것이 분명했기 때문이다.

"저는 도무지 어떻게 생각해야 할지 모르겠더라고요. 싸구려 신문들이 그 야만적인 살인 사건에 대해 쓴 기사들을 보면 점점 더 모호해지기만 하던걸요."

"머리 좀 쓴 대답이군. 이쪽도 저쪽도 아니고 말이지. 수고롭게 생각할 마음이 없는 사람들 눈에야말로 모호한 것이 모호하게 보이기 마련이지."

노인은 마른 웃음을 웃으며 내 약을 살살 올렸다.

"그렇다면 영감님 눈에는 환하게 잘 보이시는가 보죠?"

나는 잔뜩 비꼬며 쏘아붙였다. 노인의 기를 팍 꺾어 버리고 싶어서 말이다.

"환한 대낮처럼 잘 보이지."

노인은 나의 도발에 꿈쩍도 하지 않았다.

"영감님은 그럼 레비선 부인이 어떻게 살해되었는지 아세요?"

"알다마다. 궁금하면 얘기해 주겠네."

"당연히 궁금하죠. 하지만 영감님의 설명을 납득할 수 있을지는 장담 못 해요."

내가 조심스럽게 덧붙였다.

"지금은 그렇겠지. 하지만 곧 납득하게 될 거야. 제대로 된 결론을 들려주기 전에 먼저 사실 관계부터 살펴보아야 하네. 이미 사건에 대한 기억이 희미해졌을 테니까. 이제 시작할까?"

"네."

마침내 노인이 이야기를 시작했다.

"좋아, 이 사건에 등장하는 인물들이 다 기억나나?"

"아마도요."

"일단 에런 레비선과 그의 아내인 리베카가 있었지. 젊고 아름다운 리베카는 쾌락을 추구했어. 무엇보다 춤을 좋아했지. 척 보기에는 사업가라기보다 운동선수 같은 에런은 아내보다 몇 살 연상이지만 여전히 인생의 절정기에 있는 남자였고. 그는 어머니가 운영하는 전당포에서 일을 했어. 유대인인 그의 노모는 전당포의 사장이었어. 철두철미한 독재자 같은 여자였지. 아들은 동업자가 아니라 그냥 월급을 후하게 받는 직원 정도였어. 똑똑한 며느리가 이 상황에 맘이 편치 않았으리라 짐작할 수 있지. 고부지간이 좋지 않았다는 사실은 이제 모르는 사람이 없을 거야. 아무튼 젊은 부부와 레비선 부인, 미혼인 다른 아들이 비숍스 로드에 있는 가게 위층의 큰 집에서 함께 살았다네.

그 집에서 부리는 하인은 하녀 세 명이었어. 레비선 부인이 생활비를 거의 부담한 덕분에 모두들 윤택하게 살았다지. 차남인 루번은 집안의 골칫거리였어. 언젠가는 은행에서도 일했지만 늘 술을 마시고 불성실해서 해고되었다더군. 전쟁중에 참호에 오래 있었던 탓에 건강이 나빠졌다나 봐. 그래서 제대한 후에는 특별히 하는 일 없이 빈둥거렸지. 그런데도, 아니 그 때문이라고 해야 할까? 루번은 어머니의 사랑을 독차지했어. 레비선 부인은 근면 성실한 장남에게는 인색하지만 놈팡이인 루번에게는 너그러웠고 돈을 아끼지 않았어. 며느리인 리베카와 차남은 그런 점에서 손발이 착착 맞았어.

루번은 제 어머니에게서 뜯어낸 돈을 유흥비로 탕진했어. 그럴 때마다 리베카는 그와 함께였지. 주로 둘이서 영화관을 가거나 춤을 추러 갔어. 무엇보다 춤에 열광했지! 리베카 레비선이 춤을 출 때면 참으로 아름다웠어. 밤이면 밤마다 리베카와 루번은 춤을 출 수만 있다면 홀이든 호텔이든 마다하지 않고 찾아갔지. 춤을 추느라 늦도록 귀가하지 않는 날도 잦았어.

에런 레비선은 젊은 아내에 대해서라면 늘 관대했다네. 하고 싶은 대로 하도록 내버려 두는 편이었지. 어딜 가든 루번이 곁에서 지켜 주면 괜찮을 거라고 생각했으니까. 하지만 시어머니인 레비선 부인의 생각은 달랐어. 경박하고 돈을 펑펑 쓰는 인간들을 본능적으로 믿지 않았거든. 그녀는 며느리가 눈에 넣어도 아프지 않을 루번을 타락의 길로 빠져들게 했다고 굳게 믿었어. 그래서 기회가 날 때마다 자신의 생각과 두려움을 아내에게 관대한 장남에게 이해시키려고 했던 것 같아.

고부지간의 분쟁의 씨앗은 주로 보석이었어. 시어머니는 가게에서 담보물로 받은 귀중품을 직접 관리했어. 저녁에 가게 문을 닫으면 에런이 낮에 들어온 보석류를 모두 집으로 가지고 올라갔지. 레비선 부인은 그것들을 자신의 침대 옆 금고에 보관했어. 금고 열쇠는 항상 몸에 지니고 다녔지. 보석이라고 해 봐야 주로 싸구려 반지와 브로치 정도였어. 하지만 가끔 몰락한 귀족의 레이디나 신사가 값나가는 보석을 가지고 와서 잠시 돈을 빌려 가곤 했지. 문제의 사건이 발생했던 그날에도 레비선 부인의 금고에는 값비싼 다이아몬드 장신구가 몇 가지 보관되어 있었다네.

며느리는 무도회나 파티에 갈 때 비싼 보석을 하고 가고 싶다는 말을 여러 번 했어. 그녀는 그게 뭐 대수냐고 생각했지. 루번도 마찬가지였고. 리베카가 가끔 원할 때 장신구를 하면 뭐가 어때서? 어차피 그대로 되돌려 놓을 테고 그런다고 보석에 문제가 생길 리도 없지 않은가? 노부인은 이런 이야기를 입에 담는 것조차 싫어했어. 말도 안 되는 며느리의 요구를 딱 잘라서 거절할 때마다 장남은 전적으로 어머니 편이었다네. 신용을 바탕으로 하는 사업을 하는 레비선 집안에서 그런 짓은 용납할 수 없다고 말이야.

비극이 벌어진 토요일 밤 리베카 레비선은 켄싱턴 마을 회관에서 열리는 성대한 자선 무도회에 시동생과 함께 갔어. 그녀는 최근에 가게에 들어와 시어머니의 금고에 안전하게 보관되어 있는 다이아몬드 세트를 하고 무도회에 가고 싶어서 안달복달을 했지. 물론 시어머니는 일언지하에 거절을 했고. 그 문제로 고부가 드잡이까지 할 뻔했다지. 그날따라 루번이 노골적으로 리베카의 편을 들어서 말다툼이 더 격렬했었거든.”

"수수께끼 같은 사건이 벌어진 날 레비선 집안 상황은 이랬어."

구석의 노인은 계속 말을 이었다.

"두 여자는 앙금이 잔뜩 남은 휴전을 했어. 사랑스러운 리베카는 화가 잔뜩 나서 고분고분하지도 않았고 거절당한 바람을 이루고 싶어 몸이 달았지. 반면 레비선 부인은 루번이 며느리의 편을 들었기 때문에 그 어느 때보다 감정이 좋지 않았어. 리베카에게 부추김을 받은 루번은 제 어머니에게 불같이 화를 내면서 이제 가족이라면 지긋지긋하다고 패악을 떨었어. 집을 나가서 자유롭게 자신의 인생을 살겠다는 둥 그 비슷한 소리를 해 댔지. 그래 봤자 말뿐이었어. 어머니에게 빌붙어 살았으니까. 하지만 그 일로 루번이 얼마나질 나쁜 인간인지, 리베카가 그에게 미치는 영향력이 어느 정도인지 똑똑히 드러났지. 한편 에런은 어머니와 아내의 말다툼에 손 하나 까딱하지 않았어. 하인들은 그가 그날따라 하루 종일 뚱했고 리베카는 그에게 유난히 퉁명스럽고 못되게 굴었다고 증언을 했다네.

그날은 저녁을 먹을 때까지 특별한 일은 없었어. 저녁은 평소처럼 저녁 7시에 가게 뒤에 있는 응접실에 차려졌지. 저녁을 들려고 가족이 모두 자리에 앉자마자 두 여자는 또 이런저런 문제를 놓고 격렬한 말다툼을 벌였어. 이번에도 루번은 철저하게 리베카의 편을 들었고 에런은 아무것도 하지 않았어. 말다툼을 하고 있는데 루번이 못된 소리를 한바탕 늘어놓자 레비선 부인은 자리에서 벌떡 일어나 위층 자신의 방으로 올라가 버렸어. 그녀의 방은 그 바로 위였고 위층에 있는 또다른 응접실과 붙어 있었다네. 그녀는 그날 저녁 다시는 아래층으로 내려오지 않았어.

9시 반에 집안 규칙에 따라 하인들이 모두 잠자리에 들었어. 레비선 부인은 집안 살림에 있어서는 엄청난 독재자였는데, 항상 하녀들이 아침 6시에는 아래층에 내려와 있도록 했다더군. 대신 맡은 일을 끝내면 언제든지 자러 갈 수 있었는데, 그 시각이 대개 9시 반이었던 거야.

하녀 두 명은 집의 제일 위층에서 잤어. 아이다 그리그스라는 하녀는 노부인의 몸종 비슷한 일을 했는데, 노부인의 침실 바로 위에 있는 층계참의 쪽방을 썼다네. 그 층 뒤쪽에는 넓은 침실이 있고 앞쪽에는 욕실과 옷 방이 있었는데, 에런과 리베카 부부가 그 층을 모두 사용했어. 한 층 위에는 하녀 둘이 같이 쓰는 방, 루번의 방, 작은 손님방이 있어. 에런은 밤늦게 돌아오는 아내 때문에 잠을 방해받고 싶지 않은 날이면 손님방에서 잠을 청했다더군. 그는 자전거를 타고 교외로 나가는 여행을 좋아해서 종종 자전거를 타고 나가는데, 휴일에 자전거로 교외로 나갔다가 늦게 들어올 때도 이 방에서 잤다고 해.

비극이 벌어진 토요일 저녁 에런은 가게에서 늦게까지 일을 했어. 가게를 닫고 위층으로 올라간 시각은 10시 직후였다네. 그는 올라가기 전에 아래층의 모든 문에 빗장을 질렀어. 앞문에는 빗장을 걸지 않고 잠그기만 했지. 아내가 열쇠를 가지고 있거든. 그래서 10시 반에 집은 문단속이 되었고 집안 사람들은 모두 잠이 들었어.

한편 사랑스러운 리베카와 루번은 근사하게 차려입고 무도회를 갔지.

이튿날 아침 6시 직전에 하녀인 아이다 그리그스가 일어나 옷을 갈아입고 아래층으로 내려갈 준비를 했어. 준비를 마치고 나가려는데 문이 잠겨 있는 거야. 그것도 밖에서 말이지. 처음에는 다른 하녀 둘이 바보 같은 장난이라도 치는 줄 알았어. 마침 하녀들이 계단을 내려오는 소리를 듣고 그녀는 힘껏 문을 두드렸지. 두 하녀는 한참 만에 무슨 일인지 알아차리고 문을 열어 주려고 했어. 그런데 문은 잠겨 있었지. 다시 말해서 아이다는 감금되어 있었던 거지.

두 사람이 아이다를 빼냈어. 어떻게 하면 좋을지 잠시 셋이서 의논을 했지만 밖에서 잠겨 있던 문이 얼마나 무시무시한 의미를 지니고 있는지 알아차린 사람은 아무도 없었지. 일단 세 사람은 아래층 주방으로 내려갔어. 아이다는 레비선 부인이 아침마다 마시는 차를 준비했어. 매일 아침 6시 반에 차를 가지고 올라가는 게 그녀의 일과였거든. 그날도 평소처럼 차를 가지고 올라가서 침실 문을 노크한 후 문을 열어 줄 때까지 기다렸어. 노부인은 잘 때 항상 방문을 잠가 두니까 말이야. 그런데 그날은 아무 소리도 나지 않았어. 아이다가 계속 문을 두드리고 큰 소리로 주인마님의 이름을 불렀지만 방은 조용했어. 그제야 아이다는 비명을 질렀어. 그 소리에 식구들이 우르르 몰려왔지. 하녀들이 아래층 주방에서 올라왔고 에런이 부지깽이를 휘두르며 꼭대기 층에서 내려왔어. 리베카는 침실 문을 빼꼼 열고 얇고 화려한 잠옷 차림으로 밖을 내다보았을 뿐이었어. 눈은 여전히 잠에 취해 있고 아름다운 머리카락은 풀어 늘어뜨린 채였다더군. 여전히 레비선 부인의 기척은 들리지 않았어. 에런은 너무 놀라서 귀를 열쇠 구멍에 바짝 붙이고 기척을 살폈지만 아무 소리도 들리지 않았어. 잠긴 문 뒤쪽은 완벽한 침묵뿐이었던 거야.

에런은 최악의 상황을 예감하며 문을 부수기로 했어. 쇠막대까지 동원해서 한참을 끙끙댄 후에야 문을 연 순간 그는 영혼이 얼어붙을 것만 같은 무시무시한 광경을 목도했지. 어머니가 침실 바닥의 피 웅덩이에 쓰러져 있었어. 무시무시한 일이 벌어진 것이 불을 보듯 뻔했어. 피해자의 옷차림은 전날 저녁에 입었던 그대로였어. 금고는 열쇠가 꽂힌 채 열려 있었지만 다른 가구는 전혀 흐트러지지 않았지. 침실의 창문 하나가 활짝 열려 있었고 방문은 안쪽으로 잠겨 있었어. 앞쪽 응접실로 통하는 문은 원래 육중한 옷장으로 막혀 있지. 열린 창문 아래를 보니 벽을 타고 자라는 덩굴이 온통 찢기고 뜯겨서 범인의 도주 경로를 그대로 보여 주고 있었어.

에런 레비선은 처음에는 너무 놀라 아무 말도 못했지만 정신을 차리고 전화부터 걸었지. 먼저 경찰에 신고를 한 후 의사에게 전화를 했어. 그는 방 안의 물건은 아무것도 건드리지 않았어. 심지어 어머니의 시신까지도 말이야.

이렇게 조심한 덕분에 현장에 경관과 경찰의를 대동하고 출동한 경위에게 칭찬을 들었지. 의사는 시신의 상태를 살폈어. 의사는 피해자가 뒤에서 공격을 받았고 목 주위에 손가락 자국이 선명하게 남아 있다고 말했어. 노부인이 범인의 손아귀에서 벗어나려고 발버둥을 치다가 뒤로 넘어지면서 머리를 대리석 세면대에 부딪혔는데, 그 때문에 사망했다는 거야.

그동안 경위는 초동 수사를 했다네. 마당으로 나가는 뒷문과 건물 앞으로 난 문이 전날 밤 에런이 자러 올라가기 전에 빗장을 질러 놓은 모습 그대로라는 사실을 확인했지. 정문은 여전히 빗장 없이 잠기기만 한 상태였어. 리베카가 무도회에서 돌아와 들어오면서 빗장을 걸어 놓지 않은 게 분명했지. 뒷마당에 가 보니 벽을 타고 자란 덩굴이 마구잡이로 뜯겨 있었어. 범인이 벽을 타고 방으로 들어왔다가 다시 벽을 타고 내려가 도주한 것이 분명해 보였다네. 하지만 사다리도 없이 어떻게 창문까지 올라왔을까. 덩굴은 너무 약해서 성인 남성의 체중은 지탱할 수 없고 벽돌 벽에는 발 디딜 만한 것이 없어서 고양이도 오르지 못할 정도인데 말이야. 그 집의 마당은 이웃한 집들의 뒷마당으로 에워싸여 있었고 집의 경계가 되는 담장에는 시들시들한 담쟁이덩굴과 덤불이 있었다네. 런던의 어느 집을 가도 흔히 볼 수 있는 것들이지. 하지만 사방을 에워싼 벽, 담쟁이덩굴, 덤불에 사다리를 끌고 다닌 흔적은 보이지 않았어. 사람이 맨몸으로, 혹은 밧줄을 걸어 담을 타고 넘은 흔적도 없었지. 부러진 잔가지나 떨어진 담쟁이덩굴 잎사귀가 보이지 않았던 거야.

금고는 살인자가 레비선 부인을 공격했을 때 열려 있었거나 흉악한 짓을 저지른 후 열쇠를 찾아서 열었거나 둘 중 하나였어. 엉망진창으로 뒤진 흔적은 없었어. 보석이나 담보로 받은 귀중품도 다 있었고. 에런이 자신의 장부와 비교해서 그 사실을 확인했지. 하지만 레비선 부인이 금고에 현금을 보관했는지 여부는 아들인 에런도 잘 몰랐어.

첫눈에도 평범한 범죄가 아닌 것이 확실했어. 애초에 강도질이 목적이었는지 부수적인 결과였는지는 수사를 더 해 봐야 알 수 있었지. 일단 경위는 그 집에 사는 사람들에게 중요한 질문을 하고 이웃에 탐문을 하는 것으로 만족했어. 사람들은 초동 수사의 결과에 대해 아무것도 몰랐지. 하지만 정오판 신문에는 그날 밤 수상한 장면을 목격하거나 소리를 들은 사람은 아이다 그리그스뿐이라는 주장이 실렸어. 경찰이 이웃 사람들을 대상으로 철저하게 탐문 조사를 했지만 범인의 침입 경로에 대해서 단서조차 찾지 못했다는 사실도 나왔지.

그뿐이 아니야. 며느리인 리베카가 무도회에서 새벽에 돌아왔다는 사실과 루번 레비선이 그날 밤 외박을 했다는 사실까지 신문에 났다네."

003

☆☆☆

기묘한 내 친구는 이야기를 술술 이어 나갔다.

"운 좋게도 그날 아침에 나는 비숍스 로드에서 발생한 괴이한 사건에 대한 초동 수사 결과가 실린 신문이 나왔을 때 마침 깨어 있었다네. 내가 왜 운이 좋다고 했느냐면 말이지, 알다시피 내게는 이런 종류의 수수께끼보다 더 흥미진진한 일이 없거든. 완벽하게 계획을 세우고 영리하게 실행에 옮긴 범죄를 초동 수사한 결과는 이 세상 어떤 연극보다 더 재미있단 말이야. 무슨 일이라도 생겨서 그 특별한 검시 배심에 가지 못했다면 나는 몹시 실망했을 거야. 처음부터 사람들은 비숍스 로드에서 그날 밤 벌어진 사건에 드리워진 기묘한 분위기를 또렷하게 감지했어. 그도 그럴 것이 평범한 범죄가 아니었거든. 범행 동기는 여전히 오리무중이었어. 그러니 사람들은 넓은 런던이라는 도시 어딘가에 비범한 두뇌의 범죄자가 죄를 짓고도 잡히지 않은 채 숨어 있을 것이라고 생각할 수밖에.

경찰이 수집한 증거들조차 평소와 달리 내 흥미를 끌더군. 그 증거들을 종합해 보면 절대 일반적인 가택 침입과 강도 살인 사건은 아니라는 사실이 똑똑히 드러났거든. 창문이 열려 있고 덩굴이 찢어진 걸 보면 범인이 그쪽으로 도주한 것이 확실했어. 하지만 범인이 레비선 부인의 침실에 어떻게 침입했는지는 여전히 수수께끼였지. 뒷마당을 에워싼 벽 어디에도 범인이 지나간 흔적은 없었어.

뒷문과 다른 문들도 꼭꼭 닫고 안에서 빗장까지 질러 놓은 사실도 확인이 되었고. 그렇다면 강도는 정문으로 들어왔을지도 몰라. 그 문은 곁쇠로 잠겨 있기만 했지 빗장까지 걸려 있지는 않았으니까. 하지만 레비선 부인의 침실에 침입한 경로는 여전히 풀리지 않는 난제였다네.

처음부터 사람들은 겉으로 아무 동기도 없어 보이는 이 사건 이면에는 남모르는 가정사가 자리 잡고 있을 거라고 직감했어. 금고에는 쉽게 가져갈 수 있는 보석이 잔뜩 있었는데 아무것도 건드리지 않았으니 당연히 동기가 없는 걸로 보이지 않겠나. 마침내 하녀인 아이다 그리그스가 호명을 받고 일어서자 무대 위 커튼이 올라가면서 끔찍한 비극의 일 막이 오르는 것 같았지.

젊은 아가씨인 아이다는 안색이 창백했어. 얼굴은 홀쭉하고 낯빛이 칙칙했지. 푸른 눈은 둥글고 입술은 얇았어. 그녀가 증언을 시작하자마자 얌전하고 깐깐해 보이는 태도 이면에는 격렬한 악의와 심지어 열정 같은 것이 휘몰아치는 모습이 보이는 것 같았다네.

이유는 나중에 밝혀지지만 그녀는 리베카 레비선에게 증오를 품고 있었지. 반대로 고인이 된 레비선 부인에게는 깊은 애착을 갖고 있었어. 그녀는 증인석에서 고부간에 여러 차례 벌어진 말다툼을 세세하게 들려주었어. 특히 토요일 저녁에 격렬하게 다툰 후 결국 레비선 부인이 식당을 홱 나가 버린 일을 강조했지.

'마님은 역정을 내셨어요.'

검시관의 질문에 하녀가 대답했다네.

'저러다가 병이라도 나시면 어쩌나 싶을 정도였어요. 마님은 새 아씨 같은 여자들이 최악 중의 최악이라고 하셨어요. 새 옷이나 보석을 뜯어낼 생각밖에 하지 않는다고요. 또 제게 말씀하시길……'

그런데 바로 이때 검시관은 봇물 터지듯 쏟아지는 하녀의 증언을 일단 끊었다네. 죽은 사람의 말을 증언으로 채택할 수는 없으니까 말일세. 어쨌든 고부 사이에 무시무시한 말다툼이 벌어졌다는 사실만큼은 대중의 뇌리에 확실히 박혔지. 게다가 리베카 레비선이 그날 무도회에 다이아몬드 다섯 개로 치장하고 나타났다는 사실도 알려져 있었어. 증인들을 불러서 서약을 시키고 질문을 해 증언을 받아 낼 필요도 없었지. 리베카 레비선이 무도회에 다이아몬드를 달고 온 건 다 아는 사실이었으니. 게다가 블랙셔 경위는 사건이 일어난 다음 날 아침 그녀의 화장대에서 그 보석을 찾아냈다네.

그녀도 그 사실을 부정하지 않았어. 그녀는 검시 배심에서 경찰에게 이미 한 진술을 반복했어.

'돌아가신 어머님은 루번 도련님을 굉장히 아끼셨어요. 그날 밤 외출을 하려고 옷을 다 차려입은 후에 도련님은 어머님에게 안녕히 주무시라고 인사를 드리러 갔어요. 그때 어머님을 살살 꼬드겨서 다이아몬드를 내가 하고 갈 수 있게 받아 낸 거예요. 사실 도련님은 어머님에게 원하는 게 있으면 뭐든 다 받아 냈거든요. 방을 나올 때 두 사람은 아무 문제도 없었어요.'

그녀는 이렇게 말했어.

'무도회에 간 시각은 언제입니까, 리베카 씨?'

검시관이 물었어.

'도련님이 9시 반에 나가서 택시를 잡았어요. 우리는 택시가 서자마자 곧장 탔고요.'

'그렇다면 루번 레비선 씨는 그 직전에 어머니에게 밤 인사를 드렸겠군요?'

'네, 한 십 분 전에요.'

'그럼 그 전에 보석을 부인에게 가져왔겠군요. 그가 택시를 잡으러 나가기 전에 증인은 그것을 달았나요?'

검시관이 꼬치꼬치 캐물었지.

순간적으로 리베카 레비선의 얼굴에 망설이는 기색이 스치고 지나갔어. 그렇게 사소한 사실을 알아차린 사람은 그곳에 나밖에 없었겠지. 그녀는 언제 그랬느냐는 듯이 흔들림 없는 어조로 이렇게 대답했어.

'네, 도련님은 어머니를 설득해서 허락을 받았다면서 보석을 내게 줬어요. 그래서 바로 했죠.'

'그렇다면 그때가 9시 반이었겠군요?'

리베카 레비선은 이번에는 망설이는 기색이 역력했지. 얼굴에서 핏기가 싹 사라지나 싶더니 혀로 입술을 한두 번 축이고는 마침내 대답했어.

'대략 9시 반 정도였어요.'

그녀가 천천히 대답하더군.

'귀가한 시각은 언제입니까, 리베카 씨?'

검시관이 사근사근하게 물었어.

'1시가 다 되어서였을 거예요. 춤곡이 〈신데렐라〉였으니까요. 그런데 집으로 오는 도중에 잠시 걸었어요.'

'뭐라고요! 빗속을 걸었단 말이오?'

'마을 회관에서 나올 때 비는 이미 멎어 있었어요.'

'루번 레비선 씨와 함께 오지 않았습니까?'

'도련님은 공원을 가로지를 때까지 저와 같이 걷다가 택시를 잡아서 나를 태웠어요. 나는 혼자 돌아왔죠. 정문 열쇠가 있으니까요.'

'그런데 귀가 후 문에 빗장을 걸지 않았더군요. 왜 그랬죠?'

'깜박했어요. 저는 종종 빗장을 거는 걸 잊어버려요.'

아름다운 리베카는 발끈하는 기색이었어.

'그때 뭔가 수상한 것이나 소리를 보거나 듣지 않았습니까?'

'아무 소리도 못 들었어요. 그때는 많이 졸렸기 때문에 곧장 제 방으로 올라갔어요. 집에 오자마자 십 분도 안 돼서 잠자리에 들었어요.'

그 무렵 그녀의 목소리는 어느새 단호해졌어. 명료하지만 약간 쉰 듯했지. 하지만 겁에 질린 것은 말할 것도 없고 긴장하고 있었던 것은 확실했어. 그녀는 손수건을 쥐고 있었는데, 어찌나 꽁꽁 뭉쳐 쥐었던지 작고 축축한 공처럼 되어 버렸더군. 양다리에 번갈아 체중을 실으며 삐딱하게 서 있더니 나중에는 모자를 이리저리 계속 고쳐 썼어. 그 자리에 참석한 배심원들은 그녀가 위증을 하고 있다고 생각했을 거야. 그녀도 배심원단의 심중을 알아차린 것 같더군. 아름다운 검은 눈동자를 이따금씩 들어 그들의 얼굴을 찬찬히 뜯어 보고는 경멸과 불안감이 밴 눈빛을 보이는 게 아니겠나. 그녀는 점점 지치는 것 같았어. 검시관이 소소한 질문들을 계속 퍼붓자 마침내 자제력을 잃고 울음을 터뜨렸지. 그녀가 자리로 돌아가도 좋다는 허락을 받은 다음에는 루번 레비선이 불려 나왔어.

그자가 침착한 모습으로 의기양양하게 배심원들 앞에 버티고 선 모습을 보니 본능적으로 혐오감이 들더군. 그자의 눈빛은 예리했지만 어딘지 구린 구석이 있는 것 같고 외모는 설치류처럼 날카로웠어. 딱 보니 증언을 하기 전에 연습을 했구나 싶더라고. 그는 어머니와 형수가 심한 말다툼을 하던 저녁 식사 자리에 자기도 있었다고 증언을 했어. 어머니가 그때 화를 내셨고 본인이 나중에 어머니를 찾아가 잘 주무시라고 인사를 했다는 것도 인정을 했지. 처음에는 눈물을 흘리며 꾸짖으셨지만 결국에는 언제나처럼 마음을 풀었다고 하더군. 레비선 부인은 금고를 열고 다이아몬드를 꺼내서 그에게 건넸어. 대신 다음 날 날이 밝자마자 보석을 가져다 놓기로 약속을 하라고 했지.

루번의 증언은 청산유수였어.

'어머니에게 저는 월요일 아침이나 되어야 집에 들어올 거라고 했죠. 무도회에서 나오면 형수를 혼자 택시에 태워 보내고 저는 일요일까지 이틀간 하버스톡 힐의 친구 아파트에서 친구와 지낼 생각이었거든요. 아차 싶더군요. 제 말에 어머니가 보석을 다시 금고에 넣어 버리실 줄 알았어요. 그런데, 어머니는 약속은 꼭 지키는 분이셨거든요. 한번 뱉으신 말은 무슨 일이 있어도 지키셨어요. 그래서 제게 보석을 주셨고 형수는 그날 밤 그 보석을 하고 있었던 겁니다.'

'그 보석을 리베카 씨에게 준 시각이 9시 반입니까?'

검시관이 리베카 레비선 때처럼 매우 진지한 태도로 이 질문을 했어. 루번이 순간 켕기는 게 있는 듯한 눈빛으로 형수를 보는 걸 봤다네. 시동생의 눈빛에 형수가 눈을 내리까는 것으로 응답했다는 것도 난 다 알아. 바로 그 순간 그가 재깍 대답을 했어.

'네, 검시관님. 아마 9시 반이 맞을 겁니다.'

그 자리에 모인 사람들이 바보가 아니라면 먼저 증언을 한 리베카처럼 그도 위증을 하고 있다는 사실을 알아차렸을 거야. 검시 배심은 극적인 방향으로 치닫고 있었어. 그 연극의 주연 배우들이 얼마나 흥분하고 있는지 창백한 안색과 굳은 표정을 보면 뻔했지. 꽉 다문 입매에 송알송알 맺힌 땀방울이 결코 법정의 후텁지근한 공기 탓만이 아니라는 건 누가 봐도 뻔했어."

구석의 노인은 여기까지 말한 후 입을 다물었다. 그는 우유를 반 잔 마신 후 입맛을 다셨다. 그러고는 노끈으로 만든 복잡한 매듭

하나를 유심히 살피는 것 같았다. 이윽고 그가 이야기를 다시 시작했다.

"레비선 일가 가운데 가장 안쓰럽게 생각된 사람은 장남인 에런이었어. 남자들이 대개 그렇듯이 그도 자신의 어머니를 끔찍이 사랑했어. 어머니로부터 특별히 사랑을 받았기 때문이 아니라 그저 어머니였기 때문이었지. 그는 평생 어머니를 위해 열심히 일을 했어. 그런데 그녀의 죽음으로 에런은 발붙일 곳 없는 처지가 되어 버렸어. 유언장에 따라 노부인이 가지고 있던 상당한 규모의 예금과 전당포의 지분 일부가 루번에게 남겨진 것 같더군. 한편 에런은 명목상으로 전당포 사업을 물려받았어. 연금이니 자선 사업에 기부할 유산과 루번 몫으로 돌아가는 온갖 것을 처리하는 명목으로 책임질 일도 잔뜩 생겼고.

잠시 여기서 딴 얘기를 하자면, 유언장 문제는 나중에 되어서야 이야기가 나왔다네. 물론 에런은 어머니가 돌아가시면 유산 중에 알짜는 동생에게 넘어간다는 사실을 처음부터 알고 있었던 것 같아. 그런데도 그는 동생에 대해 싫은 소리 한마디 하지 않더군. 루번에게 조금이라도 의심이 갈 만한 이야기는 한마디도 하지 않았어. 그는 그저 선의로 점철된 덩치 큰 사나이였어. 체격이 정말 좋더군. 체격도 그렇고 걸음걸이도 그렇고 운동선수 같았어. 하지만 얼굴에는 우울한 기색이 있었고 목소리는 단조롭고 가라앉아 있더라고. 법정에 선 그는 모두에게 사과라도 하는 듯한 신사적인 태도로 아내의 행동에서 조금이라도 비난거리가 될 만한 일은 어떻게든 해명을 하려고 했지. 그 모습을 본 사람들은 가족에서 그의 역할을 대번에 알아차릴 수 있었어. 집안의 온갖 문제를 처리하지만 고맙다는 인사 한번 못 받는 사람 좋은 덩치였던 거야.

에런의 증언은 비극을 해결하는 데 큰 도움이 되지 않았네. 그도 어머니와 아내가 말다툼을 크게 벌인 식사 자리에 함께 있었어. 하지만 저녁을 먹자마자 곧장 가게로 돌아가야 했지. 토요일 밤에는 거래가 아주 많다더군. 직원은 한 명만 쓰고 있는데 9시에 퇴근을 했어. 퇴근을 하면서 가게의 덧문을 닫았지. 에런은 혼자 남아 10시까지 가게와 장부를 정리했어. 밖에서 동생이 택시를 불러 리베카와 함께 무도회장으로 가는 소리를 들었지만 그때가 정확히 몇 시인지는 몰랐어. 하지만 9시 반 정도가 아니었겠냐고 한마디 하더군. 그날은 특별히 중요한 담보물이 들어오지 않았기 때문에 자리 가기 전에 어머니와 따로 의논할 일이 없었어. 그는 어머니가 여전히 역정을 내고 있다고 생각했기 때문에 괜히 더 자극할 필요가 없다고 여겼지. 그래서 어머니의 침실 문에 노크를 하고 '안녕히 주무세요, 어머니'라고 인사를 했어. 어머니가 대꾸를 하지 않아서 잠자리에 드셨다고 생각했다더군.

검시관의 질문에 에런은 계속 증언을 했어. 그는 꼭대기에 있는 손님방에서 잠을 청했어. 아내가 새벽에 들어올 때 잠을 방해받고 싶지 않아서였다더군. 그는 10시경에 잠자리에 들었는데, 밤새 아무 소리도 못 들었고 수상한 모습을 본 적도 없다고 증언을 했어. 그러다가 새벽 6시에 하녀의 비명 소리를 듣고 잠에서 번쩍 깨서는 침대에서 튀어나왔다고 했지.

에런의 증언은 어쩐지 형식적으로 느껴졌어. 잘난 척을 하거나 무턱대고 악의를 드러내지도 않고 매우 차분한 태도였어. 그럼에도 불구하고 그의 증언으로 이 사건에 모종의 기묘하고 극적인 요소가 얽혀 있다는 예감이 약해지기는커녕 더 강해졌다는 생각을 지울 수가 없었어. 당연히 사람들은 사건을 둘러싼 흥분과 관심을 절정으로 끌어올려 줄 뭔가가 앞으로 더 나올 거라며 내심 마음의 준비를 했다네.

다음 증인으로는 아이다 그리그스가 다시 불려 나왔어. 검시관은 그녀에게 토요일 밤에 있었던 일들을 아무리 사소한 것이라도 빠뜨리지 말고 다시 이야기해 보라고 했다네. 그 하녀는 잠이 들자마자 뭔가 이상한 소리를 들은 것 같아 금세 잠에서 깼어. 무슨 소리인지 확실히 알 수는 없었다더군. 탕 하는 소리 같기도 했고 뭔가를 퍽 치는 소리 같기도 했지. 비명 소리였던 것도 같았어. 그때는 그녀도 크게 신경을 쓰지 않았지. 그 후로 눈을 뜨고 잠시 누워 있었지만 더이상 아무 소리도 나지 않았거든. 그런데 잠시 후에 주인 마님의 방 창문이 활짝 열리는 소리가 들렸다는 거야.

'그때 뭔가 이상하다는 생각은 들지 않았소?'

검시관이 그렇게 물었어.

'네, 검시관님. 마님이 창문을 연다고 해도 별로 이상할 것도 없었어요. 그날은 비가 세차게 내린 걸로 기억해요. 유리창에 빗방울이 떨어지는 소리가 꽤 요란했거든요. 그래서 마님이 바깥 날씨를 보시려고 여셨나 보다고만 생각했어요. 그 후에 곧 잠이 들어 더 이상 생각하지 않았고요.'

'처음에 잠을 깨운 소리의 정체를 아직도 모르겠소?'

'네, 검시관님. 모르겠습니다.'

하녀가 대답했지.

'잠에서 깼을 때 혹시 시계를 보지는 않았소?'

'네, 검시관님. 저는 불도 켜지 않은걸요.'

하지만 아이다 그리그스의 증언으로 상황은 더 복잡해졌어. 그리고 그녀의 다음 증언으로 상황은 이전보다 더 극적이 되었지.

'제가 저녁을 치우고 있을 때였습니다. 루번 씨와 새아씨가 거실에 앉아 이야기를 나누고 계셨어요. 8시 반에 아씨가 저를 불러서 옷을 갈아입는 동안 뜨거운 물을 준비해 놓으라고 하셨어요. 그래서 아씨 방과 마님 방에도 뜨거운 물을 가져다 놓았어요. 늘 하던 대로요. 주인마님이 잠옷으로 갈아입으시는 걸 도와 드리려고 올라갔더니 마님은 아직 계산할 게 남아 있어서 좀 더 있다가 잠자리에 들겠다고 하셨어요. 마님은 그때 제게 이런저런 이야기를 하셨죠. 그런데 누가 마님의 방문을 두드리는 소리가 났어요. 루번 씨가 밤 인사를 드리러 들어오겠다고 하셨죠. 마님은 큰 소리로 '그래, 너도 잘 자라'고만 하시고 루번 씨를 안으로 들이시지는 않으셨어요. 잠시 후 루번 씨가 아래층으로 내려가는 발소리가 들렸어요.

한 십오 분 후에 마님은 제게 나가 보라고 하셨습니다. 제가 나온 후 마님이 문을 잠그는 소리가 들렸고요. 저는 그 길로 아래층 주방으로 내려갔습니다. 그때 새아씨는 거실에 계셨는데, 옷을 다 갈아입고 망토도 걸치고 있었어요. 그곳에 루번 씨도 계셨는데, 아씨가 잔뜩 심술궂게 이렇게 말했어요.

"그래서 도련님 얼굴을 보지 않았다는 거예요? 늙은 고양이 같으니! 엄청 삐쳤나 보네."

그러자 루번 씨가 껄껄 웃으면서 대답했습니다.

"괜찮아요. 금방 화가 풀릴 테니까."

바로 그때 저를 보더니 두 사람 다 입을 꾹 다물었습니다. 잠시 후 루번 씨가 밖으로 나가 택시를 잡았고요. 저와 다른 하녀들은 모두 위층으로 물러났습니다.'

바로 그때 찢어지는 듯한 목소리가 들렸어.

'저건 다 새빨간 거짓말이야!'

리베카 레비선이었지. 얼마나 흥분을 했는지 부들부들 떨면서 자리에서 벌떡 일어났어.

'거짓말이라고! 저 계집애는 심보가 고약해. 나를 망가뜨리려고 저러는 거라고.'

검시관은 조용히 하라고 소리쳤지만 아무 소용이 없었어. 아름

291

다운 리베카는 한참을 몸부림치고 발버둥을 친 끝에 결국은 법정에서 끌려 나갔어. 그녀의 남편이 곧 뒤따라 나갔지. 그 뒷모습은 덩치는 더 커지고 성격은 더 유순해지고 더 굽실굽실하는 태도로 사방에 사과를 하는 것 같았네. 마침내 아이다는 조용하게 증언을 마쳤어. 그녀는 자신의 증언을 재확인하고 특히 레비선 부인의 방에서 일어난 일이 사실과 조금도 다름이 없다고 맹세까지 했다네. 검시관이 왜 그 일에 대해서 이제야 털어놓느냐고 매섭게 물었지. 아이다는 주인댁 사람들에게 나쁜 말은 하고 싶지 않았기 때문이라고 하더군. 하지만 사실은 사실이고 누가 불쌍한 마님을 죽였든 응당 교수형을 받아야 하니까 털어놓았다고 했어.

반대 신문에도 그녀는 눈 하나 깜짝하지 않았어. 아이다는 악의로 똘똘 뭉친 것 같았어. 하지만 거짓말을 하는 것처럼 보이지는 않더군.

루번 레비선은 꼼짝 않고 앉아서 자신의 입장을 점점 불리하게 만드는 증언을 끝까지 들었어. 하지만 겉으로는 아무 일도 없다는 듯 희희낙락하는 것처럼 보이더군. 그는 이내 증인석으로 다시 불려 나왔는데, 아이다 그리그스의 주장을 모두 부인하고 먼저 했던 증언을 되풀이할 뿐이었어.

그는 잘난 척하며 이렇게 대답했다네.

'하녀가 거짓말을 하는 겁니다. 이유는 모르겠지만요. 어머니가 저를 보지 않겠다고 하셨다니, 그런 말도 안 되는 소리가 어디에 있습니까? 공정한 증인을 불러다가 한번 물어보십쇼. 어머니가 저를 얼마나 아끼셨는지 잘 대답해 줄 겁니다. 그까짓 보석 몇 점 때문에 어머니가 저와 다투실 리가 없지 않습니까.'

물론 리베카 레비선도 다시 증인으로 소환되었는데, 루번의 증언을 전부 확인해 줬어. 그녀는 왜 아이다가 자신에 대해 그런 거짓말을 늘어놓는지 도무지 이해가 안 된다더군.

그녀는 커다란 검은 눈동자에 눈물이 그렁그렁해서는 이렇게 덧붙였어.

'사실 짚이는 구석이 전혀 없는 건 아니에요. 저 애는 항상 절 미워했으니까요.'

그날 오후에 증인이 한 명 더 있었는데, 아주 흥미로운 증언을 들려주었지. 증인은 바로 전당포의 종업원인 새뮤얼 쿠츠였어. 그의 증언에도 사건 해결에 도움이 될 만한 내용은 없었어. 왜냐하면 그는 차를 다 마신 6시부터 덧문을 내리고 퇴근을 한 9시 사이에 단 한 번도 가게를 떠나지 않았거든. 그는 이렇게 증언했어. 그가 가게 뒤쪽 응접실에서 차를 마시는 동안 사장인 레비선 부인이 가게를 봤어. 그때 루번이 가게에 와서 손님이라도 되는 것처럼 빈둥거렸지. 그가 차를 다 마시고 가게로 나오니 레비선 부인이 뒤쪽 응접실로 들어갔지. 부인의 모습이 보이지 않을 즈음 부인이 카운터 뒤에 놓고 간 가방을 보았지. 그런데 루번도 그 가방을 봤어. 그는 가방을 냉큼 들더니 웃으면서 이렇게 말했다더군.

'당장 가져다 드려야겠군. 어머니는 가방이 여기 있는 걸 좋아하지 않으실 테니까.'

쿠츠는 사장님이 뒤쪽 응접실로 들어가신 것 같다고 말했어. 그러자 루번은 어머니는 뒤쪽 응접실에 들어가셨다가 2층으로 올라가셨다고 말했다는 거야.

증인은 이렇게 증언을 끝맺었어.

'그렇게 해서 루번 씨는 사장님의 가방을 들고 2층으로 올라갔습니다.'"

구석의 노인이 씩 웃으며 말했다.

"이 이야기가 증언으로 중요할 수도 있고 아닐 수도 있어. 사건이 그 시각이 아니라 훨씬 후에 벌어졌다는 걸 고려하면 말이야. 하지만 이 증언이 새로운 가설을 짤 수 있는 새로운 요소임은 분명했지. 경찰이 새로운 수사 결과가 나올 때까지 휴정을 요청하는 동안 다들 검시 배심에서 드러난 수수께끼와 모순점에 대해 곰곰이 생각을 했지. 어느 쪽으로 추리를 하든 금세 막다른 골목에 부딪혔어. 무엇보다 루번 레비선이 어머니를 설득해서 다이아몬드를 받은 건지, 어머니의 방에 발도 들여놓지 못했는지부터 석연치가 않았어. 양쪽은 서로 자신의 증언에 한 치의 거짓이 없다고 맹세를 했지. 여기서 짚고 넘어가자면, 여론은 루번의 증언을 더 신뢰하는 편이었다네. 죽은 레비선 부인의 친구들 가운데 그녀가 둘째 아들을 얼마나 끔찍하게 위했는지 모르는 사람이 없었지. 그래서 사람들은 아이다 그리그스가 리베카에게 죄를 뒤집어씌우려고 거짓말을 한다고 여겼어.

아이다에게 그럴 의도가 있었다면 완전히 실패였어. 그리고 그 점이 바로 첫 번째 막다른 골목이었지. 자네도 아이다의 증언을 기억할 걸세. 아이다의 말에 따르면 그녀가 레비선 부인의 침실에서 물러나 아래층으로 와 보니 리베카와 루번이 옷을 차려입고 뒤쪽 응접실에 있었다지. 그녀는 잠시 후 루번이 택시를 부르는 소리도 들었지. 그렇다면 리베카 레비선은 그 무렵 이미 다이아몬드를 손에 넣었다는 말이야. 무도회에서 보석을 달고 있었으니 말이야. 둘 중 한 명이 나가서 택시를 잡는 동안 나머지 한 명이 레비선 부인의 방에 억지로 들어가서 그녀의 목을 조르고 다이아몬드를 훔쳤다고는 도저히 생각할 수가 없어. 리베카 레비선이 이브닝드레스를 입고 일을 해치운 후 억수같이 내리는 빗속에 2층 창문에서 담쟁이덩굴을 붙잡고 마당으로 내려왔을 리도 없어. 그렇다면 흉악한 범죄를 저지른 사람은 루번이었다는 뜻이지. 하지만 범인을 잡는 데 혈안이 된 경찰도 형수가 무도회에 다이아몬드를 달고 가도록 루번이 제 어머니를 죽였다고 주장하지는 않았어.

그렇게 주장하기엔 범행 동기가 부족했어. 그래서 사람들은 루번이 가게에서 어머니의 가방을 본 후 저녁을 들기 직전에 다이아몬드를 훔쳤을 거라고 생각했어. 뒤에 벌어진 살인 사건은 강도의 소행으로, 강도는 그날 밤 레비선 부인이 잠든 사이에 창문으로 침입했을 거라고 추측을 했지. 사람들의 추측은 이랬어. 강도는 침대 옆 탁자에서 금고를 찾았어. 금고를 뒤지고 있는데 마침 레비선 부인이 잠을 깬 거야. 두 사람은 몸싸움을 벌였고 그 와중에 부인이 목숨을 잃었지. 하지만 이런 가설에는 중요한 허점이 있어. 일단 강도에게 공격을 받았을 당시 노부인은 잠옷으로 갈아입지 않은 상태였어. 게다가 평소에 그녀가 철두철미하고 구두쇠였다는 사실을 알던 사람들은 노부인이 금고 문을 활짝 열어 놓은 채 쿨쿨 잠이 들었다는 말을 믿지 않았지. 여기에 그 집의 뒷마당이나 이웃한 집들의 마당과 벽에 범인의 발자국이나 사다리를 이용한 흔적이 남아 있지 않았다는 사실까지 더해져서 사람들의 추측은 다시 막다른 골목에 가닿고 말았어.

마침내 검시 배심이 개정되었어. 이번에는 루번 레비선이 자신이 형수와 함께 켄싱턴 마을 회관에 도착한 시각이 10시경이라는 사실을 확인해 줄 증인을 여러 명 불러왔어. 그날 밤에 그와 이야기를 나눴던 사람들도 증인으로 불러왔지. 증언들을 토대로 봤을 때 그는 일단 살인 사건에서만큼은 결백해 보였다네. 에런은 10시가 되어서 잠을 자러 올라갔다고 증언했어. 만약 루번이 집으로 돌아와 어머니를 살해할 생각이었다면 훨씬 이후여야 했을 거야. 그런데 그 시각에는 그가 켄싱턴 마을 회관에 있는 모습이 여러 사람에게 목격되지 않았나.

결국 배심원들은 사인 불명이라는 판결을 내렸고 혐오스러운 범죄를 저지른 자는 지금까지도 죗값을 받지 않았지. 이 사건은 처음에는 단순한 잔혹 범죄로 보였지만 수사를 진행할수록 경찰은 미궁에 빠졌지. 경찰은 미궁에서 절대 못 나올 거라고 봐도 될 거야. 경찰은 루번 레비선과 리베카 레비선이 범행을 계획하고 노부인을 살해했다고 철석같이 믿고 있지만 정작 두 사람이 어떻게 범행을 실행에 옮겼는지 밝힐 수는 없었어. 두 사람의 유죄를 입증할 증거도 지금까지 전혀 없어. 앞으로도 그런 건 못 찾을 거야. 둘 다 쓰레기 같은 인간들이기는 해도 범죄자는 아니니까. 그 둘은 레비선 부인을 살해한 범인이 아니야."

"그럼 아이다 그리그스가 범인이라고 생각하시는 거예요?"

나는 구석의 노인이 잠시 말문을 닫자 재빨리 끼어들었다.

"아하! 자네는 아이다 범행설을 지지하는군, 그렇지?"

그는 괴상한 마른 웃음소리를 내며 말했다.

"아뇨, 그건 아니에요. 하지만 도무지 진상을……."

"멍청이 같은 소리야. 아이다 그리그스가 자신의 고용주를 죽일 리가 없지 않나. 레비선 부인의 죽음으로 그녀가 얻는 것도 없어. 또 고양이나 나방도 아닌데 어떻게 2층 창문에서 반 층이나 높은 곳에 있는 창문까지 올라가 제 방으로 들어갔겠나. 왜 이런 말을 하는가 하니 그녀의 침실 문이 밖에서 잠겨 있는 채로 다음 날 아침에 발견되지 않았나. 이 사실을 간과해서는 안 되지."

"그렇다면 이 사건은 평범한 강도 살인이겠군요."

내가 따져 물었다.

"그럴 리가 없다는 것도 이미 증명이 되었어. 절대 그럴 리가 없다고 말일세. 사다리가 없으면 그 집 벽은 절대 올라갈 수 없어. 아무리 가벼운 남자라고 해도 발자국을 전혀 남기지 않고 뒷마당에 사다리를 가져올 수도 없어. 마당을 에워싼 담에는 온통 담쟁이덩굴과 덤불이 자라고 있었어. 육중한 사다리를 담에 걸치고도 잎사귀가 전혀 뜯겨 나가지 않도록 하는 것도 불가능하지."

노인은 곧장 내 말에 반박을 했다.

"하지만 누군가는 레비선 부인을 살해했어요. 부인이 자기 손으로 직접 목을 조르지는 않았을 테니까요."

내가 정색을 하고 말했다.

"그렇지. 자기 목을 직접 조르지는 않았지."

그가 마른 웃음을 웃으며 선선히 인정을 했다.

"살인범이 들어올 때 정말 창문으로 들어왔다면 나갈 때는 허공으로 펑 하고 사라질 수는 없잖아요."

"그렇지. 그럴 수는 없지."

이번에도 선선히 내 말을 인정했다.

"그럼 도대체 뭐란 말씀이에요?"

내가 따지듯 물었다.

"그렇다면 그 집에 사는 누군가가 범죄를 저질렀다는 말이네."

노인의 입에서 마침내 이 말이 나왔다. 나는 다섯 개의 다이아몬드에 얽힌 수수께끼의 진상이 풀리는 순간이 드디어 찾아왔음을 직감했다. 노인이 갈고리처럼 가느다란 손가락을 미친 듯이 놀려 사랑해 마지않는 노끈에 매듭을 지었기 때문이다.

내가 슬쩍 말문을 뗐다.

"리베카 레비선도 아니고 루번 레비선도 아니고……."

"그래, 두 사람 다 아니야."

노인이 불쑥 딱 잘라 말했다.

"그걸 모르는 사람은 없지. 범죄의 수법은 여자가 저지를 만한 것이 아니었어. 루번이 형수의 비위를 맞추려고 어머니를 죽였을 리도 없고. 당연히 말도 안 되는 주장이야. 시간과 정황 증거는 물론 동기와 기회조차 두 사람의 결백을 증명해 주고 있어. 아니야. 이 흉포한 범죄의 동기를 찾아내려면 사건을 더 깊이 파헤쳐 봐야 해. 앞서 말한 이유보다 더 강력한 결의, 무엇보다 계획을 실행에 옮길 체력과 기회가 있는 사람이 누구인지 찾아야 한다는 말이야. 솔직히 말하자면 애초에 범행 계획 따위는 없었을 거야. 대신 어린 아내를 우상처럼 숭배하고 그녀와 어머니 사이의 무시무시한 말다툼을 목격한 남자가 있었지. 그 남자는 분명 자신이 사랑하는 여인을 향한 어머니의 분노를 누그러뜨리려고 어머니를 찾아갔을 거야."

나는 노인의 말을 듣고도 도저히 믿기지 않아 비꼬듯 되물었다.

"설마 에런 레비선이 범인이라는 거예요?"

노인은 차분하게 대답했다.

"그래, 그런 말이네. 이 사건과 관련된 상황을 잘 살펴보면 자네도 내 말에 동의할 거야. 몇몇 사실들은 누구나 알고 있어. 먼저 에런 레비선은 자신의 아내를 숭배할 정도로 깊이 사랑했어. 그는 운동선수처럼 체격이 좋고 야외 활동을 좋아하지. 이 두 가지 사실을 염두에 두고 그날 저녁에 끔찍한 언쟁이 벌어진 후 그의 행적을 상상해 보게. 한동안 그는 가게에서 바빴어. 그러는 와중에도 불같이 화가 난 어머니와 그로 인해 사랑하는 리베카가 당한 불쾌한 일들이 머리를 떠나지 않았겠지. 결국 그는 위층으로 올라가 어머니와 이야기를 하며 화를 푸시라고 사정을 해 보기로 마음을 먹어. 아이다 그리그스가 살그머니 방에서 나와 열쇠 구멍에 귀를 딱 붙이고 자신과 어머니의 이야기를 다 들을까 봐 겁이 났기 때문에 하녀의 방문 열쇠 구멍에 열쇠를 꽂고 돌려 버리고 열쇠를 그대로 두었어. 어머니와 이야기를 하면 분위기가 심상치 않을 테고 그러다 보면 어머니가 리베카를 두고 심한 말을 퍼부을 텐데, 아이다가 그런 소리를 듣게 하고 싶지 않았던 거지.

그런 다음에 어머니의 방문을 두드리고 들어가겠다고 했을 거야. 귀중품이 들어와 금고에 넣어야 한다는 핑계를 대었겠지. 그런 일이라면 레비선 부인이 문을 열지 않을 이유가 없지. 그는 안으로 들어가 어머니에게 이야기를 꺼냈어. 하지만 그녀는 험한 말을 가리지 않았을 거야. 그때 즈음이면 귀하디귀한 아들인 루번이 미워 죽겠는 며느리를 위해서 금고에서 다이아몬드를 훔쳐 간 걸 알게 되었을 테니까 말이야.

　한 여자를 두고 아들은 사랑하고 어머니는 미워했지. 그러니 두 사람이 얼마나 험악하게 싸웠겠나. 어머니의 비난에 아들은 남편으로서의 자존심이 망가지면서 걷잡을 수 없는 격렬한 분노를 느끼지 않았을까? 아들이 까닭 모를 격한 감정에 사로잡혀 아내에게 퍼붓는 모욕적인 말을 멈추게 하려고 어머니의 목을 조르지 않았을까? 노모는 순간적으로 균형을 잃고 뒤로 넘어지면서 대리석 세면대 모서리에 머리가 부딪힌 것은 아닐까? 아들은 고개를 숙여 자신이 저지른 짓을 보고 공포로 미칠 것만 같았을 거야.

　그 순간 자기 보호 본능이 발동을 했어. 아! 에런은 남들이 생각하는 것보다 훨씬 영리했어. 그는 아이다 그리그스의 방문을 밖에서 잠가 둔 걸 다행스럽게 생각했을 거야. 끔찍한 사건 현장을 평범한 강도 현장으로 만들기만 하면 되었어! 그는 어머니의 침실을 안에서 잠그고 불을 껐어. 그런 후에 창문을 활짝 열었지. 신체 건장한 젊은 남자니 2층 창문에서 뛰어내리는 게 그리 어렵지는 않았을 거야. 벽에 자라는 넝쿨도 이용할 수 있었지. 그런 끔찍한 상황에 처하고 보니 위험한 것도 몰랐을 거야. 천만다행으로 이때는 그가 그날 밤에 아래층의 문을 모두 잠그고 빗장을 걸기 전이었어. 이건 무척 중요한 사실이야. 그는 2층에서 마당으로 뛰어내린 후 뒷문으로 들어왔어. 그리고 문을 잠그고 아무 일도 없었다는 듯이 자러 올라간 거라네.

처음부터 끝까지 요란한 소리 같은 것은 들리지 않았어. 노부인이 쓰러질 때조차 거의 소리가 나지 않았지. 불쌍한 할멈! 비명을 지를 겨를도 없었을 거야. 유일하게 난 소리가 창문을 여는 소리였어. 하지만 그 정도로 아이다 그리그스가 침대에서 나오지는 않았지. 그런 계층의 여자들은 무슨 소리에 놀라면 오히려 이불을 머리 끝까지 뒤집어쓰기 마련이니까. 그래서 제 어머니를 죽인 불쌍한 남자는 아무에게도 들키지 않고 살그머니 자신의 방으로 올라갈 수 있었어. 도대체 누가 그를 의심할 수 있겠나? 그는 이제까지 어머니와 말다툼을 벌인 적이 없었어. 게다가 유산으로 받을 것도 별로 없지. 검시 배심에 온 사람들은 하나같이 그를 동정했어. 하지만 나는 자신의 범행 흔적을 말끔하게 지워 버린 냉정함과 영리함에 감탄을 금할 수가 없더군. 그가 위층으로 올라가기 전에 구두를 꼼꼼하게 닦고 잠자리에 들기 전에 옷을 깨끗하게 털고 개키는 모습이 눈앞에 선해. 자네는 안 그런가?"

엉뚱하기 짝이 없는 노인은 노끈을 우스꽝스러운 트위드 코트 주머니에 집어넣으며 되물었다.

"교활한 범죄자 아닌가? 잘 생각해 봐. 그러면 내 말이 옳다는 걸 알게 될 거야. 자네 말마따나 레비선 부인은 자신의 목을 직접 조르지 않았어. 외부에서 침입한 강도가 허공으로 사라질 수도 없는 노릇이고 말이야."

브루드넬
저택의
살인
사건

10

The Old Man
in the Corner

001
☆☆☆

"브루드널 저택 사건을 어떻게 볼지 마음을 정했나?"

그날 구석의 노인은 이렇게 물었다.

"아뇨. 적어도 포버그 대령의 죽음에 관해서는 도무지 갈피를 못 잡겠어요."

내가 순순히 대답했다.

"설마 몰리 스롤이 유죄라고 생각하는 건가?"

그가 끈덕지게 물었다.

"글쎄요. 뭘 어떻게 생각해야 할지 전혀 모르겠어요."

"그럼 아무 생각도 하지 마."

노인은 껄껄거리며 말했다.

"어떻게 생각해야 할지 모를 때는 아무 생각도 안 하는 게 답이야. 적어도 무슨 일이 벌어졌는지 내게 들을 때까지만이라도 참게나. 내가 지금부터 신문에 보도된 대로가 아니라 사건이 일어난 순서대로 들려줄 테니.

작년 크리스마스이브였어. 사람들이 저녁을 들고 있었지. 갑자기 밖에서 요란한 소리와 함께 '도둑이야!' 하는 고함 소리가 들렸어. 소리가 난 곳은 포버그 대령이 살고 있는 브루드널 저택의 뒤쪽이었다네. 잔뜩 흥분한 집사가 식당으로 뛰어 들어와 전하기를, 줄리아 메이슨이라는 하녀가 2층에서 창문의 커튼을 치다가 어떤 남자가 아래층 흡연실 프랑스식 창문의 겉창을 만지작거리는 모습을 봤다는 거야. 하녀가 소리를 지르자 침입자는 정원을 쏜살같이 가로질러서 이만 제곱미터 정도 되는 들판으로 사라졌다더군. 대령과 그의 의붓아들은 함께 저녁을 들던 남자 손님 두 명과 함께 자리에서 벌떡 일어나 그자를 쫓아 갔지. 밖은 칠흑같이 어두웠어. 사람들은 우왕좌왕했지. 한동안 소란스럽고 혼란스럽더니 두 발의 총성이 연달아 울렸어. 그것도 아주 또렷하게 말이야.

대령의 의붓딸인 모니카 글렌루스와 숙녀들은 응접실에 남아 있었어. 남자들이 돌아올 때를 기다리느라 저녁도 중단되었지. 마침내 나갔던 남자들이 한 사람씩 돌아왔어. 대령만 빼고. 숙녀들은 흥분해서 어떻게 되었는지 물었지만 돌아온 남자들은 들려줄 말이 별로 없었어. 밖이 너무 어두워서 일단 대기하고 있었는데, 추격에 나섰던 사람들이 일부 돌아와 도둑을 잡았다는 소식을 알려 줬다는 거야. 이 소식을 모니카의 남동생이 확인해 줬어. 그가 마지막으로 돌아왔거든. 게다가 도둑이 잡히는 장면을 직접 목격까지 했다는 거야. 도둑은 들판을 총알처럼 가로질러 갔지만 앞에 있는 마구간에 막혀 돌아설 수밖에 없었지. 그자는 오른쪽으로 방향을 틀어서 텃밭을 통과해 부지의 경계인 담장을 훌쩍 뛰어넘어 도로로 도주하려고 했어. 그런데 우연히 그곳을 지나가던 현지 경관에게 뛰어들었다지 뭔가. 제럴드 글렌루스는 도둑놈을 쫓아간 일이 상당히 재미있었던 모양이야. 그는 도둑의 도주 경로를 대충 짐작한 후 추격대에 합류해 들판을 가로지르는 대신 빙 둘렀지. 덕분에 도둑이 담을 뛰어오른 지 몇 초 만에 그곳에 도착했어. 사람들은 좀 전에 들은 총격에 대해 이야기를 나눴지. 다들 성격이 불같은 포버그 대령이 추격에 나서기 전에 권총을 뽑아 들고 도둑을 향해 마구잡이로 총을 쏘았을 것이라고 짐작을 했어. 총알이 빗나가서 다행이었지.

소동은 그렇게 끝이 나고 사람들은 다시 저녁을 먹기 시작했어. 파티의 주최자는 돌아오지 않았지만 말이야. 처음에는 아무도 신경을 쓰지 않았다네. 왜냐하면 대령이 하인 혹은 도둑을 잡은 경관과 이야기를 하는 중이라고 생각을 했거든. 그런데 삼십 분이 되도록 소식이 없지 뭔가. 모니카는 불안해하기 시작했어. 그래서 집사에게 마구간과 관리실에 전화를 해 대령을 본 사람이 없는지 확인하게 했더니, 도둑을 뒤쫓아 가는 동안이나 그 후에도 대령을 본 사람이 아무도 없다는 거야. 경찰서에도 연락을 해 보았지만 결과는 마찬가지였지. 대령을 봤거나 무슨 얘기를 들었다는 사람은 아무도 없었어. 일이 이쯤 되자 와락 겁이 난 모니카는 사람들에게 집 주위를 찾아보라고 시켰어. 대령이 달려가다 넘어지는 바람에 컴컴한 곳에 의식을 잃은 채 쓰러져 있는 것이 아니고서야 이럴 수는 없다 싶었던 거지. 얼마 전의 총소리가 저절로 머리에 떠오르면서 온 집 안에 비극의 그림자가 퍼져 나갔어. 모니카는 이런 사태를 미리 생각하지 못했다며 자신을 탓했지.

곧 수색대가 꾸려졌어. 마구간의 등불과 손전등으로 어둑한 곳과 덤불 곳곳을 살펴보았지. 얼마나 시간이 지났을까 어디선가 도와 달라는 소리가 들렸어. 주위를 대중없이 비추던 불빛이 한곳에 집중되었지. 소리가 난 곳은 들판 한가운데 서 있는 커다란 느릅나무 언저리였어. 사고가 일어난 게 틀림이 없었다네. 모니카가 저택 현관으로 뛰어가자 다른 손님들도 우르르 뒤를 따랐지. 어둠 속에서 남자들이 천천히 저택으로 오는 모습이 보였어. 그중에서도 한 명이 앞서 달려오고 있었는데, 운전사였지. 제럴드는 불길한 사태를 어느 정도 예감하고 운전사를 맞으러 갔어. 그가 들려준 상황은 기묘하면서도 비극적이었지. 수색대가 들판에 팔다리를 쭉 뻗은 채 쓰러져 있는 대령을 발견했다는 거야. 대령의 옷은 피로 흠뻑 젖어 있었지. 가슴에 총을 맞은 것 같았고 죽은 것이 분명했어. 권총은 시신 곁에 떨어져 있었고. 모니카에게는 이 끔찍한 소식을 숨길 도리가 없었지. 결국 동생이 누나에게 직접 비보를 전했어. 그녀는 놀랍도록 침착했어. 새아버지의 시신을 위층에 안치하고 경찰과 의사를 부르라는 지시를 내린 사람이 바로 그녀였을 정도로 말이야.

어느새 손님들도 모두 돌아왔어. 어찌할 바를 모르고 여기저기 모여서 소곤거렸지. 들다 만 저녁을 다시 먹을 기분도 아니었고 그렇다고 각자 방으로 돌아갈 생각도 들지 않았어. 어차피 경찰이 도착하면 나와서 질문을 받아야 할 테니 말이야. 모니카와 제럴드 남매는 흡연실로 들어가 경찰을 기다리기 시작했어.

저택의 사람들 가운데 그날만큼 무시무시한 크리스마스이브를 보낸 적이 있는 사람은 아무도 없었을 거야."

002
***

구석의 노인은 잠시 후 다시 이야기를 시작했다.

"살인 사건이 단순한 강도의 소행이 아닐 경우 대중은 흥미를 품기 마련이지. 그런 사건에는 어김없이 수수께끼가 숨어 있거든. 남녀 간의 사랑이 관련되었을 가능성도 있고. 이 사건은 단순한 강도 사건으로 보기 어려웠어. 포버그 대령은 가까이에서 가슴을 정통으로 맞고 쓰러졌고 시신에 손을 댄 흔적이 없었던 것으로 밝혀졌어. 바지 주머니에는 은화가 들어 있었고 휴대용 편지함에도 지폐가 들어 있었지. 게다가 훌륭한 진주가 박힌 금회중시계도 그대로 있었고. 이런 정황을 보면 살인 동기는 원한이 아니면 복수였어. 그런데 이 대목에서 경찰은 난관에 부딪히고 만 거야. 죽이고 싶을 만큼 대령을 미워한 사람을 찾는 건 어렵지 않았어. 오히려 수많은 앙숙들 가운데 그런 끔찍한 짓을 저질렀을 만한 사람을 잡아내기가 어려웠지. 대령은 인근에서 가장 미움을 받았던 사람이었거든. 사람들은 대령을 리마운트 포버그라고 불렀어. 이십 년 전 보어 전쟁 중에 육군의 리마운트 부*와 관련된 미심쩍은 거래로 큰돈을 벌었다더군. 첫 번째 아내는 마음의 상처로 죽었다고 하는데, 둘 사이에 아이는 없었지. 그러다가 십 년 전에 애가 둘 있는 과부와 재혼을 했어. 그녀도 재산이 상당했다네. 그녀는 죽으면서 아이들을 위해 재산을 신탁에 맡겼어. 아이들이 성년이 될 때까지의 후견인으로 남편을 지정했지. 게다가 두 아이가 결혼을 하지 않고 새아버지와 함께 사는 동안은 신탁 이자는 그에게 돌아가도록 유언을 남긴 거야. 물론 그가 사망하면 상속인은 두 자녀가 되지.

어처구니없는 유언이었어. 그런 유언을 남기다니 범죄라고 해도 할 말이 없을 거야. 포버그 대령이 그렇게 작성하도록 뒤에서 조종을 했겠지. 불쌍하게도 그 여자는 죽을 때까지 리마운트 포버그의 본색을 몰랐던 거야. 그녀가 죽은 후 대령의 포악한 성격과 참을 수 없는 오만함 때문에 두 아이에게서 친구들이 모두 떨어져 나갔어. 요즘에 들어서야 간신히 브루드널 저택 주변 사람들을 사귈 기회가 생긴 거라더군. 주위에서는 의붓딸인 모니카에게 구혼자가 접근하지 못하게 하려고 대령이 꾸민 짓이라고 수군거렸어. 사실 모니카는 매우 아름다운 아가씨야. 반면 동생인 제럴드는 외모가 서글플 정도로 보기 흉하지. 학생일 때 어디서 떨어졌는데 날카로운 물건에 부딪혀서 코가 부러졌어. 설상가상으로 한쪽 눈의 시력마저 잃었는데, 그렇게 된 상황이 수상쩍기 짝이 없단 말이지. 난폭한 포버그 대령에게 많이 시달린 사람들은 제럴드의 얼굴은 막대기로 맞아서 그렇게 되었는데, 막대기를 휘두른 사람이 바로 대령일 거라고 했어. 제럴드 글렌루스는 기형적인 외모 탓에 내성적이고 남과 잘 어울리지도 않고 말이 없는 사람이 되었다네. 남들과 운동을 하지도 않고 사냥을 나가지도 않았지. 총을 어떻게 다루는지도 모른다더군. 그런데 대령은 그런 제럴드를 아꼈어. 남에게 늘 가혹하고 고압적인 대령도 제럴드에게만은 너그러웠다는 거야. 제럴드에게만큼은 상냥하고 다정했다지. 아마도 회한 같은 감정이 그 불쾌한 인간의 감수성을 자극한 게 아닐까 싶어. 희한하게도 모니카에게는 그런 모습을 전혀 보여 주지 않았다네.

야만적이라고밖에 할 수 없는 대령의 난폭한 태도 속에서 모니카의 삶은 지옥이나 다름이 없었어. 그녀는 공공연히 대령을 증오했고 대놓고 속내를 드러냈지. 그녀의 유일한 소망은 무슨 수를 써서라도 브루드널 저택을 벗어나는 것이었다네. 하지만 어머니의 어리석은 유언 때문에 수중에 돈이라고는 한 푼도 없었어. 몇 안 되는

● **리마운트 부** _ 육군에 말과 노새를 보급해 주는 부서로 1887년에 신설되어 1942년에 폐지되었다.

친구 중에도 그녀에게 집을 나와 지낼 수 있는 거처를 선뜻 내줄 만큼 부유한 사람도, 사심이 없는 사람도 없었어. 물론 대령도 그녀의 독립을 허락해 줄 리가 없었지. 결혼도 쉽지 않았어. 젊은 남자들은 리마운트 포버그 집안과 가족으로 이어지기를 꺼렸거든. 대령의 별명도 유명했는데 게다가 그의 과거에 대한 은밀한 소문이 있었어. 그래서인지, 모니카는 어딜 가든 남자들의 흠모를 한 몸에 받아서 몇 번이나 공개적으로 구애를 받았지만 정작 약혼으로 이어진 경우는 단 한 차례도 없었어. 어김없이 무슨 일이 일어나 구혼자들의 열기가 사그라졌지 뭔가. 그들은 하나같이 갑작스럽게 맹수 사냥 원정대에 참가하거나 세계 일주를 떠났어. 그게 아니면 단지 시골 공기가 자신에게 맞지 않는다는 핑계를 대었지. 곧 돌아오겠다며 요란한 말을 하고 헤어졌지만 모니카는 그 이별로 모든 게 끝이 났다는 사실을 똑똑히 알았다네. 그녀는 정열적인 만큼 똑똑하기도 한 아가씨였거든. 그녀는 새아버지와 구혼자가 긴 시간 면담을 가지기만 하면 곧이어 이별이 찾아온다는 사실을 알아차린 거야. 그러니 대령을 미워할 만하지 않나. 모니카는 대령을 증오하는 만큼 동생을 아끼고 사랑했어. 특히 최근 들어 남매의 우애가 더 각별해졌지. 부당한 대우를 받으며 함께 고생한다는 사실 때문에 더욱 서로를 아끼게 되었을 거야. 제럴드에게는 아름다운 누나를 지켜 주려는 마음도 있었겠지. 성격이 불같은 대령이 공공연하게 자신을 애지중지하니 그가 누나에게 걷잡을 수 없는 분노를 터뜨릴 때마다 보호막이 되어 줄 수 있었을 거야.

그런데 최근에 모니카 글렌루스의 우울한 삶에도 빛과 로맨스가 찾아왔어. 몰리 스롤이라는 남자가 조심스럽게 그녀에게 애정을 드러내기 시작했거든. 몰리는 아주 젊지도 않고 독립적인 남자였어. 그래서 리마운트 포버그의 딸과 결혼을 한다고 그곳의 사교계로부터 따돌림을 받든 말든 신경 쓰지 않았지. 후에 벌어진 일들을 보면 그 남자는 모니카에게 극도로 신중하게 구애를 했던 것 같아. 그와 모니카 사이에 뭔가가 있다는 사실을 알아차린 사람이 아무도 없었으니까 말이야. 특히 대령은 짐작조차 못 했어. 몰리 스롤은 어쩌다 한 번씩 브루드널 저택을 찾아왔어. 오더라도 대령과 제럴드하고 주로 어울리는 듯 보였지. 어쩌다가 모니카에게 아는 척을 하기도 했지만 그런 경우는 드물었어. 어쩌면 모니카가 자신들 앞에 놓인 암초에 대해 미리 언질을 줬을지도 몰라. 그래서 모니카가 두려워하던 중대한 면담을 피해 갈 수 있었던 것인지도 모르지.

몰리 스롤이 브루드널 저택에서 초대를 받아 크리스마스를 보내러 왔을 때 함께 있었던 손님들은 로스톤 소령 부부와 그들의 딸인 레이철이었어. 그들은 사건이 벌어졌던 크리스마스이브에 함께 저녁을 들고 있었지. 그리고 도둑이 들었다는 소리에 남자들이 대령을 따라 식당에서 뛰쳐나갔던 거야."

003

☆☆☆

"크리스마스 연휴가 끝난 직후에 브루드널 저택의 상황은 이랬어. 일단 최근에 포버그 대령이 고용한 마부였던 제임스 페이턴이 전 고용주를 살해한 혐의로 검시관에게 끌려갔어. 상황은 그에게 불리했지. 그는 사건이 나기 얼마 전에 술을 많이 마신다는 이유로 대령에게 해고되었던 거야. 특히 해고당하기 전에 대령에게 얻어맞기까지 했는데, 맞을 짓을 하긴 했더군. 술에 취해서 하마터면 마구간에 불을 낼 뻔했다지 뭔가. 마침 대령이 마구간에 온 덕분에 크게 번지는 걸 막을 수 있었다더군.

마부는 쫓겨나면서 꼭 앙갚음을 하겠다고 이를 갈았어. 결국 폭행죄로 포버그 대령을 고소했는데, 피해 보상금으로 고작 일 실링을 챙겼지 뭔가. 그게 크리스마스 일주일 전 일이었어. 그 이후로 그자가 몇 번이나 대령에게 위협적인 말을 했다고 맹세할 수 있는 증인들도 몇 명 있었지. 그러다 결국 흡연실의 프랑스식 창문으로 그 집에 침입하려다가 잡혔지만 말이야.

한편 리마운트 포버그를 쏜 권총은 약실 두 개가 빈 채로 시신 곁에서 발견되었는데, 대령 본인의 것으로 확인되었어. 대령은 항상 총에 총알을 넣은 채 흡연실의 책상 서랍에 보관했다더군. 이 점과 관련해 흥미로운 사실이 한 가지 있어. 경위가 제일 먼저 흡연실의 덧문들을 확인했는데 안에서 빗장이 질러져 있었지. 1층의 창문과 덧문의 문단속을 담당하는 하인이 그날 저녁 일찍 둘러볼 때 확인했던 모습 그대로였어.

덧문 안에 빗장이 질러져 있었다는 사실은 사건이 벌어진 후 흡연실에 처음 들어갔던 모니카 글렌루스가 확인해 주었지. 제럴드도 그녀를 뒤따라 흡연실로 들어갔어. 두 사람은 누군가 뒤지거나 한 흔적은 보지 못했고, 덧문에는 빗장이 걸려 있었으며 책상 서랍은 닫혀 있었다고 단언을 했어. 두 사람은 경위가 올 때까지 계속 그곳에서 기다렸다고 대답을 했지.

두 사람이 이렇게 단언하자 검사는 지푸라기라도 잡는 심정으로 말도 안 되는 가설에 매달렸다네. 검사는 대령이 다른 사람들과 함께 도둑을 쫓아가기 전에 서둘러 흡연실로 들어와 권총을 챙긴 거라고 했어. 그런 후에 페이턴을 앞질러 가서 권총으로 그를 위협했다는 거야. 그러자 페이턴이 그를 덮쳐 몸싸움을 하던 중 권총을 빼앗아 들고 대령에게 쏘았다는 거지. 얼토당토않은 주장이었기 때문에 변호인이 그 가설을 손바닥 뒤집듯 뒤엎을 수 있었지. 제럴드 글렌루스는 대령이 식당에서 곧장 정원으로 달려 나간 것 같다고 증언을 했어. 한편 현관에서 그 소동을 지켜보았던 젊은 하인은 대령이 달려 나올 때 권총을 가지고 있지 않았다고 증언을 했다네.

페이턴은 주거지에 불법 침입을 시도한 죄목으로 육 개월 강제노역형을 받았어. 하지만 더 중한 죄를 추가할 만한 증거는 전혀 없었지. 그에게 씌워진 살인 혐의가 기각되자 리마운트 포버그의 비극적인 최후를 둘러싼 수수께끼는 더욱 미궁 속으로 빠져드는 것 같았다네. 그럼에도 불구하고 검시관과 배심원단은 검시 배심에서 최선을 다했어. 리마운트 포버그를 죽인 자를 찾아내기 위해 아무리 사소한 증거도 그냥 넘어가지 않았지. 이 과정에서 갸륵할 정도로 애를 쓰는 검시관에게 모니카가 전폭적으로 협조를 했어. 생전에 새아버지와 사이가 얼마나 험악했든지 간에 살인범만큼은 반드시 잡아내기로 작정한 것 같았어. 그런데 그게 다가 아니었어. 수사가 진행되는 끔찍한 시간 내내 그녀는 복수심과 적대심으로 불타오르는 것 같았지. 마치 오만하고 야만적인 독재자를 그녀에게서 빼앗아 간 미지의 인물에게서 다시는 치유되지 않을 상처를 받은 것처럼 말이야.

그녀가 동분서주해 주지 않았다면 몇몇 증인들이 법정에 나와 증언을 하고 그 증언이 충격적인 증거로 밝혀지는 일도 없었을 거야. 제임스 페이턴이 유죄라고 확신했던 경찰은 자신들의 가설을 입증하기 위해 전력을 쏟았어. 한편 모니카는 내부인의 소행이라는 심증을 굳힌 것 같았지. 짚이는 구석이 있어서 사실을 확인하려는 게 아닌가 싶기도 했다네. 모니카는 그날 밤에 저택에 있었던 사람들 모두에게 질문을 하고 또 했다네. 사람들이 경찰에게 심문을 받는 상황을 얼마나 꺼리는지 잘 아니까 말이야. 결국 두 사람을 증인으로 나서게 하는 데 성공했어. 검시 배심 첫날 마침내 수수께끼에 싸인 사건을 풀 수 있게 해 줄 실마리 하나가 나타났어.

먼저 경찰의가 포버그 대령은 근거리에서 발사된 총알 두 방에 심장을 관통당해 사망했다는 사실을 증언했어. 그 직후에 모니카가 증인으로 나왔다네. 사건 직전의 대령의 정신 상태에 대해 검시관이 질문을 했어. 그녀는 대령이 불길한 일이 벌어질 것이라는 예감을 했던 것 같다고 대답했지. 도둑이 침입하려 했다고 집사가 소리치며 식당으로 들어오자마자 대령이 벌떡 일어섰어.

모니카는 이렇게 증언을 했어.

'저도 덩달아 일어났습니다. 너무 놀랐거든요. 새아버지는 위압적인 태도로 제게 앉으라고 하셨어요. 그리고 껄껄 웃으시며 이렇게 말씀하셨죠.

"이건 분명 미리 짠 일일 거야. 스롤이 친구와 짜고 벌인 짓이겠지."

저는 새아버지가 무슨 말씀을 하시는지 이해가 안 돼서 설명을 듣고 싶어 하며 스롤 씨를 바라보았습니다. 여기서 꼭 말씀드릴 사실이 있어요. 그날따라 그분은 저녁 내내 유난히 침울해 보였어요. 얼굴도 붉게 상기되어 있었죠. 문득 그분이 새아버지나 동생은 물론 제게도 한마디도 하지 않았다는 사실이 떠올랐어요. 그때 스롤 씨의 시선을 놓쳤고 다음 순간 그분은 새아버지의 뒤를 따라 식당을 나가 버렸습니다.'

놀라지 않으려야 놀라지 않을 수 없는 증언이었어. 그런데 대령이 한 묘한 말을 들었다는 증인이 둘이나 더 있었어. 바로 브루드널

저택에서 그날 함께 식사를 했던 레이철 로스톤과 제럴드 글렌루스
였다네.

상황이 이렇게 돌아가자 사람들은 당연히 흥분하기 시작했어.
사냥감의 냄새를 맡은 사냥개 무리 같더군. 그 무렵 배심원단은 편
견에 사로잡혀 앞뒤 꽉 막힌 행동을 할 것만 같은 징후를 보이기 시
작했어. 모니카는 가진 패가 더 있었어. 또다시 모니카의 집요한 노
력으로 이번에는 캠볼트라는 브루드널 저택의 젊은 하인이 증인석
으로 나왔다네. 가능하면 절대 입 밖에 내지 않으려고 했던 이야기
를 털어놓으려고 말이야. 그는 억지로 증언을 하는 티가 역력했어.
말소리도 잘 들리지 않을 정도였지. 모니카는 사람들의 시선도 아
랑곳하지 않고 더 큰 소리로 똑똑하게 말하라고 몇 번이나 그를 다
그치더군.

캠볼트는 그날 저녁 식사가 시작되기 전에 흡연실을 정리하려
고 들어갔어. 시간상으로는 남자들이 옷을 갈아입고 아래층으로 내
려오기 전이었거든. 문을 여니 몰리 스롤이 방 중앙에 서서 책상에
앉아 있는 대령을 마주 보고 있었어. 그때 제럴드 글렌루스는 벽난
로 근처에서 난로 망에 한쪽 발을 올린 채 불길을 바라보며 있었고.
몰리는 분노를 터뜨리고 있었지.

방청객과 배심원단이 숨소리조차 내지 못할 정도로 조용한 가
운데 캠볼트는 증언을 계속했어.

'그분은 한 발자국 앞으로 나아가며 주먹을 들었습니다.

하지만 대령님은 껄껄 웃으면서 책상 서랍을 열어 스롤 씨에게 권총을 꺼내 보이셨습니다. 그리고 이렇게 말씀하셨죠.

"이봐, 이거 보이지. 총이야."

그러자 스롤 씨가 이렇게 말했습니다.

"당신은 불한당이야! 악당이라고! 당신 같은 개자식은 총에 맞아 죽어도 싸."

저는 그분이 대령님을 치기라도 할 줄 알았습니다. 하지만 제럴드가 두 분 사이에 끼어들며 이렇게 말했습니다.

"이보세요, 스롤 씨. 이런 태도는 더 이상 못 참겠군요! 어서 여기서 나가요!"

바로 그때 그들 중 한 분이 제가 있는 것을 눈치챈 순간 스롤 씨가 흡연실을 나가셨습니다.'

'그가 흡연실을 나간 후 어떤 일이 벌어졌나?'

검시관이 물었다네. 증인은 흥분해서 이렇게 대답했어.

'아! 대령님은 권총을 다시 서랍에 넣고는 비꼬는 듯이 웃으셨습니다. 그리고 제럴드 씨에게 손을 내밀며 이렇게 말씀하셨습니다.

"고맙구나, 얘야. 네 덕분에 무뢰배를 쫓아냈구나."

그 후에 저는 제 일을 했고 신사분들은 저를 신경 쓰지 않으셨습니다.'

검시관은 그 이후에 벌어진 일에 대해서 집중적으로 질문을 했어. 그러니까 도둑이 들었다는 소리를 듣고 남자들이 집 밖으로 달려 나갔을 때 상황을 말이지. 그때 캠볼트는 홀에 있었어. 상황이 벌어지자 그는 곧장 현관으로 달려갔지. 그가 말하기를 대령이 제일 먼저 나갔고 그 뒤를 제럴드와 로스톤, 몰리 스롤이 따라갔어. 그러니까 몰리가 제일 마지막이었던 거야. 몰리는 정원을 곧장 가로질러 들판으로 달려갔고 로스톤 소령은 집 근처 어딘가에 서 있었어. 밖이 너무 어두워서 캠볼트는 이내 신사들을 시야에서 놓치고 말았어. 이윽고 몰리가 집으로 돌아왔어. 총이 연달아 발사되고 몇 분 후에 캠볼트는 몰리가 로스톤 소령에게 하는 말을 들었어.

'멍청한 포버그가 도둑에게 마구 쏘아 댄 걸 겁니다. 저러다 잘못하면 입장이 곤란해지겠는데요.'

그 직후에 제럴드가 돌아와서 도둑이 지나가는 경관에게 뛰어드는 바람에 잡혔다는 소식을 전해 줬지. 캠볼트는 식사 시중을 들기 위해 식당으로 돌아갔어."

구석의 노인은 술술 이야기를 이어 나갔다.

"자네도 짐작하겠지만 이 증언은 상당한 충격을 몰고 왔어. 배심원단은 농장의 일꾼들이었지. 배심원 대표는 그 동네의 푸주한이었고. 이 사람들은 이미 멍청하기 짝이 없는 결론을 내려 놓은 상태였어. 몰리 스롤이 기회를 봐 흡연실에 몰래 들어가 권총을 훔쳐서는 평소 감정이 좋지 않았던 리마운트 포버그를 쏘아 죽였다는 거야. 그들은 대령이 모니카와의 결혼을 반대했기 때문에 그런 것이 아니겠느냐고 했다네.

그 멍청이들은 불을 보듯 뻔한 사건이라고 생각하고 증언을 더 들으려고도 하지 않았지. 벌써 마음을 정해 버린 거야. 평결도 정해 놓았지. 어떤 평결이었는지 아나? 몰리 스롤의 과실 치사였어. 살인이 아니었단 말일세! 오만하고 불같은 성격의 리마운트 포버그에게 시달릴 대로 시달렸던 그 얼간이들은 버러지만도 못한 인간을 죽인 죄가 중죄라고 생각하지 않았어.

지금 이 이야기가 사실이 아니었다면 절대 믿지 못했을 걸세. 영국식 정의를 인용하고 배심원단에 의한 재판이 절대적으로 공정하다는 주장을 들먹여 봐야 소용없겠지. 다행스럽게도 검시관의 검시 배심은 재판이 아니야. 이 사건에서 검시 배심의 배심원단이 내린 평결은 결백한 사람에게는 불쾌하겠지만 인생이 끝장날 정도는 아니야. 이 평결로 지위와 명성을 갖춘 신사가 오명을 쓴 것은 사실이지만. 이튿날 치안 판사인 몰리 스롤은 수치스러운 혐의로 동료 판사 앞에 불려 나가게 되었다네."

004
☆☆☆

구석의 노인은 잠시 후 다시 이야기를 시작했다.

"몰리 스롤처럼 지체 높은 신사가 중죄 혐의로 기소를 당하는 일이 흔한 일은 아니지. 잘난 사람들은 너무 속물이라 빌 사이크스•

•　**빌 사이크스** _ 찰스 디킨스의 소설 『올리버 트위스트』에 나오는 좀도둑.

같은 평민보다 귀족의 범죄에 더 반색하는 것 같단 말이지.

　나는 치안 판사인 몰리 스롤의 심리를 지켜볼 수 있었다네. 좌우에 교도관 두 명과 함께 들어오는 몰리는 침착하고 냉정했어. 그 자리에 있었던 사람들은 그가 재판정에 들어오는 순간부터 심리가 진행되는 내내 변호인 테이블에 앉아 있는 모니카와 눈을 맞추려 한다는 사실을 눈치챘어. 눈이 마주칠 때마다 그녀는 재빨리 시선을 돌리고 경멸하듯 어깨를 으쓱하며 고개마저 돌려버렸지. 제럴드 글렌루스는 어떻게든 몰리에게 동정심을 보이려고 하더군. 하지만 얼굴이 흉한데다 부끄럼까지 심하게 타니 몰리 스롤이 그의 마음을 과연 알아차리기나 했을지 의심스러웠어.

　방청객들은 이내 심리에 몰입했네. 무엇보다 핵심은 사건이 벌어진 시각이었어. 몰리가 흡연실에서 권총을 훔쳤다면 도대체 언제 훔쳤을까? 하인인 캠볼트는 검시 배심의 증언을 되풀이했어. 집중적인 심문 끝에 그는 자신이 목격한 말다툼 후에 몰리 스롤이 아직 손님들이 식당에 모이지 않은 순간을 노려 몰래 흡연실에 들어와 서랍에서 권총을 꺼냈을 수도 있다고 했다네. 하지만 정말 그랬을 리는 없다는 증언을 확실하게 덧붙였어. 왜냐하면 캠볼트 자신이 흡연실을 정리한 후 음식을 내가기 위해 계속 홀을 들락날락했거든. 흡연실의 문은 홀로 나 있어. 주방으로 통하는 복도와 식당 사이지. 그러니 그때 누군가 흡연실을 드나들었다면 못 봤을 리가 없다는 거야.

바로 이때 모니카가 앞으로 몸을 숙여 법정 서기에서 무슨 말을 속삭였어. 그러자 이번에는 서기가 판사에게 귓속말로 그녀의 말을 전했지. 잠시 후 판사는 증인에게 이렇게 물었다네.

'증인이 저녁을 내가는 동안 흡연실에 아무도 드나들지 않았다고 맹세할 수 있습니까?'

그 질문에 증인이 대답을 못하고 우물쭈물하니까 치안 판사가 좀 더 세게 나갔어.

'잘 생각해 보시오! 증인은 그때 맡은 일을 하느라 분주했소. 그 시각에 신사가 흡연실을 드나드는 것은 유난스러운 행동이 아니오. 그렇게 일상적인 어느 한 장면이 절대로 없었다고 진심으로 믿고 맹세할 준비가 되어 있소?'

그 정도로 엄중한 요구를 받자 캠볼트는 바로 태도가 애매해지더군.

'아닙니다, 재판장님! 어느 쪽으로도 맹세는 할 수 없습니다.'

그러자 모니카는 몰리를 적의에 찬 눈빛으로 바라보았어. 물론 그는 눈 하나 깜짝하지 않았지.

다음으로 모니카가 증인으로 소환되었어. 그녀의 태도를 본 사람들은 전날 검시 배심의 배심원단처럼 그녀도 몰리가 유죄라고 철석같이 믿고 있다는 인상을 받았지. 그게 아니라면 몰리를 덮어놓고 적대적으로 대하는 이유를 짐작할 수조차 없었거든. 그녀는 마침내 몰리가 지난 몇 달간 그녀에게 관심을 보였고 청혼도 했다고 털어놓았다네.

그녀는 청혼을 받아들였다네. 하지만 때가 될 때까지 약혼을 비밀로 하기로 했지. 적어도 그녀가 스물한 살이 되어 자신이 고른 사람과 자유롭게 결혼할 수 있을 때까지 말이야.

그녀의 태도가 갑자기 딱딱하게 굳었어.

'안타깝게도 새아버지가 이 사실을 알게 되었어요. 그분은 항상 제 결혼을 반대하셨죠. 그날도 우리는 차를 다 마시고 저녁을 먹기 전에 결혼 문제를 두고 서로에게 험악한 말을 퍼부었어요. 마침내 새아버지는 확고한 어조로 말씀하시더군요.

"크리스마스든 아니든 그 자식은 내일 첫 기차를 타고 내 집에서 나가야 할 거야. 오늘 밤에 그자에게 내 결정을 알리겠다."

모니카가 여기까지 말했을 때였어. 그때까지 품위와 침착함을 잃지 않던 몰리의 태도가 변했어. 그의 입에서 분노를 참지 못하고 '이런!'이라는 탄식이 툭 튀어나왔지. 그 무렵 사람들은 모두 그가 유죄라고 믿고 있었어. 인간들은 남들이 생각하는 대로 따라가니까. 그들은 검시 배심의 평결을 접한 후부터 몰리를 삐딱한 시선으로 보게 되었지. 경찰도 마찬가지였어. 모니카의 적극적인 협조를 바탕으로 불쌍한 남자를 유죄로 옭아맬 무시무시한 혐의를 세워두었지. 사람들은 살인 동기가 드러났다고 믿어 의심치 않았어. 리마운트 포버그가 몰리 스롤과 격렬한 언쟁을 벌였고 잠시 후 집밖으로 나왔을 때 사랑하는 여자를 잃게 된 그가 둘 사이를 방해하는 대령을 죽여 버렸다 이런 식이었지.

검사의 주장을 뒷받침하기 위해 법정에 제시된 증거들을 자세하게 설명하려면 오늘 밤을 새워도 부족할 걸세. 몰리는 처음부터 끝까지 침착하게 검사의 주장을 듣고 있더군. 그는 팔짱을 끼고 멍한 눈빛을 한 채 서 있었어. 분노에 차 '이런!'이라고 외치는 탄식은 두 번 다시 들을 수 없었지. 모니카 글렌루스도 더 이상 쳐다보지 않고 말이야. 그 순간만큼은 무슨 말을 해도 그의 유죄를 입증하는 것처럼 들렸다네.

천만다행으로 몰리 스롤은 자신을 제대로 변호해 줄 유능한 변호사를 선임했지. 사촌인 에벌린 스롤이었어. 에벌린은 브루드널 저택의 하인과 손님 들을 증인으로 불러 놀랄 정도로 영리하게 반대 신문을 진행했어. 결국 도둑이 들어왔다는 소리가 난 후부터 권총 소리가 연달아 두 발 들린 직후까지 몰리가 증인들 가운데 누군가에게는 반드시 목격되었다는 증언을 이끌어냈어. 그는 식당을 제일 마지막으로 나선 사람이었어. 로스톤 부인과 그녀의 딸이 그 사실을 확인해 주었지. 그는 모니카 글렌루스와 잠시 이야기를 나누느라고 다른 남자들 세 명이 식당을 나선 후에도 몇 분 더 그곳에 머물렀어. 마침 레이철이 식당에서 문 안쪽에 서 있었기 때문에 몰리가 곧장 정원으로 향하는 모습을 봤다고 증언을 했다네.

한편 로스톤 소령은 총성이 두 발 들린 직후에 몰리 스롤이 들판에서 돌아오는 모습을 앞마당에서 목격했어. 그는 그런 사실을 바탕으로 피의자가 총을 쏘았을 리가 없다는 의견을 확실히 밝혔어. 바로 여기에서 시간이 문제로 떠오른 거야.

　　로스톤 소령은 이렇게 주장했다네.

　　'흠 없는 명성을 자랑하던 남자가 어쩌다가 사람을 죽였다고 해보죠. 그렇다면 그는 단 한순간이라도 자신이 저지른 짓에 어마어마한 공포를 느꼈을 겁니다. 우발적이었든 계획적이었든 쓰러진 사람이 정말 죽었는지 확인도 하겠죠. 습관적으로 범죄를 저지르는 냉혹한 범죄자가 아니고서야 완벽할 정도로 차분하게 무기를 그 자리에 던져 놓고 양손을 주머니에 넣고 전혀 흔들림 없는 목소리로 친구에게 평소처럼 잡담을 하다니, 이런 일은 어림도 없습니다. 나는 총이 발사되고 이 분쯤 후에 몰리 스롤을 보았습니다. 들판 중앙에서 내가 서 있던 앞마당까지 단 이 분 만에 걸어올 수는 없습니다. 그가 양손을 주머니에 넣고 느긋하게 걸어와 전혀 숨을 헐떡이지 않고 말을 한 것을 보면 그 거리를 뛰어왔을 리 없습니다.'

　　사람들이 기대한 대로 에벌린 변호사는 로스톤 소령의 증언을 십분 활용했어. 모니카에게 끊임없이 귓속말을 들은 서기로부터 다시 귓속말로 뭔가를 전해 들은 판사가 로스톤 소령이 증언을 뒤집도록 유도를 했지만 결국 몰리가 살인 혐의를 벗을 수 있었던 것은 소령의 증언을 잘 이용한 덕분이었어. 모니카는 자신의 뜻대로 되지 않으리라는 사실을 금세 깨달았지. 그러자 이번에는 피의자가 포버그 대령과 싸운 직후 권총을 흡연실에서 훔쳤을 것이라는 쪽으로 주장을 바꾸었어. 이 점에 대한 캠볼트의 증언은 신빙성이 어느 정도 떨어졌지. 그도 그럴 것이 그 시각에 절대 그의 눈에 띄지 않고 흡연실에 들어갈 수는 없었다고 맹세하지 못하겠다고 했으니까. 이 가설도 변호인 측의 반박을 받았다네. 알다시피 에벌린 변호사는 이 가설에 대한 반론을 확실하게 펼쳤어. 그는 피의자가 저녁을 먹기 전에 도둑이 침입해 대령을 들판으로 유인할 기회가 생길 것을 어떻게 알았겠느냐고 반박했던 거야.

에벌린 변호사는 다시 한번 능력을 발휘했어. 이번에는 대령과의 말다툼에 대한 피의자의 진술이 거짓이 아님을 증명하는 증거를 제시했지.

몰리는 이렇게 증언했어.

'저녁을 먹기 직전에 포버그 대령이 제게 둘만 따로 할 이야기가 있다고 했습니다. 나는 대령을 따라 흡연실로 들어갔고 그는 그곳에서 자신의 과거와 글렌루스 양의 출생에 대해 어떤 이야기를 들려주었습니다. 내가 그녀에게 아무리 깊은 감정을 품고 있다고 해도 도저히 청혼을 할 수가 없는 내용이었습니다. 글렌루스 양은 과거에 있었던 비극적인 상황의 무고한 피해자이며 포버그는 지독한 악당일 뿐입니다. 이런 생각을 그에게 똑똑히 밝혔습니다. 하지만 내게는 명예를 생각해야 할 가족이 있습니다. 그래서 내키지 않지만 결국 어떤 식으로든 포버그 대령과 내 가족이 엮일 수 없다는 결론에 이르렀습니다. 대령은 나와 그의 의붓딸과의 결혼을 방해하

지 않았습니다. 정말 내키지 않았지만 청혼을 무른 사람은 바로 납니다.'

몰리는 이런 진술에 대해 반대 신문을 받았어. 그는 한 치의 흔들림도 없이 위엄 있는 태도로 당당하게 대답을 했지. 그런 모습을 모니카는 눈 하나 깜짝하지 않고 계속 지켜보았어. 눈빛만으로 사람을 죽일 수 있다면 그 순간 몰리 스롤은 목숨을 부지할 수 없었을 거야. 그만큼 그녀의 눈빛에는 증오와 경멸이 가득 담겨 있었거든. 그는 공개 법정에서 자신이 한 상세한 진술에 서명을 했어. 그 안에는 포버그 대령과 나눈 이야기가 상세하게 들어 있었지. 결국 모니카를 아내로 받아들이기를 포기하게 된 상황도 들어 있었고. 이때 나온 사실들은 모니카와 불쌍한 제럴드를 위해서 당시에는 공개되지 않았어. 이야기를 들어 보니 대령이 리마운트 포버그라는 별명을 얻게 된 경위가 어찌나 불명예스러웠는지 몰라. 군대에서 불명예 제대를 한 것은 물론 반역죄와 사기, 횡령죄로 감옥까지 다녀왔다는 거야.

다시 말해서 그는 대령이라는 말을 들을 자격도 없었어. 사건이 나기 얼마 전에는 대령이라는 호칭을 더 이상 사용하면 고소를 당할 수도 있다는 경고까지 받았다더군. 그런데 이게 다가 아니었어. 그는 과거 도덕적으로 문제가 많았던 시절에 노스델이라는 남자와 어울렸어. 그 남자는 네덜란드계 남아프리카 공화국 사람으로 알려져 있지. 그런데 이 노스델이 극악무도한 살인을 저질러 교수형을 당한 거야. 그가 남기고 간 아내가 바로 리마운트 포버그의 두 번째 아내이자 모니카와 제럴드의 어머니였던 여자였지. 두 사람의 성인 글렌루스는 결국 가명으로 드러났어.

몰리 스롤의 입장에서 보면 그런 가족과 어떻게 연을 맺을 수 있겠나. 모니카에게 구혼자가 있을 때마다 리마운트 포버그는 자신의 추악한 과거는 물론 모니카의 아버지에 대해서도 잊지 않고 모두 털어놓는 것이 분명했어. 에벌린 스롤은 유능한 변호사답게 사촌과 같은 경험을 한 신사를 몇 명 찾아냈어. 그들도 청혼을 하기 직전에 리마운트 포버그와 중대한 면담을 했다더군. 대령은 이런 수법으로 체면을 생각해야 할 가족이 있는 남자의 입장에서는 더이상 결혼할 마음이 들지 않게 만들었던 거야. 어쨌든 이 사실로 몰리 스롤이야말로 대령을 죽일 동기가 없다는 사실이 확실히 밝혀졌어. 그는 사건 당일 곧장 브루드널 저택을 떠나려고 했는데, 제럴드가 모니카를 위해서 일을 크게 벌이지 말아 달라고 간청을 해서 남았다는 거야. 어쨌든 이튿날에 그곳을 떠나면 다시는 그 집에 발을 들여놓지 않을 작정이었다더군.

모니카 글렌루스라고 해야 할지 노스델이라고 해야 할지, 자신의 인생을 뒤덮은 사악한 구름에 대해서도, 새아버지와 몰리 스롤사이에 오고 간 이야기도 아무것도 몰랐던 이 불쌍한 아가씨에게는 사랑이라 믿었던 감정이 다른 구혼자들만큼 부질없었던 남자에 대한 증오와 경멸감으로밖에 남아 있지 않았어. 그녀를 위해서 이 말은 해야 할 것 같군. 그녀도 처음에는 정말 그가 유죄인 줄 알았을 거야. 먹구름이 걷히면 그가 예전보다 더 열렬한 사랑을 품은 채 그녀에게 돌아오기를 바랐겠지. 하지만 몰리는 그의 입장에서는 완전히 끝났다는 사실을 그녀에게 확실하게 이해시켰을 거야. 이때부터 모니카는 분을 삭이지 못한 채 복수의 칼날을 갈게 되었겠지.

어쨌든 노련한 변호사 덕분에 몰리 스롤은 여자의 원한에서 비롯된 사법적 실수로 억울하게 누명을 쓴 피해자라는 사실이 밝혀졌어. 그가 이렇게 재판에 회부되지 않았다면 그녀는 어떻게든 그에게 불리한 증거를 조작했을 거야. 분명히 그럴 생각이었겠지."

이 말을 끝으로 구석의 노인은 한동안 아무 말도 하지 않았다. 그래서 나는 쭈뼛거리며 말문을 열었다.

"몰리 스롤이 살인 혐의를 말끔히 벗었다고 해도 리마운트 포버그의 비극적인 죽음을 둘러싼 수수께끼는 전혀 풀리지 않았잖아요."

"사람들은 그렇게 생각하겠지."

그가 심드렁하니 대꾸했다.

"그렇다면 영감님은 짚이는 구석이 있으시군요?"

내가 대뜸 물었다.

"짚이는 구석 정도가 아니야. 나는 누가 리마운트 포버그를 죽였는지 알아."

"어떻게요?"

내가 되물었다.

"논리와 추론을 통해서라네. 몰리 스롤이 대령을 죽이지 않았다는 건 이미 증명되었지. 모니카도 범행을 저지를 수 없었어. 숙녀들은 도둑을 뒤쫓아 가지 않았으니까. 이런 상황을 바탕으로 나는 그 악당을 저세상으로 보내 버릴 동기가 있는 단 한 사람이 누굴까 잘 생각해 봤다네."

"그 말씀은?"

"물론 제럴드를 말하는 거야. 그는 캠볼트가 있는 자리에서 되는 대로 지껄이는 몰리가 아닌 새아버지의 편을 들었어. 하지만 자신들의 출생의 비밀을 알게 되었으니 그 심정이 얼마나 참담했겠나. 새아버지라는 작자가 살아 있는 한 친구를 사귈 기회도, 사랑하는 누나가 가정을 이루고 자신만의 삶을 가꾸어 갈 기회는 절대 오지 않으리라는 데까지 생각이 미쳤을 거야. 제럴드가 대령과 자신의 가족의 과거를 그날 대령과 몰리가 나눈 대화에서 처음으로 들었는지는 나도 몰라. 아마 전부터 의심은 하고 있었을 테지. 모니카의 구혼자들이 대령과 비밀스러운 대화를 나눈 후에 어김없이 도망치듯 떠나갈 때마다 말이야. 몰리 스롤은 그 남매의 마지막 희망이었을 거야. 그런데 그 희망마저 똑같이 치욕스럽게 땅으로 추락하고 말았지.

제럴드가 새아버지를 죽일 계획을 미리 세워 두고 적당한 기회를 엿보다가 권총을 훔쳤다는 생각은 들지 않아. 처음에는 도둑과 마주칠지도 모르니까 권총을 챙겼겠지. 그리고 들판에서 리마운트 포버그를 따라잡은 후 곧장 총을 쏘았을 거야. 그날 밤은 무척 어둡지 않았나. 사람들은 영문을 모른 채 우왕좌왕했지. 그는 어리고 민첩했던 덕에 권총을 던져 버린 후 재빨리 들판을 가로질러 집을 우회해서 돌아온 거야. 그날은 그런 행동을 은폐하기도 쉬웠겠지. 당시 누군가 이상한 낌새를 느꼈다고 해도 의심하고 말고 할 상황도 아니었으니까. 심지어 사람들은 총소리를 듣고도 크게 놀라지 않았어. 대령이라면 자신의 집을 침입하려던 사람에게 추호의 망설임도 없이 총을 쏘고도 남을 작자라고 여겼으니까. 사건의 진상은 일종의 복수극이었어. 제럴드처럼 기형에 내성적이고 말수도 적고 온 관심이 자기 자신에게로만 쏠린 사람의 기질을 볼 때 불행의 근원으로 생각하는 사람에게 했을 법한 복수였던 거지."

나는 반박을 했다.

"하지만 어떻게 제럴드 글렌루스가 서둘러 흡연실에 들어가 서랍에서 권총을 챙긴 후 하인과 손님 들이 여기저기 서 있는 홀을 들키지 않고 다시 지나갈 수 있었죠? 그랬다면 분명히 그를 본 사람이 한 사람이라도 있지 않았을까요?"

내 말에 노인이 다시 반박했다.

"아무도 그를 못 봤어. 가장 혼란한 틈을 타서 움직였으니까. 집사가 도둑 소식을 전하며 식당에 뛰어 들어왔지. 그러자 대령이 벌떡 일어나서 홀을 달려 나갔어. 손님들은 뭘 어떻게 해야 할지 몰라 가만히 있었고. 이런 상황에서는 언제나 순간적인 대혼란이 찾아오기 마련이야. 제럴드 같은 소년이 흡연실로 달려갔다 오기에 더할 나위 없이 적절한 순간이지."

"하지만 그 후에……."

"그 후에 제럴드는 서랍에서 권총을 찾아서 프랑스식 창문으로 나갔어."

"하지만 덧문은 안으로 모두 잠겨 있었잖아요. 경찰이 후에 창문을 점검했을 때 확인했잖아요."

내가 그 사실을 지적했다.

"그랬지. 모니카가 제럴드와 그곳에서 경찰을 기다렸잖아. 그때 두 사람이 덧문을 닫아걸었을 거야."

그가 말했다.

"그렇다면 모니카도 범인을 알고 있었다는 말씀이세요?"

"물론 알고말고."

"그런데도 몰리 스롤을 범인으로 몰았다고요……?"

"그가 밉기도 하고 동생을 보호하기도 해야 했으니까."

기묘한 노인은 노끈과 커다란 우산을 주섬주섬 챙기며 말했다.

"잘 생각해 보게. 내가 옳다는 걸 알게 될 거야. 그 두 사람이 참 불쌍해, 그렇지 않나? 하지만 곧 브루드널 저택을 팔고 어머니의 유산도 물려받을 테지. 언젠가는 외국으로 떠나 두 사람만의 가족을 꾸릴 수 있겠지. 언젠가 모든 소동이 잊힐 즈음 죄 없는 두 사람에게는 행복한 시간만이 펼쳐질 거야. 죄 많은 인간이 확실하게 벌을 받았으니까. 어쨌든 참 흥미진진한 사건이었어. 자네도 그렇게 생각하지 않나?"

검시 배심

영국을 배경으로 한 추리 소설을 보면 독특한 제도가 나옵니다. 바로 검시 배심입니다. 소설이나 드라마에서 누군가가 사망을 하면 과학 수사대가 사인과 사망 시각을 추정하고 이를 바탕으로 경찰이 용의자를 잡아와 자백을 받고 검찰이 기소를 하면 법정에서 검사와 변호사가 치열한 논쟁을 벌일 겁니다. 미국 드라마라면 배심원단이 법정 한쪽을 차지하고 있죠. 그런데 이런 과정이 시작되기 전에 영국에서는 먼저 사인死因을 규명하는 검시 배심이 열립니다. 배심원이 여러 증거를 보고 다양한 증언을 듣고 고인이 살해되었는지 아닌지를 판단하는 절차입니다. 검시 배심에서 사건성이 있다고 판단을 내리면 본격적인 수사가 시작되는 거죠.

검시 배심은 고사하고 배심 제도조차 생소한 우리에게는 참으로 생소하고 낯선 절차입니다. 한편으로는 고인의 사인을 법의학을 모르는 일반인들이 머리를 맞대고 의논을 해서 정해도 되나 걱정이 됩니다. 그래도 소설 속에 등장하는 검시 배심은 매우 흥미롭습니다. 다른 소설 속에서 그려진 검시 배심이 궁금하신가요. 그렇다면 오스틴 프리먼의 『오시리스의 눈』(이경아 옮김, 엘릭시르, 2013)을 읽어 보세요. 유골의 신원과 사인을 둘러싸고 깐깐한 배심원과 증인 들이 티격태격하는 모습이 흥미진진합니다.

메 이 다
베 일 의
구 두 쇠

11

The Old Man
in the Corner

001
☆☆☆

"내가 지켜본 사건들 가운데 어느 사건보다 더 날 어리둥절하게 했던 사건 하나는 말이지."

그날 구석의 노인은 이렇게 말문을 열었다.

"메이다 베일의 구두쇠라고 알려진 사건이었다네. 이 사건은 온갖 기묘한 일들로 뒤범벅되어 있었어. 경찰의 부진으로 사건의 진상이 밝혀지지 않아 결국 미제 사건이 되었지만 이 사건에서만큼은 경찰도 수수께끼의 단서에 손가락이 닿을 뻔했다는 말을 하지 않을 수 없군. 자연은 친절하게도 내게 진실을 감지할 수 있는 천부적인 재능을 선사해 주었지. 경찰이 이런 능력만 있었어도 분명히 교활한 범죄자에게 죄를 물을 수 있었을 텐데."

나도 노인의 이런 말에 견줄 만큼 잘난 척할 수 있는 재능을 천부적으로 타고났다면 얼마나 좋을까. 노인에게서 말라비틀어지고 추레한 늙은 고양이처럼 갸르릉거리는 소리가 들리는 것만 같았다. 그의 손에는 어김없이 노끈이 쥐어져 있었다. 그는 자신이 꼬아 놓은 여러 매듭을 황홀경에 빠져 들여다보고 있더니 내가 그의 옆자리에 앉자 느닷없이 사건 이야기를 끄집어냈다. 하지만 언제 그랬느냐는 듯이 다시 매듭을 붙잡고 무아지경으로 빠져들었다. 그는 자리에 앉아 자기만족에 푹 빠져 있다가 가끔 나를 향해 눈을 찡긋거렸다. 내가 느긋하게 자기만족에 빠져 있는 그에게 엄청나게 무례한 말을 던지고 허둥지둥 자리를 뜨고 싶어 죽을 지경이라는 사실을 다 안다는 분위기를 풀풀 풍기면서 말이다.

하지만 절대 그럴 리는 없다. 이 기묘한 노인의 표현을 빌리자면 자연은 내게 기자의 감을 선사해 주었으니까. 나는 그의 이야기를 들어야 했다. 그의 머리를 꽉 부여잡고 그가 아는 것을 쏙쏙 빼내야 했다. 독자는 물론 편집자를 전율하게 만들 뭔가 새로운 것을 캐내고 싶은 거부할 수 없는 욕망에 사로잡혀 나는 초조함을 꾹 눌렀다. 그리고 분명 어설펐을 미소를 지으며 그에게 제발 이야기를 해 달라고 간청을 했다.

나는 귀를 쫑긋 세우고 다음 말을 기다렸다.

그는 여전히 생색을 내는 듯한 태도로 말했다.

"음, 혹시 메이다 베일의 늙은 구두쇠 사건을 기억하나?"

"기억이 날 듯 말 듯해요."

나는 냉큼 말했다.

"그 사건은 흥미로운 점이 한두 가지가 아니었지."

그는 담담하게 이야기를 이어 나갔다.

"자네가 이 사건에 대한 기억이 희미하다니 관련 사실들을 최대한 명확하게 훑어보아야겠군. 그래야 나중에 내 설명을 쉽게 따라올 테니 말이야.

이 정도는 기억하고 있겠지만 수수께끼에 싸인 비극의 피해자는 손턴 애슐리라는 괴짜에 불구인 노인이었지. 이 영감은 유명한 해군 선박 설계자로, 전쟁중에 상당한 부를 쌓은 후 소위 건강 문제로 은퇴를 했다네. 그에게는 아들이 둘 있었어. 한 명은 덩치가 작고 장애가 있는 찰스로, 외모도 태도도 유난히 호감을 끌지 못했다네. 다른 아들은 키가 훤칠하고 잘생긴 필립이었어. 성격도 서글서글해서 가는 곳마다 인기였지. 두 아들은 모두 독신이었어. 그 문제가 한동안 부자지간에 불화의 씨앗이 되었던 모양이야. 애슐리 영감은 애들을 참 좋아했어. 말년에 유일한 소원이라면 자신이 쌓아올린 부를 물려받게 될 손자들을 보는 것이었지. 그는 찰스가 이런저런 병을 많이 앓고 있으니 제짝을 만날 기회가 많지 않으리라 짐작했어. 하지만 필립마저 독신으로 남으려고 고집을 피우는 이유를 도저히 납득할 수 없었지. 이 문제를 두고 아버지와 아들이 불꽃 튀는 언쟁을 여러 차례 벌였다더군.

결국 필립은 집을 나와서 저민 스트리트에서 하숙을 하게 되었어. 그는 일 년에 몇백 파운드 정도의 수입이 있었지. 대모로부터 유산을 좀 물려받았거든. 그는 럭비 스쿨에 다녔고 캠브리지 대학교에 진학했어. 전쟁중에는 임시 장교로 복무하기도 했지. 젊고 영리한 독신 남자가 생계를 위해 가질 수 있는 직업에 따라 여기저기를 옮겨 다니며 살았던 거지. 한편 찰스는 집에 남아 늙은 아버지를 보살폈어. 노인은 건강이 악화될수록 점점 더 기인이 되어 갔다네.

노인은 하이드 파크 가든스에 있는 멀쩡한 저택과 차를 팔아 버렸어. 가구도 대부분 처분했지. 그러더니 메이다 베일의 싸구려 아파트로 이사를 했지 뭔가. 그곳으로 옮긴 후로 이내 자리보전을 하고 다시는 일어나지 못했어. 그의 기괴한 행동은 날이 갈수록 심해졌어. 걸핏하면 분통을 터뜨렸지. 낯선 사람을 유난히 싫어해서 두 아들과 오랜 친구 두 명 외에는 아무도 만나지 않았어. 그 친구들은 유명한 변호사인 올드윌과 때때로 그를 찾아와 절대 따르지 않을 지시 사항을 당부하는 의사 팬쇼빅이었어. 불쌍한 찰스 입장에서 보자면 아버지가 비참할 정도로 인색해진 것이 최악의 변화였을 거야. 자신을 위해서, 때로는 아들을 위해서라며 사치를 부리지 않고 최소한의 생활비로 버티기 시작했으니까. 가정부를 제외하면 시중을 들 하인도 두지 않았어.

어느새 그의 인색함은 병적인 수준으로 악화되고 말았다네.

'찰스와 나는 언젠가 내게 안겨 줄 너의 손주들을 위해 돈을 모

으고 있단다.'

구두쇠 영감은 필립이 결혼을 하지 않으려는 이유를 차근차근 설명하려고 할 때마다 껄껄 웃으며 이렇게 말하곤 했다네.

'네가 가정을 이루면 우리를 불러서 함께 살자고 할 수도 있잖니. 생활비는 풍족할 거야, 그건 약속하마!'

이런 말을 들으면 잘생긴 필립은 한바탕 웃음을 터뜨리고 어깨를 으쓱한 후 저민 스트리트의 안락한 하숙집으로 돌아갔어. 그런데 이 문제에 대해 찰스는 어떻게 생각했을까. 아무도 그의 속내를 몰랐어. 남들 눈에는 그가 참으로 불쌍해 보였겠지. 제 돈이라고는 한 푼도 없지, 건강 때문에 변변한 직업을 가질 수도 없지, 그러니 필립처럼 집을 나갈 수도 없지 않나. 그런데 가만히 보면 찰스는 독립을 원하는 것 같지 않았어. 아버지를 진심으로 사랑했기 때문에 그런 운명을 순순히 받아들였을 거야. 시간이 흐르면서 찰스는 아버지의 노예가 되어 버렸다네. 온갖 수발을 들고 가정부보다 일을 더 했지. 가정부는 저녁 6시에 일을 끝내고 퇴근을 했어. 일요일은 쉬었고.

필립은 격주로 토요일부터 월요일까지 아버지와 함께 지냈어. 찰스는 그 주에만 쉴 수 있었지. 그때는 필립이 찰스를 대신해서 아버지를 보살폈다네. 찰스는 두 주 동안 쥐꼬리만큼 받은 생활비에서 아끼고 아낀 몇 실링을 주머니에 넣고 낡은 자전거를 타고 교외 어딘가로 여행을 가곤 했어. 그가 어디로 가는지 아무도 몰랐다네.

월요일 아침이면 메이다 베일의 아파트로 어김없이 돌아와 어느 모로 보나 가벼운 마음으로 노예 생활로 돌아갈 준비를 했지.

'늙은 구두쇠에게 붙어살다니 찰스 애슐리가 머리를 잘 쓴 거야. 그 노인도 언젠가는 죽을 거 아닌가. 올드월 말로는 모아 놓은 돈이 이십오만 파운드 정도나 된다던데.'

사람들은 이렇게 쑥덕거렸어.

한편 필립은 아버지의 유산은 전혀 기대하지 않았어. 그가 독신을 고수하는 게 불화의 씨앗이다 보니 아버지와 아들 사이에 다툼이 끊이지 않았지. 구두쇠 영감은 툭하면 차갑게 웃으면서 이렇게 말했다더군.

'어서 결혼을 하는 모습을 보여다오. 그리고 아이를 잔뜩 낳아. 안 그러면 내 돈을 몽땅 머저리 찰스에게 남기거나 고아원이나 결혼 상담소를 세우는 데 줘 버릴 테니.'

변호사인 올드월은 애슐리와 아주 오래된 친구인데다 찰스와 필립이 자라는 모습을 내내 지켜보았지. 그래서 직업적인 양심을 어기지 않는 한에서 필립에게 유산에 대해 대충 눈치를 줬다네.

변호사는 어느 날 필립에게 이렇게 말했어.

'네 아버지는 돈 모으기에 집착하고 있어. 하지만 너도 알다시피 그것만 아니면 정신적으로는 멀쩡하다. 네가 결혼을 해 소원을 들어주지 않으면 아버지는 너를 절대 용서하지 않을 거야. 제기랄, 괜찮은 아가씨들이 널려 있지 않니. 불쌍한 노총각 찰스가 이십

오만 파운드로 할 일이 뭐가 있겠니.'

하지만 필립은 독신 생활을 좀처럼 청산하려 들지 않았어. 그의 친구들은 그 이유를 잘 알았지. 전쟁 전의 사랑이 원인이었던 거야. 필립 애슐리는 유명한 외과의인 아널드 발레인 경의 딸인 아름다운 뮤리엘 발레인과 사랑하는 사이였다더군. 그녀와 약혼까지 했다고 말하는 사람도 있어. 젊은 연인은 서로에게 헌신적이었지. 하지만 아름다운 뮤리엘에게는 또 다른 구혼자가 있었다네. 부유한 선주인 윌프레드 피트잭슨 경도 그녀를 숭배했지. 하필 필립 애슐리와 윌프레드 피트잭슨 경은 둘도 없는 친구였다지 뭔가. 두 사람은 캠브리지 대학교 동창이었어. 1915년에는 나란히 왕실 근위 연대 장교가 되었고. 이듬해 피트잭슨 경은 중상을 입고 본국으로 송환되었다네. 그는 그로브너 스퀘어에 있는 발레인 경의 병원에서 아름다운 뮤리엘의 간호를 받게 되었지. 의료진은 가망이 없다고 했어. 다른 저명한 의사들처럼 발레인 경도 이 불쌍한 젊은이가 길어야 몇 달을 못 버틸 거라고 했지.

그 후에 일어난 일들은 동정심과 로맨스가 작용했다고 봐야 할 거야. 어느 날 《타임스》를 통해 런던의 사교계에 놀라운 소식이 전해졌어. 뮤리엘 발레인이 부유한 선주이자 노샘프턴셔의 아름다운 디버릴 성의 주인이기도 한 윌프레드 피트잭슨 경과 전날 아침에 결혼식을 올렸다는 기사가 실린 거야. 그녀의 친구들은 뮤리엘이 죽어 가는 청년의 마지막 소원으로 마음을 받아 주었을 뿐 아무도 예상하지 못한 이 결혼으로 돈이나 경제적 이득을 노린 것이 절대 아니라고 못을 박았다네. 사람들은 월프레드 경이 곧 세상을 뜨면 뮤리엘은 원래의 사랑인 필립 애슐리의 품으로 돌아갈 것이고 두 사람은 마침내 결혼을 할 것이라고 생각했지. 그런데 또다시 예상하지 못한 상황이 벌어진 거야. 인생이 그런 거 아닌가. 월프레드 경이 죽지 않은 거야. 적어도 그때는 죽지 않았어. 모든 의사들이 길어야 반년이라고 했던 남자가 육 년을 더 살았지. 그는 부상으로 불구가 되고 말았어. 아름다운 아내와 함께 겨울은 카나리아 제도에서, 여름은 스위스에서 지냈지. 1922년 뮤리엘은 결국 남편을 먼저 떠나보냈어. 필립 애슐리는 그 세월 동안 다른 여자에게 눈길조차 주지 않았지. 그는 어마어마한 유산도 기꺼이 포기할 참이었어. 왜냐하면 단 한순간도 변함없이 사랑했던 뮤리엘이 언젠가는 자신의 아내가 되리라 굳게 믿었거든.

아마 애슐리 영감도 이 이야기를 알고 있었을 거야. 그 여자가 아들의 인생을 영영 망칠지도 모른다는 생각에 이를 갈았겠지. 유산을 주지 않겠다고 으름장을 놓으면 허황된 로맨스에서 깨어나 현실로 돌아올 거라고 생각했을지도 몰라. 실제로 어땠는지 우리는 절대 알 수 없을 거야. 노인은 이 일에 대해서 아무에게도 털어놓지 않았거든. 절친한 친구인 올드윌에게조차도 말하지 않았고 아마 찰스에게도 말하지 않았을 거야. 월프레드 피트잭슨 경이 죽고 필립이 아름다운 미망인과의 약혼 사실을 알렸을 즈음 손턴 애슐리는 죽음을 목전에 두고 있었어. 죽기 전에 그토록 고대하던 소식을 들었으니 편히 눈을 감을 수 있었을 거야. 필립은 평소처럼 이 주 만에 아버지의 집에 들렀어. 오월의 어느 토요일이었지. 그는 아버지에게 약혼 소식을 전했어.

참으로 신기하게도 평생의 숙원을 이루고 분명히 기쁨에 겨웠을 노인이 그 후로도 생활 방식을 전혀 바꾸지 않았어. 그는 여전히 걸핏하면 분통을 터뜨렸지. 여전히 까다롭고 평소처럼 지독하게 돈을 아꼈어. 예비 며느리를 만나고 싶다는 말도 꺼내지 않았어. 과거에 몇 번 뮤리엘이 그를 만나러 온 적이 있어서 생판 모르는 사이도 아니었는데 말이야. 필립에게도 전보다 더 자주 오라는 말 같은 건 하지 않았다더군. 유일하게 아들의 약혼을 반기는 티를 낸 거라면 결혼 날짜를 최대한 빨리 잡았으면 하고 초조하게 기다렸다는 점이었어. 그러던 어느 날 노인이 불같이 화를 냈지. 레이디 피트잭슨이 전남편을 기리기 위해 꼬박 일 년 후에야 결혼을 하겠다고 했다는 말을 필립이 전한 거야."

002
***

"이 일을 두고 엄청난 뒷말이 오고 갔어. 손턴 애슐리는 지난 삼 년 동안 모든 사회적 관계를 끊었지만 예전의 친지들이 그를 완전히 잊은 것도 아니었던데다 필립 애슐리와 레이디 피트잭슨은 런던의 일부 사람들 사이에서는 항상 유명했거든. 그러니 티 파티를 가도 사교 모임을 가도 두 사람의 로맨스가 화제로 떠오르는 게 당연하지 않겠나. 필립이 결혼만 하면 로맨틱한 이유로 고집스럽게 거부했던 막대한 유산을 손에 쥘 터였어. 사람들은 진정한 사랑이 결국 결실을 거두었다며 이야기꽃을 피웠지. 반면 레이디 피트잭슨에 대한 반응은 그다지 호의적이지 않았어. 그녀가 애초에 필립 애슐리를 버리고 피트잭슨 경과 결혼한 이유는 그가 무척 부유하고 귀족 작위를 가지고 있었기 때문이라는 주장이 정설처럼 받아들여졌거든. 옛 애인에게 돌아온 것도 손턴 애슐리가 오늘내일하는데다 재산이 이십오만 파운드나 있다는 소문 때문이라고 사람들은 숙덕거렸다네."

구석의 노인은 이렇게 말을 하며 내 앞에 신문에서 오려 낸 기사 뭉치를 내놓았다.

"여기 사진이 한 장 있네. 레이디 피트잭슨이야. 아름다운 여자지. 자네도 인정하지 않을 수 없겠지. 하지만 표정이 굳어 있어. 사진을 보고 있으면 남자가 곤란이나 치욕을 겪을 때 곁을 지킬 여자는 아니라는 느낌이 들어. 하지만 이런 조잡한 사진으로 뭘 제대로 판단할 수 있겠나? 필립 애슐리가 그녀를 미치도록 사랑한 것만은 틀림이 없어. 그 레이디가 특히 여자들 가운데 적이 많았다는 건 어찌 보면 당연한 일일 테지. 비교가 안 될 정도로 아름다운데다 더할

나위 없이 행복한 결혼 생활을 했고 또 행복한 결혼을 하려는 참이
지 않나.

그런데 수다쟁이들의 먹잇감은 사랑에 빠진 연인으로 끝이 아
니었다네. 사람들은 찰스 애슐리의 입장에 대해서도 이러쿵저러쿵
떠들어 댔던 거야. 찰스는 앞으로 어떻게 될까? 뒤바뀐 운명을 어
떻게 받아들일까? 올드월의 경솔한 입놀림에서 비롯된 소문이 사
실이라면 찰스는 필립의 결혼으로 이십오만 파운드를 고스란히 잃
는 셈 아닌가. 하지만 사람들은 이런저런 억측으로 만족할 수밖에
없었어. 아무도 찰스를 보지 못했고 필립에게 찰스에 대해 물어도
별말을 해 주지 않았거든.

필립은 이렇게 대답하곤 했지.

'찰스는 괴상한 녀석이에요. 무슨 생각을 하는지 도통 모르겠다
니까요. 제가 결혼을 한다니까 기뻐하는 것 같기는 해요. 하지만 원
래 이러쿵저러쿵하는 성격이 아니거든요. 내성적이고 자신의 장애
에 민감해요. 지금은 아무도 만나려고 하지도 않고요. 심지어 뮤리
엘도요.'"

기묘한 노인은 얼빠진 듯한 웃음을 지으며 말했다.

"자, 이렇게 무대는 다 갖춰졌다네. 바로 이 무대에서 드라마의
주요 배역을 맡은 사람들은 물론 경찰과 대중까지 얼이 나가게 된
괴상한 비극이 벌어졌지. 필립 애슐리가 레이디 피트잭슨에게 청혼
을 한 무대이기도 했지. 그녀가 청혼을 받아들여 두 사람은 이듬해

초 워릭 로드에 있는 세인트 세이비어 교회에서 조촐하게 식을 올리기로 했다네.

8월 27일에 손턴 애슐리가 세상을 떠났네. 정확히 말하자면 숨이 끊어진 채 침대에 누워 있는 그를 찰스가 발견했지. 그는 격주마다 가지는 휴가를 보내고 아침에 돌아온 길이었어. 처음에는 아무도 사인을 문제 삼지 않았어. 마침 팬쇼빅 선생이 런던에 없었지만 임시로 병원을 맡은 의사가 노인의 병력에 대해서 알고 있었지. 게다가 사망하기 전 목요일에 왕진을 가기도 했고. 이 임시 의사는 영국의 놀라운 법에 의거해 사망 증명서를 발급했어. 고인의 시신을 살펴보지도 않았는데 말이야. 손턴 애슐리는 아무도 요란 떨지 않고 거창한 식도 치르지 않은 채 곧장 매장될 뻔했어. 그가 사망한 후 순식간에 차례차례 놀라운 일들이 벌어지지 않았다면 분명 그리 되었을 걸세.

장례식은 목요일인 30일로 정해졌어. 구두쇠 영감이 죽은 지 하루도 지나지 않아 그가 상당한 재산을 남겼다는 사실이 밝혀졌다네. 유산에는 금액이 상당한 생명 보험도 몇 개 있었지. 유언장 조항은 필립 애슐리와 그의 친구들의 예상에서 크게 빗나가지 않았어. 손턴 애슐리는 여러 자선 단체에 기부를 하고 난 나머지 대부분을 두 아들 가운데 자신이 죽은 후 일 년 안에 먼저 결혼하는 아들에게 물려주고 나머지 아들에게는 연금으로 삼백 파운드를 남기겠다고 했어. 어느 모로 보나 필립을 겨냥한 내용이었어. 찰스는 늘

열외로 치부되었으니까 말일세. 그런데 유언장에는 앞서 말한 기간 동안 아들들이 여전히 미혼일 경우에 대한 조항도 명시되어 있었어. 그 조항에 따르면 필립은 연금 백 파운드를, 자선 단체 협회의 고아원에 만 파운드에 상당하는 재산을 기부한 후 나머지는 찰스가 몽땅 물려받도록 되어 있었지.

필립이 결혼을 앞두고 있으니 매년 삼백 파운드라는 쥐꼬리만 한 연금으로 만족해야 할 신세가 된 찰스 애슐리가 유언장을 작성할 때의 아버지 정신 상태가 정상이 아니었다며 이의를 제기할지 모른다며 사람들이 억측을 해 댔어. 하지만 이 나라에서 유언장을 뒤엎기가 그리 쉬운가. 게다가 이 독특한 유언장의 내용은 고인이 틈만 나면 말했던 소원과 대체로 일치하지 않는가. 그러니 애슐리 영감이 온전하지 못한 정신으로 그런 유언장을 작성했을 거라는 이의가 법정에서 인정받을 리 만무했어. 더군다나 유언장을 작성하고 증인으로 서명까지 한 올드월이 유언자의 정신이 유언장을 작성할 때 온전하지 않았다는 주장을 부인하고 나설 게 뻔한 일 아닌가.

그때만 해도 모든 일이 별 탈 없이 순조롭게 진행될 듯이 보였다네. 그런데 마른하늘에 날벼락 같은 일이 벌어졌어. 느닷없이 보험 회사에서 연락이 온 거야. 보험 회사 측은 고인이 생전에 부검을 위해 사만 파운드의 보험에 들었다면서 사인이 자연사라는 말만으로 끝낼 수 없다고 했어. 당연히 사망 증명서를 발급해 준 의사는 노발대발했지. 하지만 다름 아닌 찰스 애슐리와 손을 잡은 보험 회사가 그렇게 하겠다는데 그가 뭘 어쩔 수 있겠나. 찰스 애슐리를 대신해서 트리스콧이라는 변호사가 회사의 높은 사람에게 부검을 해야 한다고 옆구리를 찔렀고 그 결과 그런 결정이 내려진 거였거든.

필립 애슐리는 퍼시 저트의 도움을 받아 올드월을 통해 부검에 제동을 걸 수도 있었어. 하지만 부검 결정에 불복하고 나서는 건 현명하지 못한 결정이었을 테지. 그런 점을 차치하고라도 부검을 막을 수도 없었을 테고. 어쨌든 그날 오후 스캔들이라면 사족을 못 쓰는 사람들이 여론에 가십거리를 물어다 주었어. 이튿날 정오 전에 나온 신문에는 '메이다 베일의 구두쇠 사건'이라거나 '충격적인 전개'라거나 '흉흉한 소문들'이라는 요란한 제목을 단 기사들이 실렸다네.

그날 오후 4시 무렵 일부 신문이 경찰의인 도슨 박사가 고 손턴 애슐리의 부검을 했다는 소식을 전했어. 그뿐이 아니었지. 부검 결과, 자연사가 아니었고 시신에서 폭력의 흔적이 발견되었다는 사실도 알려졌다네. 사람들은 경찰이 이미 모종의 사실을 확보했으며 원래는 장례식이 예정되어 있던 30일에 검시 배심이 열릴 것이라고 짐작을 하기에 이르렀어."

"내 평생 참 많은 검시 배심을 봤네."

노인은 갈고리 같은 손가락을 휙휙 움직이며 노끈을 만지작거리는 동안 잠시 입을 다물더니 다시 말문을 열었다.

"그런데 이 사건만큼 흥미진진했던 검시 배심은 다시 만나기 힘들 거야. 사건이 어찌나 엎치락뒤치락 뒤집어지는지 기절초풍할 일들이 끊이지 않았지. 그러니 검시 배심이 진행되는 내내 방청객들은 또 무슨 일이 벌어질지 한순간도 마음을 놓을 수가 없었다네.

상황을 잘 아는 사람들조차도 증인들의 면면을 보고 깜짝 놀랄 정도였어. 물론 변호사이자 손턴 애슐리의 평생지기였던 올드월이 증인으로 출석한다는 사실을 모르는 사람은 없었어. 경찰의도 출석했는데 그의 증언을 다들 기대하고 있었지. 불쌍한 찰스와 잘생긴 필립도 나왔어. 필립의 경우 막대한 재산을 상속받을 예정인데다가 낭만적인 사랑 이야기가 여러 차례 지면에 소개되어 유명 인사였지. 그런데 듣도 보도 못한 트리스콧이라는 동네 변호사와 늙고 추레한 가정부인 트랩 부인이 사건과 무슨 관계가 있다는 건가? 퍼시 저트도 의사 명함도 못 내민 채 증인으로 출석했어. 팬쇼빅을 대신해 그의 병원을 맡았던 날을 분명 저주하고 있었을 거야.

심리는 부검을 진행한 경찰의인 도슨 박사의 충격적인 증언으로 막을 열었다네. 그는 고인이 요독증 말기였지만 이것이 직접적인 사인은 아니라고 했어. 경찰의가 밝힌 사인은 폭행과 교살 시도에 따른 공포와 충격으로 찾아온 심장 마비였던 거야. 시신의 목 주위에는 자국이 남아 있었어. 얼굴과 두개골에는 뇌진탕을 일으킬 정도로 심하게 구타당한 흔적도 있었고. 원래 병약했던 탓에 충격과 공포를 이기지 못하고 심장 마비로 숨을 거둔 것이 분명했다네.

경찰의가 일반인은 이해할 수 없는 전문적인 사항을 세세하게 들어 가며 증언을 하는 내내 퍼시 저트는 좀처럼 가만히 있지 못하더군. 그는 몸을 꼼지락거리고 긴장한 티를 역력히 드러내며 연신 손톱을 물어뜯었어. 마침내 증인석에 나왔는데, 얼굴은 백지장처럼 하얗게 질렸으면서도 고압적인 태도에 걸핏하면 발끈하며 어떻게든 긴장을 감추려는 모습이 역력했어. 그는 검시관의 질문에 휴가를 떠난 팬쇼빅을 대신해서 병원을 맡았다고 대답했어. 그는 고인이 죽기 전 이 주 동안 몇 번 왕진을 갔었어. 마지막으로 본 것이 고인이 죽기 전 목요일이었지. 팬쇼빅은 휴가를 떠나기 전에 노인의 증상에 대해서 미리 언질을 주었다더군.

그는 이렇게 대답했어.

'저는 고인이 요독증 말기라는 사실을 알았습니다. 그분에게 제가 더 해 드릴 치료는 거의 없었습니다. 환자가 원해서 왕진을 가는 것도 아니었거든요. 그날 고인은 잠에 취한 것 같았습니다. 요독증의 증상 가운데 졸음이 가장 유명하죠. 제가 보기에는 살 수 있는 날이 얼마 남지 않은 것 같았습니다. 찰스 애슐리 씨에게도 그렇게 말했습니다. 물론 그렇게 갑작스럽게 돌아가시리라고는 생각하지 않았지만요. 월요일 아침에 찰스 애슐리 씨가 저를 찾아와 손턴 씨가 돌아가셨다고 전했을 때 그리 놀랍지는 않았습니다. 그날은 유독 찰스 애슐리 씨의 말을 알아듣기가 어렵더군요.'

이 말에 검시관이 좀 더 파고들자 그는 이렇게 대답했지.

'감정이 격해져서 그런지 말을 제대로 하지 못했습니다. 아버지의 죽음과 관련해 무슨 말을 하려는 것 같기는 했죠. 그날은 아침부터 유난히 일이 쏟아져 들어왔습니다. 환자가 돌아가시는 상황에는 늘 준비가 되어 있으므로 제가 할 수 있는 일은 낮에 들르겠다는 약속뿐이었습니다. 그리고 장례식을 치를 수 있도록 필요한 사망증명서를 발급했습니다. 전적으로 제 권한에 따라 내린 결정이었습니다.'

그는 이렇게 끝을 맺더니 좀 격한 어조로 강조하듯 덧붙였어.

'제가 기억하는 한 찰스 애슐리 씨는 문제가 있다고 짐작 될 만한 말은 아무것도 하지 않았습니다.'

올드월이 다음 증인으로 나왔지만 그의 증언에서는 주요 쟁점에 대해 별다른 내용은 없었어. 그는 고인의 유언장을 1919년에 작성했지. 고인이 살아 있는 모습을 마지막으로 본 건 유월에 짧게 휴가를 다녀오기 전이었다더군. 고인이 필립의 약혼 소식을 들은 직후였어. 그래서 올드월은 노인의 안색이 밝아 예전 모습을 보는 것 같았다고 말했지.

검시관이 그에게 질문을 했어.

'그때 고인이 혹시라도 유언장을 수정하겠다는 이야기를 꺼내지 않았습니까?'

'절대로 그런 적은 없습니다!'

증인이 대답했어.

'그때가 아니더라도?'

'한 번도 그런 이야기는 꺼내지 않았습니다.'

올드월은 단언을 했다네.

검시관이 속전속결로 질문을 하자 방청객들은 긴장해 몸을 꼿꼿이 세우고 심문에 귀를 기울였지. 그때까지만 해도 그들은 큰 관심을 보이지 않았어. 사람들은 노인이 구두쇠답게 침대 밑에 돈을 감춰 두었을 거라 했지. 어느 날 우연히 그 사실을 알게 된 어떤 사람이 나쁜 마음을 먹고 집에 아무도 없을 때 들어왔겠지. 손턴 애슐리는 강도와 마주치자 너무 놀라 목숨을 잃은 거고. 사람들의 추측은 대강 이런 식이었어.

그런데 유언장이 수정되었을 수도 있다는 쪽으로 이야기가 흘러가자 사건이 점점 흥미진진해졌어. 느닷없이 사람들은 정신을 바짝 차렸지. 실내가 흥분과 설렘으로 차오르기 시작했어. 다음 증인은 덩치가 작고 말쑥한 중년 남자로, 회색 양복에 안경을 쓴 차림이었다네. 그가 등장하자 방청객들은 기대감에 들떠 숨을 죽인 채 기다렸어.

그는 자신을 워릭 로드에서 변호사를 하고 있는 제임스 트리스콧이라고 밝혔어. 그는 고인을 조금 알았던 사이라고 했지. 자신의 고객이 소유한 맬빈 맨션 73번지를 고인에게 임대하는 일로 만난 적이 있다고 했어. 그는 금요일인 24일에 쪽지 한 장을 받았다는 말로 이야기를 시작했네. 거기에는 알아보기 힘든 글씨체로 그날 중 아무 때나 맬빈 맨션으로 찾아와 달라는 내용이 적혀 있었어. 손턴 애슐리의 서명도 있었고 말이야. 트리스콧은 그날 오후에 노인을 찾아갔어. 몇 번 만난 적이 있는 찰스 애슐리가 문을 열어 주었다더군. 찰스는 아버지가 누워 계신 침실로 그를 안내했어. 노인은 매우 병약해 보였지만 정신이 또렷하고 멀쩡했지.

'고인은 이런저런 이야기를 하시더니 사 년 전에 작성한 유언장에 신경 쓰이는 부분이 있다고 하셨습니다. 이제 와 생각해 보니 너무 가혹하고 부당한 내용이 아닌가 하셨죠. 고인은 기존 유언장을 폐기하고 새로 작성하고 싶어 하셨습니다. 저는 당연히 전적으로 도와 드리겠다고 했죠. 그러자 고인은 제게 원하는 내용을 불러 주셨습니다. 저는 그 내용을 그대로 받아 적었고요. 월요일에 정식으로 유언장을 작성해 서명을 받으러 다시 오겠다고 했죠. 그런데 그때까지 기다려야 한다는 사실에 언짢으신 것 같았습니다. 제게 다음 날까지 꼭 준비해 달라고 신신당부를 하시더군요. 하지만 저는 도저히 그때까지 유언장을 작성할 수 없었습니다. 그날 저녁에 다른 고객과의 일로 출장을 가야 했거든요. 빨라야 토요일 정오나 되어야 돌아올 수 있을 텐데, 그때는 서기와 타자수가 없죠. 저는 서명만 하면 되는 유언장을 들고 월요일 오전 11시에 반드시 다시 오겠다는 말씀밖에 드릴 수가 없었습니다. 서기를 데리고 와서 유언장의 증인으로 세우겠다는 말씀도 드렸습니다.'

트리스콧은 중대한 이야기를 전하듯 사무적으로 증언을 계속했다네.

'몹시 서두르시는 것이 눈에 보였습니다. 그분은 분명히 위중해 보이셨거든요. 손턴 씨는 제가 출장을 가기 전에 제가 쓴 기록의 사본만이라도 보내 줄 수 있는지 물어보셨습니다. 그 정도는 해 드릴 수 있었죠. 저는 서기에게 사본을 만들어서 그날 늦게 노인의 집으로 가져다 드리게 했습니다.'

장담하는데 말이지, 그 자그마한 남자가 말하는 동안 바늘 떨어지는 소리도 들릴 만큼 법정은 조용했다네. 알겠나, 처음으로 애슐리 노인이 유언장을 수정하겠다던 말을 들었다는 사람이 나타난 거야. 트리스콧의 증언으로 머리가 아찔할 정도로 흥미진진한 상황이 펼쳐지게 되었어. 증언이 끝나자 충격적인 사건을 즐기는 사람들이 육즙이 흐르는 고기를 한입 먹은 고양이들처럼 입맛을 다시는 소리가 들릴 것만 같더군. 사람들은 감히 생각을 입에 담지는 못하고 눈짓만 교환했어. 모두가 잔뜩 기대하고 있던 부분에 대해 마침내 검시관이 질문을 하자 사방에서 기대에 찬 한숨 소리가 새어 나왔어.

'트리스콧 씨, 고 손턴 애슐리 씨가 구술한 내용을 받아쓴 쪽지

를 가지고 있습니까?'

그 말에 올드윌이 발끈했다네. 그는 벌떡 일어나서 그런 증거는 인정할 수 없다고 이의를 제기했지. 그와 검시관 사이에 법적인 논쟁이 벌어졌어. 한편 트리스콧은 증인석에 가만히 서서 안경 너머로 올드윌과 법정에 모인 방청객을 웃으며 지켜보고 있더군. 결국 배심원단은 문제의 쪽지를 자신들에게 읽어 주어야 한다는 결정을 내렸지.

간단히 정리하자면, 구두쇠 영감은 결국 서명을 하지 못한 유언장에서 여기저기 소소한 기부금과 필립에게 남긴 천 파운드의 연금을 제외한 모든 재산을 찰스에게 남겼어. 오랫동안 몸도 성치 못하고 괴팍하기까지 한 제 아버지를 지극정성으로 수발을 든 점을 고맙게 여겨 그렇게 하기로 했다더군. 트리스콧은 월요일 오전 11시에 완벽하게 준비된 유언장을 들고 서기와 함께 맬빈 맨션에 갔는데 현관에서 찰스 애슐리에게 노인이 사망했다는 소식을 전해 듣고 곤란했다고 증언을 했어.

여기까지가 트리스콧이 한 증언의 핵심일세. 솔직히 말하자면 나도 예상치 못한 전개에 놀랐다네. 가십을 좋아하는 사람들이 어떤지 자네도 알겠지. 트리스콧이 증언을 끝낸 지 한 시간도 못 돼서 필립 애슐리가 제 아버지를 죽였다는 소문이 런던에 파다하게 퍼졌어. 노인이 유언장에 서명을 하면 막대한 재산을 한 푼도 못 받게 될까 봐 그랬을 거라고 다들 수군거렸지. 사람들 생각이 다 그렇지."

기묘한 노인은 냉소적인 미소를 짓더니 이야기를 이어 나갔다.

"필립의 인기는 바람이 잦아든 돛처럼 수그러들고 말았어. 순식간에 찰스에게는 동정 여론이 일었지. 탐욕스럽고 흉악한 형제 때문에 모든 재산을 놓쳐 버린 불행한 남자라고 말이야.

하지만 놀랄 일은 이게 다가 아니었어.

다음 증인으로 나온 사람은 트리스콧 부인이었어. 작고 말쑥하게 생긴 변호사의 아내 말이야. 이때 사람들은 구두쇠 노인의 죽음에 대해 트리스콧이 증인으로 나왔을 때만큼 화들짝 놀랐다네. 그녀는 냉정하고 저속한 분위기가 살짝 났지만 대체로 똑똑해 보이는 여자였어. 그녀는 검시관의 기본적인 질문에 대답을 하고 나서 차분하고 절제된 태도로 이야기를 시작했지. 트리스콧 부인은 간호사였는데 결혼을 한 후로 일을 관두었어. 하지만 위급하거나 친지가 아픈 상황에는 환자를 돌봐 주었지.

'지난 금요일 저녁이었습니다. 남편이 교외로 출장을 가기 전에 이웃에 위독한 고객이 있다는 말을 꺼냈습니다. 그 고객이 무척 걱정스럽다고 하더군요. 그럴 만한 이유가 있다고요. 남편은 그분을 장애가 심한 아들이 정성껏 보살피고 있는데, 그 아들이 안됐다는 말도 했습니다. 그러면서 괜찮으면 주말에 환자를 봐주지 않겠느냐더군요. 의사는 절대적으로 안정을 취해야 된다고 한 것 같았어요. 그런데 남편은 또 다른 아들이 소란을 피울지도 모른다고 걱정을 했어요. 그분이 유언장을 수정하기로 마음을 먹었기 때문이라나요.'

검시관의 질문에 증인은 이렇게 대답했어.

'저는 고 손턴 애슐리 씨의 가정사에 대해서는 아무것도 몰랐습니다.'

그러고는 자신이 일으킨 파문에 눈 하나 깜짝하지 않고 증언을 계속 했어.

'제가 아는 것이라곤 남편에게 전해 들은 말뿐이었습니다. 어쨌든 저는 맬빈 맨션에 가서 뭘 해 드릴 수 있는지 살펴보겠다고 했습니다. 제가 그곳에 간 건 금요일 저녁이었어요. 한눈에도 환자가 얼마나 고통을 받고 있는지 알 수 있겠더군요. 전에도 요독증 환자들을 간호해 보았기 때문에 가련하게도 노인이 며칠을 넘기지 못하시겠다 싶었습니다. 그래도 그렇게 갑작스럽게 돌아가실 줄은 몰랐습니다. 제가 가자 찰스 애슐리 씨는 너무나 친절하게 맞아 주셨습니다. 솔직히 그분도 노인만큼 보살핌이 필요한 상태 같더군요. 찰스 애슐리 씨는 사흘 동안 잠을 못 잤다고 했습니다. 저는 당장 그를 자라고 내보냈습니다. 그리고 환자의 방에 있는 안락의자에서 밤을 보냈습니다.

이튿날 아침 필립 애슐리 씨가 오셨어요. 찰스 애슐리 씨는 격주로 주말에 여행을 다녀온다고 하더군요. 저는 찰스 씨를 위해서 다행이라고 했습니다. 그는 아버지의 상태를 걱정하는 것처럼 보였습니다. 마침 남편에게 들은 이야기도 있고 해서 저는 그가 돌아오는 월요일 아침까지 아파트에 있겠다고 안심을 시켰습니다. 그렇게 다짐을 한 후에야 그를 주말여행에 보낼 수 있었습니다. 그렇게 찰스 애슐리 씨가 여행을 떠나고 나니 필립 애슐리 씨에게 노인이 얼마나 위독한지 설명을 해야겠다는 생각이 들더군요. 영감님은 가끔씩 의식이 돌아올 뿐이었습니다. 그 경우에는 환자가 절대적으로 안정을 취하게 해 드리는 것 외에는 달리 할 일이 없죠. 그것만이 조금이라도 수명을 연장하고 고통 없이 죽음을 맞을 수 있는 유일한 방법이라고 설명을 했습니다.

필립 애슐리 씨는 제 이야기를 듣고 걱정을 하기보다 짜증을 내는 것 같았습니다. 제게 누구 마음대로 와 있는 거냐고 하면서 환자에게 얼씬거리지 말라고 했습니다. 최근에 누가 자신의 아버지에게 다녀갔는지에 대해서 꼬치꼬치 캐묻기도 했습니다. 제가 이웃에 사는 유명한 변호사의 아내라고 하니 그제야 잠시 입을 다물더군요. 마치 끓어오르는 분노를 가라앉힐 시간을 벌려는 것처럼요. 어쨌든 그러고 나서 마음을 바꾼 것 같았습니다. 저는 그를 환자의 침실로 곧장 데려갔습니다. 노인은 마침 주무시고 계셨습니다. 저는 제발 그분을 힘들게 하지 말라고 간청을 했습니다.

필립 씨는 아버지의 상태를 직접 보고 나서야 제 말대로 하는 것이 최선이라는 사실을 깨달은 것 같았습니다. 그런데 제게 상당히 무례한 태도로 언제까지 있을 거냐고 묻는 것이 아니겠습니까. 제가 당연히 수고비를 받지 않으리라고 생각을 한 것 같더군요. 저는 월요일 아침에 찰스 애슐리 씨가 돌아올 때까지 있겠다고 대답했습니다. 10시나 되어야 돌아올 거라고 했죠. 제 대답을 듣자 모자를 집어 들더니 간단하게 인사를 한 후 곧장 집을 나갔습니다.'

법정 안은 말 그대로 쥐 죽은 듯이 고요했어. 그런 정적 속에서 증인은 계속 이야기를 이어 나갔지.

'그랬는데 월요일 아침 8시가 막 지난 시간에 필립 애슐리 씨가 다시 와서 저는 놀랐습니다. 솔직히 일찌감치 와 주어서 저는 내심 기뻤습니다. 곧 남편이 돌아올 테고 그러면 저도 집에서 할 일이 많으니까요. 주말 내내 환자는 별일 없이 잘 버텨 준데다 막 깊이 잠이 든 상태였습니다. 곧 찰스 씨도 올 테니 필립 씨에게 아버지의 간호를 맡기고 집으로 돌아가도 되지 않을까 싶었습니다. 가기 전에 환자는 절대 안정을 취해야 한다고 확실하게 일러두었죠. 환자가 일어나면 먼저 보리차를 약간 마시게 하고 소고깃국을 조금 먹이면 되었습니다. 차도 국도 제가 다 끓여 놓았으니 내가기만 하면 되었어요. 저는 집에 가자마자 저트 선생님께 전화를 걸어 아침에 맬빈 맨션에 들러 달라고 부탁을 드릴 생각이었습니다. 그런데 집에 가 보니 할 일이 너무 많은 거예요. 의사 선생님께 전화를 드리기로 한 건 까맣게 잊어버렸습니다. 그러다가 오후가 되기도 전에 남편이 집에 와 손턴 애슐리 씨가 돌아가셨다고 하더군요.'"

구석의 노인이 말했다.

"여기까지가 검시 배심에서 트리스콧 부인이 들려준 증언의 골자라네. 말해 두지만 그녀가 증언하는 내내 심상찮은 일들이 물밑에서 벌어지고 있었어. 필립 애슐리와 올드월이 수시로 눈빛을 교환하고, 올드월은 또 자그마하고 말쑥한 트리스콧과 수시로 눈빛을 교환했지. 트리스콧은 여전히 모두를 향해 환하게 미소 짓고 있었다네. 그는 똑 부러지는 아내가 자랑스러워서 어쩔 줄 모르는 듯 보였어. 한편으로는 복잡하게 얽히기 시작한 묘한 사건 덕분에 자신이 유명세를 탈 생각에 기쁜 것 같았지."

004
☆☆☆

"점심시간이 되어 심리는 휴정을 했다네. 덕분에 오전 내내 잔뜩 긴장했던 방청객들이 한숨 돌릴 수 있었지. 아마 그날 필립 애슐리만큼은 점심을 제대로 먹지 못했을 걸세. 가만히 보니 그는 올드월과 함께 법정을 나서더군. 한편 트리스콧 부부는 친절하게도 불쌍한 찰스를 데리고 나갔어. 나는 그 세 사람이 어느 찻집에 함께 있는 모습을 봤다네. 찰스의 몰골은 보고 있기에 안쓰러웠어. 기형인 뼈에는 가죽만 남았고 늘 바짝 긴장하고 사는 사람의 얼굴이었어. 눈은 늘 배를 곯는 개처럼 굶주린 열망으로 가득했지.

점심 후 개정이 되자마자 찰스가 증인석에 섰어. 그는 별로 말을 많이 하지 않더군. 아버지가 살아 있는 모습은 격주마다 떠나는 주말여행을 떠나기 직전인 토요일 오전에 마지막으로 봤다더군. 자전거를 타고 도킹에 가서 런닝 풋먼이라는 곳에 머물렀다고 했지. 자주 갔던 곳이라더군. 그는 그곳에서 얼굴이 꽤 알려져 있었어. 월요일 아침에 일찍 출발한 덕분에 10시 직후에 집에 도착했어. 열쇠로 직접 문을 열고 들어갔지. 필립이나 트리스콧 부인이 있을 줄 알았는데, 집에는 아무도 없었어. 일단은 아버지의 방부터 먼저 가 봤지. 처음에는 아버지가 깊이 잠이 드신 줄 알았어. 커튼이 쳐 있어서 방이 무척 컴컴하더라는 거야.

그는 커튼을 걷고 아버지에게 갔어. 그때야 아버지가 돌아가셨다는 걸 알아차렸지. 사람이 죽는 정황에 대해 잘 모르기는 하지만 아버지의 시신을 보니 뭔가가 이상했어. 그래서 의사인 저트에게 그 상황을 설명하려고 했지. 그런데 의사는 바빠서 그를 상대할 틈이 없었어. 그래서 트리스콧이 오전에 찾아왔을 때 신경이 쓰이는 묘한 느낌에 대해 설명을 한 거야. 설명을 들은 변호사는 저트가 그 문제에 대해 관심이 없는 듯하니 차라리 경찰에게 신고를 하는 편이 낫겠다고 했어.

찰스 애슐리의 이야기를 더 들어 보게.

'그런데 저는 그 제안을 거절했습니다. 그러자 트리스콧 씨가 혹시 아버지가 생명 보험을 드셨는지, 만약 드셨다면 보험 회사가 어딘지 아느냐고 물어보시더군요. 그거라면 제가 가르쳐 드릴 수 있었습니다. 예전에 아버지가 올드월 씨에게 엠파이어 오브 인디아 생명 보험 회사에 보험을 들어 두었다고 하시는 걸 들었거든요. 트

리스콧 씨는 그 문제는 자신에게 맡기라고 하시더군요. 그렇게 말씀해 주시니 저야 고마울 따름이었습니다.'

검시관은 고인이 유언장을 바꿀 마음이었다는 걸 알고 있었느냐고 물었어. 찰스 애슐리는 단연코 몰랐다고 부인을 했지. 그는 금요일에 아버지가 트리스콧에게 전할 쪽지를 주었다고 했어. 그날 오후에 변호사가 왔을 때 그를 봤다는 사실도 인정을 했지. 검시관이 그날 아버지와 변호사 사이에 오고 간 대화에 대해서 알고 있었느냐는 질문에도 그는 단호하게 몰랐다고 했어.

찰스는 변호사가 자신의 아내에게 주말 동안 노인을 돌봐 달라고 말해 보겠다고 하자 고맙게 받아들였어. 하지만 필립을 탓하려는 마음에 부인의 도움을 받기로 한 건 절대 아니라고 하더군. 사람들과 배심원단은 대체로 찰스 애슐리의 명료하고 직설적인 증언에 좋은 인상을 받았어. 그런 그도 대답을 망설인 때가 딱 한 번 있었어. 대답을 주저하는 티가 심하게 나더군. 검시관이 최근에 고인과 필립 사이에 불화가 있어서 고인이 유언장을 다시 쓴 것은 아닌지 물었거든. 찰스는 선뜻 대답을 하지 못했어. 검시관이 계속 대답을 종용하자 그제야 애매한 대답을 내놓았지. 그가 증언을 마치고 자리로 돌아가자 사람들은 그가 하려고 들면 할 이야기가 더 있었을 거라는 느낌을 받았어. 하지만 그가 워낙 비통해하는 탓에 검시관은 차마 그를 몰아붙일 수가 없었던 거야.

사람들의 느낌은 다음 증인인 트랩 부인에 의해 확인이 되었어.

그 부인은 매일 맬빈 맨션에 오는 가정부였어. 그녀는 지난 이 년간 그곳에서 가정부로 일을 했다고 밝혔지. 원래는 일요일은 제외하고 오전에 두 시간만 일을 했어. 하지만 두 달여 전부터는 주말에 오는 대신 월요일에는 쉬기로 했어. 수요일에는 오후 6시까지 있었지. 수요일 오후마다 찰스가 장을 보곤 했거든.

손턴 애슐리가 죽기 전 수요일에 무슨 일이 있었는지 검시관이 질문을 했어. 그녀는 그날 일을 상세하게 기억하고 있었지. 그날은 마침 필립 애슐리가 온 날이었어. 그는 찰스가 집을 비운 수요일에 종종 찾아왔다더군. 필립은 한 시간가량 머물렀어. 트랩 부인은 술술 이야기를 풀어 놓으며 부자가 요란하게 말싸움을 했다고 말했어.

그녀는 신이 나서 떠들더군.

'무슨 말을 하는지는 못 들었어요. 하지만 노인의 고함 소리는 똑똑히 들었어요. 음, 한 달쯤 전에도 필립 씨에게 그렇게 호통을 쳤어요. 그런데 필립 씨는 신경도 안 쓰는 눈치였어요. 그날도 배웅을 할 때 보니 평소처럼 싱글거리고 있던걸요. 하지만 노인은 분이 가라앉지 않았더군요. 그래서 브랜디를 한 모금 마시게 해 드렸죠. 필립 씨가 나가고 난 후에 엄청나게 충격을 받은 것 같았어요.'"

구석의 노인이 껄껄 웃으며 내게 물었다.

"자, 이제 좀 보이지 않나? 필립 애슐리 주위로 무시무시한 증거의 그물이 차근차근 엮어지는 장면이 말이야. 그는 이 장면이 눈에 선한 듯했어. 자신을 향한 적대감의 수위가 점점 높아지는 것도 잘 아는 것 같았지. 침울해 보였고 불안하기까지 한 것 같았어. 팔짱을 낀 모습이 자제하려고 애를 쓰는 듯했지.

그는 어떤 식으로든 유명세를 타는 걸 좋아하지 않는 사람 같더군. 호기심에 찬 대중, 특히 여자들의 시선이 온통 자신에게 쏠리자 그처럼 예민한 사람은 몹시 고통스러웠을 거야. 어쨌든 검시관의 질문에 대답하려고 증인석에 선 모습을 보니 미남에 체격도 좋더군. 그는 토요일 정오 무렵에 아버지의 집에 들렀다고 했어. 배심원단에게는 자신이 격주로 주말에 아버지를 돌보고 그때 찰스는 이틀 동안 교외로 여행을 간다고 설명을 했지. 그런데 그날은 집에 갔더니 아버지가 위중해서 뵐 수가 없다는 말을 들었다는 거야. 그런 상황인데도 찰스는 평소처럼 자전거 여행을 떠났고 처음 보는 여자가 아버지를 돌본다며 남아 있었지. 그는 이웃에 사는 트리스콧의 아내가 친절하게도 주말 동안 아버지를 간호해 주기로 했다는 이야기를 들었어. 그녀는 노련한 간호사였고 환자에게 뭔가가 필요할 때 어떻게 조치해야 할지도 잘 아는 듯했지. 그가 들렀을 때 아버지는 주무시고 계셨는데, 깨워서는 안 된다고 했지.

그는 이렇게 말했어.

'아버지를 뵙지 말라고 하니 당연히 화가 났죠. 그래서 순간적으로 꽤 날카롭게 말을 했을지도 모릅니다. 하지만 트리스콧 부인에게 무례하게 대하거나 화를 내지는 않았습니다. 저는 아버지가 침대에 누워 계신 모습을 살짝 봤습니다. 상태가 더 나빠지신 것 같지는 않았습니다. 그 점에 대해서 트리스콧 부인과 왈가왈부할 생각은 없었습니다. 저는 월요일 아침에 찰스가 돌아올 때까지 기다리기로 했습니다. 이런저런 문제에 대해 찰스와 이야기를 해 보려고요.'

바로 그때 검시관이 물었어. 찰스가 10시나 되어야 온다는 걸 알면서 왜 8시 반에 찾아갔느냐고.

'당연히 어떤 상황인지 궁금해서 일찍 갔던 겁니다. 게다가 그날은 친구와 강으로 놀러 가기로 했는데, 가능하면 일찍 출발하고 싶었거든요. 아파트로 갔더니 트리스콧 부인이 돌아가고 싶어 하시더군요. 그래서 제가 10시까지 남아서 집을 보기로 했습니다. 부인이 찰스가 그때쯤 돌아올 거라고 해서요. 찰스는 항상 주말을 보내고 월요일 오전 10시에 집으로 돌아왔거든요.

아버지는 잠이 드셨고 트리스콧 부인은 아버지에게 필요한 게 있으면 어떻게 하라고 알려 주셨습니다. 9시 반에 아버지가 일어나셨습니다. 뒤척이시는 소리를 듣고 제가 방으로 들어가 보리차를 드렸습니다. 그리고 잠시 곁에 앉아 있었습니다. 아버지는 기분이 꽤 좋아 보이셨습니다. 솔직히 말씀드리면 지난 몇 주보다 상태가 더 악화되었다는 생각은 들지 않더군요. 10시가 다 돼서 아버지는 다시 잠이 드셨습니다. 찰스가 삼십 분 안에 온다고 알고 있었고 게다가 전에도 아버지가 혼자 계신 적이 있었기 때문에 아버지를 두고 볼일을 보러 나갈 때도 별걱정을 하지 않았습니다. 하숙집으로

돌아와 외출 준비를 하는데 동생으로부터 아버지가 돌아가셨다는 전화를 받았습니다.'

검시관은 그 전 수요일에 아버지와 왜 말다툼을 했느냐고 물었어. 필립 애슐리는 절대 그런 적이 없다고 단언했지.

'돌아가신 아버지는 성격이 격하고 목소리가 날카롭고 높으셨습니다. 아버지는 제가 레이디 피트잭슨과 빨라야 반년 후에 결혼식을 올릴 수 있다고 아무리 조심스럽게 말씀을 드려도 그때마다 불같이 화를 내셨습니다. 한동안 소리를 버럭버럭 지르며 퍼붓곤 하셨죠. 하지만 헤어질 때는 언제 그랬느냐는 듯이 사이가 다시 좋아졌습니다.'

필립은 이렇게 주장했어."

구석의 노인은 잠시 입을 다물었다. 나는 이야기를 다 듣고도 여전히 어리둥절했다. 나는 방금 들은 사실과 내가 기억하는 사항들을 이리저리 맞춰 보았다. 검시 배심이 끝난 후 상황이 어떻게 되었는지 얼른 듣고 싶어 안달이 났다. 잠시 후 노인이 이야기를 이었다.

"말했다시피, 필립 애슐리를 향한 대중의 반감이 점점 높아졌어. 장애가 있는데다가 유산 한 푼 못 받고도 아버지를 잃은 비통에 잠긴 찰스를 동정하는 마음에서 비롯된 반작용이었지. 사실 그렇게 큰돈이 찰스에게는 별 쓸모가 없을지도 몰라. 원래의 유언장에도 평소 쥐꼬리만큼 쓰는 그에게는 충분한 액수가 남겨져 있었으니까 말이야. 하지만 죽을 날을 받아 둔 구두쇠 영감이 집을 나가 혼자서 편안하게 사는 아들 대신 평생 자신을 돌봐 준 아들에게 보상을 해 주기로 한 것 같지 않은가. 무슨 바람이 불어 손턴 애슐리가 유언장을 고쳐 쓸 생각을 했는지는 끝내 밝혀지지 않았어. 당시에 이런저런 소문이 돌기는 했지. 필립 애슐리가 큰 빚을 져서 아버지에게 돈을 요구하다가 몹쓸 짓을 했을 거라는 내용이었어. 소문의 진위도 역시나 밝혀지지 않았어. 그 점에 대해 배심원단에게 확실하게 말해 줄 수 있는 사람은 필립과 찰스 형제뿐이었지만 두 사람 모두 각자의 이유로 입을 굳게 다물어 버린 거야.

이제 자네도 확실히 기억이 날 걸세. 배심원단이 마침내 충격적인 평결을 내렸고 그 결과 검시관이 살인 미수 혐의로 발부한 영장으로 필립 애슐리가 체포된 사실이 말이야. 참으로 끔찍하고 말도 안 되는, 믿기지 않는 상황이었어. 하지만 열두 명의 남자로 구성된 배심원단은 심의를 시작한 지 채 삼십 분도 지나지 않아 이런 결론에 도달했지 뭔가.

경찰의의 부검을 도운 조수가 고인의 침대 밑에서 육중한 손잡이가 달린 지팡이를 찾아냈다는 사실이 배심원들에게는 결정적이었을 거야. 지팡이 옆에는 트리스콧이 준비한 사본이 찢기고 구겨진 채 나뒹굴고 있었지. 필립 애슐리는 그 지팡이를 제시하자 자신의 것이라고 대답했어. 그는 토요일에 아버지의 집을 나설 때 지팡이를 찾아보았다더군. 분명히 올 때 지팡이를 가지고 온 것 같은데 보이지 않았던 거야. 하지만 지팡이를 찾느라 소란을 피우고 싶지 않아 굳이 찾아보지는 않았어.

가정부와 트리스콧 부인은 일요일에 노인의 방을 정리하고 청소했는데, 그때 지팡이는 보지 못했다고 증언을 했어."

구석의 노인은 야윈 어깨를 시니컬하게 한 번 으쓱하더니 말을 이었다.

"이렇게 되어 필립 애슐리는 살날이 얼마 남지 않은 병든 아버지를 살해하려고 했다는 죄목으로 치안 판사 앞에 끌려가는 끔찍한 곤경에 처하게 된 거야. 그는 자신의 결백을 호소하며 자기변호를 했어. 모든 증거를 다시 한번 샅샅이 훑었지. 새로운 사실은 더 이상 없었어. 누구나 필립 애슐리의 유죄가 확실하다고 여겼어. 그러니 그가 재판에 회부되어도 놀라는 사람은 없었어.

여론은 여전히 그에게 유난히 적대적이었어. 굉장히 끔찍하고 유례가 없었던 사건이라 교육을 많이 받고 이름이 알려진 남자가 범인이었으리라곤 쉽게 믿을 수는 없었지. 전쟁 전이라면 아마 아무도 그런 말을 믿지 않았겠지. 하지만 지난 몇 년간 곳곳에서 끔찍한 범죄가 수도 없이 일어나지 않았나. 사람들이 그런 사건을 보더라도 어깨를 으쓱하며 '누가 아나, 그랬을지도 모르지'라고 중얼거릴 정도로 세상이 변했다네. 어쨌든 한 가지 사실만큼은 절대 의심할 수 없었어. 손턴 애슐리가 악랄하고 무자비한 폭력에 놀라 충격을 받아 죽었으며 목에는 손가락 자국이 남아 있고 침대 밑에서 발견된 지팡이와 비슷한 둔기로 얼굴과 머리를 수차례 가격당했다는 사실 말이야. 게다가 그가 서명할 예정이었던 새 유언장과 사망하기 전 수요일에 아들과 심하게 다퉜다는 사실도 무시할 수 없는 증거였어. 이 정도면 어느 검사라도 당장 살인죄로 기소할 만한 동기가 필립에게 갖춰진 셈 아닌가. 필립 애슐리는 교수형까지는 아니더라도 이십 년 형은 피할 수 없었지.

상황이 이러니 레이디 피트잭슨의 결정을 두고 그녀를 비난한 사람은 아무도 없었을 거야. 그녀는 필립 애슐리의 심리가 열리기 일주일 전에 에트리지 후작의 아들인 프랜시스 퍼모어 경과 약혼을 발표했어. 그리고 이내 결혼식을 올렸지.

하지만 필립 애슐리는 무죄로 풀려났어. 그건 기억하겠지? 아서 잉글우드를 변호사로 선임한 덕분이었다네. 아서는 이 나라 최고의 형사 전문 변호사야. 필립에게 불리한 증거가 죄다 정황 증거에 그쳤기 때문에 아서는 능수능란한 변론으로 필립에게 제기된 혐의를 전부 박살낼 수 있었지. 범행 동기에 대해서 말해 보지. 필립이 유언장을 새로 만들겠다는 아버지의 결심을 알고 있었다는 증거는 어디에도 없었어. 필립이 문제의 수요일에 아버지와 다퉜다고는 하지만 그건 가정부의 말뿐 아니었나.

한편 고인의 절친한 친구들이었던 올드월과 의사인 팬쇼빅은 고인이 유달리 크고 새된 목소리였다고 증언을 했어. 게다가 아무 것도 아닌 일에도 발끈해서는 고함을 치고 분통을 터뜨렸는데, 다른 뜻이 있어 그러는 건 아니었다고 증언을 했지. 확실한 물적 증거라고는 지팡이뿐이었는데, 그것만으로 한 사람의 인생을 끝장낼 수 있을 만큼 무시무시한 의혹을 품기는 부족했어.

필립 애슐리는 무죄 판결을 받았어. 하지만 사건을 유심히 지켜본 사람들 가운데 그가 정말 결백하다고 생각한 사람은 별로 없었지. 레이디 피트잭슨은 무슨 생각을 했을까. 그건 아무도 몰라. 그 불쌍한 남자에게 부자가 될 기회가 사라진 사실이 그녀에게는 다행이었어. 마침내 그 재산을 거머쥐나 했더니 결국 그를 비켜갈 운명이었으니까. 많은 것을 희생해 가며 기다리고 기다린 여인을 잃은 후 가련한 필립은 재산마저 날리게 되었어. 원유언장에 의거해서 그가 정해진 기간 내에 결혼을 하지 못하면 모든 재산은 찰스가 물려받게 되어 있지 않았나. 하지만 자네도 나와 같은 생각일 거야. 제정신인 남자라면 그렇게 냉혹하고 돈만 밝히는 여자와의 결혼을 하지 않게 되어 다행이라고 하겠지.

그런데 운명의 수레바퀴가 또 한 바퀴 크게 돌아갔다네. 찰스 애슐리가 얼마 전에 수술을 받고 요양소에서 머무르던 중에 심장 마비로 숨을 거두었지. 그는 유언장을 남기지 않았으니 필립이 유일한 상속인이야. 웃기지? 필립 애슐리가 결국 아버지의 재산을 고스란히 물려받았으니 말이야. 아무튼 운명은 자신이 재기 불능 상태가 되도록 때려눕힌 사내에게 나름대로 보상을 했어. 필립 애슐리가 부자가 되자 사교계 신문에 레이디 프랜시스 퍼모어가 이혼 소송을 냈으며 심리는 변론 없이 진행될 것이라는 소문이 떠돌기 시작했어. 내가 들은 내용은 그랬어. 그런데 생각해 보게. 어떤 남자가 자신을 그런 곤경에 빠뜨린 여자와 결혼을 하고 싶겠나?"

이 말을 끝으로 구석의 노인은 사랑하는 노끈으로 묶은 복잡한 매듭을 살피느라 정신이 없는 듯 보였다. 이제 이야기를 끝고 가야 할 사람은 나라는 생각이 들었다.

"그렇다면 영감님은, 필립 애슐리는 그의 아버지가 유언장을 새로 쓰려고 했다는 사실을 전혀 몰랐고 아버지를 죽이려고 한 적도 없다고 믿으세요?"

내가 물었다.

"자네는 아닌가?"

그가 되물었다.

"글쎄요."

나는 선뜻 대답을 하지 못했다.

"누군가가 구두쇠 영감님을 공격한 건 사실이잖아요, 그렇죠? 필립 애슐리가 범인이 아니라면 그냥 강도가 들었을지도 모르죠. 노인이 매트리스 아래에 현금을 숨겨 놓았을 거라고 생각해서 습격한 건 아닐까요?"

"그보다 더 논리적인 가설을 세울 수는 없나?"

노인이 무례하고 냉소적인 태도로 이렇게 반문을 하자 나는 짜증이 났다. 따귀라도 한 대 갈기고 싶었지만 꾹 참았다. 어떻게든 진실을 알고 싶었으니까.

나는 그의 뻔뻔한 태도를 애써 무시하며 이렇게 되물었다.

"영감님은 그 범죄로 누가 가장 이득을 볼지 따져서 가설을 세워 보셨겠죠."

"좋아, 그럼 그 범죄로 누가 가장 이득을 보았지?"

"물론, 필립 애슐리죠. 하지만 영감님은……."

내가 대답을 했다.

"필립 애슐리는 범죄로 이득을 보지 않았어."

늙은 허수아비가 불쑥 끼어들며 마른 웃음을 웃었다.

"아니야, 아니야. 자비로운 신께서 찰스 애슐리를 너무나 갑작스럽게 이 사악한 세상에서 데려가지 않으셨다면 필립은 지금도 일 년에 몇백 파운드로 근근이 살고 있을 거야. 그것도 형제의 호의에 기대서 말이지."

"그건 단지 피트잭슨이라는 여자가 그를 버렸기 때문이죠. 그것만 아니라면……."

내가 반박을 해 보았다.

"그녀가 왜 필립을 버렸겠나? 손턴 애슐리가 매우 미심쩍은 상황에서 죽는 바람에 필립 애슐리가 무서운 의심을 받았기 때문 아닌가. 누구라도 알고 있었을 거야. 그가 혐의를 받게 되면 냉큼 차 버릴 여자라고 말이야."

"그렇지만 찰스는……."

내가 말했다.

"그래. 그 범죄로 가장 큰 이득을 본 사람은 바로 찰스였어. 유
산을 물려받은 사람이 바로 찰스였잖아."

그는 흥분해 내 말에 불쑥 끼어들었다.

"하지만 새 유언장에 따르면 어차피 찰스가 물려받을 예정이었
잖아요. 그런데 왜 그런 짓을……."

"자네는 새로운 유언장을 믿는군, 그렇지? 내가 자네에게 관련
된 사실들을 늘어놓은 방식을 잘 따라오면 좀 더 논리적인 추리를
할 수 있을 거야."

"하지만 트리스콧은……."

내가 말했다.

"아, 그래. 트리스콧. 그래. 이 계획은 처음부터 끝까지 공범이
없다면 불가능했어. 내 생각에 우리가 지금껏 살펴본 범죄 가운데
가장 극악무도한 부류인 이 사건에서 모든 요소가 공범이 있음을
가리키고 있지 않나? 자네는 찰스 애슐리의 심리를 차근차근 따라
갈 수 있을 거야. 기형인 그의 몸만큼 왜곡되고 굴곡진 그의 심리
를 말이지. 내가 좀 더 단순하게 사실을 설명해 주겠네.

필립이 독신을 고집하는 동안은 모든 것이 좋았어. 찰스는 늙은
구두쇠에게 딱 붙어서 지냈어. 두 사람의 이해관계가 충돌하지 않
도록 잘 배려하면서 말이지. 그런데 어느 날 레이디 피트잭슨이 사
별을 했고 필립은 들떠서 약혼 사실을 가족에게 알렸어. 바로 그 순

간부터 찰스는 내심 기대하고 있던 재산이 되돌릴 수 없이 손아귀에서 빠져나가는 모습을 보았을 거야. 자네의 마음의 눈에는 뒤틀린 두뇌를 가진 기형의 인물이 곤경을 타개할 방법을 궁리하는 모습이 보이지 않나? 계획이 구체적인 모습을 갖춰 가면서 서서히 결의를 다져 가는 모습이? 형제의 결혼을 무슨 수를 써서라도 막겠다는 결의가?

그렇다면 도대체 어떤 계획이었을까? 필립은 뮤리엘 피트잭슨을 미치도록 사랑하고 있었어. 그토록 오랜 세월을 기다린 끝에 다시 그녀를 가지게 되었으니 절대 포기할 리 없었어. 하지만 그녀라면 그를 포기할 수도 있지. 부귀영화를 위해 이미 한 번 버렸는데 두 번이라고 못 버리겠나. 만약…… 만약…… 그러나 찰스 애슐리는 도저히 잘생긴 형제를 대신해 여인의 애정을 독차지할 경쟁자가 될 수는 없었어. 도저히 그건 불가능했지! 그런데 다른 가능성이 있었어. 필립이 가난해지면, 아니 오명을 쓰면 더 좋겠지. 그렇게만 된다면 결혼 시장에서 더 이상 환영받지 못할 거야. 오명을 쓴다고! 하지만 무슨 수로? 언론으로? 범죄로? 그래, 바로 그거야, 범죄! 이제 어떤 계획이 완성되었는지 자네도 알겠지?

필립 같은 성격과 사회적 지위를 가진 사람에게 어떤 범죄를 뒤집어씌우면 좋을지 찰스가 갖은 지혜를 짜내는 모습이 선하지 않나? 아마도 그의 아버지가 우연히 뱉은 말로 계획을 완성했을 거야. 바로 유언장에 대한 말이었지. 이제 계획은 모두 섰어. 미처 서명을 하지 못한 유언장과 죽어 가는 노인에 대한 공격, 거기에 불같은 성격의 노인과 성마른 아들이 걸핏하면 벌였던 수많은 언쟁들까지. 자그마하고 말쑥한 동네 변호사인 트리스콧이 찰스 애슐리의 뒤틀린 계획이 자신에게도 이득이고 실행에 옮길 수 있다고 자신하기까지 어느 정도 시간이 걸렸을 거야. 물론 그가 없으면 절대로 그 계획은 실행할 수 없었지. 내 이론은 두 사람이 절대적인 공범 관계라는 사실에 바탕을 두고 있어.

두 사람이 어디에서 처음 만났고 어떻게 친구가 되었는지 나도 몰라. 내가 그 사건의 공식적인 수사에 어떤 식으로든 관여할 수 있었다면 무엇보다 트리스콧의 하인을 조사했을 거야. 그랬다면 찰스 애슐리가 그 집에 찾아온 적이 있는지 알아냈겠지. 적어도 트리스콧의 친구들과 그가 자주 드나드는 곳 정도는 알아냈을 거야. 찰스 애슐리와 트리스콧이 꾸준하게 관계를 이어 왔다는 사실도 밝혀냈겠지.

나는 아무래도 서명이 안 된 유언장은 믿을 수가 없어. 수요일에 부자가 말다툼을 했다는 사실을 제외하면 노인이 유언장을 고쳐 쓰기로 마음먹을 만한 일이 전혀 없었어. 설령 구두쇠 영감이 유언장을 바꾸고 싶어 했다고 가정해 보자고. 그랬다면 왜 친구인데다 공짜로 유언장을 새로 작성해 줄 올드월을 제치고 잘 알지도 못하는 사람에게 돈까지 줘 가면서 일을 맡겼을까? 생각해 보게, 그 노인은 지독한 구두쇠였어. 광적일 정도로 돈이라면 벌벌 떤다고 소문이 자자했지. 구두쇠는 공짜로 손에 넣을 수 있는 것에 절대 돈을 쓰지 않아. 검시 배심이 진행되는 동안 사소해 보이지만 중요한 사실이 하나 더 있었어. 만약 트리스콧이 찰스 애슐리와 생판 남이라면 왜 그에게 개인적인 관심을 보인 것도 모자라 심지어 아내까지 보내서 아무 상관도 없는 환자를 이틀 밤낮으로 돌보게 했을까? 왜 트리스콧 부인은 편하게 쉴 곳도 없고 먹을 것도 변변하지 않은 구두쇠 영감의 집에서 감사받지도 못할 일을 하겠다고 했을까? 왜 트리스콧 부부는 자신들에게 중요한 이익이 걸려 있는 것도 아닌데 그렇게 행동했을까?

결국 나는 필립이 아버지의 침상을 지키는 동안 레이디 피트잭슨이나 다른 친구와 같은 증인, 다시 말해서 제삼자가 찾아오지는 않는지 감시하기 위해 부부 중 한 명은 그곳을 지키고 있는 것이 그들의 중요한 이익과 직결된다는 결론을 내렸어. 왜냐하면 그 자리에 있었을지 모르는 제삼자의 증언으로 그들이 조심스럽게 쌓아 온 거짓말의 성이 순식간에 무너질지도 모르니까 말이야. 다른 사실도 알아차렸나? 가정부는 새로 정해진 규칙대로 월요일 아침에는 그 아파트에 오지 않았어. 그 규칙은 고작 두 달 전에 새로 정한 것이었지. 왜 바꾸었을까? 내가 알기로 가정부들은 항상 일요일에 쉬어. 가정부가 월요일에 쉰다는 이야기를 들어 본 적이 있나?"

나는 흔한 경우가 아니라고 대답할 참이었다. 그런데 허수아비 같은 노인이 노끈을 만지작거리는 손놀림이 보는 내 눈이 휙휙 돌아갈 정도로 정신없어졌다. 더불어 그도 점점 더 열을 올리며 이야기하기 시작했다.

"자, 이제 월요일 아침으로 되돌아가 보게. 방해 요인을 깨끗하게 처리한 찰스 애슐리는 아파트로 돌아와 노인과 단둘만 남았어. 마침내 악행의 마지막 단계를 실행에 옮길 기회가 온 것이지. 손가락으로 목에 자국을 내고 지팡이로 한 번 가격했어. 꼼꼼하게 세운 무시무시한 범행을 저지르는 내내 커튼이 내려져 있었어. 모든 상황을 철저하고 논리적으로 생각해 보게."

구석의 노인은 사랑하는 노끈을 체크무늬 얼스터코트의 넉넉한 주머니에 넣으며 이렇게 말했다.

"그러면 자네도 내 논리에 흠이라고는 없다는 사실을 인정······."

"하지만 지팡이는요?"

내가 재빨리 끼어들었다.

"그래, 지팡이가 있었지. 찰스는 지팡이의 중요성을 알고 있었어. 그래서 토요일에 필립이 등을 돌린 사이를 틈타 지팡이를 잘 숨겨 둔 거야. 앞으로 쓸모 있는 증거물이 될 거라고 짐작을 했을 테니까. 생각해 보게. 자신의 지팡이와 잔뜩 구긴 유언장을 자신이 죽인 사람의 침대 밑에 던져 놓을 정도로 멍청한 인간이 어디에 있겠나. 그 증거물들을 누가 두고 갔을 리는 없어. 그렇다고 지팡이가 어쩌다가 침대 밑으로 굴러 들어간 것도 아니야. 왜냐하면 지팡이의 손잡이가 구부러져 있거든. 그러니 누군가가 고의적으로 그곳에 던져 놓은 것이 틀림없어."

노인은 마침내 결론을 내렸다.

"없어. 절대 없지! 내 가설에 흠이라고는 없어. 제대로 머리가 돌아가는 사람이라면 훤한 대낮처럼 잘 보일 거야. 사람의 정의는 제대로 서지 못했어. 한때는 죄 없는 사람만 고생하고 죄 지은 자는 범죄의 과실을 마음껏 누리는 것처럼 보였지. 하지만 더 높은 곳에 있는 정의가 두고 보지 않았던 거야. 찰스는 죽었고 필립은 아버지가 애초에 그에게 남기려고 했던 재산을 결국 손에 넣게 되었지. 이제 내 유일한 바람은 필립이 아름다운 뮤리엘의 사랑에 무슨 가치가 있는지 똑바로 보는 거라네. 그의 재산을 함께 나누고 지나온 고통을 모두 잊게 만들어 줄 다른 훌륭한 여성이 언젠가는 그의 앞에 나타나기를 바라."

"그러면 트리스콧 부부는요?"

"아!"

노인은 한숨부터 쉬었다.

"그 사악한 인간들은 지금도 잘 살고 있어. 더 높은 곳의 정의도 그자들을 잊은 것 같아. 종종 악행을 저지른 놈들을 잠시 잊으실 때가 있지 않나. 두 사람은 찰스의 계획에 동참한 대가로 한몫 단단히 받았을 거야. 모르긴 몰라도 불쌍한 찰스가 죽지 않았다면 그 두 사람에게 협박을 받아 가진 것을 몽땅 뜯겼을 걸세. 결국 그들은 아무 죗값도 받지 않았어. 최근에 그 동네에 가서 알아봤더니 사무실을 팔고 법조계에서 은퇴를 했더군. 아마 시골에 아담한 집을 한 채 장만했겠지. 자, 이제 마지막 의혹도 말끔히 해소되었으니 메이다 베일의 구두쇠의 죽음을 둘러싼 수수께끼를 내가 풀었다는 사실을 인정하지 않을 수 없겠지."

다음 순간 그는 자리에서 사라졌다. 어느새 회전문을 돌아 사라지는 체크무늬 얼스터코트 자락이 눈에 들어왔다.

풀턴
가든스
수수께끼

12

The Old Man
in the Corner

001

☆☆☆

구석의 노인이 우유 한 잔을 다 마시자마자 느닷없이 내게 이렇게 말을 걸었다.

"동정심과 이해심, 관대함 같은 것은 하나같이 똑똑한 사람의 특징이라는 사실을 받아들일 수 있나? 비판적이고 잔인한 사람은 멍청이들이야. 영리한 사람은 거의 대부분 공감 능력이 뛰어나. 그들은 이해하고, 제대로 인식하고, 동기를 연구하고 이해하지. 전쟁 중에 죄 없는 남녀 민간인을 스파이라는 명목으로 추적한 놈들은 멍청이들이었어. 독일인이 조국에 충성한다면 영국인이나 프랑스인만큼 뛰어난 애국자가 될 수 있다는 사실을 이해하지 못했던 것도 멍청이들이었지. 냉혹하고 잔인한 사람은 거의 늘 멍청이야. 뒤에서 남들 흉이나 보는 노처녀도 마찬가지고.

내가 왜 이런 말을 하느냐면 신문에서 풀턴 가든스 사건이라고 떠들었던 기묘한 사건을 생각하던 중이었기 때문이야. 자네도 그 사건, 기억하지?"

"네. 기억해요. 솔직히 말씀드리면 저는 불쌍한 제섭 노인을 조금 알았어요. 그래서 비보를 전해 듣고 얼마나 놀랐는지 몰라요. 레이턴이 극악무도하게도 그런 짓을……."

"하! 설마 자네도 그런 주장을 믿는 건가, 그래?"

나의 기묘한 친구가 껄껄 웃으며 내 말을 뚝 끊었다.

"달리 설명할 방도가 없잖아요!"

내가 발끈했다.

"하지만 그는 풀려나지 않았나."

나는 납득할 수 없다는 표시로 어깨를 으쓱했다. 사실 나는 묘한 노인이 이야기를 얼른 시작해 주었으면 싶은 맘뿐이었다.

"알리바이도 엉성했는데."

내가 쌀쌀맞게 말했다.

"동정심도 부족하고."

노인이 한마디 거들었다.

"이 사건에서 무방비 상태의 노인을 무자비하게 공격한 범인에게 무슨 동정심이 필요해요? 아무리 영감님이라도 아서라는 작자가 그 사건과 관련이 있다는 사실을 부정하실 수는 없을 걸요."

내가 따져 물었다.

"나는 범인에 대한 동정심을 말한 게 아니라네. 이 사건의 주요 증인이었던 여자들에 대한 동정심을 말한 거였지."

노인이 말했다.

"저는 잘 모르겠⋯⋯."

내가 말했다.

"그렇겠지만 나는 잘 알아. 나는 모든 걸 파악했어. 그리고 몹시 동정이 가더군."

그 노인이 동정이라는 고귀한 감정을 입에 담자 나는 그만 웃음이 와락 터졌다. 도저히 참을 수가 없었다. 지금껏 그럴싸한 말을 늘어놓더니 느닷없이 생뚱맞은 말을 하자 말도 못하게 우스웠던 것이다.

나는 진정하고 최대한 진지하게 말을 했다.

"그러니까 영감님은 이해심 많고 어쩌고저쩌고하는 똑똑한 사람이고 저는 어김없이 멍청하고 비판적이고 잔인한 노처녀군요."

"너무 노골적이군. 그러나 자네가 지금 한 말의 뒷부분을 부인할 만큼 뛰어난 추리력을 발휘하는 모습을 내게 제대로 보여 준 적이 없긴 하지. 앞부분에 대해서라면⋯⋯."

노인은 자기만족에 빠져 대꾸했다.

"그쯤 하고 풀턴 가든스 사건에 대해서 설명해 주시는 게 어때요?"

내가 더 이상 참지 못하고 끼어들었다.

"좋아. 어차피 전부 들려줄 생각이었다네. 자네는 결론에 동의하지 않겠지만."

노인은 기분이 상한 기색도 없이 선선히 대답했다.

"잠깐요!"

나는 살살 달래는 듯한 미소를 지으며 아름다운 한 가닥의 노끈을 노인에게 슬쩍 내밀었다. 그러자 노인은 새 발톱처럼 앙상한 손으로 노끈을 홱 낚아챘다. 그는 먹잇감을 흡족하게 보는 눈빛으로 노끈을 바라보았다.

마침내 그가 이야기를 시작했다.

"아마 누구에게나 이 사건은 수수께끼로만 보일 거야. 하지만 내게는 말이지…… 음, 일단 피해자부터 보지. 비겁한 공격에 당했다는 자네 말은 적절했어. 자네 친구인지 그냥 아는 사람인지 어쨌든 시턴 제섭은 육십이 넘었지만 나이에 비해 여전히 팔팔하고 정력적이었어. 그는 풀턴 가든스에서 진주 거래업을 했지. 알겠지만 집은 따로 있었어. 그는 결혼을 해서 아들과 딸을 여럿 두었고 피츠존스 애버뉴의 좋은 집에 살았어. 풀턴 가든스에도 건물을 한 채 가지고 있었어. 그 동네에서 흔히 볼 수 있는 사 층 건물이었지.

지하층에서 2층까지는 죽은 시턴이 자신의 사업장으로 썼어. 1층에는 사무실과 전시실이 있었고 2층에는 대개 점심을 들거나 중요한 고객들이 올 때마다 사용하는 응접실이 두 개 있었어. 지하에는 주방과 부엌방, 식료품 저장실, 하인들이 쓰는 작은 방, 귀중품 보관실이 있었다네. 꼭대기 층은 외과 수술 기구 제조업자가 쓰고 있었는데, 이 제조업자는 작업장에서 잠을 자지 않았어. 이 작업장 바로 아래이자 응접실 바로 위인 3층은 터프널 부인과 앤 웨버가 썼어. 터프널 부인은 제섭의 요리사 겸 가정부였고, 이 부인의 조카인 앤 웨버는 잔심부름을 하는 하녀였지. 부인의 아들인 마크도 시턴의 사무실에서 직원으로 일을 했는데, 잠은 다른 곳에서 잤어. 그는 예민한 사람이라 알렉산드라 팰리스 근처의 셋집에서 따로 살았다네.

알다시피 방금 말한 사람들은 지난 11월 16일 풀턴 가든스 13번지에서 일어난 드라마에서 중요한 역할을 했어. 13번지라니 불길한 숫자 아닌가? 그런데 시턴은 그 집을 구입했을 때 남들과 달리 12a번지라고 주소를 바꾸지 않았어. 미신을 전혀 믿지 않았기 때문이라더군. 그는 완고하면서 수완이 뛰어난 사업가였어. 자신도 열심히 일을 하는 만큼 직원들도 그래 주기를 바랐지. 두 아들도 그의 직원이었는데, 각각 사무실과 전시실에서 일했어. 마크 터프널 외에도 직원이 한 명 더 있었는데, 바로 아서 레이턴이었지. 그는 근무 태도가 영 미덥지 못했어. 그러니 시턴의 먼 친척인데도 경영에는 끼지 못했던 거야. 시간을 지키지 않고 게으르고 통 믿을 수가 없었거든. 사건이 일어나기 얼마 전에는 이웃 주민만 아니라 가정부까지도 이 청년에게 감정이 좋지 않았다고 해. '13번지 하녀인 앤과 아서가 그렇고 그런 사이'라는 소문이 돌았거든.

앤 웨버는 예쁘장한 아가씨였어. 그런 아가씨들이 칭찬과 흠모에 약하잖아. 시턴의 집에 들어오자마자 마크 터프널과 사귀는 것 같더니 이내 시턴의 둘째 아들 때문에 그를 버렸어. 그러다가 다시 마크에게 돌아갔지. 그때만 해도 그와 사랑에 빠진 것처럼 보였는데 어느새 그녀의 관심은 아서 레이턴에게 옮겨 간 거야. 그때까지 그녀에게 구애한 청년들 가운데 아서가 가장 손이 컸거든. 그는 마크 터프널이 도저히 살 수 없는 보석을 늘 선물했어. 시턴의 아들은 그녀에게 선물 같은 건 할 생각이 없었지. 앤 웨버는 도무지 단 한 사람으로 만족하지 않았어. 확실히 그녀는 앙증맞은 앞치마 주위로 여러 남자를 거느리는 재주가 탁월한 것 같았어.

그녀는 제 아주머니와 사이가 좋지 않았어. 무엇보다 터프널 부인은 아들이 예쁜 하녀에게 받은 실연의 상처가 전혀 아물지 않으니 속이 상해 견딜 수가 없었던 거야. 앤이 아서나 다른 남자들과 놀아날수록 그녀를 향한 마크의 사랑은 커져만 갔어. 그러니 터프널 부인은 아서가 앤과 결혼할 생각이라면 하루 빨리 앤을 데리고 가서 마크도 그녀를 잊기로 마음을 먹기만 바랄 뿐이었지. 아서는 형편이 좋은 게 분명했어. 항상 돈을 잘 썼거든. 반면 마크는 가진 거라곤 얼마 안 되는 봉급이 다였지. 다른 남자들을 제치고 앤의 눈길을 사로잡을 만큼 영리하거나 매력적인 구석도 없었고 말이야."

구석의 노인은 잠시 후 이야기를 계속했다.

"자, 풀턴 가든스 13번지에 기묘한 사건이 벌어졌던 11월 16일로 돌아가 보세나. 시턴은 대체로 사무실에서 저녁 7시까지 일을 했어. 사무실과 전시실 직원들은 6시면 업무를 마쳤지만 그는 거의 예외 없이 한 시간 더 야근을 하면서 회계 장부를 검토하거나 재고를 살폈지. 사건이 일어난 저녁이었어. 7시 직전에 그는 터프널 부인을 불러서 늦게까지 있을 것 같으니까 한 시간 후에 차 한 잔과 샌드위치 한 접시를 가져오라고 지시했다네.

터프널 부인은 사장의 말을 듣고 낙담했어. 그날은 마크가 저녁에 그녀와 앤을 영화관에 데려가기로 한 날이었거든. 그런데 사장이 늦게까지 야근을 하겠다니 그가 퇴근을 할 때까지 두 사람은 외출을 할 수가 없었어. 사장이 필요한 게 있어서 두 사람을 찾을 수도 있고 퇴근 시간도 확실하지 않았으니까. 마크는 그곳에서 저녁을 들었어. 저녁을 먹은 후 터프널 부인은 차와 샌드위치를 쟁반에 받쳐서 직접 시턴에게 가져갔지. 시턴은 두꺼운 책 몇 권을 앞에 놓고 책상에 앉아 있었어. 은행 업무 시간 이후에 들어온 현금을 보관해 둔 금고는 활짝 열려 있었고.

터프널 부인이 쟁반을 내려놓고 방을 나가려는데 시턴이 그녀를 불러 세웠어.

'아서가 곧 올 걸세. 그가 오는 대로 이곳으로 보내 주게. 그 외에는 아무도 만나고 싶지 않아, 자네들도 마찬가지일세. 알겠나?'

그의 말투가 너무 엄하고 고압적이어서 터프널 부인은 화가 났지만 한편으로는 겁이 덜컥 났다더군. 시턴은 하인들에게 늘 상냥하고 사려 깊었는데, 그런 식으로 말하는 모습은 처음이었어. 하지만 그런 가정부 같은 이들이 어떤지 잘 알잖나. 이해력이라고는 없어. 그래서 윗사람 얼굴에서 웃음기가 사라지기라도 할라치면 조금만 다그쳐도 홱 토라지곤 하지. 분명 시턴은 그때 피곤하고 뭔가 걱정거리가 있었던 거야. 경찰도 그가 이때 가정부에게 매몰차게 말을 했다는 사실에 큰 의미를 두지 않았어. 지금도 나는 자네에게 이 사실은 사소한 정황에 불과하다고 단언할 수 있어. 그럼에도 불구하고 굳이 그 상황을 다시 이야기한 건 어쩐지 몹시 중요할 거라는 생각을 지울 수 없었기 때문이라네. 지금도 나는 이 상황을 가볍게 치부한 것이 경찰의 실수였다고 생각해.

그럼 다시 이야기로 돌아가지. 시턴은 책과 금고가 있는 자신의 사무실에 있었어. 은행 영업시간 이후에 들어온 현금을 보관하는 금고는 당시 활짝 열려 있었지. 터프널 부인이 시턴을 찾아가 지시를 받은 건 저녁 8시였어. 그는 9시에 아서 레이턴이 찾아올 것이라고 말했지.

그 후로 시턴이 살아 있는 모습을 본 사람은 아무도 없어.

이튿날 아침 터프널 부인은 평소처럼 6시 45분에 아래층으로 내려왔어. 그녀는 부엌에 불을 지핀 후 앞 계단을 닦고 홀을 쓸었어. 다음으로는 1층의 방들을 청소하려고 갔지. 후에 그녀는 그날 아침 일어난 순간부터 집안 분위기가 이상하다는 느낌이 들었다고 경찰에게 털어놓았어. 까닭 없이 무시무시했지. 알 수 없는 두려움에 사로잡힌 거야. 사무실 문을 열자마자 그녀의 입에서 비명이 터져 나왔어. 시턴이 책상에 앉아 있지 뭔가. 그녀가 지난밤 마지막으로 본 그대로 책상 위에 책이 여러 권 쌓여 있고 금고 문은 열려 있었지. 그런데 사장의 고개가 앞으로 푹 떨어져 있고 양팔은 책 위로 죽 뻗어 있었어. 그녀는 그 광경을 보자마자 사장이 죽었다는 걸 직감했어. 바닥에 떨어져 있는 지팡이와 노인의 뒤통수에서 곧장 목을 타고 흘러 옷깃과 겉옷 윗부분을 흥건하게 적신 무시무시한 적갈색 핏자국은 미처 보지도 못했는데도 그녀는 그가 이미 숨이 끊어졌다고 직감했어.

그녀는 겁에 질려 비틀거리며 물러나다가 열린 문에 쾅 부딪혔는데도 그저 멍하니 눈만 뻐끔거리고 있을 수밖에 없었지. 왜냐하면 방이며 가구며 책상에 미동도 않고 앉아 있는 형체가 눈앞에서 빙빙 돌기 시작했거든. 그녀는 금방이라도 기절을 할 것만 같았지. 그러다가 앤이 무슨 일이냐며 외치는 소리에 흠칫 정신을 차렸어. 시간이 얼마나 지났는지 감도 잡히지 않았지. 앤은 게을러 터져서 8시 전에는 아래층으로 내려오는 법이 없었지. 앤은 자고 있다가 터프널 부인의 비명을 듣고 놀라서 침대에서 굴러떨어진 것이 분명

했어. 그녀는 맨발에 슬리퍼를 꿰어 신고 가운을 걸치고 무슨 일인
지 보러 허겁지겁 달려왔다더군.

'아주머니, 무슨 일이에요? 왜 그러세요?'

앤이 달려오며 소리를 쳤어.

앤은 사무실 앞까지 와서 방 안을 힐끔 보자마자 비명을 질렀어.

'어머나! 그 사람이 죽었나 봐요!'

앤이 겁에 질려 소리를 질러대자 터프널 부인이 정신을 차렸어.
그녀는 가까스로 냉정을 되찾아서 타일 바닥에 벌러덩 쓰러지려는
앤의 팔을 와락 잡아 부축을 했다네. 당연히 터프널 부인은 그녀를
마구 흔들며 진정을 시켰지.

'그게 무슨 말이야, 앤 웨버? 무슨 말이냐고? 누가 죽었다는 거
야?'

부인은 쉰 목소리로 속삭였어.

하지만 앤은 아무 말도 할 수 없었어. 하지 않은 것인지도 모르
지. 그녀는 핏기라고는 없는 얼굴로 비틀거리며 뒤로 물러나다가
층계참의 난간에 부딪혀 넘어졌어. 그녀는 난간을 부여잡고 눈을
휘둥그레 뜬 채 입을 씰룩거리며 무릎을 부들부들 떨었지.

'앤 웨버, 정신 좀 차려 봐. 어서 가서 경찰을 불러 와.'

터프널 부인이 엄하게 말했어.

하지만 앤은 꼼짝도 할 수 없는 것처럼 보였지.

'경찰! 경찰을!'

앤은 멍하니 이렇게 소리만 지를 뿐이었어. 그 무렵 완전히 정신을 차린 터프널 부인은 앤을 확 밀치고 위로 올라가 서둘러 나갈 준비를 했어. 잠시 후 그녀는 경찰을 부르러 바삐 달려 나갔지."

003
☆☆☆

구석의 노인은 청산유수로 이야기를 이어 갔다.

"그 사건이 결국 미궁에 빠지게 된 정황이 기억나는지 모르겠군. 이 사건은 신문이 풀턴 가든스 수수께끼라고 이름을 붙일 만했어. 당시 이 사건은 온통 수수께끼였거든. 지금껏 이 수수께끼를 꿰뚫어 본 사람은 거의 없지."

"영감님은 예외시잖아요."

나는 미소를 지으며 슬쩍 끼어들었다. 순전히 비위를 맞추기 위해서 한 말이었다. 한 번 치켜세워 줘야 이야기를 하려는 속셈이 뻔히 보였기 때문이었다.

"물론, 나는 예외지."

노인은 얼빠진 미소를 지으며 맞장구를 쳤다.

"그 사건을 수사했던 경찰도 인간 심리에 정통했다면 그렇게까지 헤매지 않았을 거야. 하지만 그들은 자신들의 수사와 검시 배심에서 드러난 사실에만 만족했어. 그 이상을 보지 않았지. 결국 자신들의 추리로 세운 성이 와르르 무너지자 달리 수사를 할 방법이 떠오르지 않았던 걸세. 시간이 흐를수록 증거는 희미해지고 증언도 점점 불확실하고 믿을 수 없게 되었지. 그러니 나라면 지금이라도 잡아낼 수 있는 범인이 세상을 자유롭게 활보하게 된 거야.

일단 검시 배심에서 드러난 사실들부터 들려주도록 하지. 내 얘기를 다 들으면 자네도 나름대로 결론에 다다를 수 있겠지. 그래 봤자 경찰과 여론처럼 엉뚱한 결론에 도달할 테지만.

고인의 차남인 어니스트 제섭이 증인으로 소환된 순간부터 사건은 극적으로 치닫기 시작했어. 그는 아버지의 사무실에서 직원으로 일하고 있었어. 다른 직원들과 마찬가지로 그도 16일에 사장님이 평소와 다른 사람 같았다고 증언을 했지. 직원들에게 툭하면 짜증을 냈다는 거야. 특히 점심을 들기 전에 아서 레이턴을 사무실로 불러들였는데, 둘 사이에 험악한 말들이 오고 갔다고 증언을 했어. 마침 그때 어니스트는 모자를 쓰고 코트를 입느라 홀에 있었고 하녀가 곁에 서 있었어. 두 사람은 사무실에서 사장님과 아서가 큰 소리로 이야기하는 소리를 들었어. 사장은 목소리가 쩌렁쩌렁하게 언성을 높였다더군.

'불쌍한 아서가 된통 당하고 있군.'

그가 앤 웨버에게 말했어.

그런데 앤은 깔깔거리며 어깨를 으쓱하더니 이렇게 말했어.

'그렇게 생각하세요?'

'그래. 네게 푹 빠진 남자가 저렇게 당하고 있는데 불쌍하지도 않니?'

어니스트가 물었지.

이번에도 앤은 깔깔거리고 웃더니 위층으로 쪼르르 올라가 버렸어. 아서는 오후 내내 사무실에 코빼기도 내비치지 않았지. 하지만 어니스트는 아서가 밤늦게 사장님과 면담을 하려고 다시 올 거라고 알고 있었다더군. 그 이야기를 아버지인지 형인지 누군가에게 들었다는 거야.

검시관은 어니스트에게 풀턴 가든스에서 끔찍한 비극이 일어나던 밤 피츠존스 애버뉴의 집에서는 어떤 일이 있었는지 물었어. 시턴은 노모가 세인트 올번스에 살았던 모양이야. 그는 퇴근을 하고 가끔 노모를 찾아가 그곳에서 자기도 했어. 어머니의 집으로 갈 때면 으레 낮에 전화로 집에 미리 알렸다더군. 16일에도 그는 5시쯤에 집으로 전화를 해서 사무실에 늦게까지 있을 거라고 알렸어. 평소보다 더 늦을 거라고 했다지. 그러니 기다리지 말고 저녁을 먼저 먹으라고 했다는 거야.

시턴의 전화는 부인이 직접 받았는데, 그때는 분명 그의 목소리였어. 그런데 밤늦게, 아마 8시 반이나 9시경이었을 텐데, 사무실에서 또 전화가 왔어. 그때는 어니스트가 전화를 받았지. 수화기에서 모르는 목소리의 남자가 이렇게 말했다더군.

'사장님은 세인트 올번스로 가셨습니다. 7시 50분 기차를 타셨

고 오늘 밤은 그곳에서 묵으실 겁니다.'

어니스트는 전화에서 들린 목소리가 누구의 목소리인지 짐작도 할 수 없었지. 남자라는 사실은 확실했어. 술에 취한 것 같았고. 어니스트가 당신 누구냐고 물었어. 그랬더니 상대방은 똑 부러지게 이렇게 대답했지.

'뭐라고, 아서지, 이 멍청아! 내 목소리도 몰라?'

증인은 되물었어.

'지금 어디서 전화하는 거야?'

그러자 아서라고 밝힌 남자가 대답했어.

'사무실이지 어디긴 어디야. 실컷 혼이 났으니 귀염둥이 애니에게 위로를 받을 거야.'

그곳의 젊은 직원들은 앤 웨버를 '귀염둥이 애니'라고 불렀다더군.

어니스트는 전화를 끊고 나서 통화 내용을 전했어. 어머니도 다른 가족도 다들 그러려니 했어. 전혀 특별한 일이 아니었으니까. 어니스트는 아서 레이턴이 다시 술을 입에 댄 것 같다고만 했지. 불행히도 그날 밤은 그렇게 지나가고 이튿날 아침 그와 형은 사무실에 출근을 했다가 끔찍한 비보를 접한 거야.

제섭 부인과 장남인 오브리는 16일 밤에 걸려 온 전화에 대한 어니스트의 증언을 확인해 주었어. 증언에 따르면 오브리도 아버지가 아서의 회계 장부에 수상한 부분이 있다며 걱정을 많이 한다는 사실을 알고 있었어. 그날 저녁에 아서와 결판을 내려던 참이었다는 것도 알고 있었지. 오브리는 아서와 다음 날 이야기를 하라고 아버지를 설득했어. 왜냐하면 아서는 몸이 아픈 누이의 병문안을 가기 위해 그날 오후에 조퇴를 했거든. 하지만 고인은 그날따라 유난히 짜증을 내며 오브리의 말을 물리쳤다고 해.

'웃기는 소리! 누이가 아프다는 말을 내가 눈곱만큼이라도 믿을 것 같니. 오늘 밤 그 자식을 꼭 만나야 해.'

고인은 이렇게 말했어.

다음 증인은 풀턴 가든스에서 요리와 가사를 책임지는 터프널 부인이었어. 그녀는 중년에 호기심에 빛나는 검은 눈을 한 빠릿빠릿한 여자였지. 호기심에 빛나는 눈이라고 한 건 남쪽 나라 사람들에게서만 볼 수 있는 부드러운 눈동자의 소유자였기 때문이라네. 영국에서는 콘월 지방을 제외하고 그런 눈동자를 본 적이 없어. 눈을 제외하면 그녀의 외모에서 두드러지거나 아름다운 모습은 전혀 없었다네. 한때는 미인이었겠더군. 아주 오래전에 말이야. 증언을 하려고 나왔을 때 보니 얼굴은 창백하고 세파에 찌든데다 유난히 차가운 인상이었어. 그녀는 사근사근 말을 잘했어. 런던에서 일하는 요리사라면 으레 런던 사투리가 지독하겠거니 싶었는데 전혀 아니더군.

그녀는 문제의 16일, 점심시간 직전에 풀턴 가든스 13번지의 홀을 가로지르던 중이었어. 사무실의 문이 살짝 열려 있어서 마침 시턴의 목소리가 들렸지. 화가 났는지 언성이 높았다더군. 아서의 목소리도 들렸다네. 그녀의 표현을 빌리자면 두 사람은 험악한 기세로 격렬하게 언쟁을 했어. 그녀는 분명히 가던 길을 멈추고 살짝 엿들었을 거야. 하지만 내용을 똑똑히 알아듣지는 못한 것 같아. 잠시 후 시턴이 문을 닫으려고 다가왔어. 그가 문을 닫는 동안 터프널 부인은 이 말은 똑똑히 들었다고 증언을 했지.

'그래, 지금 가겠다면 가게. 누이가 아프니 어쩌니 하는 이야기는 전혀 안 믿지만 말이야. 이건 명심하게. 오늘 저녁에 늦어도 9시까지는 돌아와야 하네. 그때까지 장부를 검토해 놓을 테니. 그리고······.'

바로 이 때 문이 닫혀서 터프널 부인은 더 들을 수가 없었어. 하지만 부인은 이미 경찰에 증언했고 방금 내가 자네에게 들려준 이야기를 법정에서 되풀이하면서, 시턴이 사무실에서 늦게까지 야근을 해서 샌드위치를 가져갔을 때 9시 무렵에 아서를 만나려고 기다리고 있으니 아무도 방해하지 말라고 했다고 단언을 했어. 검시관은 그 내용과 관련해서 고인이 한 말을 정확하게 다시 말해 보라고 했어. 그녀는 고인이 유달리 엄하고 고압적이었다고 강조를 했어. 평소의 상냥하던 태도와 너무 달랐다고 말이야.

'그 외에는 아무도 만나고 싶지 않아, 자네들도 마찬가지일세.'

터프널 부인은 당당한 태도로 대답했어. 그리고 이렇게 덧붙였지.

'마치 앤 웨버나 제가 일을 하시는 사장님을 방해한다고 생각하

시는 것처럼 말이죠!'

증인은 증언을 계속했어. 차와 샌드위치를 가져간 후 그녀는 위층으로 올라갔어. 방에는 앤 웨버가 혼자 앉아 있었지. 앤은 마크가 함께 영화관에 갈 수 없어 실망해서 돌아갔다고 했어. 그 말을 듣자마자 터프널 부인은 조금 따지듯 물었어. 영화를 보고 싶어 했으면서 왜 같이 가지 않았느냐고 말이야. 그 말에 앤은 뚱한 표정을 지으면서 너무 늦어서 마크가 혼자 갔다고 대답했지. 표를 이미 예매해서 버리긴 아까우니까 다른 친구들을 데리고 가겠다고 했다나.

방으로 돌아온 부인은 바느질을 하고 앤은 철 지난 잡지를 뒤적거렸어. 앤은 어쩐지 안절부절못하고 불안해하는 것처럼 보였지. 두 볼은 붉게 상기되어 있고 작은 소리에도 화들짝 놀라며 펄쩍 뛰어올랐어. 그러더니 식기실에 닦아야 할 은식기가 있다며 아래층으로 내려갔어. 잠시 후 현관문 벨이 울렸어. 터프널 부인은 앤이 홀을 지나 현관으로 가서 문을 열어 주는 소리를 들었지. 십오 분이 지나가고 또 십오 분이 흘렀어.

터프널 부인은 도대체 앤이 뭘 하느라 안 올라오는지 궁금해서 바느질감을 내려놓고 아래층으로 내려가 보기로 했어. 밖으로 나가자 제일 먼저 눈에 들어온 것은 불이 꺼진 컴컴한 계단과 복도였어. 온 집 안이 어둡고 고요했지. 1층을 밝힌 불빛들 가운데 빛 한 줄기가 감감한 위층을 희미하게 밝히고 있었어.

터프널 부인은 조심조심 계단을 내려갔어. 이상하게도 직접 불을 밝힐 생각은 들지 않았다더군. 2층의 층계참을 지났는데 복도 끝에서 소곤거리는 소리가 들렸어. 잘 들어 보니 앤의 목소리였어. 그녀는 냉큼 앤을 불렀지.

'거기 너니, 앤?'

앤이 대뜸 대답했어.

'곧 갈게요, 아주머니.'

'누구와 이야기하는 중이야?'

이렇게 되물었는데, 이번에는 대답이 들리지 않는 거야. 그래서 '아서 씨야?'라고 되물었지. 그제야 앤이 대답을 했어.

'네. 금방 갈 거예요.'

터프널 부인은 잠시 서서 기다렸어. 계단을 반 정도 내려갔지만 앤도 아서도 보이지 않았지. 그런데 잠시 후에 앤의 목소리가 또렷하게 들렸어.

'음, 잘 가세요, 아서 씨. 평소처럼 내일 봐요.'

이렇게 말이야. 곧 현관문이 열렸고 다시 쾅 닫히는 소리가 나더니 그제야 앤이 잰걸음으로 복도로 들어왔어.

'어서 가서 자, 앤.'

터프널 부인이 말했지.

'나는 사장님이 퇴근하실 때 배웅을 해 드려야 하니까. 사장님도 곧 가시겠지.'

그러자 앤이 말했어.

'사장님이라면 좀 전에 퇴근을 하신걸요.'

터프널 부인은 깜짝 놀랐어.

'좀 전에 퇴근을 하셨다고? 그럴 리가 없어. 아서 씨를 기다린다고 하셨는데, 아서 씨는 이제 막 나갔잖아.'

앤은 어깨를 으쓱하며 말했어.

'아는 대로 말씀드린 것뿐이에요. 그럼 직접 내려와서 보시든가요. 사무실은 문이 닫혀 있고 불도 꺼져 있어요.'

'그럼 아서 씨는 사장님을 못 만난 거야?'

'네, 그랬어요. 아서 씨를 기다리겠다고 말하시고는 만나지도 않고 그냥 가 버리신 거예요.'

'그것참 이상하네. 그럼 아서 씨는 여기서 뭘 하고 있었던 거야? 현관의 벨 소리를 들은 지 삼십 분도 더 된 것 같은데.'

터프널 부인이 심드렁하니 대꾸를 했어.

'그게 무슨 상관이에요, 세라 아주머니. 그리고 아직 삼십 분은 안 된걸요!'

앤이 야무지게 쏘아붙였어.

터프널 부인은 그 점에 대해서 더 이상 왈가왈부하지 않았어. 그녀는 기계적으로 아래층으로 내려가서 1층의 사무실 문과 전시실 문이 평소처럼 잠겨 있고 사무실 열쇠가 바깥쪽에 끼워져 있는지 확인했어. 늘 문단속을 하던 그대로였지. 터프널 부인은 순전히 습관적으로 열쇠를 돌려서 문을 열어 봤어. 안을 살짝 들여다봤는데 정말 불은 다 꺼져 있었지. 켜진 불이 하나도 없다는 사실을 확인한 후 문을 닫고 다시 잠갔어. 그동안 앤은 계단을 반 정도 내려와서 부인의 행동을 지켜보았다네. 마침내 두 사람은 함께 위층으로 올라갔어. 자신들의 방에 도착했을 무렵 현관의 벨이 다시 울렸어.

'이번에는 또 누구지?'

부인이 깜짝 놀라 혼잣말을 했지.

앤이 재빨리 안심을 시켰어.

'신경 쓰지 마세요, 아주머니. 제가 금방 내려가 볼게요.'

그녀는 재빨리 방을 나갔어. 한참 후에야 돌아왔지. 그런데 숨이 가쁘고 불안한 것처럼 보였어.

앤이 너무 오래 방을 비우자 신경이 날카로워졌던 터프널 부인이 누구냐고 물었어.

'사장님을 찾아온 손님이었어요. 잠시 이런저런 이야기를 하더라고요. 사장님이 퇴근을 하셨다고 말했는데도 안 믿는 것 같았어요.'

'누구였는데?'

부인이 캐물었지.

'몰라요. 처음 본 남자였어요.'

'누군지 안 물어봤어?'

'물어봤죠. 그런데 그건 중요하지 않다면서 내일 다시 오겠다고 했어요.'

두 사람은 곧장 잠자리에 들지는 않았어. 부인은 바느질을 계속 했고 앤은 초조하게 낡은 잡지를 뒤적거렸지. 10시가 되어 두 사람은 비로소 잠자리에 들었어. 그날 그 집 가정부의 하루는 적어도 그렇게 끝이 났어.

검시 배심을 보러 온 아마추어 탐정들이 그 순간 아서 레이턴이 시턴 제섭을 살해하고 범행 전후에 귀중품을 털었다고 단정을 짓는 모습이 눈에 선하지 않나. 쉽게 내릴 수 있는 간단한 추리였어. 게다가 증언에는 뻔한 인물들이 등장했지. 남자 밝히는 여우 같은 아가씨와 아가씨에게 빠진 청년, 사치, 탐욕, 기회, 최고의 유혹이 잘 버무려져 있었지. 방청객 가운데에는 다른 증인의 이야기를 들어볼 필요도 없다는 사람들도 많았어. 그런 사람들에게는 교수대의 밧줄이 이미 아서의 목에 걸려 있는 듯 보였을 거야. 물론 그 무렵이미 내 눈에는 사건의 진상이 환하게 보였지. 그런데 사건이 한층 복잡해지고 경찰의 수사가 벽에 부딪힌 건 이 직후였다네."

004

✦✦✧

"그 후로 지루하고 사건과 별 상관도 없는 증언들이 한참 이어졌어. 마침내 검시 배심이 휴정되었고 사람들은 이튿날 사건이 또어떻게 전개될지 잔뜩 기대한 채 뿔뿔이 돌아갔어. 이튿날 검시 배심은 그런 기대를 결코 실망시키지 않았어. 그도 그럴 것이 신문 기자들이 얼씨구나 할 충격적인 증거들이 잔뜩 나왔지만 오히려 사건은 미궁 속으로 점점 빠져드는 듯했거든.

경찰은 매우 중요한 증인을 데리고 왔어. 16일에 클러큰웰 로드와 풀턴 가든스가 만나는 지점에서 저녁 8시부터 근무를 했던 교통 경관이었어. 13번지 건물은 거리에서 몇 미터밖에 떨어져 있지 않아. 그 경관은 8시 반 직후에 홀본 방향에서 풀턴 가든스를 따라 걸어오는 남자를 목격했어. 그 남자는 13번지의 현관으로 다가가서 벨을 울렸지. 그 남자는 잠시 후 문이 열리자 안으로 들어가서 약 삼십 분가량 머물렀어. 주위는 컴컴했고 보슬비도 살짝 내렸기 때문에 경관은 방문객의 얼굴을 제대로 알아볼 수 없었다고 증언했지. 몸매는 호리호리하고 중키에 걷는 모습을 봐서는 젊은 남자 같았어. 도착했을 때는 중산모를 쓰고 코트는 입고 있지 않았는데, 나올 때 보니 부드러운 잿빛 중절모에 코트를 입고 쓰고 있던 중산모는 손에 들고 있더라는 거야. 그런데 풀턴 가든스에서 핀스버리로 걸어갈 때는 쓰고 있던 중절모를 벗어서 코트 주머니에 슬그머니 넣더니 중산모를 다시 쓰더라더군.

약 십 분 후에, 13번지에 손님이 또 왔어. 그는 키가 크고 마른 체격이었고 코트에 중산모 차림이었어. 그는 클러큰웰 로드에서 풀턴 가든스로 방향을 틀었지만 그 경관이 서 있었던 모퉁이와는 반대편이었어. 그도 벨을 울렸고 이윽고 건물로 들어가 약 이십 분 후에 나왔지. 남자는 홀본 방향으로 걸어갔어. 경관은 그 두 사람의 얼굴을 제대로 못 봤어. 얼굴을 뜯어볼 정도로 가까운 거리가 아니었거든. 게다가 보슬비에 안개도 짙게 끼어서 시야도 안 좋았고. 두 사람에게는 특별히 의심스러운 점이 없었어. 그들은 당당하게 현관으로 다가가 벨을 눌렀고 잠시 후 누군가 문을 열어 주어 안으로 들어갔어. 유일하게 경관이 의아하게 여긴 점은 첫 번째 방문객이 집에서 나온 후 모자를 바꿔 쓴 행동이었다네.

증인은 그날 밤 그 두 사람 외에는 아무도 13번지 건물을 드나들지 않았다고 단언을 했어. 이 증언이 얼마나 중요한지 곧 알게 될 거야.

다음으로 마크 터프널이 증인으로 불려 나왔다네. 그는 수줍음을 많이 타는데다 긴장을 많이 했는데, 감정이 풍부한 검은 눈과 어울리지 않는 태도였지. 어머니로부터 물려받은 것이 분명한 검은 눈 덕분에 그에게서는 로맨틱하면서도 이국적인 분위기가 났어. 주위의 말을 들어 보면 그는 음악과 연기에 소질이 있었다고 하네. 주위 사람들은 입을 모아 마크가 앤 웨버를 만나기 전만 해도 어머니에게 둘도 없는 효자였다더군. 그런 마크가 앤을 만난 후 그녀 생각으로 가득 차 돈을 몽땅 그녀에게 쏟고 있다는 것이야. 그는 자신이 시턴 제섭 밑에서 직원으로 일하고 있으며 모범적인 사원이라고 말했어. 그도 16일에 사장이 평소와 다르다는 느낌을 받았어. 사장은 그날따라 누굴 대하든 퉁명스럽고 짜증을 냈지. 마크는 그날 저녁에 풀턴 가든스 13번지에 없었어. 어머니가 그날은 아무도 영화관에 갈 수 없다고 했기 때문이야. 그래서 영화는 혼자 보러 가야 했어. 영화를 다 본 후에는 알렉산드라 팰리스 근처에 있는 셋방으로 곧장 돌아갔고. 이튿날인 17일 아침에 평소처럼 출근을 해서 비보를 전해 들었지.

그의 증언은 그다지 재미도 없고 중요하지도 않아 보였지. 오히려 증언을 하는 내내 터프널 부인 옆에 앉은 앤 웨버를 힐끔거린 사실이 더 관심을 끌더군. 마치 자신이 한 말이 맞는지 무언의 동의를 구하는 것처럼 말이야. 마침내 검시관이 고인이 그날 유독 심기가 불편했던 이유를 아느냐고 물었어. 그러자 그는 앤 웨버를 똑바로 바라보더니 마침내 입을 열었어.

'아니요, 검시관님. 모릅니다!'

다음 증인으로 앤 웨버가 나왔어. 이 기묘한 사건에서 그녀는 가장 중요한 증인이 분명했어. 앙증맞은 모자를 왼쪽 눈 위로 비스듬하게 쓴 채 귀여운 얼굴에 강렬한 인상을 더해 주는 기다란 호박 귀걸이를 달고 군청색의 코트와 치마를 단정하고 말쑥하게 차려입었더군. 그녀가 자리에서 일어나자 사람들은 편안하게 앉아서 오후의 돌풍을 만끽할 기대에 부풀었어.

앤은 전혀 흔들림 없는 태도로 검시관의 기초 질문에 유창하게 대답을 했어. 마침내 검시관이 16일 풀턴 가든스 13번지에서 벌어진 일에 대해 질문을 시작했지. 그녀는 망설이거나 긴장하는 기색

없이 이야기를 시작했다네.

'8시 반 혹은 그보다 더 늦었을 거예요. 정확한 시각은 저도 몰라요. 아무튼 그때 현관 벨이 울렸죠. 저는 마침 지하의 식기실에 있었거든요. 그래서 위로 올라가는데 사무실 문이 열리는 소리가 들리는 거예요. 복도에 도착해 보니 사장님이 문가에 서 계셨어요. 안경을 쓰고 펜 한 자루를 쥐고 계셨죠. 그 모습을 보니 자리에서 막 일어나신 것 같았어요.

"아서라면 내가 내일 보자고 했다고 전해. 지금은 방해받고 싶지 않으니까."

사장님은 이렇게 말씀하셨어요. 그리고 곧장 사무실로 들어가 문을 닫으시더군요.

저는 아서에게 문을 열어 주었어요. 안으로 들어오는데 옷이 젖어 있고 추워 보였죠. 저는 사장님이 다음 날 만나자고 하신 말씀을 전했어요. 그 말에 아서는 안도하는 것처럼 보였어요. 그런데 곧장 돌아가려고 하지 않는 거예요. 제가 바쁘다고 했더니 마실 것도 한 잔 주지 않고 동료를 빗길에 내보내다니 매정하지 않느냐고 하데요. 얼핏 봐도 꽤 취한 것 같았어요. 그래서 취한 것 같다고 말했어요. 세상에! 아서는 상대방의 거절을 받아들이지 않아요. 그런데 그날은 유난히 춥고 습했어요. 그래서 뜨거운 토디*를 만들어 줄 테니 하인들 방에 앉아서 기다리라고 했어요. 저는 아래층 주방으로 내려가 불에 주전자를 올리고 샌드위치를 두 개 만들었죠. 그 시간

●   **토디** _ 위스키나 럼 따위에 따뜻한 물을 타고 설탕이나 레몬을 넣은 음료.

동안 아서가 어디서 무엇을 했는지 저는 몰라요. 저는 부엌에서 꽤 꾸물거렸거든요. 불이 꺼져 있었는데 아래층에는 가스가 없어서 곧 장 물을 끓일 수가 없었어요.

하인들 방에 음식을 들고 가자 아서는 그곳에 있었어요. 저는 위스키를 더 마시면 안 될 것 같다고 한 번 더 말했지만 그는 껄껄 웃으면서 상당히 뻔뻔스럽게 굴더라고요. 저는 쟁반을 내려놓았죠. 가만히 생각해 보니 사장님이 필요한 게 있으실지 모르겠다 싶어서 1층에 가 봐야 할 것 같았어요. 1층으로 나갔는데 계단에 불이 모두 꺼져 있어서 깜짝 놀랐어요. 집 안이 온통 컴컴했거든요. 홀의 반대편 현관 근처에 아주 작은 등이 하나 켜져 있는 것이 다였어요.

제가 불을 다시 켰더라면 사장님이 사무실에서 나오시는 모습을 분명히 봤을 거예요. 사장님은 이미 코트를 입고 모자를 쓰고 계셨거든요. 사무실에서 나오시자 문을 닫고 열쇠로 잠그셨어요. 늘 하시던 대로요. 그 순간에는 다른 사람일 수도 있다는 생각이 전혀 들지 않았어요. 어둡긴 해도 모자와 코트가 사장님의 것이 분명했으니까요. 열쇠를 돌리는 모습도 똑같았어요.'

그녀는 검시관에게 질문을 받자 이내 대답을 했어.

'사장님이라고 여긴 남자에게 인사를 했지만 아무 대꾸도 하지 않았어요. 그 남자는 홀을 곧장 가로지른 후 현관으로 나갔어요. 잠시 후 아서가 올라오기에 사장님이 퇴근을 하셨다고 했죠. 그는 제 말에 좋아하면서 홀에 잠시 서서 떠들어 대더군요. 그때 아주머니

가 저를 찾으셨고 아서는 마침내 돌아갔어요.'

검시관은 그날 밤에 찾아온 다른 방문객에 대해 질문을 했어.
하지만 그녀는 모르는 사람이었다고 하더군.

'그 손님은 9시 무렵에 왔어요. 제가 나갔죠. 손님은 바보 같은
질문을 하면서 저를 한참이나 붙잡고 놔주지 않지 뭐예요. 어떻게
보내면 좋을지 모르겠더라고요. 게다가 이름도 밝히지 않았거든요.
다시 올 텐데 이름이 뭐가 중요하느냐고 하지 뭐예요.'

앤 웨버는 두 번째 방문객이 자신을 꼬여 내려고 온 것 같다는
암시를 주었어. 그런 그녀의 억지웃음과 눈빛에 검시관은 짜증을
냈지. 그래서 질문을 연속으로 던져서 그녀가 정신을 바짝 차리게
만들더군. 검시관은 그녀에게 일련의 사건들이 일어난 시각을 구체
적으로 진술하라고 했어. 먼저 그녀가 아서에게 문을 열어 준 시각
과 시턴이라고 여긴 남자가 집을 나가는 모습을 본 시각, 마지막으
로 두 번째 방문객이 도착한 시각이었어. 앤은 정확한 시각까지 대
지는 못했지만 세 사건들이 분명히 자신이 처음에 말한 순서대로
일어났다고 단언을 했어. 그녀의 증언은 교통경관의 증언과도 정확
히 들어맞았지.

그런데 그녀의 증언에는 미심쩍은 부분이 있었지. 앤 웨버는 시
턴이라고 여긴 남자가 현관으로 나간 직후에 아서가 하인들의 방에
서 올라온 게 틀림없다고 했어. 한편 부엌에서 아서에게 줄 토디를
만드는 동안 무슨 일이 있었는지 대답하지 못했지. 그녀가 불을 피

우고 석탄을 가져오고 부지깽이를 쓰는 소리로 한동안 시끄러웠을 거야. 그러니 누군가 사무실에 있는 전화를 쓰는 소리도 못 들었겠지. 그동안 아서가 어디에 있었는지도 몰랐을 테고 말이야.

책상 위에 죽어 있는 사장을 보자마자 '세상에! 그 사람이 죽었나 봐요!'라고 외쳤을 때 무슨 생각으로 그런 말을 했는지에 대해서도 함구했어. 검시관이 자꾸 그 문제를 파고들자 그녀는 와락 울음을 터뜨리더군. 이 부분만 제외하면 그녀는 증언 내내 유달리 차분하고 냉정한 태도를 유지했어. 배심원단 앞에 서서 좋게 말해 친밀한 관계에 있었던 남자의 성격에 대해 증언을 하는 일은 고역이었을 거야. 내가 성격이라고 했나? 차라리 목숨이라고 말하는 편이 낫겠군. 왜냐하면 사람들이 아서 레이턴의 범인설이나 범죄 연루설에 대해 어떤 의혹을 품고 있든지 간에 그 아가씨의 증언으로 그 의혹은 확실하게 해결이 되었으니까 말이야. 검시 배심 둘째 날을 보러 온 방청객들이 앤 웨버가 연인을 구하기 위해 거짓말을 한다고 서둘러 결론을 내렸다는 말은 굳이 할 필요도 없겠지. 죽은 시턴인 척한 의문의 사나이가 진짜 있었다고 믿은 사람은 아무도 없었어. 사람들은 사장을 죽이고 귀중품을 훔친 사람은 아서 레이턴이 틀림없다고 수군거렸지. 앤이 그 사실을 다 알면서 사람들의 관심을 돌리기 위해 엉터리 이야기를 꾸며 냈다는 것이지.

다음 증인이 문제의 남자였는데, 인상이 별로 좋지 않더군. 으스대며 걸어 나오는 태도하며 검시관과 배심원단을 바라보는 뻔뻔한 눈빛하며 사람들에게 호감을 이끌어 내는 인물은 결코 아니었어. 높은 깃에 스톡 타이를 하고 화려한 조끼를 입어 말을 탈 것 같은 옷차림을 하고 나온 모습이 참으로 천박해 보였지. 적갈색의 머리카락에 연한 눈동자와 얼굴은 볕에 그을렸고. 앤 웨버와 눈이 마주치자 모두가 보는 데서 윙크를 찡긋하더군. 앤 웨버는 그와 눈이 마주치자마자 시선을 돌리며 보일락 말락 어깨를 으쓱했어. 모두가 보는 자리에서 말이야. 그녀의 반응에 아서는 인상을 찌푸리며 대놓고 욕설을 뱉더군.

검시관이 16일의 행적을 묻자 그는 사장이 자신에게 화를 냈다고 인정을 했어. 건들거리며 이유를 말하기를 금고에서 몇 파운드가 없어졌기 때문이었다고 했지. 솔직히 그날 저녁에 사장과 만나고 싶지 않았지만 차마 가지 않겠다고 할 수 없었다는 사실도 털어놓고. 그는 시간도 죽이고 사장을 만날 용기를 내기 위해서 친구 두 명과 함께 리젠트 스트리트에 있는 카페 로열에 갔지. 그들은 아서가 풀턴 가든스에 갈 때까지 함께 위스키와 소다 음료를 마셨어. 친구들은 그가 돌아올 때까지 카페에서 기다리기로 했어. 그가 돌아오면 함께 저녁을 먹기로 했거든. 아서는 카페에서 풀턴 가든스로 가서 앤 웨버를 만났어. 그녀는 사장이 아서를 만나고 싶어 하지 않는다는 이야기를 전해 주었지. 그의 표현을 빌리자면 걱정과 달리 끝내주는 상황이 된 거야. 그는 잠시 앤에게 수작을 걸었어. 그러자 그녀가 뜨거운 토디를 만들어 주었지. 그는 삼십 분 정도밖에 있지

스톡 타이 Stock Tie

비단이나 가죽으로 만든 폭이 넓은 타이로,
목에 감아 앞에서 작게 매거나 뒤에서 버클로 고정한다.
승마를 할 때 주로 이용된다.

않았을 거라고 대답했어. 하지만 젊은 남자가 예쁘장한 아가씨에게 홀딱 반하면…… 뭐랄까…… 그러니까…….

그 순간에 검시관이 퉁명스럽게 질문을 던져서 바보 같은 소리를 못 하게 입을 막아 버렸어. 검시관은 친구들을 만나러 그곳을 나선 시각을 캐물었지. 친구를 다시 만난 시각은 또 언제였느냐고도 물었고. 아서는 제대로 대답하지 못했어. 카페 로열을 나선 때가 8시 반쯤이었던 것 같은데 그보다 더 먼저일 수도 있고 나중일 수도 있다고 증언을 했어. 그는 풀턴 가든스 끝에서 버스를 탔어. 날씨가 춥고 비까지 추적추적 내렸으니까 말이야. 그래서 앤이 뜨거운 음료를 줘서 고마웠다더군. 그는 그날 술을 많이 마신 것 같더라는 증언과 본인이 뜨거운 음료를 먼저 달라고 했다는 앤의 증언을 부인했다네. 앤 웨버가 먼저 권했다는 거야. 민망하지도 않은지 귀여운 한 마리 새, 귀염둥이 애니라고 부르더군. 그는 앤이 뜨거운 토디를 만드는 동안 하인들 방을 절대 떠난 적이 없다고 장담을 하면서 증언을 끝냈어. 앤을 따라 아래층으로 내려간 후로 위층으로 올라간 적도, 시턴을 본 적도 없다고 말이야. 그는 풀턴 가든스를 떠난 후 버스를 타고 리젠트 스트리트로 돌아가려고 했어. 하지만 버스에 승객이 너무 많아서 결국 카페 로열에는 상당히 늦은 시각에 도착했다더군.

검시관이 집중적으로 질문을 하니까 아서 레이턴은 그제야 사람들이 자신에게 적대적이라는 사실을 희미하게나마 느낀 것이 분명했어. 그제야 뽐내는 듯한 태도도 어느새 자취를 감추고 갈색으로 탄 얼굴도 해쓱해진 게 아니겠나. 때때로 앤 웨버에게 시선을 돌렸지만 그녀는 고집스럽게 다른 곳만 바라보더군.

마침내 아서는 도저히 반박할 수 없는 무시무시한 증거의 그물에 꼼짝없이 걸려들었다는 사실을 깨달았어. 그날은 그렇게 끝이나고 또 한 번 휴정이 선포되었어. 경찰이 결정적인 조치를 취하기 전에 증거를 더 보강하고 싶어 했거든. 사람들은 빈약하기 짝이 없는 근거만으로 너무 성급하게 혐의를 씌운다고 걸핏하면 경찰을 비난하지 않나. 그러니까 경찰은 아서 레이턴을 살인 혐의로 체포하기 전에 모든 증거를 샅샅이 살핀 뒤 뛰어난 선례를 남기고 싶어 안달이 났던 거라네. 그들은 아서가 집에 있을 때 앤 웨버가 봤다고 증언을 한 인물이 정말 존재하는지, 존재한다면 누구인지 알아내기 위해 갖은 수를 다 썼어. 하지만 경찰의 노력은 수포로 돌아갔지. 레이턴은 자신의 범인설만큼 공모설도 적극 부인했다네.

그는 흉악한 범죄를 저지른 혐의로 치안 판사 앞에 서게 되었어. 경찰은 아서만큼 강력한 범죄 동기나 절호의 기회가 있었던 사람은 없었다고 주장했어. 그게 아니라면 범행을 저질렀을 공범이자 시턴인 척 연기를 한 수수께끼의 인물을 또 누가 집으로 들였겠냐고 반문을 했지. 공범이 범죄를 실행에 옮기는 동안 아서는 앤 웨버의 관심을 붙잡아 두고 그가 계속 하인들 방에 있는 척 연기를 했을 거라고 말이야. 하지만 그 사실은 결코 증명할 수 없었지. 경관이 증언한 내용과도 맞지 않는 건 말할 것도 없고. 심령 현상이나 그 비슷한 것들에 관심이 있는 사람들은 하녀가 봤다고 증언한 신비의 인물이 불쌍한 노인의 망령이었을 거리고 수군거렸어. 그 무렵 아서의 손에 목숨을 잃고 사무실에 쓰러져 있었을 노인 말이야. 하지만 아무리 물리 법칙으로 무장한 사람도 유령인지 뭔지 모를 사람이 운명의 13번지에서 걸어 나가면서 모자를 바꿔 쓴 이유에 대해서는 만족할 만한 설명을 할 수 없었지.

모자에 관한 의문은 아서가 체포될 때는 물론 석방되는 과정에서도 중요한 역할을 했어. 치안 판사는 그를 재판에 회부하지 않았어. 검사가 제기한 혐의가 사상누각처럼 와르르 무너져 버렸거든. 아서의 목숨을 구한 건 바로 모자였어. 기억하겠지. 그가 화가 난 사장과 면담을 하기 전에 리젠트 스트리트의 카페 로열에서 친구들과 어울렸다고 증언을 했잖아. 그 후에 아서는 그 친구들과 카페에서 다시 만나 저녁을 들었어. 그가 카페를 나와 풀턴 가든스에 간 시각을 정확하게 파악하기는 어려워. 하지만 카페로 되돌아온 시각이 9시 45분이라는 사실을 증언한 사람이 두셋은 돼. 이건 매우 중요한 사실이야. 카페 로열에서 아서를 기다리던 친구들은 슬슬 지겨워지기 시작했지. 그래서 그들 중 한 명의 시계가 9시 40분을 가리킬 때 리처드 허릴이라는 자가 아서가 오는지 밖에 나가서 살펴보겠다고 한 거야. 그는 설렁설렁 걸어서 피커딜리 서커스까지 나갔다더군. 그곳은 시티에서 오는 버스들이 정차를 하는데, 일이 분

후에 아서가 버스에서 내리는 모습을 봤어. 좀 멍한 듯 보여서 허릴
은 그를 조금 놀렸지. 그리고 그의 팔짱을 끼고 신이 나서 카페 로
열로 데리고 돌아갔다는 거야.

자, 이제 다음 이야기를 잘 들어 보라고."

구석의 노인은 이야기를 계속했다. 동시에 그의 손가락은 필사
적으로 노끈에 매달리듯 현란하게 매듭을 엮어 나가기 시작했다.

"월섬스토의 블랙호스 로드에서도 급수 시설 근처에 있는 폐가
에서 고 시턴 제섭 씨의 코트와 모자에서 둘둘 말린 코트와 회색 중
절모가 발견되었지. 자네는 월섬스토의 블랙호스 로드가 어디인지
감도 못 잡는 것 같군. 그렇다면 내가 알려 주지. 그곳은 런던의 북
동부에서도 한참을 가는 외진 곳이라네.

첫 번째 방문객이 풀턴 가든스 13번지의 벨을 누른 시각이 8시
반이고 삼십 분가량 머물렀다고 한 경관의 증언을 기억해 보게. 그
방문객은 집에서 나온 후 핀스버리 방향으로 걸어갔다고 했지. 경
찰은 그자가 아서 레이턴으로, 시턴을 살해한 후 그의 집에 전화를
걸었다고 주장했어. 아서는 앤 웨버가 아래층으로 내려오는 것 같
으니까 들킬까 봐 냉큼 고인의 모자와 코트를 입고 집을 빠져나갔
어. 하지만 앤은 그를 알아보았어. 가정부가 그녀에게 누구와 이야
기를 하느냐고 묻자 자신도 모르게 아서라는 말을 흘린 거야. 그래
서 그녀는 연인을 구하기 위해 시턴을 본 것 같다는 이야기를 꾸며
낸 거지. 아무튼 경찰의 주장은 이랬어.

논리로만 보면 빈틈이 없는 가설이야. 하지만 바로 여기에서 모자 문제가 나오는 거야. 9시에 풀턴 가든스를 떠나는 남자가 그 시각에 거리에서 모자를 바꿔 쓰는 모습을 경관이 목격했어. 이 남자가 버스로 갔든 일부 거리를 택시로 갔든 간에 먼저 월섬스토로 갔다가 9시 45분까지 피커딜리 서커스에 도착하는 건 도저히 불가능해. 아서는 분명히 버스에서 내렸고 그 모습을 친구가 봤어. 경찰은 그날 밤 클러큰웰 지역에서 택시를 타고 월섬스토까지 갔다가 홀본으로 돌아온 승객을 태운 택시 기사를 이 잡듯이 뒤졌어. 하지만 그런 기사는 어디에도 없었지.

한편 아서가 낸 버스 요금은 홀본에서 탄 거리만큼이었어. 버스 차장은 희미하게나마 그가 클러큰웰 로드 모퉁이에서 탔다고 기억을 했지. 결국 그 시간 동안 아서가 살인과 유류품 유기까지 모두 해치울 수 없다는 사실이 증명이 된 셈이야.

아서가 무죄로 풀려나자 언론은 경찰을 격렬하게 비난했어. 애초에 첫 번째 방문자가 풀턴 가든스를 떠난 지 십여 분 뒤에 도착한 두 번째 방문자에게 초점을 맞추어야 했다는 주장이었지. 하지만 두 번째 방문객도 시턴의 모자와 코트를 쓰고 떠난 수수께끼의 인물에 못지않게 정체가 명백하지 않았어. 경관은 멀리서 그를 봤을 뿐이었잖아. 한편 앤 웨버는 그를 집에 들여 이십 분 넘게 잡담을 나눴지. 그녀는 모르는 사람이었지만 다시 보면 금방 알아볼 수 있을 거라고 말했어. 검시 배심이 끝난 후로 석 달 동안 경찰은 끈질기게 그녀에게 사람들을 보여 주며 두 번째 방문객이 맞는지 확인을 요구했지. 아마 그동안 런던에 사는 수상쩍은 인물들의 반은 그녀의 눈앞을 지나갔을 거야. 이렇게 쥐 잡듯이 런던을 샅샅이 뒤졌지만 결국 택시 기사를 찾을 때처럼 아무것도 나오지 않았어. 시턴 제섭 살인 사건은 범죄 역사를 장식하는 다른 괴사건만큼이나 완전무결한 미궁 속으로 빠지고 말았다네.

사람들은 대부분, 물론 자네도 마찬가지였겠지만, 아서 레이턴이 어떤 식으로든 그 사건과 관계가 있을 거라고 철석같이 믿었지. 고인의 유족은 그의 범행이 틀림없다고 믿고 있더군. 오브리 제섭은 아버지의 유언 집행인으로서 회계 장부를 검토했고 그 결과 아서가 부정을 저지른 증거를 찾아냈어. 그는 16일 은행 영업시간 이후에 들어온 돈과 금고에 보관된 돈의 액수가 다르다고 주장했어. 아서 본인도 사장이 그에게 화를 낸 건 금고에서 돈이 몇 파운드가 비었기 때문이라고 순순히 인정을 했고 말이야.

경찰은 분명 이런 사실들에 영향을 받아 체포 영장을 신청했을 거야. 하지만 문제의 모자와 코트가 범행 현장에서 십 킬로미터도 더 떨어진 곳에서 발견되었어. 아서가 범행을 저질렀다고 추정한 사십오 분 가운데 버스 차장이 그가 버스에 있었다고 한 시간은 이십 분이 틀림이 없다고 했고. 경찰도 이 두 증거를 깡그리 무시할 수는 없었다네."

"정말 이 사건은 선명한 부분이 전혀 없어요."

내가 불쑥 말문을 열었다. 그도 그럴 것이 나의 기묘한 친구는 노끈으로 복잡한 매듭을 줄줄이 엮어 나가는 데만 온통 정신이 팔려 한동안 입을 꾹 다물고 있었기 때문이다.

"저도 당시 두 번째 방문객에 대한 수사를 더 일찍 시작하지 않았다고 경찰을 욕했어요. 아무리 봐도 첫 번째 남자보다 몇 배는 더 수상쩍어 보이잖아요. 첫 번째 방문객은 누구인지 다 알······."

"다 안다고? 그래, 그렇다면 누구지?"

갑자기 노인이 껄껄거리며 되물었다.

"당연히 아서 레이턴이죠. 터프널 부인도 봤다고······."

나는 발끈해서 대답했다.

"보지 못했어. 당시 집 안은 칠흑처럼 어두웠지. 그녀는 사람들의 목소리를 들었어. 그리고 아서와 이야기를 나누는 중이냐고 물었지."

노인이 재빨리 내 말을 끊었다.

"그래서 앤이 그렇다고 했잖아요!"

나는 이번에도 발끈했다.

"그렇다고 했지."

"아서도 증언에서······."

노인은 약을 올리기라도 하듯 싱글거리며 인정을 하며 신이 나서 또 내 말을 뚝 잘라먹었다.

"아서는 증언에서 자신이 그 집에 찾아갔다는 사실을 인정했지.

확실하지는 않지만 시턴이 그를 만나지 않겠다고 했다는 앤 웨버의 말도 인정했어. 기쁜 소식을 축하하기 위해 앤에게 위스키 토디를 얻어 마셨다고 말이야. 그런데 이 사실을 제외하면 정작 언제 도착해서 얼마나 있다가 언제 떠났느냐는 질문에 대한 대답은 모호하기 짝이 없어. 카페 로열의 소중한 친구들마저 그 점에 대해서는 아서보다 낫지 않았고. 그들은 모두 술에 취해 있어서 언제 무엇을 했는지 대강의 기억밖에 없었어. 유일하게 9시 40분의 일은 잘 기억했는데, 배가 고파서 저녁을 먹고 싶었기 때문이었지."

"그렇다면 그 사실로 뭘 증명할 수 있는데요?"

내가 참을성 없이 인상을 팍팍 쓰며 되물었다.

"내 생각이 옳다는 걸 증명해 주지. 첫 번째 방문객은 아서가 아니었어. 앤 웨버가 아서보다 더 소중하게 여기는 누군가였을 거야. 그러니까 그 남자를 위해서 홀에서 아서와 이야기를 하고 있었다고 제 아주머니에게 거짓말까지 한 게 아니겠나. 범행은 경찰이 추측한 대로 일어났어. 첫 번째 방문객이 찾아왔어. 앤 웨버가 그를 위해서 부엌에서 요기를 할 음식과 음료를 준비하는 동안 그는 사무실로 들어갔지. 아마 처음부터 범행을 저지를 의도는 아니었을 거야. 사무실에는 사장이 책상에 앉아 있고 금고가 유혹하듯 활짝 열려 있었지. 자비심을 발휘해서 그자가 문득 찾아온 욕망에 굴복했다고 가정을 해 보자고. 시턴의 코트와 모자, 지팡이가 의자에 놓여 있었어. 지팡이는 요즘 남자들이 애용하는 상당히 묵직한 종류였지. 그는 지팡이를 쥐고 노인의 머리를 내리쳐. 그런 후에 금고에서 돈을 챙겨 주머니에 쑤셔 넣은 거야.

그 순간 앤 웨버가 계단을 올라왔어. 방금 나는 이 남자가 그녀의 연인이라고 했지. 그녀는 전에도 그랬던 것처럼 다시 그에게 돌아갔던 거야. 그녀가 순간 느꼈을 공포를 떠올려 봐. 공포가 사그라지면서 미칠 듯한 욕망에 사로잡혔을 거야. 어떻게든 사랑하는 사람이 범죄자가 되지 않게 구해 주고 싶은 욕망 말이야. 그녀는 순간적으로 기지를 발휘해 사장의 집에 전화를 걸게 했어. 집 안을 암흑 속에 잠기게 한 것도 다름 아닌 그녀였을 거야. 이제 남은 문제는 범인을 집 밖으로 내보내는 것이었지. 재빨리 빠져나가야 했어. 바로 그때 터프널 부인이 3층에서 계단을 더듬더듬 내려오기 시작한 거야. 상황에 어떻게 대처해야 할지 곰곰이 따지고 있을 시간이 없었어. 오로지 본능에 의지해야 했지. 그래서 본능에 따라 사장 시늉을 해 터프널 부인이 사무실 안을 몰래 들여다볼 가능성을 차단해 버린 거야.

범인은 허겁지겁 피해자의 모자와 코트를 걸쳤어. 그가 홀을 거의 다 빠져나갔을 즈음 터프널 부인이 앤을 부른 거야.

부인이 '아서 씨야?'라고 되묻고 앤이 대답을 했어.

'네. 금방 갈 거예요.'

그렇게 범인은 들키지 않고 그 집을 빠져나갔어. 하지만 여전히 터프널 부인이 사무실을 들여다볼 가능성이 남아 있지. 앤이 사장이 좀 전에 퇴근을 했다는 이야기를 꾸며 낸 건 바로 그 때문이었어. 그 결과 잠시 동안 위험을 모면할 수 있었던 거라네. 터프널 부인은 문을 살피기는 했지만 불을 껐는지 확인하기 위해서였어. 그후 두 사람은 함께 위층으로 올라갔지.

십 분 후 누군가 또 벨을 울렸어. 이번에는 진짜 아서 레이턴이었어. 그 무렵에는 앤도 정신을 바짝 차리고 그가 혹시 있을지 모를 수상한 낌새를 알아차릴 기회조차 주지 않았어. 그녀는 일단 그를 들인 후 시턴의 말을 전했어. 마실 것을 한 잔 주고 다시 보내 버렸지. 그 단계에서 이미 아서를 연인을 숨기기 위한 방패로 삼겠다는 의도가 있었던 것 같지는 않아. 하지만 아서가 찾아온 사실로 상황을 혼란스럽게 만들자는 생각이 서서히 자리를 잡았을 거야. 앤은 시턴이 그날 밤 목숨을 잃었다는 사실은 전혀 몰랐을 거야. 기껏해야 지팡이로 한 대 맞고 기절했을 거라고만 생각했겠지. 그래서 그날 아침 사태를 제대로 파악하고 소리친 거야.

'어머나! 그 사람이 죽었나 봐요!'

그녀는 연인을 구하기 위해 필사적으로 지혜를 짜낸 죄밖에 없어. 결백한 사람이 희생될지도 모른다는 사실은 뒷전이었지.

여자들이 가끔 그런 행동을 하지. 어떤 희생을 치르고서라도 자신의 남자를 지키는 것이 여자의 원초적인 본능이야. 먼 옛날 우리가 동굴에 살던 시절 남자들은 제힘으로 여자를 지켜야 했어. 하지만 여자는 힘으로는 열세니까 머리를 쓰게 된 거야. 자신의 남자가 심각한 위험에 처한다면 여자는 거짓말을 하고 눈을 속이지. 그래, 필요하면 위증을 못 하겠나. 귀염둥이 애니 같은 여우들은 겉으로는 문명이라는 탈을 쓰고 있지만 본색은 먼 옛날 동굴에 살던 시절의 여자가 틀림없어.

그녀는 헛된 단서를 마구 뿌리며 제 남자를 지켰어. 아서는 운명의 손에 맡겨 버렸지. 일단 입 밖에 뱉은 거짓말들을 어떻게든 계속 끌고 가야 했어. 안 그러면 연인의 인생이 끝장날 판이었으니까. 다행스럽게도 그녀는 다른 여자의 도움을 받을 수 있었어. 어머니의 지혜는 연인의 것보다 훨씬 더 날카로우니까 말이야."

"어머니라고요? 그렇다면 범인은⋯⋯."

"그래, 범인은 마크 터프널이었어. 아직도 모르겠나? 애인과 즐거운 저녁을 보낼 수 있었는데 함께 영화관에 가지 않은 이유를? 애초에 그가 왜 사장실에 갔는지 영영 알 길은 없어. 아마 사소한 문제였겠지. 사장에게 전할 용건이 있다거나 뭐 그런 거 말이야. 사람의 운명을 결정하는 건 때로는 그렇게 아주 사소한 것들이지. 아마도 그 역시 아서와 같은 처지가 아니었을까 싶네. 회계 장부의 부정을 들켰겠지. 고인이 그날 밤 터프널 부인에게 처음으로 쌀쌀맞게 굴었다는 말에 나는 처음부터 마크를 의심했다네. 시턴은 그날 밤 아무도 보고 싶지 않았을 거야. 아서는 물론 마크에게도 몹시 화가 났거든. 하지만 충직한 가정부의 마음을 배려해서 마크에 대해서 별말 하지 않았던 거야.

마크에게 사무실로 오라고 했을 거야. 하지만 방금 말했다시피 사실 여부는 확인할 길이 없다네. 풀턴 가든스 13번지에 먼저 온 방문객이 마크 터프널이고 시턴의 모자와 코트를 걸치고 집을 나선 후 거리에서 모자를 바꿔 쓰고 월섬스토까지 가서 그것들을 버린 사람도 마크 터프널이라는 말을 못 믿겠다면 자네는 내가 생각하는 것보다 훨씬 머리가 나쁜 거야. 잘 생각해 보게. 마크 터프널은 런던의 북부에 살았어. 그는 그날 밤 영화관에 갈 예정이었지. 그래서 셋집 사람들은 그가 늦게 귀가를 했지만 이상하게 여기지 않았던 거야."

"어머니가 안됐어요. 그녀도 사실을 알아차렸겠죠?"

내가 말했다.

"알다마다. 분명히 알고 있을 거야. 두 여자는 이 상황에 대해 보이지 않는 이해의 끈으로 단단히 이어져 있었어. 두 사람의 증언은 모순되는 부분이 전혀 없었지. 덕분에 한 푼의 가치도 없는 불한당이 교수대를 간신히 피했어. 나는 그자가 아니라 그런 자를 위해 용감하게 싸운 두 여자에게 동정을 보내네."

"후에 그 사람들이 어떻게 되었는지 아세요?"

내가 물었다.

"잘 몰라. 아는 거라고는 시턴이 유언장에서 가정부에게 매년 십 파운드의 연금을 남겼다는 정도야. 마크 터프널은 오스트레일리아로 떠났다고 하더군. 그리고 혹시 앨시언 클럽에서 친구와 저녁을 할 기회가 있다면 잘 살펴보게나. 그곳 남자들의 시선을 한 몸에 받는 유난히 예쁜 웨이트리스가 있을 거야. 그 여자가 바로 앤 웨버라네!"

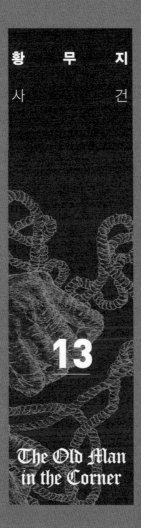

황 무 지
사 건

13

The Old Man
in the Corner

001
☆☆☆

구석의 노인이 우유 한 잔과 빵을 다 먹었다. 그러더니 헐렁한 트위드 코트의 큼지막한 주머니에서 노끈 한 가닥을 꺼냈다. 노인은 고개를 한쪽으로 갸우뚱한 채 한동안 노끈에만 집중을 했다. 그 모습이 영락없이 동물원의 대머리 황새 같았다.

"그 사건을 떠올릴 때마다 참 재미있어. 여전히 매력적이야."

노인은 뜬금없이 화제를 꺼냈다.

"무슨 사건이요?"

내가 물었다. 여느 때처럼 그는 내 질문을 듣는 둥 마는 둥 했다.

"요즘 일어나는 흔한 범죄에 비하면 참으로 낭만적이었지. 자네는 내 말에 동의하지 않을지도 모르겠지만 나는 그 사건에서 18세기의 분위기를 엿보았다네."

"지금 말씀하시는 그 사건에 대해 들려주시면 제가 동의하는지 아닌지 말씀드릴 수 있을 텐데요."

내가 쌀쌀맞게 말했다.

노인은 '이런 멍청이를 봤나' 하는 눈빛으로 나를 보더니 심드렁하게 말문을 열었다.

"설마 황무지 사건의 진상을 한 번도 고민해 보지 않았다는 말은 아니겠지?"

"물론 가끔 생각이 날 때가 있죠!"

내가 대답했다.

"그런데도 자네가 요즘 읽는 소설만큼이나 그 사건이 낭만적이라는 생각이 전혀 안 들던가?"

"들었죠. 하지만 낭만적이라고 생각한 건 배경 때문이에요. 똑같은 사건이 런던의 빈민가에서도 일어날 수 있겠지만 그러면 추하게만 보이겠죠. 그 사건은 온통 수수께끼투성이에요. 가끔 그 이탈리아인은 어떻게 되었을지 궁금할 때가 있어요. 이름은 잊어버렸지만."

"안토니오 비시오. 기묘한 인물이었지, 안 그런가? 이웃에 사는 무지렁이들이 의심이 가득 찬 눈초리로 그를 바라보는 모습이 눈에 선해. 요크셔 촌놈들! 안토니오 같은 외국인을 어떻게 대했을지 생각해 보라고. 안토니오, 그 사람은 사연도 기구하다네. 그의 가족은 이탈리아 서북부에 있는 리구리아의 산타 카타리나 근처 산악 지대에서 작은 농장을 운영했어. 전쟁중에 아놋 대위라는 영국 첩보부 장교가 한동안 그의 농장에 머물렀지. 아마도 비시오 가족이 유난히 그를 친절하게 대했던 것 같아. 그 농장은 홀어머니가 두 딸과 외아들인 안토니오와 함께 꾸려 나갔어. 그가 외아들이었기 때문에 당연히 군대는 면제되어 어머니를 도와 농장 일을 했지.

이탈리아 농부라면 으레 그렇듯이 그도 사냥을 좋아했어. 그런데 그 지역에는 사냥감이 거의 없었지. 하다못해 토끼나 뇌조라도 잡으려면 꽤 멀리까지 나가야 했다네. 안토니오는 총 한 자루를 챙겨서 개와 함께 떠나는 사냥 여행을 무엇보다 좋아했어. 아놋 대위가 한가할 때면 두 사람은 새벽에 길을 떠나서 밤이 이슥해져야 돌아오곤 했다네.

1917년의 일이었어. 아놋 대위가 다른 전선으로 배치를 받았어. 이듬해 소령이 되었고 전쟁이 끝날 때 중령으로 퇴역했지. 그는 한동안 비시오 가족을 못 만났어. 하지만 그들이 베풀어 준 따뜻한 친절과 안토니오와의 유쾌했던 우정에 대해 행복한 추억을 간직하고 있었지. 그러니 1919년에 비시오의 농장에서 고작 사백 미터가량 떨어진 산타 카타리나 요새에서 엄청난 폭발이 일어났을 때 아놋 중령이 옛 친구들을 다시 떠올린 것은 전혀 놀랍지 않았지. 그무렵 중령은 일이 있어서 제노바에 가게 되었는데, 겸사겸사 친구들에게 무슨 일은 없는지 알아보려고 산타 카타리나에 들렀어.

마을은 완전히 황폐해져 있었어. 폐허가 된 마을로부터 몇 킬로미터 떨어진 곳에 농장들은 고립되어 있었고. 당시 남녀노소를 통틀어 얼마나 많은 사람이 목숨을 잃었는지 나는 잘 몰라. 하지만 부상자만 이백 명이 넘었고 생존자들은 폐허가 된 집 더미에서 몸만 빠져나와 피신을 했다더군. 아놋 중령은 불굴의 의지와 끈기를 발휘해 마침내 안토니오 비시오를 찾아냈어.

농장은 완전히 잿더미로 변한 상태였어. 그의 어머니와 여자 형제 한 명은 주석 지붕이 무너져 목숨을 잃었어. 나머지 형제는 잿더미가 될 운명을 간신히 피한 인근의 수녀원에서 간호를 받고 있었지. 안토니오는 집도 돈도 없이 홀로 남겨졌어. 이탈리아는 영국과 달랐다네. 영국은 재난이 발생하면 그동안 착취를 많이 해 온 자본가들이 주머니를 털어 피해자를 돕지 않나. 하지만 불쌍한 안토니오 가족을 도울 돈은 어디에서도 나오지 않았던 거야.

아놋 중령은 의지할 데 없이 홀로 남은 안토니오를 보니 마음이 몹시 아팠어. 중령은 고통스러운 기억들을 떠올리게 하는 참혹한 현장을 목격한 직후 안토니오를 위해 영국에서 일자리를 구해 주려고 백방으로 수소문을 했지. 결국 일자리를 구했어. 그의 친구인 크룩헤이븐 경이 노스 라이딩에 상당한 영지를 보유하고 있었거든. 그가 안토니오를 사냥터지기 가운데 한 명인 윌리엄 톱코트라는 자의 조수로 채용을 하기로 한 거야. 사냥터지기라니 안토니오가 꿈꾸던 삶이었지. 성에 찰 때까지 실컷 사냥을 할 수 있을 테니까. 물론 고기를 보존하는 방법이나 사냥을 하는 나라라면 어디든 있는 고유의 수렵법에 대해서도 배울 수 있을 테고 말이야.

아마 안토니오는 새로운 삶터에 정착하면서부터 따돌림을 당하리라고는 생각도 못 했을 거야. 요크셔 촌놈들은 그를 데이고*라고 부르며 천대했어. 그가 전쟁에 참전하지 않은 것 때문에 인상은 더 나빠졌지. 처음 반년 동안은 영어를 한마디도 하지 않았어. 그 후에도 한두 문장 정도 할 뿐 여전히 사람들과 어울리지 않았지. 무엇보다 그는 술을 마시지 않았어. 맥주를 싫어했는데 대놓고 그렇게 말했어. 크리켓은 도저히 이해가 안 되고 축구는 지겨웠지. 내기를 하지도 않았고 말이라면 질색을 했어. 그가 유일하게 아끼는 것은 자신의 총이었어. 일은 성실하고 영리하게 잘했다더군. 특히나 어린 새를 키우는 데 관심이 대단히 많아서 새를 잘 키워 냈다는 거야.

그가 영국에 온 지 일 년이 지나고 위니 구든이라는 아가씨와 불타는 사랑에 빠졌지. 그게 바로 비극의 시작이었다네."

002
☆☆☆

"이탈리아 농부와 영국 촌놈들은 사랑에 대한 생각이 달라. 이탈리아 농부는 일단 연인과 함께 어울리는 것으로 연애를 시작해. 해 질 무렵이면 그녀와 산책을 하고 현관 앞 계단에서 사랑하는 여

● **데이고** _ Dago. 이탈리아 사람을 부르는 모욕적인 표현.

인과 나란히 앉아 밀짚을 씹으며 쑥스럽게 그녀의 손을 잡고 입맞춤을 하고 한숨을 쉬어. 게다가 농담과 희롱이 끝나지 않아. 영국 촌놈은 쾌활한 애인이라네. 이탈리아 남자는 그렇지 않지. 그에게 사랑이란 인생에서 펼쳐지는 한 편의 진지한 드라마야. 그래서 사랑이 언제든지 비극으로 뒤바뀔 수 있다고 마음의 준비를 하고 있지. 그의 격렬한 사랑은 모든 감정을 압도해. 한 손으로 연인을 애무하면서 다른 한 손은 등 뒤로 돌린 채 칼을 쥐고 있지.

안토니오 비시오의 사랑도 그랬어. 위니 구든은 크룩헤이븐 경의 저택인 마크스웨이트 홀 정원사의 딸이었어. 그녀는 무척 예쁜 아가씨였어. 아마도 말수가 적고 뚱해 보이는 이탈리아 청년에게 마음이 끌렸을 거야. 말이 나왔으니 말이지만 안토니오도 상당한 미남이었거든. 검은 눈동자에 연한 크림색 피부하며 곱슬곱슬한 숱 많은 머리카락까지. 누구라도 두 사람이 일요일 오후마다 산책을 하는 모습을 보면 환상적인 커플이라고 생각했을 거야. 아놋 중령이 호의를 베푼 덕분에 안토니오는 농장이 있던 땅을 좋은 값에 팔아 수중에 돈이 꽤 있었다네. 위니의 아버지인 제임스 구든은 딸이 외국인과 결혼하는 걸 싫어했던 모양이야. 그래도 위니가 진심으로 안토니오와 결혼을 할 생각이라면 아버지를 설득하는 건 어렵지 않을 거라고 다들 생각했지. 그녀가 안토니오를 진심으로 사랑한다고 생각한 사람은 물론 없었지만 말이야.

1922년 봄이었어. 제럴드 모빌이 아르헨티나에서 돌아왔어. 그는 그곳에서 목축업을 했다더군. 그는 크룩헤이븐 경의 영지와 인접한 영지의 주인인 티모시 모빌의 막내아들이었어. 그가 도착했다는 소문이 퍼지자 반경 몇 킬로미터 내의 아가씨들의 가슴이 콩닥거리기 시작했지. 그 지역에는 영리한 젊은 남자들이 드물었거든. 그런데 제럴드 모빌은 미남에 똑똑한데다 춤 솜씨는 끝내줬고 테니스와 브리지 실력도 훌륭했던 거야. 계층을 막론하고 젊은 숙녀들이 홀딱 반할 자질을 한 몸에 갖춘 셈이지. 바로 그런 모습이 인근의 청년들에게는 부족했어.

과거에 그는 상당히 마구잡이로 살았어. 런던의 어느 브리지 클럽에서는 수상쩍은 짓을 해서 고발을 당할 뻔했지만 전쟁 초기에 공군에 입대하는 것으로 무마했지. 이런 사실들도 그의 인기를 무너뜨리지 못했어. 적어도 숙녀들에게는 그랬지. 남자들은 처음에 그에게 쌀쌀맞았어. 리치먼드 카운티 클럽은 명예 회원으로 받아주지도 않았으니까. 하지만 노스 라이딩에서 열리는 파티라면 티파티든 가든파티든 그는 언제 어딜 가나 환영을 받았어. 댄스파티와 테니스 경기도 마찬가지였지. 어쨌든 이런 사교 모임에서 칼자루를 쥔 사람은 여자들이니까.

더군다나 모빌 집안은 인근에서 유력 가문으로 통했기 때문에 아무도 섣불리 건드리지 않았어. 장남은 상류층 연대를 지휘한 대령이었는데, 어떤 연대인지는 기억이 나지 않아. 딸들 가운데 한 명은 유명한 왕실 변호사와 결혼을 했고 다른 딸은 주교 부인이 되었지. 다른 이유가 아니라 가족의 체면을 생각해서 사교계는 제럴드 모빌을 받아들였어. 예전에 브리지 클럽에서의 단순한 비행이 아닌 더 심각한 짓도 저질렀지만 사람들은 편리하게 그의 비행을 잊어주었다네. 사람들은 그가 개과천선을 했다고 말했지. 그는 전쟁 초기에 공군에 입대했다가 독일군의 포로가 되었어. 1919년에야 풀려나서 아르헨티나로 건너간 후 새사람이 된데다가 엄청난 부를 쌓았다더군.

이런 소문도 제럴드 모빌의 인기에 한몫을 했어. 정작 그는 결혼에 뜻이 없다고 여러 자리에서 웃으며 말했지만 말이야. 그는 너무 많은 아가씨들과 사랑에 빠진 탓에 한 아가씨로 마음을 정할 수가 없었지. 분명히 지독한 바람둥이였어. 인근에 있는 인물 반반한 아가씨들 모두와 신 나게 즐겼어. 리치먼드에서 이인승 자동차를 빌려서 야외로 소풍을 다니고 리스의 휘트시프에서 점심을 먹고 옥귀걸이며 손목시계를 선물했어. 그와 함께 즐길 용의가 있는 아가씨라면 그에게서 원하는 것은 뭐든 받아낼 수 있었어.

그런데 제럴드 모빌이 아무리 많은 아가씨들과 염문을 뿌리고 다녀도 가장 흠모하는 아가씨는 따로 있다는 사실이 금세 드러났어. 바로 위니 구든이었지. 처음 본 순간부터 그는 위니를 졸졸 따라다녔어. 덕분에 마을에 온갖 소문이 돌기 시작했어. 그녀도 모빌의 관심에 으쓱했지만 안토니오를 버릴 기미는 눈곱만큼도 보이지 않았지. 그녀는 제럴드 모빌이 결혼을 할 타입이 아니라는 사실을 알 정도의 분별력이 있었거든. 그녀는 제럴드 모빌과 즐기기는 하겠지만 안토니오를 향한 진심이 결코 변하지 않으리라는 사실을 명확하게 밝혔어. 그런데 여기서 문제가 발생한 거야. 안토니오가 삼각관계를 견딜 수 없었던 거야. 다른 남자와 경쟁을 해야 한다는 생각에 남쪽 나라의 뜨거운 피가 끓어오른 거라네. 그는 위니의 사랑을 얻었어. 누가 와도 그 사랑을 포기하지 않을 작정이었지. 게다가 다른 사람 앞에서든 위니와 단둘이 있을 때든 둘 사이에 끼어들려는 남자는 가만두지 않겠다고 위협을 한 적도 한두 번이 아니었어.

알 만한 사람은 위니 구든이 제럴드 모빌과 염문을 뿌린 순간부터 비극이 싹트리라는 사실을 예상했으리라는 생각이 들었을 거야. 그런데도 막상 사건이 벌어지니 사람들은 오싹해하면서도 놀랐지. 소위 수수께끼를 풀 수 있는 진짜 열쇠는 주로 사건의 심리적 측면이야. 그런데 이걸 제대로 이해할 만큼 영리한 사람이 아무도 없었으니 당연한 일 아니겠나."

003
☆☆☆

"알다시피 크룩헤이븐 경의 영지는 말이지."

구석의 노인은 잠시 쉬더니 다시 이야기를 시작했다.

"마크스웨이트 황무지로 뻗어 있어. 그 황무지는 길고 황량한 곳인데 군데군데 도랑이 가로질러 흐르고 있지. 봄가을에 비가 많이 오면 하류 쪽은 물이 불어 급류를 이루곤 해. 황무지에는 문을 닫은 채석장이 몇 군데 있어. 크룩헤이븐 경은 사냥철이 되면 저택으로 사냥꾼들을 불러들이는데, 이들은 하루 종일 새를 잡으러 황무지를 돌아다닌다더군. 이때를 제외하면 이곳은 일 년 내내 유난히 황량하고 쓸쓸한 곳이야.

안토니오가 거처한 톱코트의 오두막은 황무지 가장자리의 마크스웨이트 쪽에 있어. 북쪽으로 삼 킬로미터 정도 가면 좁은 도로가 황무지를 가로지른다네. 이 도로는 커크비 스티븐에서 와서 리치먼드의 주도로로 합류하지. 그 길에서 북쪽으로 또 오륙 킬로미터를 가면 크룩헤이븐 경의 영지와 이웃인 티모시 모빌의 영지를 가르는 경계가 나와.

당시 마크스웨이트 황무지가 악명을 떨치게 된 비극은 1922년 9월에 일어났어. 톱코트가 안토니오 비시오와 함께 황무지를 가로지르며 걷고 있었지. 두 사람 모두 총을 지녔고. 일 킬로미터를 채 못 갔을 때였어. 퍼처스 립이라는 채석장을 앞둔 지점이었는데, 남자 한 명이 덤불 뒤에 웅크리고 있는 걸 사냥터지기가 본 거야. 그는 안토니오에게 웅크린 형체를 가리키며 말했지.

'저기 아무짝에도 쓸모없는 위인이 있군. 또 새를 몰래 잡으러 온 도둑놈일 거야. 이보게, 가서 저놈 다리에 총알 몇 방 박아 줄 수 있는지 살펴봐.'

훗날 톱코트는 그런 말을 할 때 남자가 누구였는지 꿈에도 몰랐다고 맹세를 했지. 원래 톱코트는 밀렵꾼에 대해서라면 가차 없는 사내라네. 그 무렵 그는 밀렵꾼들 때문에 걱정이 많았지. 그 일이 있기 하루나 이틀 전에 크룩헤이븐 경에게 정신 상태가 해이해졌다고 싫은 소리를 들었다더군. 톱코트는 분명 이 일로 마음이 상해 있었던 탓에 그날 평소보다 더 안달복달했던 거야.

안토니오는 총을 어깨에 메고 퍼처스 립 쪽으로 향했어. 톱코트는 내내 그를 지켜봤는데, 땅이 불쑥 튀어 올라온 곳 뒤로 그가 들어가는 바람에 더 이상 보이지 않게 되었어. 잠시 후 웅크리고 있던 사람이 벌떡 일어났어. 그런데 그 사람은 제럴드 모빌이었던 거야. 톱코트는 유난히 시력이 좋았어. 제럴드가 다른 사람인 척 걸음걸이나 행동거지를 평소와 달리했지만, 눈이 좋은 사냥터지기는 먼 거리에서도 훤히 보였던 게지. 톱코트는 즉시 안토니오에게 돌아오라고 소리를 쳤어. 하지만 안토니오는 그 소리를 못 들었어. 잠시 후 제럴드가 불쑥 방향을 틀어서 막 안토니오가 사라진 둔덕을 향해 걸어갔지. 그것이 그날 아침 톱코트가 마지막으로 목격한 모습이었다네."

나의 기묘한 친구는 껄껄 웃으며 이야기의 서막을 일단락 지었다.

"그게 마지막이었어. 그 모습이 안토니오 비시오와 제럴드 모빌의 마지막 모습이었던 거야. 톱코트는 황무지에서 한동안 조수를 기다렸어. 몇 번이나 소리쳐 불렀지. 하지만 아무 대답도 들리지 않았어. 마침 비가 억수같이 쏟아지기 시작했기에 그는 할 수 없이 집으로 돌아오고 말았다네.

안토니오는 그날 하루 종일 오두막에 나타나지 않았어. 밤에도 마찬가지였지. 이튿날 아침, 그러니까 목요일에 톱코트는 구든 가족이 사는 오두막까지 걸어가 조수의 행방을 수소문했어. 그곳에서도 안토니오를 본 사람은 없었다네. 위니도 그의 소식을 몰랐지. 사냥터지기는 토요일까지 기다렸다가 비로소 경찰에 신고를 했어. 그렇게 늦게 신고를 하다니 도저히 용납될 수 없는 일이었지. 그런데 사건 내내 이자가 한 행동을 제대로 이해하려면 북쪽 촌놈들의 사고방식부터 제대로 파악해야 해. 이런 치들은 어떤 식으로든 경찰과 엮이는 걸 꺼려. 그런 지역에서 가장 흔하게 일어나는 범죄는 당연히 밀렵이라네. 큰 영지를 관리하는 사냥터지기는 밀렵을 제대로 조사할 자격이 있는 사람은 자기들뿐이라고 여기지. 대개 이 사람들은 밀렵꾼을 잡아도 치안 판사에게 데려가지 않아. 자신들이 직접 최선이라고 생각하는 가혹한 처벌을 내리지. 경찰의 개입을 싫어하니까.

이 사건에서 우리는 톱코트가 훗날 한 증언을 잘 기억해야 해. 처음에는 살인이 벌어졌다는 생각이 전혀 들지 않았다는 거야. 그는 총소리를 못 들었어. 안토니오가 제럴드에게 시비를 걸다가 오히려 건방지게 군 대가를 톡톡히 치르고 있다고만 생각해서, 소란이 잠잠해질 때까지 잠시 몸을 숨겼다고 간단히 생각해 버렸던 거야. 톱코트는 아무에게도 알리지 않고 이틀 동안 사라진 남자를 찾겠다고 황무지를 헤매고 다녔지. 혹시라도 사고가 나서 꼼짝도 못하고 어딘가에 쓰러져 있을지도 모른다고 생각했거든.

황무지를 헤매고 다닌 둘째 날 그는 퍼처스 립 근처의 개울에 떨어져 있는 안토니오의 총을 발견했어. 총은 발포한 흔적이 없었어. 결국 그는 이튿날, 그러니까 토요일에 내키지 않았지만 하는 수 없이 경찰서를 찾아갔어. 그때까지도 그는 제럴드 모빌에 대해서는 일언반구도 하지 않았다네. 그는 자신과 함께 사는 이탈리아인 조수 안토니오 비시오라는 자가 사흘 동안 돌아오지 않았다고만 했어. 마크스웨이트 황무지에서 지난 수요일에 마지막으로 봤는데, 당시 안토니오는 총 한 자루를 들고 퍼처스 립으로 걸어갔다고 말했지.

당연히 밀렵꾼들이 제일 먼저 의심을 받았어. 톱코트는 안토니오가 행동이 수상한 남자를 뒤쫓아갔다고만 했어. 그는 신고가 너무 늦었다고 심한 비난을 받았어. 설령 안토니오가 살해되었다는 생각은 하지 않았다고 해도 큰 사고를 당했을 수도 있으니까 말이야. 이를테면 다리가 부러져서 춥고 습한 곳에서 며칠째 꼼짝도 못하고 누워 있는 거라면 방치된 채 비명횡사를 할지도 모르지 않느냐고 말이지. 하지만 톱코트는 그랬을 리 없다고 했어. 그는 며칠 동안 황무지를 뒤지고 다녔어. 아주 샅샅이 뒤졌다고 장담을 했지.

만약 안토니오가 어딘가 쓰러져 있었다면 못 보고 지나쳤을 리가 없다는 거야.

경찰이 사나흘에 걸쳐 다시 황무지를 수색했어. 그렇게까지 했는데도 안토니오의 수색에 실패하자 그제야 톱코트는 그날 아침 안토니오가 실종된 지점 근처에서 제럴드 모빌을 목격한 사실을 털어놓았다네. 안토니오가 뒤따라간 사람이 바로 제럴드였고 두 사람이 퍼처스 립의 북쪽 끝 부분 근처 어딘가에서 만났을 거라는 이야기도 털어놓고 말았어.

자네 같은 일반인이 보기에는 그자가 그렇게까지 입을 꾹 다문 행동이 범죄로 보일지도 몰라. 하지만 북쪽 벽지에 사는 무지렁이들의 행동을 상식의 틀에서 판단하는 건 아무 의미가 없어. 톱코트와 같은 입장에 있는 남자가 사냥터지기의 조수이자 외국인인 남자가 행방불명된 상황을 신사 가운데 누군가와 연관 지어 생각한다는 건 마치 영국 국왕이 이웃의 영지에서 밀렵을 하는 상황만큼 어불성설이거든. 절대 있을 수 없는 일이라는 거야. 톱코트가 이런 내용의 진술을 하자 엄중한 질책이 돌아왔지. 그는 기분이 상해 뚱하니 자신이 뭘 잘못했는지 모르겠다고 항변을 했어.

생각해 보게. 수요일 아침에 안토니오가 살아 있는 모습이 마지막으로 목격된 후 일주일도 더 지났어. 신고를 받은 후 나흘 동안 경찰은 전력으로 수색을 펼쳤지만 아무런 소득도 거두지 못했다네. 그런데 마침내 수색에 한 줄기 빛이 보이기 시작한다는 예감이 경찰에게 든 거야. 처음에 황무지의 수수께끼에 관심을 가졌던 여론도 행방불명된 데이고의 수색이 무위로 끝나자 슬슬 지겨워진 참이었지. 바로 이때 미궁에 빠진 사건이 놀라운 전개를 맞이한 거야. 톱코트의 진술이 지역 신문에 알려지고 마침내 제럴드 모빌의 이름이 사건과 관련해 은밀하게 거론되기 시작했어. 한술 더 떠서 가십거리를 쫓는 사람들이 이 사실에서 받은 충격이 채 사라지기도 전에 더 큰 충격이 찾아왔지.

　제럴드 모빌이 안토니오가 행방불명된 바로 그날 집을 떠났는데, 그 후로 소식이 끊어졌다는 거야. 이 충격적인 뉴스가 무엇을 의미하는지 생각해 보게! 상상력이 뛰어난 사람들의 머릿속에 무엇이 떠올랐겠나! 사랑과 질투의 드라마였겠지. 질투에 찬 연인인 이탈리아 남자와 그 질투에 희생되는 잘생긴 영국 청년이 등장하는, 영화에서나 볼 법한 진정한 로맨스 말이야! 이 실마리를 손에 쥔 경찰은 문제의 수요일 아침 제럴드 모빌의 행적을 집중적으로 수사하기 시작했어. 그들은 티모시와 레이디 모빌을 불필요하게 자극하지 않도록 요령껏 접근을 했지.

　제럴드는 그 주 월요일에 갑자기 아르헨티나로 돌아가겠다는 결정을 가족에게 알렸어. 하인들의 진술에 따르면 제럴드는 부에노스아이레스 소인이 찍힌 공적 서신 두 통을 받은 후 월요일 아침에 식사를 하는 자리에서 남미로 돌아가겠다고 했어. 레이디 모빌은 아들의 말에 상심이 매우 컸어. 티모시 부부는 출발을 늦추도록 막

내 아들을 설득해 보려고 했어. 하지만 그는 마음을 돌리지 않았지. 목장에 문제가 생겨서 어서 돌아가지 않으면 자신은 물론 동업자까지 막심한 피해를 입을 거라면서 말이야. 그는 토요일에 사우샘프턴에서 출발해서 부에노스아이레스에 도착하는 배에 승선할 수 있는지 알아보러 늦어도 수요일에는 런던에 가 봐야 할 것 같다고 말했어. 그래서 출발 날짜에 맞춰 떠날 준비를 시작했지.

화요일에 운전기사는 그의 짐을 리치먼드로 가져가 미리 런던으로 부쳤어. 목적지는 칼턴 호텔이었다네. 제럴드는 수요일에 일찍 출발할 수 있도록 아침 6시 반에 아침을 들었어. 그는 자그마한 이인용 자동차를 직접 몰고 출발해 리치먼드로 갈 예정이었어. 그곳에서 대여한 차를 반납하고 기차로 갈아타 돌턴까지 간 후 돌턴에서 런던행 급행열차로 갈아탈 계획이었지. 그는 전날 저녁에 이미 부모님에게 작별 인사를 했어. 하인들에게 후하게 팁을 주고는 7시 직후에 비로소 출발을 했다네.

출근을 하던 노동자 두 명이 작은 이인용 자동차가 황무지를 가로지르는 도로를 쌩하니 달리는 모습을 목격했어. 그들은 차에 남녀 두 사람이 타고 있었노라고 증언을 했다네. 그들은 운전하는 남자가 제럴드일 거라고 짐작을 했어. 하지만 여자는 두꺼운 베일을 쓰고 있었던데다가 주의 깊게 보지 않아 누군지 알 수가 없었지. 한편 구든의 집을 비롯한 오두막이 여러 채 서 있는 곳에서 백 미터도 떨어지지 않은 곳에 빈 자동차 한 대가 서 있는 걸 본 사람이 있었어. 경찰은 당장 위니를 엄중하게 심문을 했다네. 그녀는 눈물을 펑펑 흘리며 수요일 아침에 제럴드를 봤다고 마침내 털어놓았지. 이른 아침에 차를 타고 찾아왔더라는 거야. 마침 아버지는 일을 하러 나갔을 때니 7시에서 많이 지나지 않았을 거라고 했지. 제럴드는 그녀에게 리치먼드에 볼일이 있는데, 같이 가서 그곳에서 점심을 하자고 했다더군. 그녀는 제안을 받아들였지. 그런데 가는 길에 제럴드가 그곳을 영원히 떠날 생각인데 위니 없이는 도저히 살 수 없을 것 같다고 털어놓았어. 그는 같이 떠나자고 애원을 했지. 일단 런던으로 가면 원하는 건 뭐든 사 주겠다고 했어. 그런 후에 파리로 가서 세계 여행을 떠나자고 했다지. 그렇게만 하면 자신들보다 더 행복한 커플은 어디에도 없을 거라고 설득을 했다는군.

처음에는 위니도 제럴드의 사탕발림에 넘어갈 뻔했어. 한편으로는 우쭐했고 낭만적인 모험을 상상하니 전율도 느꼈지. 하지만 그가 한 말, 아니 하지 않은 말이었을까. 아무튼 어떤 표현인지 몸짓인지 때문에 그녀는 주춤했어. 그게 무엇이었는지 그녀는 차마 말하지 못했지. 아마 그것이 요크셔 사람다운 건전한 상식이었을 거야. 어쨌든 그녀는 덜컥 겁이 났고 제럴드 모빌의 사탕발림에 귀를 닫아 버렸지. 그리고 당장 집으로 보내 달라고 고집을 부렸어.

진술하던 내내 엉엉 울던 위니는 이렇게 털어놓았어. 자신이 끝내 함께 떠나지 않겠다고 하니까 제럴드가 아주 불쾌하게 행동하더라고 말이야. 그러더니 더러운 데이고와 놀아나면서 자신을 내내

가지고 놀았다고 비난을 했어. 그렇게까지 하는데도 위니가 꿈쩍도 하지 않자 결국 제럴드는 실망한 채 차를 돌려서 그녀의 집으로 향했어. 그때가 9시 무렵이었지. 제럴드는 그녀의 집에서 팔백 미터가량 떨어진 곳에서 차를 세웠어. 그녀는 차에서 내려서 집까지 걸어가야 했지. 위니는 그 후로 제럴드를 보지 못했다고 했어. 그런데 이웃 한 명이 그녀가 아침에 차를 타고 나간 직후에 안토니오 비시오가 왔는데, 위니가 제럴드와 함께 나갔다는 말에 흥분한 기색이더라는 말을 전했어.

보다시피 사건은 점점 더 복잡해졌어. 남자 한 명이 실종되었나 했더니 행방불명인 사람이 두 명으로 늘어났지. 제럴드 모빌과 그의 자동차는 어떻게 되었을까. 그가 차를 대여한 정비소에 문의를 했지만 아무런 성과도 거두지 못했어. 자동차는 돌아오지 않았지. 리치먼드에서 제럴드나 그의 차를 본 사람도 아무도 없었지. 제럴드와 자동차의 행적에 대해 각지에 전화로 문의를 했고 그 결과 이십사 시간 후 자동차가 팰컨블레인이라는 작은 마을에 있다는 연락이 왔어. 그곳은 페이즐리에서 이십 킬로미터가량 떨어진 마을인데, 수요일 밤 늦게 어떤 남자가 정비소에 차를 맡긴 후로 찾아가지 않았다는 거야.

정비소에는 차를 맡긴 남자의 인상착의를 제대로 기억하는 사람이 없었어. 그때는 밤 11시라 무척 어두웠고 곧 문을 닫을 시각이었거든. 문제의 남자는 큼지막한 모터 코트에 귀덮개가 달린 모자를 쓰고 있었다더군. 고글을 쓴데다가 얼굴의 나머지 부분은 온통 검댕이 묻어 있었어. 그러니 도저히 생김새를 알아볼 수 없었지. 차를 받은 조수가 그 남자가 엉터리 영어를 썼다고 한 증언이 유일한 실마리였어. 경찰이 차를 수색해 보니 손가방이 하나 나왔지. 그 안에는 장기 기차 여행을 떠날 남자가 챙길 법한 물건들이 잔뜩 들어 있었어. 이를테면 칫솔과 빗, 소설 한 권, 손수건 두 장 등이었지. 게다가 이 물건들에는 G.M.이라는 머리글자가 찍혀 있었다네.

경찰은 수사를 계속해 큼지막한 모터 코트를 입고 귀덮개가 달린 모자와 고글을 쓴 남자가 비스에서 글래스고로 가는 일등실 표를 샀다는 사실을 알아냈어. 비스는 지선에 위치한 작은 마을인데, 남자는 이곳에서 목요일 이른 아침에 표를 샀고 7시 5분에 글래스고로 떠났다는 거야. 글래스고는 워낙 혼잡한 종착역이라 그 남자를 본 목격자는 나타나지 않았어. 그런데 짐꾼 한 명이 비스에서 출발한 완행열차의 일등실에서 모터 코트 한 벌과 고글, 모자 하나를 발견했어. 스테이션 로드에서 남성복점을 하는 에티라는 사람은 목요일 아침 일찍 어떤 손님이 트위드 캡과 기성복 코트를 사 갔다는 증언을 했다네. 그 남자는 모자도 코트도 없이 얼굴이며 양손은 검댕이 묻어 시커멓고 머리도 온통 석탄 가루로 뒤덮인 채로 가게에 왔다는 거야.

문제의 손님은 자신이 철도 기사인데, 선로에 문제가 생겨서 밤새 복구 작업을 했다고 말했어. 작업을 하다 보니 코트와 모자를 잃어버렸다고 했다지. 그는 옷값을 오 파운드 지폐로 지불했는데, 돈을 주머니의 상자에서 꺼냈어. 그가 잠깐 봤는데 상자에는 지폐가 터질 듯이 들어 있었다는 거야. 에티는 남자를 다시 보면 알아볼 수 있을 거라고 증언을 했어. 특히 그 남자가 쓰던 엉터리 영어가 기억에 남는다고 했지.

그런데 지저분한 얼굴에 엉터리 영어를 쓰는 남자는 그 후로 완전히 모습을 감추었어. 경찰이 그의 행적을 밝히는 데 전력을 기울였지만 아무 소용이 없었지. 게다가 제럴드 모빌도 흔적조차 남기지 않고 사라졌어. 그는 런던에 가지 않았어. 미리 부친 짐은 칼턴 호텔에서 주인이 찾아가기만을 기다리고 있었지. 그러나 그가 짐을 찾아가는 날은 오지 않았어. 왜냐하면 사건이 벌어진 구월의 그 수요일로부터 약 한 달이 지난 후 제럴드 모빌의 시신이 퍼처스 립에서 일 킬로미터 넘게 떨어진 도랑에서 발견되었거든. 방금 시신이 발견되었다고는 했지만 엄밀히 말해 그건 아니었어. 발견된 건 시신의 일부였지. 머리가 없는 시신은 완전히 부패해 있었고 없어진 머리는 끝내 찾지 못했다네. 경찰이고 아마추어 탐정들이고 몸을 사리지 않았어. 티모시 모빌은 돈을 아낌없이 풀고 온갖 고생과 가설을 마다하지 않았지만 아무 소용이 없었지. 아마도 머리는 황무지 어딘가에 묻혀 있겠지. 시신의 옷가지는 흠뻑 젖었지만 여전히 알아볼 수 있었어. 11시 5분에 멈춰 버린 불쌍한 남자의 손목시계와 커프스 단추가 남아 있었지. 살점 없는 손가락에서 빠져나온 인장 반지도 도랑 근처에서 찾았다네.

　도랑에서 칠십 미터가량 올라간 곳에서 수색대는 외국에서 만든 것이 분명한 칼을 한 자루 찾았어. 그 칼에는 얼룩이 있었는데, 분석 결과 인간의 혈액이었지. 톱코트는 그 칼을 보고 안토니오의 것이라고 확인을 해 주었어."

004
☆☆☆

　구석의 노인은 한동안 아무 말도 하지 않았다. 이야기가 어느 정도 무르익으면 늘 노인은 잠시 입을 다물곤 한다. 그런 순간이면 오로지 노끈 한 가닥에 복잡한 매듭을 셀 수도 없이 만드는 일에 열중하므로 세상 그 무엇도 그의 관심을 끌지 못하는 것 같았다. 이런 노인의 옆구리를 찔러 이야기를 계속하도록 하는 것이 내 몫이었다.

　"당연히 그 후에 검시 배심이 열렸겠군요."

　내가 슬쩍 이야기를 시작했다.

　"그랬어, 열렸지."

　그는 무심하게 대답했다.

　"하지만 검시 배심에서 밝혀진 사실들은 사람들이 다 아는 내용이었어. 사소한 내용이 더 드러난 게 다였어. 이를테면 제럴드가 운

인장 반지 Signet Ring

/

인장 반지는 아주 오래전부터
개인의 도장으로 이용되었다.
실링 왁스를 녹여 부드럽게 만든 후
반지의 넓은 면을 왁스에 찍으면
반지에 새겨진 음각이 도톰하게 드러난다.

명의 날 아침에 집을 나설 때 코트를 입고 모자와 고글을 쓰고 있었다는 사실이 밝혀졌어. 이것들은 후에 글래스고 역의 기차에서 발견되었지. 살인자가 피해자에게서 이것들을 훔쳤다고 추측해 볼 수 있지. 특히 고글과 모자는 변장을 할 때 쓸모가 많았을 테니까. 돈에 대해서도 같은 추측을 해 볼 수 있어. 사람들은 안토니오가 광적인 질투에 사로잡혀 제럴드 모빌을 죽일 당시 주머니에 단 몇 실링밖에 없었을 거라고 생각했거든.

사람들은 대체로 이 가설을 받아들였어. 자신이 죽인 사람의 돈을 훔칠 수밖에 없을 정도로 안토니오가 절박했을 거라고 말이야. 톱코트를 비롯해 안토니오를 잘 알았던 사람들은 이렇게 주장했지. 안토니오는 위니 구든과 관련된 일만 아니면 평소에는 무척 순했는데, 그날 아침은 질투심에 사로잡혀 정신적인 고통이 극심했을 거라고. 그는 제럴드 모빌을 처음 본 순간부터 싫어했어. 위니도 인정했다시피 그녀가 안토니오가 질투할 만한 짓을 했거든. 그날 아침 안토니오가 위니를 찾아갔더니 그녀는 그의 연적과 함께 외출을 하고 없었어. 아마 제럴드가 영원히 떠날 작정이라는 예감이 들었겠지. 제럴드가 어떻게든 위니를 설득해 함께 떠나자고 할 거라고 짐작을 했을 거야. 그렇게 가슴이 두려움으로 터져 나갈 듯 고통스러울 때 아무도 없는 황무지에서 연적과 마주치자 눈이 뒤집힌 거지. 결국 남쪽 나라 사람들이 걸핏하면 그러듯이 칼을 휘둘러 불행을 부른 것이 아닐까. 사람들은 이렇게 짐작했다네.

검시 배심의 배심원단은 안토니오 비시오가 고의로 살인을 저질렀다는 평결을 내렸어. 경찰은 그의 체포 영장을 발부받았지. 그로부터 벌써 이 년이라는 시간이 흘렀어. 안토니오는 여전히 경찰의 추적을 요리조리 잘도 피해 다니고 있지. 신문에는 이 사건에 대해 '안토니오 비시오는 어디에?' 같은 헤드라인을 단 기사들이 계속 실렸어. 대중은 몇 주 동안 이 수수께끼에 깊은 관심을 드러냈어. 어느 주요 일간지는 그를 체포할 수 있는 단서를 제공하는 사람에게 오백 파운드의 보상금까지 내걸었어. 하지만 다 소용없었지. 사람들은 독특한 인상에 엉터리 영어를 쓰는 사람이 어떻게 이 작은 섬나라에서 그렇게 오랫동안 몸을 숨길 수 있는지 지금도 궁금해해.

만약 이 나라에서 빠져나갔다면 어떻게 나갔을까? 그는 여권도 없었어. 안토니오의 소지품은 톱코트의 오두막에 다 있었거든. 그런데 어떻게 글래스고에서든 다른 항구에서든 세관 직원의 눈을 피할 수가 있을까? 알다시피 그런 일이 종종 있긴 해. 안토니오의 경우에는 톱코트가 경찰에 신고를 하기까지 도망칠 준비를 할 시간적 여유가 나흘이나 있었어. 신문으로 사건 추이를 지켜본 사람들은 안토니오가 이 나라를 빠져나갔다면 누군가는 그 모습을 보지 않았을까 생각했어. 그렇다면 그 사람이 안토니오를 잡을 첫 번째 단서를 제공할 수 있을 거라고 여겼지.

그렇게 애를 썼건만 안토니오 비시오 실종 사건은 결국 미제 사건으로 남게 되었지. 나도 당연히 나름의 가설은 세워 뒀지만 이 사건에서 명확하게 이해되지 않는 부분이 있어. 제럴드 모빌은 위니구든과 헤어지고 나서 왜 황무지를 헤매고 다녔을까? 돌턴에서 급행열차를 놓치기 싫었다면 서둘러 기차를 타러 가야 했을 텐데 말이야. 수사를 지원하기 위해 런던에서 현지에 파견된 경찰청 수사국의 도즈워스 경위도 나와 같은 점에 주목을 했다네. 나는 도즈워스를 아주 잘 알지. 이 점에 대해서 우리는 몇 차례 이야기를 나누기도 했어. 나야 수수께끼를 모두 풀 수 있는 열쇠를 넘겨주지는 않았지. 내가 찾아낸 열쇠 말이야. 그렇다고 도즈워스와 사소한 사항 한두 가지에 대해서 이야기를 나누는 것마저 피하지는 않았지. 나는 제럴드가 안토니오를 만나서 위니 문제를 마무리 지으려고 황무지로 들어간 것이 분명하다고 했어.

제럴드는 위니를 간절하게 원했어. 함께 떠나고 싶을 정도로 말이야. 제럴드 모빌은 안토니오에게 몇 푼을 쥐어 주며 물러나라고 하면 냉큼 물러나리라 생각할 위인이었어. 아르헨티나에 있는 스페인계나 포르투갈계 혼혈들은 대부분 부패하고 썩은 치들일 거야. 그러니 제럴드 모빌도 안토니오를 그런 부류와 똑같이 보았겠지. 그는 분명 안토니오를 만나려고 톱코트의 오두막을 향해 황무지를 가로지르는 중이었을 거야. 그 오두막과 이인승 자동차를 세워 둔 지점을 잇는 일직선에 퍼처스 립이 위치해 있다는 사실을 경찰에게 굳이 말할 필요는 없었지. 하지만 도즈워스는 결국 내 말이 옳다고 인정해야 했어."

"그렇다면 제럴드가 위니 구든과 헤어진 후 안토니오 비시오와 만나 삼각관계를 끝내려고 했다는 말씀이세요?"

내가 물었다.

"그렇다네!"

나의 묘한 친구가 고개를 끄덕였다.

"안토니오에게 돈을 줘서 물러나게 하려고요?"

"바로 그거야."

"그래서 황무지에서 안토니오를 만났고요?"

"그렇지!"

"자신의 제안을 전했고요?"

"그럼!"

"그 제안에 격분한 안토니오가 제럴드를 때려눕혔고 이탈리아에서 흔히 하는 것처럼 칼로 그를 찔러 죽였다는 건가요?"

"아니. 나는 그런 말은 하지 않았어."

구석의 노인이 딱 잘라 대답했다.

"하지만 두 사람이 만났고……."

"그중 한 명이 살해되었지. 하지만 살해된 남자는 제럴드 모빌이 아니었어."

노인이 내 말을 재빨리 이어 받았다.

"안토니오를 본 사람이 있었잖아요. 팰컨블레인에서도 비스에서도 글래스고에서도. 얼굴이 지저분하고 모터 코트를 입고 고글을 쓴 남자 말이에요."

내가 반박을 했다.

"그렇지."

노인이 다시 내 말에 끼어들었다.

"귀덮개가 달린 모자를 쓰고 고글을 쓴 남자. 얼굴은 검댕투성이에 머리는 온통 석탄 부스러기를 뒤집어쓴 남자. 이미 증명되었다시피 탁월한 변장이었어."

"그렇다면 외국 억양은요? 엉터리 영어를 썼잖아요."

내 말에 노인이 비웃음을 지으며 대꾸했다.

"상대해야 할 자들이 죄다 무식하다면 외국인 행세를 하기에 엉터리 영어만큼 쉬운 것이 또 어디에 있겠나."

"그렇다면 영감님 생각은?"

"생각이 아니야."

노인이 딱 잘라 말했다.

"나는 알아. 제럴드 모빌은 황무지에서 안토니오 비시오와 마주쳤어. 위니 구든에게서 물러나라며 실랑이를 벌였지. 그러다가 안토니오를 때려눕혔어. 안토니오가 넘어지더니 그만 죽어 버린 거야. 마치 내가 그 자리에 있었던 것처럼 모든 일이 눈앞에 보이는 것 같아. 제럴드가 제 손으로 안토니오를 죽였다는 사실을 깨닫는 모습이 떠오르지 않나? 그가 의심을 받을 게 불을 보듯 뻔했어. 톱코트는 그를 목격했고 길가에 세워 둔 차를 본 사람도 있어. 위니의 사랑을 놓고 이탈리아인과 자신이 삼각관계였다는 사실을 모르는 사람이 없어! 교수대의 밧줄이 목에 칭칭 감기는 느낌이었겠지. 하지만 제럴드 모빌이 영리한 남자라는 사실을 잊어서는 안 돼. 특히 온갖 눈속임에 능했지. 처벌을 피해 도주하면서 추격대의 관심을 다른 곳으로 돌릴 정도로 말이야.

안토니오가 죽은 것을 깨닫고 제럴드가 어떻게 대처했는지 내 머릿속에 떠오른 대로 상세하게 들려줌세. 먼저 시신의 옷을 벗기고 조끼와 셔츠까지 자신의 것과 바꿔 입혔어. 그 후에 피해자의 칼로 시신을 절단했지. 몸통은 멀리 떨어진 도랑으로 끌고 갔어. 그곳에 두면 며칠 후에나 발견될 테니까. 그동안 부패가 진행되면서 신원을 알아볼 수 있는 것들은 몽땅 사라지겠지.

공포에 사로잡히자 기발한 계획이 떠올랐어. 그게 바로 악한의 힘이지. 사실 이 세상에는 제럴드처럼 자신이 지은 범죄의 흔적을 깡그리 지우는 과정에서 눈에 띄는 실수라고는 없는 악한이 극히 드물다네. 그는 사건 현장에 의미심장한 얼룩이 묻은 칼을 남겨 두었어. 당연히 안토니오의 물건으로 밝혀졌지. 몇 주가 지난 후라도 몸통은 발견되도록 했지만 시신의 신원을 밝힐 수 있는 머리만큼은 멀리멀리 가져가 따로 묻었어. 요크셔와 스코틀랜드 사이의 어딘가에 묻었을 것 같은데, 정확한 위치는 오직 신만이 아시겠지.

제럴드 모빌이 극악무도한 작업을 마친 후 차로 되돌아가는 모습이 눈에 선해. 그 황무지가 워낙 외진 곳이어서 천만다행이었겠지. 더군다나 비까지 내리니 더할 나위가 없었고. 그가 차를 몰고 사건 현장에서 점점 멀어지는 모습이 상상이 된다네. 그는 어디선 가 차를 세웠어. 분명 으슥한 곳이었겠지. 그리고 그곳에 끔찍한 짐을 버렸어. 그 후에는 요크셔 경계를 지나고 웨스트모얼랜드와 컴벌랜드를 지나 스코틀랜드까지 내처 달려 페이즐리와 글래스고를 우회하는 철도가 연결되어 있는 곳에 당도했을 거야. 팰컨블레인은 외진 마을이었지만 정비소가 있었으니 차를 버리고 길을 떠나기에 안성맞춤이었어. 제럴드는 앞으로도 자신의 흔적이 사라지기를 빌면서 기나긴 밤과 운을 믿고 마침내 길을 떠났을 거야. 야심한 시간이 될 때까지 정처 없이 걸었겠지. 아무 집에 들어가 하룻밤 묵어가도 되느냐고 물어볼 엄두도 못 냈어. 범죄를 저지른 후 자신의 흔적을 완벽하게 지우기 위해 어떤 고생도 감수할 각오였을 테니까.

그리고 이튿날 아침 글래스고로 향하는 기차에 몸을 실었어. 글래스고라면 가장 혼잡한 역이니 남자 한 명쯤 인파 속으로 흔적도 없이 사라지는 일은 문제도 아니었을 거야. 입고 있던 모터 코트와 고글, 모자를 기차에서 벗어 버렸어. 얼굴과 머리에 묻은 검댕은 남겨 두었지. 그가 모자와 코트를 어떻게 마련했는지는 이미 다 알려져 있어. 이동을 하는 내내 엉터리 영어를 쓴 사실도 마찬가지고. 글래스고에서 그는 완전히 사라졌어. 그는 평범한 옷을 입은 평범한 외모의 남자일 뿐이었지. 더욱이 글래스고에서는 다들 바쁘니 어느 누가 지나가는 사람을 유심히 지켜보고 있겠나.

제럴드가 이 나라를 빠져나가기가 얼마나 간단했을지 뻔해. 돈이라면 충분했어. 자금이 있으니 영국의 아무 항구에 가서 어디든 원하는 곳으로 쉽게 떠났겠지. 특히 국적이 영국인 것이 확실하다면 두말하면 잔소리지. 돈이면 안 되는 일이 없어. 점잖은 시민들이 온갖 규정에 발목이 잡혀 곤욕을 치르는 동안 악당은 관리들을 가뿐하게 통과하지. 게다가 우리는 경찰이 추적한 사람은 그가 아니었다는 점을 염두에 두어야 해. 경찰은 내내 안토니오 비시오를 추적하지 않았나. 그러니 제럴드는 얼마든지 오고 갈 수 있었어. 무척 영리한 자니 의심을 살 만한 행동은 조금도 하지 않았지."

구석의 노인은 느닷없이 이야기를 중단했다. 그러더니 복잡한 매듭에 온통 정신을 빼앗겨 버렸다. 나는 그가 들려준 이야기를 곰곰이 되짚은 후 내 생각을 털어놓았다.

"이야기 잘 들었어요. 하지만 솔직히 말하자면 이번 사건만큼은 구체적인 근거를 바탕으로 가설을 세우신 것 같지 않아요. 두 명이 모습을 감추었어요. 경찰은 안토니오가 제럴드를 죽였다고 했죠. 영감님은 그게 아니라 제럴드가 안토니오의 시신과 옷을 바꿔 입은 거라고 하시고요. 하지만 경찰의 주장만큼이나 영감님의 주장도 근거가 없잖아요."

"그렇게 나올 줄 알았어."

노인이 마른 웃음을 껄껄 웃었다.

"하지만 내 말을 들어 보게. 나는 내 주장을 밀어붙일 심리적 사실을 적어도 세 개는 가지고 있어. 반면 경찰은 매우 피상적인 증거 두 개로 자신들의 가설을 뒷받침할 뿐이야. 그들의 근거는 시신에서 발견된 옷과 시계, 장신구 등이었어. 그것들이 아니었다면 신원 확인은 힘들었겠지. 나머지 근거는 안토니오의 것으로 알려진 피 묻은 칼이었어. 자, 방금 나는 제럴드라면 이 두 가지 증거를 조작하기가 얼마나 간단했을지 자네에게 증명해 주었지. 이제는 내 주장이 얼마나 설득력이 있는지 잘 생각해 보게."

기묘한 노인은 바람에 휘날리는 허수아비처럼 가느다란 양손을 흔들며 이야기를 계속했다.

"무엇보다 제럴드는 왜 갑자기 영국을 떠나겠다고 밝혔을까? 동업자의 일을 돌보기 위해서라고? 그건 다 헛소리야! 그가 영국을 떠난 건 아르헨티나에서 저지른 수상쩍은 짓이 곧 발각될 것 같았기 때문이었어. 이왕 이렇게 된 거 영원히 모습을 감추는 편이 상책이다 싶었겠지.

증거가 어디에 있느냐고 묻고 싶겠지? 이건 간단하게 증명할 수 있어. 그의 부모는 단 일주일 만에 아들의 실종을 기정사실로 받아들였어. 그 일주일 동안 리치먼드, 런던, 하다못해 부에노스아이레스행 증기선을 운영하는 선박 회사 등 그 어디에도 아들의 행방을 수소문하지 않은 채 말이야. 티모시 모빌이 화요일 저녁에 마지막으로 아들을 본 후 여드레 동안 아무 소식도 못 들었는데도 넋 놓고 가만히 있었다는 사실이 믿기나? 그는 당연히 런던에서 아들의 행방을 추적해야 했어. 아들이 묵을 예정인 호텔도 알고 있었지 않나. 누군가는 리치먼드에 문제의 차가 버려져 있는지 알아보는 게 당연한 일 아닌가. 그런데 아무도 그러지 않았어! 톱코트가 그의 이름을 경찰에 언급해 수색이 시작될 때까지도 그의 부모든 형제든 아무도 제럴드 모빌의 행방을 수소문하지 않은 거야.

왜일까? 왜냐하면 그들은 제럴드 모빌의 행방을 알았기 때문이야. 그들 다가 아니라면 그들 중 일부는 당분간이지만 제럴드가 몸을 숨기고 있다는 사실을 알고 있었어. 물론 세간에 알려진 비극적인 상황에서 죽은 것으로 되어 있다는 사실에 엄청난 충격을 받았겠지. 하지만 잘 생각해 보게. 살인범 체포에 상당한 금액의 보상금을 제시한 측은 티모시 모빌이 아니었어. 놀라운 사실 아닌가? 그 보상금은 어느 주요 일간지가 광고 효과를 노리고 한 것이었어.

내 주장의 근거는 오로지 심리적인 것뿐이야. 그런데 범죄 사건에서는 심리학이야말로 가장 확실한 길잡이지. 이 사건을 살펴보면 안토니오 비시오 같은 남자를 떠올리게 하는 구석이 어디에도 없었어. 이탈리아 농부가, 그것도 평생 총을 들고 다녔던 사람이 연적과 싸움을 하면서 총을 엄숙하게 내려놓는 장면이 상상이 가나? 그 총은 발사된 흔적도 없이 개울가에 떨어져 있었지. 안토니오라면 그토록 증오하는 남자를 본 순간 쏘아 죽여 버렸을 거야. 설령 안토니오가 느닷없이 칼을 뽑아 들었다고 해도 맨손으로 맞붙으면 제럴드쪽이 훨씬 더 유리했을 거야. 그 점을 생각해 보면 내 말이 더욱 설득력이 있게 들릴 테지.

안토니오는 자신이 저지른 짓의 뒷일 따위를 고민할 부류가 아니었어. 질투심에 눈이 멀어 연적을 본 순간 죽여 버렸다고 치자고. 그런데 그런 행동은 그의 조국은 물론 프랑스에서도 수치스러운 행동이 아니었어. 불명예가 아니니 처벌도 미미하지. 작년에 리비에라에서 어떤 남자가 바람을 피운다며 영국인 무희를 총으로 쏘아 죽인 일이 있었어. 그 남자는 그러고도 고작 오 년 형을 받았지. 안토니오는 살인을 결코 가볍게 보지 않는 영국 법에 따라야 한다는 사실조차 몰랐을 거야.

안토니오라면 분명히 연적을 죽인 후 으스대며 제일 가까운 마을로 가 코가 비뚤어지게 마셨을 거야. 그렇게 흥분을 가라앉힌 후 자기가 한 짓을 자랑스럽게 떠벌렸겠지. 질투의 고통을 더 이상 버틸 수 없어 그런 짓을 저질렀다면 판사도 관대하게 이해하고 배심원단도 동정을 베풀 것이라고 믿었을 테니까. 그런 남자가 자신이 죽인 사람의 머리를 잘라 내서 시신의 주머니에서 꺼낸 신문지로 둘둘 만다고? 그건 말도 안 돼.

이렇게 생각을 하다 보니 내 가설의 마지막 부분이 떠올랐지. 아마 경찰도 처음부터 이 생각을 했을 거야. 바로 자동차의 문제야. 제럴드가 편리하게 길가에 세워 놓은 자동차를 안토니오는 어떻게 찾았을까? 범인은 그 끔찍한 물건을 들고 황무지를 가로지르기 전에 이미 차의 위치를 알고 있었어. 범인이 안토니오라면 차에 대해 어떻게 알았겠나. 설령 안토니오가 운전을 할 수 있다고 쳐도 어떻게 혼자서 이백 킬로미터 가까운 거리를 칠흑같이 어두운 밤에 전속력으로 달릴 수 있었겠나.

내가 보기에는 자동차 전문가가 이 사실을 배심원단에게 지적했다면 절대 안토니오가 살인범이라는 평결은 나오지 않았을 거야. 지금까지 나온 내용을 잘 생각해 보면 내 주장에 오류가 없다는 사실을 인정하지 않을 수 없겠지. 심리적인 문제만 아니라 기회의 유무라는 관점에서도 그 범죄를 저지를 만한 사람은 한 사람뿐이야. 바로 제럴드 모빌이지. 불쌍한 그의 부모도 언젠가는 이 사실을 알게 될 거야. 아마도 조만간 돈이 떨어져 돈을 부쳐 달라는 편지를 집으로 보낼 테니까.

아니면 아르헨티나로 돌아가 가명으로 새 인생을 시작할지도 모르지. 거기는 타인의 과거에 대해 그렇게 까다롭게 굴지 않으니까 말이야. 아마도 남녀 관계에서 연적의 허튼수작을 봐주지 않는다는 식으로 알려지면 인기를 더 얻을지도 몰라. 지금까지 내가 한 이야기를 잘 생각해 봐. 그러면 내가 옳다는 결론에 다다르게 될 테니까."

노인은 노끈을 챙기더니 안경을 벗었다. 나는 노인을 알게 된 후 처음으로 그의 투명하고 총명한 두 눈을 보았다. 그는 나를 똑바로 바라보았다.

"아마 자네를 당분간 또 보기 힘들 것 같군. 악수 한번 하지 않겠나? 행운을 빌어 주게."

그가 씁쓸한 미소를 지었다.

"물론 해 드리죠. 그런데 멀리 떠나시는 건 아니죠?"

내가 되물었다.

그는 기묘한 웃음을 짧게 웃었다.

"건강 때문에 영국을 떠날 거라네."

이렇게 대답하는 노인의 말투가 차가웠다.

나는 끝내 악수를 하지 못했다. 왜냐하면 노인이 다음 순간 다른 생각이 있는 사람처럼 내게 등을 돌렸기 때문이다. 이튿날 아침 나는 신문에서 해턴 가든* 근처에서 일어난 대형 도난 사건에 대한 기묘한 기사를 읽었다. 도둑은 가까스로 도주했지만 경찰이 중요한 단서를 확보했다는 소식이 알려졌다. 보석을 훔쳐간 도둑은 묘하게도 천창으로 침입하면서 매듭이 진 노끈을 사용했다는 것이다. 신문은 이 노끈에 대해 매우 상세하게 보도를 했다. 물론 그 노끈의 사진도 함께 실렸다. 사진 속의 매듭은 매우 복잡하고 훌륭한 무늬로 만들어져 있었다.

그 매듭을 본 순간 어떤 생각이 뇌리를 스치고 지나갔다!

그 후로 나는 플리트 스트리트의 찻집을 종종 찾았다.

하지만 구석의 노인을 다시는 보지 못했다. 경찰도 해턴 가든에서 도난당한 시가 팔만 파운드의 다이아몬드 행방을 추적하는 데 결국 실패하고 말았다.

● **해턴 가든** _ 영국의 보석 거래 중심지.

그 묘한 친구를 다시 볼 수 있을까.

언젠가는 만날지도 모른다. 다시 만난다면 그는 안경을 쓰고 늘 앉던 자리에 앉아 길고 가느다란 손가락을 열심히 놀리며 노끈을 만지작거리고 있을 것이다. 노끈에는 근사하고 복잡한 매듭이 수도 없이 만들어져 있겠지. 해턴 가든의 보석상에 침입한 도둑이 팔만 파운드에 달하는 다이아몬드를 훔쳐 가는 데 썼다는 줄에 있던 것과 똑같은 매듭들이.

분명 그럴 것이다!

황무지

브리태니커 백과사전에 따르면 영국은 국토 면적의 3분의 1이 황무지입니다. 저는 황무지를 추리 소설로 배웠습니다. 처음 생각했던 황무지는 사막 같은 황량한 이미지였지만, 영국에 사막이 있을 리 없죠. 어쨌든 아무것도 자랄 수 없을 정도로 척박한데다 군데군데 바닥을 가늠할 수 없는 무시무시한 늪이 있는 곳이겠거니 짐작만 할 뿐이었습니다. 이런 이미지를 한몫 거든 작품이 바로 코넌 도일의 『바스커빌 가문의 개』입니다. 이백 년 전 바스커빌 가문의 선조를 잔인하게 죽인 개가 다시 나타나 가문의 마지막 후손을 노린다는 미심쩍은 의뢰를 받고 셜록 홈스가 황무지에서 대활약을 펼치는 이야기입니다. 소설의 황무지는 죽음의 공포가 서린 음울하고 황량한 곳이죠. 바위에는 짙푸른 이끼가 두껍게 자라고 치명적인 늪과 동굴이 도사리고 있습니다.

하지만 황무지에는 그런 모습만 있는 것이 아닙니다. 영국의 황무지는 히스의 땅입니다. 야생화인 히스는 철이 되면 보라색과 흰색, 분홍색 꽃으로 황야를 뒤덮죠. 사방에 히스가 만발한 황무지는 아름답습니다. 영국의 작가들이 작품 곳곳에 이 황무지를 등장시키는 게 너무나 당연할 정도로요.

작 가
정 보

에마 오르치

Baroness Emma Magdolna Rozália Mária Jozefa Borbála "Emmuska" Orczy de Orczi

에무스카 오르치는 1865년 헝가리의 호화로운 대저택에서 남작^{Baron}의
딸로 태어났다. 작위를 가지고 있기 때문에 이름 대신 배러너스^{Baroness} 오
르치라고 불리기도 하고 그녀가 후에 영국으로 건너가 영어로 작품 활
동을 하였기 때문에 헝가리 이름인 에무스카^{Emmuska} 대신 영국인에게 익
숙한 에마^{Emma}로 불리기도 했다.

에마의 아버지인 오르치 남작은 영국의 산업 혁명에서 영향을 받아 기
계로 농사를 짓는다는 혁신적인 발상을 가지고 있었다. 기계가 자신들
의 일을 빼앗을 거라는 불안에 휩싸인 오르치 남작의 소작농들은 크게
반발했다. 에마가 세 살일 때 에마의 여자 형제의 생일을 기념해 무도회
가 열렸다. 파티의 분위기가 고조되었을 때, 농장의 일꾼들이 헛간과 외
양간에 불을 질렀다. 불은 모든 농작물을 태워 버렸다. 이 사건으로 인

해 큰 손해를 입은 오르치 가족은 헝가리를 떠난다. 에마는 브뤼셀, 부다페스트, 파리를 전전하며 수녀원 부속 학교를 다녔다. 1880년, 에마와 그녀의 가족은 영국 런던에 정착한다. 에마는 런던의 헤더리 예술 학교를 다니며 화가로서의 기량을 다졌고, 그녀의 그림 중 몇 작품은 영국로열 아카데미에 전시되기도 했다.

가난한 부부에게 찾아온 성공, 『스칼렛 핌퍼넬』

에마는 예술 학교에서 성직자의 아들이자 젊은 삽화가인 몬터규 바스토를 만나 1894년에 결혼한다. 오르치는 번역을 하거나 삽화를 그려 약간의 돈을 벌다가 스스로 글을 쓰기로 마음을 먹고 1899년에 『황제의 촛대 The Emperor's Candlestick』라는 러시아 무정부주의자가 등장하는 역사 스릴러 소설을 출간했지만 상업적으로 실패했다.

1903년, 에마와 몬터규는 퍼시 블래크니 경이라는 영국 귀족이 등장하는 『스칼렛 핌퍼넬 Scarlet Pimpernel』이라는 희곡을 쓴다. 주인공인 퍼시 경은 부유한 남작이다. 그는 뛰어난 분장가이자 훌륭한 검객이며 탈출의 명수이다. 퍼시 경은 프랑스 혁명으로 목숨을 잃게 될 위기에 처한 프랑스 귀족들을 구하고 지나간 자리에 다홍색 뚜껑별꽃 Scarlet Pimpernel이 그려진 카드를 남긴다. 영국 귀족이라는 정체와 본명을 숨기고 활동하는 그는 스칼렛 핌퍼넬이라는 호칭으로 대중에게 널리 알려져 인기가 높았지만 프랑스 혁명 주도 세력에게는 악의 축으로 여겨졌다. 그런 스칼렛 핌퍼넬이 믿을 만한 친구들과 함께 비밀 결사를 조직해 프랑스 귀족을 구출하는 데에 적극적으로 활동한다는 내용이다.

영국의 유명 연극배우 부부였던 프레드 테리와 줄리아 닐슨은 『스칼렛 핌퍼넬』을 보고 관심을 가졌고, 곧 웨스트엔드에서 공연을 시작한다. 〈스칼렛 핌퍼넬〉은 사 년 동안 이천 번이나 공연하는 유례없는 인기를 끌었고, 번역되어 외국에서 공연되기도 했다. 대한민국에서는 2013년에 초연되었다. 그녀는 이 희곡을 같은 제목의 소설로 각색하였다. 공연의 성공은 책의 판매와 직결되었고 소설 『스칼렛 핌퍼넬』은 베스트셀러가 되었다.

ABC 찻집의 안락의자 탐정

1888년 어느 날, 에마는 집 앞에 경찰들이 모여 있는 것을 본다. 런던의 연쇄 살인범인 잭 더 리퍼가 에마의 집 앞에서 여성을 살해한 것이다. 이 사건은 그녀가 후에 미스터리 작품을 쓰는 데 큰 영향을 준다.

1890년의 영국은 셜록 홈스에 매혹되어 있었다. 에마는 만약 탐정이 등장하는 작품을 쓴다면 아서 코난 도일의 홈스와는 다른 탐정을 만들어야 한다고 생각했다. 1901년 한 잡지를 통해 에마의 탐정인 구석의 노인이 처음 등장하게 된다. 작중 화자인 폴리 버턴은 ABC 찻집에서 식사를 하던 중 노인을 만나게 된다. 노인은 신문 기사만 읽고 사건의 진상을 파악하기도 하고 때로는 실마리를 찾기 위해 재판을 방청하거나 사건 현장에 직접 찾아가기도 한다. 작품의 공간적 배경이 런던의 ABC 찻집으로 제한되어 있으며 사건 풀이가 노인과 폴리 버턴의 대화만으로 이루어져 있는 점이 독특하다.

꼬챙이같이 마른 체형에 두툼한 외투를 걸치고 있어 외형이 허수아비를 연상시키는 노인은 습관적으로 손으로 노끈을 꼬아 매듭을 짓는데 그 솜씨가 수준급이다. 손에 매듭을 지을 수 있는 노끈이 없으면 신경질적이 된다. 개성적인 인물임에도 불구하고 책을 읽다 보면 그의 모습은 희미해진다. 인물이 아니라 사건 해결에 작품의 중심이 있는 고전적인 본격 추리 작품이기 때문이다.

구석의 노인은 사건 현장을 다니며 직접 수사를 하지 않고도 사건을 해결하는 안락의자 탐정이다. 안락의자 탐정이라는 단어는 1893년에 출간된 아서 코넌 도일의 「그리스어 통역관」에서 셜록 홈스가 왓슨에게 그의 형인 마이크로프트에 대해 '만약 탐정의 일이라는 게 안락의자에 앉아 머리를 굴리는 게 전부라면, 형은 역사상 가장 위대한 수사관이 되었을 걸세'(『셜록 홈즈 전집 6-셜록 홈즈의 회상록』, 황금가지)라고 말한 것에서 유래했다. 최초의 안락의자 탐정은 에드거 앨런 포의 오귀스트 뒤팽이다. 「마리 로제 미스터리」(1842)에서 그는 신문 기사만 읽고 젊은 여성이 실종된 수수께끼의 진상을 알아맞힌다. 1934년에 렉스 스타우트가 창조한 네로 울프는 안락의자 탐정이라는 단어 그대로의 의미에 충실한 탐정이다. 비만인 네로 울프는 푹신한 의자에 앉아 있는 것을 좋아하며 집밖으로는 거의 나가지 않는다. 발로 뛰는 일은 울프의 조수인 아치 굿원이 담당하며, 울프는 굿원이 가져온 정보를 통해 사건을 해결한다. 이외의 안락의자 탐정으로는 장님 탐정 맥스 캐러도스 등을 들 수 있다.

/

작 품 목 록

단편집

The Case of Miss Elliott (1905) - 『구석의 노인 사건집』(엘릭시르, 2013, 미스터리 책장 시리즈)

The Old Man in the Corner (1909) - 『구석의 노인 사건집』(엘릭시르, 2013, 미스터리 책장 시리즈)

Lady Molly of Scotland Yard (1910)

The Man in Grey (1918)

The League of the Scarlet Pimpernel (1919)

Castles in the Air (1921)

Unravelled Knots (1926) - 『구석의 노인 사건집』(엘릭시르, 2013, 미스터리 책장 시리즈)

Skin o' My Tooth (1928)

Adventures of the Scarlet Pimpernel (1929)

구석의 노인 사건집
THE OLD MAN IN THE CORNER
/

초판 발행 2013년 10월 28일

지은이 에마 오르치 / **옮긴이** 이경아 / **펴낸이** 강병선

책임편집 이현 / **편집** 임지호 김세화 / **아트디렉팅** 이혜경 / **본문조판** 강혜림 / **그림** 윤선미
저작권 한문숙 박혜연 김지영 / **마케팅** 정민호 박보람 양서연 / **온라인마케팅** 김희숙 김상만 이원주 한수진
제작 김애진 김동욱 임현식 / **제작처** 영신사
독자모니터 엄정현

펴낸곳 (주)문학동네 / **출판등록** 1993년 10월 22일 제406-2003-000045호 / **임프린트** 엘릭시르

주소 413-120 경기도 파주시 회동길 210
문의 031-955-1906(편집) 031-955-3576(마케팅) 031-955-8855(팩스)
전자우편 editor@elixirbooks.com / **홈페이지** www.elixirbooks.com

ISBN 978-89-546-2250-9 (03840)

엘릭시르는 출판그룹 문학동네의 임프린트입니다.